Saskia Louis kam 1993 mit einer Menge Fantasie zur Welt, die sie seit der vierten Klasse nutzt, um Geschichten zu schreiben. Zusammen mit ihren zwei älteren Brüdern wuchs sie in der Kleinstadt Hattingen auf und über die Jahre hat sie ihr Zuhause in unterhaltsamer Frauenliteratur und Fantasy gefunden.

Heute wohnt sie in Köln, schreibt Songs und wünscht sich, dass Menschen mehr singen als schimpfen würden. Ihr größter Traum ist es, den Soundtrack zur Verfilmung eines ihrer Bücher zu schreiben.

SASKIA LOUIS

BASEBALL LOVE

HOMERUN ZU DIR

Erstausgabe April 2022

© 2022 dp Verlag, ein Imprint der dp DIGITAL PUBLISHERS
GmbH

Made in Stuttgart with ♥
Alle Rechte vorbehalten

Homerun zu dir
ISBN: 978-3-98637-619-2
E-Book-ISBN: 978-3-98637-617-8

Copyright © 2019, dp Verlag, ein Imprint der dp DIGITAL
PUBLISHERS GmbH
Dies ist eine überarbeitete Neuausgabe des bereits 2019 bei dp
Verlag, ein Imprint der dp DIGITAL PUBLISHERS GmbH
erschienenen Titels Home Run zu dir (ISBN: 978-3-96087-643-4).

Covergestaltung: Vivien Summer
Umschlaggestaltung: ARTC.ore Design
Unter Verwendung von Abbildungen von
Shutterstock.com: © Eugene Onischenko, © Krakenimages.com,
© Pooh photo, © BaLL LunLa, © ExpertOutfit
Lektorat: Astrid Rahlfs
Satz: dp DIGITAL PUBLISHERS GmbH
Druck und Bindung: Books on Demand GmbH, Norderstedt

Eins

Jake Braker war ein glücklicher Mistkerl.

Das wussten alle.

„Jake, Jake! Inwiefern wird das Gerichtsurteil Ihr Spiel beeinträchtigen?"

Er arbeitete in seinem Traumjob, war stinkreich und hübscher als eine Blumenwiese im Sonnenschein.

„Mr. Braker, einen Kommentar bitte! Ihr Management streitet ab, dass Sie Drogen konsumieren – stimmt das?"

Jede Frau wollte in seinem Bett liegen. Und jede zweite Frau tat es auch.

„Jake! Warum gerade ein Kinderspielplatz? Wieso haben Sie nicht gleich die Liberty Bell zerstört?"

Zurzeit war er aber nicht glücklich. Zurzeit war er einfach nur ein Mistkerl. Und verdammt noch mal, er füllte die Rolle beschissen gut!

„Jake! Viele Experten behaupten, dass Sie mit Ihren Eskapaden den Einzug der Delphies in die World Series gefährden. Was ist Ihre Meinung zu diesem Thema?"

Jake biss die Zähne aufeinander, schirmte sich mit der Hand vor dem Blitzlichtgewitter ab und drängte sich weiter durch die Menge. Ihm juckte es in den Fingern, deswegen ballte er sie zu Fäusten und stopfte sie in die Hosentaschen. Die Reporter hatten doch keine Ahnung. Er gefährdete rein gar nichts. Die Delphies würden diese verdammte Saison gewinnen und wenn er dafür noch hundert weitere Spielplätze auseinandernehmen musste! Er würde das Team nicht ohne Sieg verlassen.

„Mr. Braker, haben Sie ein Alkoholproblem?"

Nein, aber wenn der Reporter weiterredete, hatte der bald ein Zahnproblem.

„Sag einfach nichts, Jake", zischte Sam, der PR-Manager der Delphies, der vor ihm her, auf das schwarze Auto mit den getönten Scheiben zulief. „Egal, was du gerade loswerden willst: Behalte es für dich. Du würdest es nur schlimmer machen."

Dass es noch schlimmer werden konnte, bezweifelte Jake. Aber er wollte sich keinen Muskel dabei zerren, einen schleimigen Reporter niederzuschlagen, deswegen schwieg er und zog sich die Kappe tiefer ins Gesicht.

Das hier war lächerlich! Sozialstunden. Was für ein Schwachsinn. Warum hatte er nicht einfach die fünfundzwanzigtausend Euro Geldbuße zahlen und die Sache vergessen können?

Aber die Richterin hatte es auf ihn abgesehen gehabt. Sie hatte in ihm einen reichen, arroganten Schnösel gesehen, der sich mit seinem Geld die Freiheit erkaufen wollte – und Jake war egal, dass das eine akkurate Beschreibung seiner Person war. Bis jetzt hatte sein Leben wunderbar auf diese Weise funktioniert.

Dass er sich daneben benahm, war doch ohnehin, was alle von ihm erwarteten. Und es war die einzige Erwartung, die er je hatte erfüllen können. Während er in allen anderen Bereichen grandios versagte.

„Jake, ein Statement, bitte! Wird Coach Thompson Sie für Spiele sperren?"

Sie hatten das Auto erreicht und ohne einen Blick zurückzuwerfen, duckte Jake sich hinter Sam in die Sicherheit des Wageninneren. Seufzend lockerte er die Krawatte und ließ die Schultern kreisen. Er hasste Anzüge. Genau genommen hasste er alles, was ihn in seiner Bewegungsfreiheit eingrenzte. Sei es eine zu enge Hose, eine Frau, die sich zu sehr an ihn klammerte, seine Familie, die ihn seit Jahren in eine Schublade pressen wollte oder das gerade beendete gerichtliche Verfahren, das weder sein Management, noch seine Mannschaft sonderlich lustig fanden.

Jake war es egal. Tatsache war nun einmal: Er konnte es sich leisten.

Sobald sich das Auto in Bewegung setzte, atmete Sam neben ihm tief durch. „Na, das lief doch besser als gedacht", murmelte er und klopfte Jake auf die Schulter.

Ungläubig weitete er die Augen. „Besser als gedacht? Ich soll 140 Sozialstunden abarbeiten! In einem Kindergarten!"

Kinder! Jake sollte auf Kinder aufpassen. Gott, das Einzige, was schlimmer war als Kinder, war ein gerissenes Kondom – denn das konnte zu eigenen führen!

„Na ja, die Richterin ist dem Thema eben treu geblieben", meinte Sam achselzuckend. „Du hast nun einmal auf einem Kinderspielplatz randaliert. Mir erscheint es da nur fair, dass du zurückgibst, was du genommen hast."

Jake schnaubte verächtlich. „Es sind drei Monate, in denen ich jede Woche einen Tag des Trainings verpasse, weil ich kleinen Hosenscheißern die Windel wechseln muss!"

Sam runzelte die Stirn. „Du hast keine Ahnung, was ein Kindergarten ist, oder? Du redest von einer Nursery School. Im Kindergarten sind die Kleinen so fünf oder sechs."

Ihm doch egal! Kinder waren nervige, kleine Bazillenschleudern, die andauernd irgendeine Flüssigkeit aus irgendeiner Körperöffnung verloren. Mehr musste er nicht wissen.

„Es sind drei Monate, Sam", knurrte er. „Wir haben Ende Juli. In drei Monaten werden wir in den verdammten World Series stehen. Ich habe keine Zeit dafür, Sozialstunden abzuarbeiten."

„Das hättest du dir früher überlegen müssen, Jake“, sagte Sam unbekümmert. „Du hast die Scheiße gebaut, du musst sie auch auslöffeln.“

Genervt zog Jake sich die Kappe vom Kopf und fuhr sich mit den Fingern durch die Haare. In diesem Punkt schienen sich alle einig zu sein.

„Jake, ist dir eigentlich klar, wer deine Fans sind?“, fuhr Sam mit gesenkter Stimme fort, den Blick eisern auf sein Gesicht gerichtet. Als wollte er ihm die Schuldgefühle in den Rachen spucken. „Kinder! Lauter Jungen und Mädchen, die dich als ihr Vorbild auserkoren haben und zu dir aufsehen. Und was gibst du ihnen? Ein betrunkenes Arschloch, das ihnen die Rutsche und die Schaukel wegnimmt.“

„Ist es meine Schuld, dass Kinder so ein verdammt schlechtes Urteilsvermögen haben?“, fragte er schnaubend. „Das sieht man doch auf dem ersten Blick, dass ich nicht als Vorbild geeignet bin. Ich fahre Quad und schlafe jeden Tag mit einer anderen Frau. Man sollte den kleinen Furzgesichtern doch zutrauen können, zu erkennen, dass das keine guten Voraussetzungen sind, um mir nacheifern zu wollen.“

„Es sind Kinder! Sie sind nun einmal leicht zu beeinflussen.“

„Na, dafür gibt es dann ja noch ihre Eltern, oder?“, sagte Jake ungeduldig und tippte mit den Fingern nervös auf sein Bein. „Die sollten sie doch vor ihrem Unglück bewahren. Die Verantwortung kannst du wirklich nicht auf mich abwälzen.“

Ja, schön. Er war nicht stolz auf das, was er getan hatte. Wenn er die Zeit zurückdrehen könnte, dann wäre er nicht betrunken auf den Spielplatz gegangen, um seine Wut an unschuldigen Plastikfiguren, Rutschen und Schaukeln auszulassen. Aber er hatte einen verdammt schlechten Tag gehabt und sich nicht anders zu helfen gewusst.

Ach, was sollte es. Passiert war passiert. Und jetzt würde er eben mit den Konsequenzen leben müssen. Liebe Güte, er hasste alles an diesem Satz. Am meisten das Wort Konsequenzen.

„Gott möge der armen Erzieherin beistehen, die sich mir dir herumschlagen muss", murmelte Sam kopfschüttelnd. „Ich hoffe, sie hat eine Streitaxt und einen Elektroschocker in ihrer Handtasche."

„Natürlich wird sie das. Sie arbeitet schließlich mit Kindern zu-" Mitten im Satz brach Jake ab.

Moment. Erzieherin?

Er würde mit einem weiblichen Geschöpf zusammenarbeiten? Einer Frau, die den blöden Papierwisch unterschreiben musste, auf dem er seine Sozialstunden eintrug?

Seine Laune verbesserte sich schlagartig.

Baseball und Frauen. Das waren die zwei Dinge, die er verstand. Mit einer süßen, kleinen Erzieherin, die ihn in Ruhe ließ und möglicherweise hier und dort eine Stunde zu viel eintrug ... ja, mit der konnte er arbeiten.

Ein Lächeln breitete sich auf seinem Gesicht aus und erleichtert ließ er sich in den Ledersitz zurücksinken. Möglicherweise würde die Sache mit den Sozialstunden doch kein allzu großes Problem werden.

„Warum lächelst du, Jake?", fragte Sam alarmiert.

„Verbietest du mir jetzt auch schon, mich zu freuen?"

„Ja!", rief Sam ohne zu zögern. „Denn dieses schäbige Lächeln ist abartig und ich will, dass du es sofort von deiner Visage wischst."

Jakes Grinsen wurde nur noch breiter. „Du bist viel zu nervös, Sam. Ich habe mich nur gerade mit meinem Schicksal abgefunden. Ich meine, ein Haufen fünfjähriger Kinder – wie anstrengend können die schon sein?" ... wenn man sie nie zu Gesicht bekam.

Der PR-Manager schnaubte laut, die Augen skeptisch zu Schlitzen verengt. „Du hörst dich untypisch optimistisch an."

Jake zuckte mit den Achseln. „Was soll ich sagen? Gott ist mir soeben erschienen und hat mir erzählt, dass alles gut werden wird."

Sam verdrehte die Augen. „Einen Kerl, der dir zu fest mit einer Bibel auf den Kopf schlägt, hätte ich mitbekommen. Aber egal. Solange du keinen Blödsinn machst und dich ausnahmsweise mal zusammenreißt, werden wir kein Problem bekommen. Die Presse wartet nur auf einen weiteren Fehltritt, Jake. Also halt dich die nächsten Wochen einfach mal mit deinen Eskapaden zurück, okay?"

Jake hob spöttisch einen Mundwinkel. Für Sam war alles eine Eskapade.

Ein Dreier mit zwei Playmates? Eskapade.

Höschenweitwurf mit vier Cheerleadern im Stadion? Eskapade.

Sich betrinken und einen Spielplatz demolieren? Eskapade.

Wenn Sam ihn weiter so einschränkte, konnte er bald überhaupt nichts mehr tun, was Spaß machte.

„Weißt du, Sam", sagte Jake im Plauderton und verschränkte die Hände in seinem Schoß. „Es ist ganz schön engstirnig von dir, mich so für meinen alternativen Lebensstil zu verurteilen. Mir wurde versichert, dass die Delphies ein Baseballteam aus Individualisten sind, die Raum für ihre kreative Entfaltung bekommen."

„Entfalte dich, wie du willst", sagte Sam trocken. „Werde von mir aus zum verdammten Origamischwan. Aber bleib unter dem Radar! Sonst muss Coach Thompson wirklich überlegen, dich für ein paar Spiele zu sperren."

Jake presste die Lippen aufeinander und sah Sam düster an. Er war nicht dämlich. Er verstand eine Drohung, wenn er sie hörte. „Sam, ich will den Titel genauso gewinnen wie jeder andere Spieler", sagte er gepresst. „Wenn nicht sogar mehr. Und mit Jimmy Rodriguez im Team haben wir die besten Chancen seit Jahren. Das ist mir klar. Ich werde nichts tun, was unseren Weg in die Playoffs und die World Series gefährdet."

„Außer in den Sandkasten eines Spielplatzes zu pinkeln, meinst du?"

Jake machte eine wegwerfende Handbewegung. „Reitest du immer noch darauf rum? Das ist doch schon fast ein alter Hut."

Eine neue Welle von Blitzlichtgewitter drang durch die Fenster und Jake verzog das Gesicht – sie hatten sein Haus also gleich erreicht. Gott sei Dank hatte er vor ein paar Monaten einen Zaun und ein Tor bauen lassen, die ihn vor unerwünschten Besuchern und Blicken schützten.

Er zog seinen Schlüssel aus der Tasche, öffnete das elektrische Tor, damit ihr Fahrer es passieren konnte, und lehnte sich dann mit geschlossenen Augen wieder zurück. An manchen Tagen genoss er es, im Rampenlicht zu stehen, eine Horde Paparazzi auf seinen Fersen zu haben, die ihm unmoralische Angebote hinterherschrien. Doch seit ein paar Monaten waren diese Tage immer seltener geworden. Wenn er ehrlich war, ging ihm der Medienrummel mittlerweile fast nur noch auf den Sack. Jeder wollte irgendetwas von ihm und er war es leid, zu springen, wenn jemand pfiff. Er wollte … Ruhe? Ja, vielleicht war es das. Vielleicht war es auch etwas anderes. Irgendetwas, das die Leere füllte, die sich abends klammheimlich in seine Brust stahl. Jake hatte versucht, es als Sodbrennen abzutun, doch so erfolgreich darin, sich selbst zu belügen, war er dann auch nicht.

Der Kies knirschte unter den Reifen, während sie die Auffahrt hochfuhren und schließlich vor seinem Haus hielten.

„Alles klar, für heute würde ich einfach drinnen bleiben", schlug Sam vor. „Und morgen um acht hol' ich dich dann wieder hier ab."

Belustigt hob Jake eine Augenbraue. „Abholen? Ich brauche keinen Aufpasser, Sam."

„Das sieht Cole Panther anders. Ich werde dich zu deinem ersten Tag im Kindergarten begleiten." Sam grinste unschuldig. „Zumindest für die ersten zehn Minuten. Bis ich sehe, dass du dich eingewöhnt hast und dich mit den anderen Kindern verstehst."

Jakes Kiefer knackte. Cole Panther war der Besitzer der Delphies, ein Freund, den Jake schon fast sein ganzes Leben lang kannte, und nicht zu vergessen eine riesige Nervensäge. Cole hasste es, wenn er Dinge nicht kontrollieren konnte – und Jake war eines dieser Dinge.

„Nimm's nicht persönlich, aber fick dich, Sam", sagte Jake leichthin und öffnete die Tür.

„Ich freu mich auch auf morgen", rief der PR-Manager fröhlich, bevor Jake ihm die Tür ins Gesicht knallte.

Sie behandelten ihn wie ein verdammtes Kind! Als könne man ihn nicht allzu lange aus den Augen lassen, weil er sonst Chaos im Supermarkt veranstalten oder seiner Barbiepuppe die Haare abschneiden würde.

Er war sechsundzwanzig – und es reichte. Ja, die letzten Monate waren scheiße gewesen. Er wusste selbst, dass er ... kompliziert gewesen war. Aber es war diese verdammte Stadt! Er hatte immer aus Philadelphia raus gewollt. So weit weg von seiner Familie wie nur möglich. Doch nachdem er zwei himmlische Jahre lang in Texas zum College gegangen war, hatten die Delphies ihn gedraftet – und was hätte er tun sollen? Seinen Traum, Profi-Baseballer zu werden, vergessen, weil er die Nähe seiner Mutter und seines Vaters nicht ertrug?

Sein Handy vibrierte und er zog es aus der Tasche, während er die drei Stufen zu dem weißen, viktorianischen Haus hochschritt, das mit dem weißen Balkon entfernt an eine Miniaturversion des Buckingham Palace' erinnerte.

Die Nachricht, die er bekommen hatte, bestand aus einem Satz:

Ihr Vater erwartet Sie heute Abend um sieben Uhr zum Dinner.

Jake schnaubte laut und steckte das Telefon zurück in die Tasche. Ja, das würde nicht passieren. Seine Laune hing ohnehin schon unter seinen Füßen. Da brauchte er nicht noch seinen alten Herrn, der genüsslich darauf herumtrampelte.

Genervt stieß er die Haustür auf und schälte sich aus seiner Anzugjacke, um sie an die Garderobe zu hängen. Er hatte Letztere für zehn Dollar bei Ikea erstanden und zusammen mit seinem Bett war sie das einzige Möbelstück, das Jake wirklich mochte.

Das Haus hatte er kurz nach seinem ersten Spiel bei den Delphies gekauft. Natürlich war es zu groß. Natürlich waren allein schon die Instandhaltungskosten absurd hoch. Natürlich war es komplett bescheuert, dass ein einzelner Mann dieses Haus bewohnte. Der Garten war größer als ein Baseballfeld und hatte einen verdammten See! Jake wusste das alles und wenn er ehrlich war, überlegte er schon seit Jahren umzuziehen. Es war zu leer. Zu einsam. Es fühlte sich an, als würde er in einem Museum leben.

Aber die Welt hatte von ihm erwartet, dass er genau so ein Haus kaufte. Und wenn man der Meinung der Welt widersprach, zog das unangenehme Fragen mit sich, die Jake sich einfach nicht hatte aufbürden wollen.

Außerdem hatte er sein Leben lang damit verbracht, die an ihn gestellten Erwartungen zu enttäuschen – war es da nicht mal eine nette Ausnahme, genau das zu tun, was die Leute von einem jungen, millionenschweren Baseballspieler dachten?

Nicht, dass ihm wichtig wäre, was die Leute von ihm hielten. Aber ihm war wichtig, dass die Leute ihm nicht auf den Sack gingen. Was im Moment viel zu viele taten.

Als wolle das Universum seinen letzten Gedanken unterstreichen, spazierte in diesem Moment Dexter O'Connor, Second Basemann der Delphies, aus seiner Küche. Einen Joghurtbecher in der Hand, barfuß.

„Hey, Jake", grüßte er ihn mit vollem Mund. „Wusstest du, dass eine nackte Frau in deiner Küche steht?"

Mit leicht geöffneten Lippen sah Jake seinen Teamkollegen an. „Was?", fragte er verwirrt.

„In deiner Küche steht eine Blondine und backt Muffins. Nackt", stellte Dex klar. „Deine Haushaltshilfe?"

„Nein, die kommt immer montags, ich ..." Er blinzelte und schüttelte den Kopf. „Was zum Teufel tust du hier, Dex?"

„Du findest mich interessanter als die vollbusige Stripperbäckerin?", hakte Dex mit verengten Augen nach. „Du solltest deine Prioritäten noch einmal überdenken."

Stöhnend zog sich Jake die Schuhe aus und hängte seine Kappe zu seiner Jacke.

Während der letzten Monate hatte er einigen Leuten einen Schlüssel zu seinem Haus gegeben. Er konnte sich nur leider nicht ganz daran erinnern, wem.

Kaylie, seiner beste Freundin und Dexters Verlobten, auf jeden Fall. Dann George, dem Mann, den er zweimal die Woche fürs Putzen bezahlte. Harriet, einer Stewardess aus Boston, die ab und zu mal bei ihm vorbeischneite. Celine, einer Kellnerin aus der Sportsbar, die direkt gegenüber des Stadions lag ... aber sonst? Sonst waren da nur verschwommene Gesichter.

Mhm. Vielleicht sollte er darüber nachdenken, weniger zu trinken. Und sein Türschloss auswechseln zu lassen.

„Keine Ahnung, wer das ist", gab er schließlich zu und wollte schon selbst nachsehen, als eine Brünette aus seinem Wohnzimmer spazierte.

„Dachte ich mir doch, dass wir dich gehört haben", sagte Kaylie lächelnd und blieb neben Dex stehen. „Sag mal, wusstest du, dass eine ..."

„... nackte Frau in meiner Küche steht?", ergänzte Jake seufzend. „Ja. Dein nerviges Anhängsel hat mich schon eingeweiht. Aber lieber eine nackte Frau in der Küche als im Schrank, oder?"

„Du hattest schon einmal eine nackte Frau im Schrank?", wollte Dex interessiert wissen, während er weiter in Seelenruhe Jakes Joghurt auslöffelte.

„Du nicht?", fragte Jake verwirrt. „Gott, ich habe mich zu Tode erschreckt, als sie zwischen meiner Kleidung rausgesprungen ist." Kopfschüttelnd lief er an seinen Freunden vorbei in Richtung Küche.

Kaylie schnaubte laut hörbar und folgte ihm. „Mich wundert es fast, dass du in deiner Wohnung noch keine Leuchtstreifen angebracht hast, die zum Ausgang führen. Damit deine Eroberungen nachts auch allein den Weg zur Tür finden."

„Bitte, Kaylie. Ich bin ein Gentleman. Mein Chauffeur geleitet sie von meinem Schlafzimmer zum Auto."

Richtig! Craig, seinem privaten Chauffeur, hatte er auch einen Schlüssel gegeben.

Kaylie schnipste ihm hart mit dem Finger gegen das Ohr. „Du bist ekelig, Jake!"

„Was denn?", fragte er verärgert. „Die Frauen fühlen sich geehrt. Und was zum Teufel tut ihr überhaupt hier?"

Kaylie hob die Schultern und sah ihn ernst an. „Ich wollte nicht, dass du nach dem Gerichtstermin allein bist. Ich dachte, du freust dich vielleicht über Gesellschaft. Konnte ich ja nicht ahnen, dass du schon eine nackte Frau eingeladen hast."

„Ich habe überhaupt niemanden eingeladen", stellte Jake klar. „Und das ist sehr lieb, Kaylie, aber ich habe gerade absolut keine Lust darauf, zu reden." Sie würde ihn ja ohnehin nur danach fragen, was in letzter Zeit mit ihm los war. Und Jake war nicht bereit, ihr Antworten zu geben.

Er stieß die Küchentür auf und wurde von einem prallen, nackten Hintern begrüßt.

Ah, Silvana. Silvana stand in seiner Küche.

Von dem Geräusch überrascht, wandte sich sein Gast um. Mit strahlendem Lächeln sah sie Jake an, während sie Kaylie und Dex, die sie mit unverhohlener Neugier anstarrten, vollkommen ignorierte. „Da bist du ja", sagte sie etwas außer Atem. Sie trug eine Schürze, die phänomenal darin versagte, ihre Brüste zu verpacken und so kurz war, dass sie wohl eher als Accessoire, nicht etwa als Kleidungsstück bezeichnet werden konnte. Abgesehen davon, dass sie hinten natürlich vollkommen offen war.

„Waren wir verabredet?", fragte Jake stirnrunzelnd. Die Chance, dass er es einfach vergessen hatte, war relativ hoch.

„Oh, nein, nein", meinte Silvana mit geröteten Wangen und wischte sich die Hände an der Schürze ab. „Aber du hast mir einen Schlüssel gegeben und gemeint, ich könne deine Küche nutzen, wann immer ich will, weil mein Herd doch kaputt ist. Und ich dachte, du freust dich vielleicht darüber, dass ich nackt bin, wenn du zurückkommst."

Nun, auch wenn Jake die Geste zu schätzen wusste, er hatte da gerade absolut keinen Nerv zu. „Sorry Silvi, es ist gerade schlecht", sagte er entschuldigend. „Wie du siehst, habe ich Freunde hier … könnest du ein andermal backen?"

Die Röte in ihren Wangen vertiefte sich und sie nickte hektisch. „Natürlich. Mir war nicht klar, dass du nicht allein sein würdest." Hastig machte sie ein paar Schritte nach vorne. „Die Muffins brauchen noch fünf Minuten, dann kannst du sie ja einfach aus dem Ofen holen."

Im nächsten Moment flitzte sie an ihm vorbei und verschwand im Flur.

Das mochte Jake an seinen Freundinnen. Sie waren simpel gestrickt. Wenn er sagte, er wolle allein sein, verschwanden sie. Ohne zu meckern, ohne nachzufragen.

Von Kaylie konnte man das leider nicht behaupten.

Die Arme vor dem Körper verschränkt, sah sie zu ihm hoch. „Wir haben im Fernsehen gesehen, dass sie dich zu 140 Sozialstunden verdonnert haben", bemerkte sie leise.

Jake hob eine Schulter. „Ja, passiert. Ich soll im Kindergarten arbeiten."

Dexter schnaubte. „Passiert? Jake, so etwas passiert nicht einfach."

Doch, in seinem Leben passierte so etwas einfach. „Meine Güte, wollt ihr mir jetzt auch noch eine Standpauke halten?", fragte er angriffslustig. „Ich habe Mist gebaut. Geschenkt. Aber ich bin es langsam echt leid, dass mir deswegen alle auf den Geist gehen."

„Ich mache mir nur Sorgen, Jake", sagte Kaylie leise und berührte ihn sacht am Arm.

„Ach, ich mach mir keine allzu großen Gedanken", meinte er unbekümmert. „Ein Kindergarten ist kein so schlechter Ort. Ich denke, ich kriege den Scheiß schon hin."

„Das meinte ich nicht – auch wenn ich das bezweifle. Ich mache mir um dich Sorgen." Sie drückte seine Hand. „Du bist unglaublich rastlos und wütend in letzter Zeit. Und ich habe keine Ahnung, warum das so ist."

Oh, Jake hatte da eine Vermutung. Vor vier Monaten war er das erste Mal seit Jahren wieder bei seinen Eltern zum Essen gewesen. Jahrelang hatte er nichts von seinem Vater gehört – und dann rief er an, um Jake zu erzählen, wie sehr sein kindisches Benehmen seinem Ruf schade. Sechsunddreißig beschissene Monate kein Wort – und dann das! Ja, das war so ziemlich der Anfang vom Ende gewesen. Jake hatte noch am selben Tag den Vertrag mit den Delphies gekündigt und seinem Agenten gesagt, dass er Ende der Saison wechseln wolle. Also: Natürlich war er rastlos. Denn er wollte verdammt noch mal nicht hier sein! Nicht in dieser Stadt, nicht in diesem Haus, nicht an diesem Punkt in seinem Leben, an dem nichts mehr von Wert zu sein schien.

„Mir geht es gut, Kaylie", sagte er mit Nachdruck. „Ich bin im Moment einfach etwas ... genervt von allem. Das ist alles. Es wird vorübergehen."

Nicht überzeugt sah seine beste Freundin ihn an. „Du weißt, dass du immer mit mir reden kannst, oder? Mit Dex übrigens auch. Und mit Ryan und Grace und Ty und ..."

„Ich weiß", unterbrach er sie unruhig. Er fühlte sich nur nicht danach, seine lächerlichen Probleme auf fremden Schultern abzuladen. Der reiche, sorglose, gutaussehende Frauenheld mit der guten Bildung und dem perfekten Haus und dem riesigen Talent war unzufrieden mit seinem Leben. Buhu.

Kein Gespräch, das ihm sonderlich erstrebenswert erschien. Er hatte es nicht einmal verdient, unglücklich zu sein. Meine Güte, er hatte so viel mehr als neunzig Prozent der Bewohner dieses Landes. Er hatte nicht das Recht zu jammern. Also würde er sich zusammenreißen, die nächsten drei Monate überstehen und dann für immer verschwinden. Irgendwo neu anfangen. Neue Stadt, neues Leben, neue Wohnung ... neue Freunde. Ja, das war vielleicht der einzige Wermutstropfen an der Sache. Aber ein Opfer, das er bereit war zu bringen.

„Kay, ich werde mich die nächsten Monate zurückhalten, okay? Weniger Mist bauen. Mich aufs Spiel konzentrieren. Ich will den beschissenen Pokal gewinnen und nichts wird mich davon abhalten, also ...“ Er atmete tief durch und lächelte matt. „Wünsch mir einfach Glück mit dem Kindergarten morgen und geh mit deinem Lover hier nach Hause. Damit ihr Barbie und der Nussknacker gucken könnt – oder was immer Dex noch gerne so tut.“

Kaylie seufzte. „Schön. Und du bist sicher, dass du aus der Kindergartensache nicht rauskommst? Können sie dich nicht Müll am Straßenrand aufsammeln lassen?“

„Wieso sollten sie?“, fragte er verblüfft.

„Weil ein Kindergarten der verdammt falsche Ort für dich ist, Jake!“, stellte Kaylie lachend fest.

„Warum?“

„Nun, erstens: Du fluchst. Oft. Sehr oft. Andauernd. Das Wort Scheiße ist seit drei Jahren in Folge Gewinner deines Wortschatzes.“

„Na und? Die Kinder lernen die beschissenen Worte doch ohnehin irgendwann.“

„Ja, aber die Eltern wollen, dass sie sie nicht aus dem Kindergarten mitbringen! Also: Nicht vor den Kindern fluchen.“

„Jaja“, sagte er und winkte ab. So schwer konnte das wirklich nicht sein. „Ich komm klar.“

Er hatte ohnehin nicht vor, mehr als einmal hinzugehen. Danach würde er die Erzieherin sicher soweit haben, dass sie ihm einfach wöchentlich den Wisch unterschrieb und ihn seines Weges gehen ließ.

Er packte Kaylie an den Schultern, drehte sie um und schob sie aus der Küchentür den Flur hinab. Dexter folgte ihnen, diesmal ohne Joghurt. Den hatte er gerade aufgegessen.

„Lass dir von Kay nichts einreden", sagte er kopfschüttelnd. „Du wirst einen guten Job machen." Er grinste knapp. „Und solange du weiter deine Homeruns schlägst, werden wir Jungs dir nicht allzu sehr damit auf die Nerven gehen, dass du überall Kinderrotz haben wirst." Gönnerisch schlug er Jake auf die Schulter, bevor er sich seine Schuhe anzog.

Jake verdrehte nur die Augen. „Mach dir darüber mal keine Sorgen. Bisher ist das die beste Saison meines Lebens und das wird sich in nächster Zeit nicht ändern."

„Gute Einstellung." Dex nickte zufrieden und öffnete Kaylie die Tür. „Siehst du, Kay? Ich hab dir doch gesagt, er weiß noch, was wichtig ist."

„Baseball ist nicht das Wichtigste", sagte sie gereizt.

Doch, war es. Aber Jake wusste es besser, als die Worte laut auszusprechen. „Bis Sonntag beim Spiel, Kay", verabschiedete er sie und drückte sie kurz an sich.

„Schön", murrte sie. „Und wenn du doch noch reden willst ..."

„Rufe ich dich an", versprach er.

„Gut." Sie hob die Hand und im nächsten Moment verschwand sie mit Dexter aus der Tür.

Jake blieb in der riesigen Leere des anmaßend großen Hauses zurück. Schwer seufzend legte er den Kopf in den Nacken und starrte an die stuckverzierte Decke. Er wollte etwas ändern. Jetzt.

Aber er wusste nicht, was.

Alles war zu … gigantisch. Zu weit weg, um es genauer betrachten zu können. Und war das nicht seit jeher sein Problem gewesen?

Sein Leben war schon immer zu groß gewesen. Viel zu unhandlich. Die Fußstapfen vor ihm zu riesig. Die Messlatte zu hoch. Der einzige Bereich seines Lebens, in dem er die Anforderungen auch noch übertroffen hatte, war Baseball.

Das Stadion war seit jeher sein Zufluchtsort gewesen. Das Spiel das Einzige, was ihn beruhigen konnte. Baseball war nun einmal sein Leben. Und Jake wollte es so. Hatte es immer so gewollt. Und er sollte verdammt sein, wenn er sich seine letzte Saison bei den Delphies von einem Haufen Kindergartenkindern kaputtmachen ließ!

Zwei

„Sind Sie sich sicher?“

„Natürlich bin ich mir sicher.“

Die Kassiererin schürzte missbilligend die Lippen. „Sie sehen nicht sicher aus.“

Olivia Green zwang sich zu einem Lächeln und versuchte sich daran zu erinnern, dass sie ein guter Mensch war. „Soll ich mir vielleicht ein Ausrufezeichen auf die Stirn malen und ein Fahrradschloss um meinen Hals hängen, damit ich sicherer aussehe?“, fragte sie betont freundlich. „Es sind vier Packungen Spaghetti für zwei Dollar. Es ist Ihr Aktionspreis, sollten Sie da nicht besser informiert sein?“

„Mhm, ich weiß nicht. Ich habe das Gefühl, Sie wollen mich übers Ohr hauen.“

Oh, Liv wollte sie hauen. Aber nicht übers Ohr. „Dann schauen Sie von mir aus selbst nach!“, fuhr sie gereizt auf und warf einen kurzen Blick auf ihre Handyuhr. Sie war spät dran. Ihrem Zeitplan nach sollte sie seit zwei Minuten in ihrem Auto auf dem Rückweg zur Wohnung sitzen, damit sie um sieben Uhr vierunddreißig ein Brot hinunterschlingen konnte, um sieben Uhr zweiundvierzig mit ihrer Nichte im Wagen sitzen und auf dem Weg zu Arbeit sein konnte.

„Janie!“, rief die Kassiererin laut über ihre Schulter zu einer Kollegin, die Preisschilder auf Dosenbohnen klebte. „Janie, sag mal, sind die Spaghetti gerade billiger? Die Kundin meint, vier Packungen würden nur zwei Dollar kosten?“

Ungeduldig tippe Liv mit dem Fuß auf den Boden, während die Menschen in der Schlange ihr genervte Blicke zuwarfen.

„Es sind fünfzig Cents, die Sie sparen", zischte der Anzugträger hinter ihr ungehalten. „Können Sie nicht einfach darauf verzichten und gehen?"

Liv ließ ihren Blick flüchtig über seine Erscheinung wandern und schnaubte laut. Natürlich hielt der Mann, der Schuhe im Wert von zwei ihrer Monatsmieten trug, fünfzig Pence für eine lächerliche Summe. Aber Liv war sich sicher, dass er sich auch noch nie in seinem Leben zwei Wochen lang von Spaghetti ernährt hatte, damit er seiner Nichte ein neues Paar Schuhe kaufen konnte. Und bestimmt war er noch nie drei Meilen zur Arbeit und wieder zurückgelaufen, weil die Benzinkosten sein monatliches Budget überschritten hatten. Nein, er ließ sich für zweihundert Dollar die Haare schneiden, trug einen Anzug mit eingenähten Diamanten und eine Krawatte aus Seide. Kurzum: Er wusste einen Dreck darüber, was fünfzig Pence für einen Unterschied machten.

„Kümmern Sie sich um Ihr Geld, ich kümmere mich um meins, in Ordnung?", sagte sie süßlich und wandte ihm demonstrativ den Rücken zu.

„Sind vier für zwei Dollar, Maddy!", rief die zweite Verkäuferin zurück. „Ist 'ne Wochenaktion."

„Mhm, schön", murrte die Kassiererin unzufrieden und tippte etwas in ihren Computer. „Das macht dann fünfundsechzig Dollar und fünfunddreißig Pence."

Liv schluckte bei der Summe und zog ihre Kreditkarte durch das Gerät hinter dem Kassenband. Damit hatte sie noch ... zweiundvierzig Dollar und vierzig Pence auf ihrem Konto. Für die nächsten fünf Tage. Sie bezweifelte, dass ihre Schwester Kristen mehr vorzuweisen hatte. Und sie musste noch tanken. Außerdem war am zweiten August die Miete fällig. Sie konnten nicht schon wieder zu spät zahlen, sonst würde ihr Vermieter platzen und Liv hatte nicht das Geld, um eine professionelle Reinigung zu zahlen und das Blut entfernen zu lassen.

Tief atmete sie durch, bedankte sich bei der Kassiererin für ihre Geduld – denn Höflichkeit kostete nichts – und packte ihre Einkäufe. Es war egal. Laney hatte neue Schuhe, die nicht auseinanderfielen, sobald man sie zu intensiv ansah, und für die nächste Woche hatten sie Essen im Haus. Das war doch auch schon einmal etwas wert. Liv hätte zwar lieber ein fliegendes Einhorn und eine Matratze im Bett, die nicht bis zum Boden hing, aber hey, man konnte nicht alles haben.

Vierzehn Minuten später parkte sie vor dem Plattenbau, in dem sie zusammen mit ihrer Schwester und ihrer Nichte wohnte, klemmte sich die Tüten unter die Arme und hastete zur Tür, die Gott sei Dank nur angelehnt war. Sie war sieben Minuten zu spät und würde wohl auf ihr Brot verzichten müssen, aber das war in Ordnung, im Kindergarten würde es Essen geben.

Sie sprintete die Treppen hoch und als hätte ihre Schwester die polternden Schritte gehört, öffnete sie die Wohnungstür, noch bevor Liv den letzten Absatz erreicht hatte.

„Du bist spät dran", stellte sie fest und nahm ihr eine der Tüten ab. „Hast du dich wieder mit der Kassiererin angelegt?"

Liv zog eine Grimasse, streifte ihre Schuhe an der Fußmatte ab und trat in die Wohnung. „Ich genieße die genervten Blicke der anderen einfach zu sehr", sagte sie und seufzte melancholisch. „Worauf sollte ich mich denn sonst beim allwöchentlichen Einkauf freuen?"

Kristen grinste und strich sich die hellblonden Haare in den Nacken. „Auf den süßen Kassierer von Kasse fünf natürlich."

Stirnrunzelnd schloss Liv die Tür hinter sich. „Wer?"

„Na, der blonde Typ mit der grünen Schürze, der hinter der Kasse sitzt und dich immer anlächelt.“

„Mhm, keine Ahnung, wovon du redest“, meinte sie achselzuckend. „Ich habe keine Zeit, mir irgendwelche Kassierer anzusehen.“

Kristen verdrehte schmunzelnd die Augen. „Weißt du, dich könnte ein heißer, nackter Mann anspringen und Ich will dich rufen. Du würdest einfach ausweichen und weitergehen.“

„Natürlich würde ich das. Er hört sich nach einem ziemlichen Perversling an“, gab Liv zu bedenken. „Ich meine, wir befinden uns auf einer öffentlichen Straße. Ich würde die Polizei rufen.“

Sie schob die Tüte höher ihren Arm hinauf und ging in die Küche.

„Oli, Oli, guck mal!“, begrüßte ihre am Tisch sitzende Nichte sie aufgeregt und hielt etwas hoch, das sehr nach einem angeranzten Stück Salami aussah. Stolz schwang sie es durch die Luft. „Ich hab’ einen Schmetterling aus Fleisch gebastelt.“

Livs Mundwinkel zuckten und fachmännisch betrachtete sie das Kunstwerk. „Sehr schick“, sagte sie, bevor sie Laney einen Kuss auf den Kopf gab.

„Laney, was habe ich dir dazu gesagt, mit deinem Essen zu spielen?“, tadelte Kristen ihre Tochter. „Ich hoffe, der Schmetterling fliegt auf direktem Wege in deinen Mund.“

Laney grinste breit, stopfte sich die Salami in die Backen und sprang vom Stuhl auf. „Fertig, ich zieh’ mich an. Oli ist spät dran, aber ich nicht!“ Kopfschüttelnd hob sie den Zeigefinger in Livs Gesicht, bevor sie durch die Küche in Richtung des Zimmers rannte, das sie sich mit ihrer Mutter teilte.

Kristen lachte leise und fing an, die Tüten auszuräumen. „Du hast es gehört, Oli. Du beeilst dich besser.“

Liv verdrehte die Augen. Laney hatte irgendwann beschlossen, dass ihr Liv als Spitzname zu langweilig war. Und da sie eigentlich Olivia hieß, war die naheliegende Wahl Oli gewesen. „Ich gebe mein Bestes", meinte Liv lächelnd. „Und sieh du lieber nach Laney, bevor sie wieder versucht, in ihrem Lieblingspyjama in den Kindergarten zu gehen. Ich weiß, Winnie Pooh ist zeitlos … aber die anderen Kinder werden neidisch."

„Du hast recht. Außerdem kommt doch heute der heiße Baseballer das erste Mal, oder?" Sie wackelte mit den Augenbrauen. „Da soll Laney gut aussehen."

Liv verdrehte die Augen. „Er ist nicht heiß."

Bestimmt richtete Kristen einen Zeigefinger auf sie. „Nimm das zurück. Jake Braker ist das Schönste, was die MLB zurzeit zu bieten hat." Verträumt legte sie eine Hand auf die Brust. „Gott, ich wette, seine Haare sind ultraweich. Kannst du das für mich mal testen?"

„Jake Braker ist ein Verbrecher und ein arrogantes Arschloch." Zumindest sagte Chloe, Livs beste Freundin, das immer. Und die wusste, wovon sie sprach. Sie umgab sich andauernd mit Baseballern. Außerdem: Wie nett konnte ein Typ, der mutwillig einen Kinderspielplatz zerstörte, schon sein? „Ich werde ihn nicht fragen, ob ich seine Haare mal berühren darf."

„Nein, natürlich nicht. Das wäre auch komisch. Du tust einfach so, als hätte er eine Fluse im Haar und dann –"

Liv schnaubte laut und nickte zur Küchentür. „Geh Laney helfen!"

Wenn sie ehrlich war, war Jake Braker das Letzte, was sie im Moment gebrauchen konnte. Für egomanische Männer hatte Liv nicht viel übrig. Doch ihr Chef war der Meinung gewesen, dass sie am besten dafür geeignet war, mit einem arroganten Sportler umzugehen. Außerdem bekam sie einen höheren Stundenlohn und irgendwie … ja, irgendwie war sie ja auch schuld daran, dass Mr. Braker Sozialstunden abarbeiten musste. Es erschien ihr also fast fair, dass sie sich mit ihm herumschlagen musste.

„Schön, schön", sagte Kristen unschuldig und hob die Hände in die Höhe. „Ich sag' nichts mehr – wenn du zugibst, dass er heiß ist."

„Er ist nicht hässlich. Zufrieden?" Ein genaueres Urteil konnte Liv beim besten Willen nicht fällen, da sie ihn ehrlich gesagt nie allzu genau betrachtet hatte. Klar, sie war öfter mal im Fernsehen oder in der Zeitung über sein Bild gestolpert. Aber Baseball interessierte sie einfach nicht genug, als dass sie Jake Braker mehr Aufmerksamkeit schenken würde.

„Es ist ein Anfang", sagte Kristen seufzend. „Übrigens ..." Unwohl kratzte sie sich an der Schläfe. „Ich hasse es, darüber zu reden, aber ... ich muss mir für die Uni ein paar Medizinbücher kaufen und die sind scheiße teuer. Ich werde sie gebraucht nehmen, aber ..." Sie seufzte und Sorge trat in ihre Züge. „Es ist viel, Liv. Verdammt viel. Vielleicht sollte ich mit dem Studium pausieren. Nur für ein Jahr oder so. Geld sparen, und –"

„Nein, kommt überhaupt nicht in Frage", unterbrach Liv ihre Schwester sofort. „Du wolltest schon immer Tierärztin werden! Seit du mit drei Jahren einen Regenwurm mit Klopapier umwickelt hast, weil er offensichtlich beide Beine verloren hatte. Es ist dein Traum – und den solltest du nicht auf Eis legen."

Kristen lächelte schwach und tätschelte ihr die Schulter. „Aber du musst es ausbaden, Liv. Ich liebe dich dafür, dass du für mich da bist und mir mit Laney und der Uni hilfst – ohne dich wären wir aufgeschmissen. Aber ich möchte nicht der Grund dafür sein, warum du dein Leben auf Sparflamme lebst. Du arbeitest dich zu Tode. Du hast doch bestimmt auch Träume. Wünsche. Lust, mal wieder auf ein Date zu gehen."

Wenn sie ehrlich war, fehlte Liv einfach die Zeit, um über triviale Dinge wie Wünsche, Träume und Dating nachzudenken, deswegen schüttelte sie den Kopf. Kristen war dreiundzwanzig. Sie hatte ihr Leben noch vor sich. Sie war unfassbar klug, schrecklich fleißig, studierte Tiermedizin, arbeitete und zog gleichzeitig noch eine Fünfjährige auf. Ihr eigener Vater hatte sie sitzen lassen, der One-Night-Stand, aus dem Laney stammte, hatte sie sitzen lassen – und Liv würde nicht dasselbe tun. Solange sie einander hatten, würden sie es schon irgendwie hinbekommen. Sobald Kristen mit dem Studium fertig war und ihr eigenes, gutes Leben finanzieren konnte, würde Liv sich auf sich selbst konzentrieren.

„Mach dir keine Gedanken, Krissy, wirklich", murmelte sie und drückte sie an sich. „Wir kriegen das schon hin. Wir sind die drei Musketiere. Ich ... ich werde das Ganze durchrechnen und dann noch mal mit dir reden. Leg mir dir Rechnung einfach aufs Bett."

Kristen nickte und löste sich von ihr, bevor sie unwohl an ihrer Unterlippe zupfte. „Ich hab' dich lieb, Liv. Und da du ohnehin schon mies drauf bist ... Mom hat angerufen."

Augenblicklich presste Liv die Lippen zusammen. „Was will sie?"

„Dasselbe wie immer: Mit dir reden und um Verzeihung bitten."

Liv schnaubte verächtlich. „Hast du ihr gesagt, dass das nicht passieren wird?"

„Nein ... sie hat sich traurig angehört. Ich wollte ihr nicht das Herz brechen."

Schwer seufzend wandte Liv sich ab und zog die Milch aus der Einkaufstüte.

Kristen war einfach zu weich. Sie hatte das größte Herz, das man sich vorstellen konnte, machte dort aber leider auch einer Menge Menschen Platz, die ihre Liebe überhaupt nicht verdient hatten.

Es war schon immer Livs Aufgabe gewesen, die harte, toughe und rational durchgreifende Schwester zu sein, während Kristen jedes halbtote Vögelchen vom Straßenrand aufgehoben hatte und den größten Arschlöchern nach nur einem Lächeln verzieh.

Sie glaubte daran, dass Menschen sich ändern konnten. Dass man ihnen nur eine zweite Chance geben musste. Aber Liv wusste es besser. Menschen waren selbstsüchtige, eigennützige Wesen, die ihre eigenen Kinder im Stich ließen, wenn es sich gerade anbot. Und ihre Mutter ... ihre Mutter war vielleicht die Schlimmste von allen.

„Geh zu Laney, Kristen. Ich kümmere mich um den Rest, okay?", sagte Liv bemüht fröhlich.

„In Ordnung ... aber ich werde nur weiter studieren, wenn du demnächst mal wieder ausgehst! Dir einen Abend für dich nimmst."

„Jaja, werde ich machen", log sie und wedelte mit der Hand in Richtung ihrer Schwester. „Jetzt geh zu deiner Tochter, bevor sie sich mit ihrer Strumpfhose stranguliert."

„Aye, Aye, Sir!" Im nächsten Moment war Kristen verschwunden.

Liv räumte die Einkäufe aus und ließ sich schließlich auf den Stuhl am Küchentisch sinken. Sie war erschöpft, dabei war es nicht einmal acht Uhr. Seufzend vergrub sie das Gesicht in den Händen, sog tief Luft zwischen den Fingern ein, stieß sie wieder aus, sog sie wieder ein ... so wie sie es täglich ungefähr dreimal machte, um sich selbst zu beruhigen. In ihrem Kopf tanzten die Zahlen durcheinander und egal, wie sie sie hin- und herschob – es reichte nicht.

Sie hatte ihren eigenen Studienkredit zu bezahlen. Sie hatten die Miete. Die Versicherung des Autos. Das Benzin. Das Essen. Die Kleidung. Die Kosten für Laney.

Der Berg an Dingen in ihrem Kopf, die sie zu erledigen hatte, die sie zu zahlen hatte, wurde immer größer, immer wackeliger ... Schluss jetzt.

Abrupt richtete sie sich auf und biss die Zähne aufeinander. Sie hatte bisher noch immer eine Lösung gefunden! Das Geld, das sie zusätzlich bekommen würde, weil sie drei Monate lang Jake Braker babysittete, würde helfen. Und sie würde heute Nachmittag bei der Eventfirma anrufen, für die sie nebenbei kellnerte, und um mehr Jobs bitten. Sie würden eben noch etwas sparsamer leben müssen. Öfter zu Fuß laufen anstatt mit dem Auto zu fahren.

Gott, sie hätte die Schrottkarre ja schon längst verkauft, wenn ihr jemand mehr als zwei Dollar dafür gezahlt hätte.

Es war egal. Unterm Strich würden sie es schaffen – schlicht und ergreifend aus dem Grund, weil sie es schaffen mussten.

Sie richtete sich in dem Stuhl auf, atmete ein letztes Mal durch und sprang wieder auf die Füße. Sie war ohnehin schon spät dran, da konnte sie nicht noch Zeit damit verschwenden, sich selbst zu bemitleiden.

Meine Güte, sie war gerne der Fels in der Brandung. Sie war gerne diejenige, die die Lösung für alles fand. Aber manchmal ... manchmal wünschte sie sich, in den Arm genommen zu werden, während ihr jemand erklärte, dass alles gut werden würde. Denn egal, wie oft sie sich das erzählte – es fiel ihr immer schwerer, sich selbst zu glauben.

Drei

Jake hatte gestern Abend auf den Alkohol verzichtet – und trotzdem klingelte es in seinen Ohren. Mit verengten Augen starrte er den dunkelhaarigen Jungen an, der ihm gegenüber an der Miniaturgarderobe saß und mit den Fingern ein Handy malträtierte, bei dem jemand vergessen hatte, die Tastentöne auszustellen. Während seine kleinen Patschehändchen das Telefon misshandelten, sah er grinsend zu Jake auf. So als würde er sich die Mühe nur machen, um ihn absichtlich zu nerven. Erfolgreich.

„Sam, komm", sagte eine ungeduldige Stimme und Jake erkannte eine mollige Frau Ende dreißig mit müden Augen und ungekämmten Haaren und genauso patschigen Händen wie das Handymonster. Der Junge sprang auf und flitzte in die Richtung seiner – wie Jake vermutete – Mutter, bevor sie durch eine gläserne Tür in einen engen Flur verschwanden.

Sam. Ja, der Name erschien passend. Sams waren eindeutig die Personen, die Jake zurzeit am meisten auf den Sack gingen.

„Du wirst so viel Spaß haben, Jake", sagte der große Sam in genau diesem Moment neben ihm. Jake musste ihn nicht ansehen, um zu wissen, dass er breit grinste. Er wollte schon den Mund öffnen, um etwas nicht sehr Nettes zu erwidern, als plötzlich schrilles Geschrei durch die Glastür drang, hinter der der kleine Sam gerade verschwunden war. Lautes, ohrenzerreißendes Gebrüll, das Jake zusammenzucken ließ.

Sam lachte leise. „Hört sich an, als gäbe es da ein paar unzufriedene Kinder."

„Oder Affen", murmelte Jake grimmig. Und er war sich nicht sicher, ob ihm Tiere nicht lieber wären.

„Weißt du, Jake, eine etwas optimistischere Einstellung könnte dir nicht schaden", sagte Sam leichthin. „Chloe meinte gestern, dass das eine Chance für dich sein könnte, dich menschlich weiterzuentwickeln."

Jake verengte die Augen. „Ich würde die Worte deiner Freundin ja ernst nehmen, aber Chloe hasst mich."

Sam grinste. „Ja. Sehr. Aber nur, weil du mir das Leben schwer machst. Nimm es also nicht persönlich."

Augenverdrehend lehnte Jake sich gegen die Wand zurück. Sams Freundin hatte sich nie für ihn erwärmen können und wurde nicht müde, seinen Frauenverschleiß zu kritisieren. Aber er machte ihr da keine Vorwürfe. Er wäre womöglich auch verbittert, wenn er mit Sam zusammenwohnen würde, der beruflich Spielverderber war.

„Nicht, dass ich diese anregende Unterhaltung nicht gerne mit dir weiterführen würde, Sammy", sagte Jake gelangweilt. „Aber wieso sitzen wir hier eigentlich dumm rum?"

Der PR-Manager grinste. „Weil du abgeholt wirst, Jake. Ist doch klar. Deine Aufpasserin müsste jeden Moment kommen." Er stand auf und zupfte sich die Falten aus der Hose. „Ich geh' mal kurz zur Toilette. Also beweg dich nicht und belästige keine jungen Mütter, in Ordnung?"

Er verschwand in die entgegengesetzte Richtung der Glastür.

Seufzend fuhr Jake sich durch die Haare und streckte die langen Beine aus. Das alles hier fühlte sich wie die reinste Zeitverschwendung an. Er könnte gerade auf dem Feld stehen und Schlagübungen machen. Er könnte die nackte Silvana beim Muffinbacken beobachten. Er könnte sich die Spieltapes des letzten Jahres ansehen, seine Technik analysieren und verbessern.

Stattdessen saß er auf der ungemütlichen Holzbank, die für Schneewittchens sieben Zwerge geschaffen worden zu sein schien, und wartete auf die arme Erzieherin, der er gleich den Kopf verdrehen würde, damit er sie nach seinem Willen manipulieren konnte. Er hoffte inständig, dass sie wenigstens gut aussah.

Als hätte Gott seinen Gedanken gelauscht, ging in genau diesem Moment die Glastür auf. Jake fuhr herum und erkannte eine junge Frau, die zielstrebig auf ihn zulief. Abrupt sprang er von der Bank auf, setzte ein Lächeln auf und ließ den Blick über ihre Erscheinung schweifen.

Sie trug schwarze Jeans und ein weißes T-Shirt und war so klein und schmal, dass sie eins der Kinder hätte sein können. Ihr Gesicht war nichtssagend. Sie hatte diese dreckigen blonden Haare, die gefärbt gehörten, eine kleine, mit Sommersprossen gesprenkelte gerade Nase, die viel zu hoch in die Luft gereckt war, und hellgrüne Augen, die ihn argwöhnisch betrachteten. Das Einzige, das interessant an ihr war, war ihr breiter Mund. Sie hatte dreist volle Lippen und wäre der Rest ihres Gesichtes nicht gewesen, hätte Jake sie vielleicht als sexy bezeichnen können. Leider zerstörte die kleine Person den Moment jeglichen anfänglichen Sex-Appeals, indem sie den Mund öffnete. „Hey. Du musst der Verbrecher sein."

Jakes Augenbrauen flogen in die Höhe.

Okay. Offensichtlich war Aschenputtel auch nicht verzückt darüber, sich mit ihm herumzuschlagen. Aber das war in Ordnung, damit konnte er arbeiten. Sie war zwar nicht unbedingt hübsch, aber auch nicht hässlich und es war ja nicht so, dass Jake eine gute Herausforderung nicht zu schätzen wusste.

„Hey", erwiderte er lächelnd und streckte die Hand aus. „Ich bevorzuge Jake. Verbrecher ist so unelegant."

„Aha", sagte sie trocken, ergriff seine Hand mit überraschend festem Griff und verengte die Augen. „Dann

Jake. Ich bin Olivia und für die nächsten Monate dein Boss."

Mann, was für eine äußerst sympathische Frau. „Sehr sexy. Frauen in Führungspositionen."

„Ja, als Erzieherin ist das natürlich von äußerster Wichtigkeit", erwiderte sie tonlos. „Wenn ich nicht sexy wäre, würden die Kinder mir auf der Nase herumtanzen."

Jake lächelte, unsicher darüber, ob sie gerade einen Witz oder sich über ihn lustig gemacht hatte. Ihre Miene war das reinste Fort. Absolut unleserlich. Sie wirkte nicht einmal ... interessiert an ihm. Sie war nicht einmal errötet, als sie ihn gesehen hatte. Ihr Blick war weder neugierig noch anerkennend. Sie sah ihn an, als wäre er der Typ, der einen Kratzer im Lack ihres Autos hinterlassen hatte. Leicht genervt, aber dennoch geduldig.

Was war los mit ihr? Er war Jake Braker! Er war berühmt. Mit sechsundzwanzig bereits eine Sportlerlegende. Er war letztes Jahr zum Sexiest Man Alive gewählt worden, Herrgott!

„Also, Jake", fuhr sie sachlich fort. „Wie viel Erfahrung hast du im Umgang mit Kindern?"

Er kratzte sich das stoppelige Kinn, immer noch verwirrt über ihre Reaktion auf ihn, und zuckte schließlich mit den Schultern. „Nun, ich war selbst irgendwann mal eins und ich schicke einer Menge von ihnen unterschriebene Baseballkarten, also ..."

„Also gar keine", beendete sie den Satz für ihn und seufzte laut. So als wäre er es, der ihre Zeit verschwendete und nicht andersherum. „Gut, pass auf, bevor wir gleich reingehen und ich dich den Kindern vorstelle, ist es vielleicht gut, wenn du ein paar Grundregeln verstehst." Sie hob einen Finger. „Erstens: Du fluchst nicht vor den Kleinen. Zweitens: Falls du jemals nach Alkohol riechen solltest, wenn du hier auftauchst, rufe ich die Richterin an. Drittens: Du bist immer pünktlich, wirst nicht laut vor den Kindern, triffst keine Entscheidung, ohne mich um Erlaubnis zu fragen und lässt dein aufgeblasenes Ego zu Hause, alles klar?" Erwartungsvoll hob sie eine Augenbraue.

Jake starrte sie mit leicht geöffneten Lippen an. Sah in ihre versteinerte Miene, die keinen Widerspruch zuließ – und mit einem verrückten Gefühl von Verwunderung und Unverständnis musste er eine schockierende Tatsache anerkennen. „Du magst mich nicht", sagte er schlicht und machte verdutzt einen Schritt zurück. „Du hältst mich für ein verantwortungsloses Arschloch. Du kennst mich nicht, aber ... du findest mich jetzt schon zum Kotzen."

Dass er in der Tat ein verantwortungsloses Arschloch war, tat jetzt nichts zur Sache.

Langsam verschränkte sein Gegenüber die Arme vor der flachen Brust, die Lippen zu einer dünnen Linie gepresst. „Du hast betrunken einen Kinderspielplatz demoliert. Ich finde, das sagt eine Menge über einen Menschen aus."

„Ach, bitte. Hast du noch nie betrunken etwas kaputtgemacht?", fragte er gereizt.

„Nein", sagte sie ohne mit der Wimper zu zucken.

Scheiße, er glaubte ihr. Sie sah so furchtbar langweilig aus, dass sie bestimmt auch noch nie Gras geraucht oder einen Stripclub besucht hatte. Wahrscheinlich verbrachte sie ihre Wochenenden damit, ihre Sockenschublade nach Farben zu sortieren.

„Hast du die Regeln verstanden?", hakte sie nach einer Weile nach, als Jake noch immer nichts gesagt hatte. „Oder soll ich sie dir lieber aufschreiben? Der ganze Alkohol hat womöglich dein Erinnerungsvermögen beeinträchtigt. Und wie viele Baseballs hast du schon gegen den Kopf bekommen?"

Jake lachte trocken auf. Unglaublich.

Gespielt getroffen legte er sich eine Hand auf die Brust, das Gesicht zu einer Trauermiene verzogen. „Weißt du, ich bin aufgeschlossen und voller Reue hier aufgetaucht ...“

War er nicht.

„Und innerhalb von zwei Sekunden unterstellst du mir, dass ich betrunken hier erscheinen und den Kindern meine Lieblingsschimpfwörter beibringen werde, während ich ihnen wahrscheinlich auch noch erzähle, dass Terrorismus toll ist. Du bist ganz schön verurteilend, Oleander.“

„Olivia oder Liv“, korrigierte sie ihn sofort und zu Jakes Genugtuung liefen ihre Wangen rosa an. Wenigstens hatte er es geschafft, dass sie sich unwohl fühlte. Das war zwar nicht seine bevorzugte körperliche Reaktion bei Frauen, aber besser als gar keine.

Tief atmete die kleine Blondine durch, bevor sie die Augen schloss und ihn schließlich mit festem Blick fixierte. „Okay, hör mal: Ich wollte dir überhaupt nichts unterstellen, aber dein Ruf eilt dir nun einmal voraus und –“

„Und?“, fragte Jake interessiert und wippte auf seine Fersen zurück. „Du siehst aus wie zwölf und ich wette, ein Fünfjähriger könnte dich mit einem Arm niederringen ... aber zweifele ich deine Kompetenz als Kindergärtnerin an?“

„Die offizielle Bezeichnung ist Erzieherin und da mir vollkommen egal ist, was du von mir hältst: Tu dir keinen Zwang an. Kritisier mich ruhig.“ Sie winkte ab und ein unschuldiges Lächeln stahl sich auf ihre Züge. „Ich meine ... ich bin es ja, die der Richterin mitteilen muss, ob du deine Arbeit hier ernst nimmst, nicht andersherum.“

Er schnaubte. Hatte sie ihm gerade gedroht?

„Sag mal“, fragte er interessiert und neigte den Kopf zur Seite. „Bist du zu jedem Typen so freundlich oder bin ich etwas Besonderes? Ah, lass mich raten ... du bist Single und weißt einfach nicht warum?"

Zu seiner Überraschung entlockte dieser Kommentar der Blondine ein Lachen. Ein ehrliches, gelöstes Lachen, das Jake für einen Moment vergessen ließ, dass ihr Gesicht nicht nennenswert schön war.

„Dir passiert es wirklich nicht oft, dass Frauen dir keinen roten Teppich vor die Füße rollen, oder? Du bist ja total verunsichert. Das ist ja fast putzig."

Verunsichert? Er? Das wurde ja immer besser! Langsam ernsthaft angepisst, machte er einen Schritt auf sie zu und sah grimmig auf sie hinab. „Hör mal, Oleander", sagte er gepresst, „ich bekomme das Gefühl, dass dir deine von der Richterin erteilte Macht zu Kopf steigt. Aber ich werde über diese charakterliche Unzulänglichkeit hinwegsehen, wenn du dich für deine letzten Worte und deinen verurteilenden Blick entschuldigst." Er überragte sie um mehr als einen Kopf ... doch sie rührte sich nicht von der Stelle.

Stattdessen tippte sie sich nachdenklich mit dem Zeigefinger auf die Unterlippe und kam ihm sogar noch einen Schritt entgegen. Ihre Fußspitzen stießen gegen seine und sie musste den Kopf in den Nacken legen, um ihn ansehen zu können.

„Ich heiße Olivia. Und versuchst du gerade, mir Angst einzujagen?", fragte sie leise. „Wirst du mich mit Baseballs bewerfen, wenn ich gemein zu dir bin?"

Irgendwie verlief dieses Gespräch ganz anders als er es sich vorgestellt hatte. Misstrauisch verengte er die Augen. „Was genau ist dein Problem?"

„Ich bin mir noch nicht sicher. Ich kann mich nicht zwischen deinem falschen Lächeln oder deiner fraglichen Arbeitsmoral entscheiden." Sie seufzte laut auf und machte einen Schritt zurück. „Weißt du, Jake, wir werden die nächsten drei Monate eine Menge Zeit miteinander verbringen und ich hielt es einfach für sinnvoll, dir direkt zu Anfang klarzumachen, dass du hier überhaupt nichts zu sagen hast. Wir stehen nicht auf dem Spielfeld. Wir befinden uns im Kindergarten. Und hier gelten meine Regeln. Ich würde dir wirklich gerne auf Augenhöhe begegnen, aber das kann ich nur, wenn ich mir sicher bin, dass du das hier ernst nimmst."

„Wir könnten einander nie auf Augenhöhe begegnen ...", sagte Jake entschuldigend. „Denn dafür müsstest du dir Stelzen besorgen."

Wieder zog ein Lächeln an Olivias Lippen. „Das ist gar kein Problem. Mein Gleichgewichtssinn ist einwandfrei."

Jake schnaubte und öffnete den Mund, um etwas zu erwidern, doch jemand kam ihm zuvor.

„Hey, Liv. Was machst du denn hier?"

Jake wandte sich um und erkannte den verdutzt aussehenden Sam, der offensichtlich endlich den Weg von der Toilette zurückgefunden hatte.

„Hey", antwortete sie freundlich. „Schön, dich zu sehen. Ich arbeite hier. Jake wird mir bei meiner Kindergartengruppe helfen."

„Nein!" Sam fing laut an zu lachen. „Das ist ja fantastisch! Hätte ich das gewusst, hätte ich mir nur halb so viele Sorgen gemacht."

Verwirrt sah Jake zwischen den beiden hin und her. Er wusste nicht, was hier gerade passierte, aber es gefiel ihm nicht. „Ihr kennt euch?", wollte er schroff wissen.

Oleander hob eine Schulter. „Ich bin mit Chloe befreundet."

„Fuck", rutschte es ihm heraus. Das erklärte, warum sich Oleander bereits eine Meinung über ihn gebildet hatte, ohne ihn zu kennen. Er war sicher, dass Chloe das ein oder andere Wort über ihn verloren hatte.

„Scheibenkleister bitte", sagte sie fröhlich und hob die Hand in Sams Richtung. „Wir sehen uns, Sam. Grüß Chloe von mir." Und dann fügte sie an Jake gewandt hinzu: „Kommst du? Oder brauchst du noch ein paar Minuten, um dich selbst zu bemitleiden?" Im nächsten Moment verschwand sie hinter der Glastür.

Jake stöhnte leise und rieb sich mit der flachen Hand über die Stirn. Das würde eine Katastrophe werden. Er konnte keine Frau verführen, die so prüde und zugeschnürt wie ein heiliges Päckchen war. Oder?

Mhm. Stirnrunzelnd neigte er den Kopf zur Seite und sah Oleander nach.

Oder?

Zwei Stunden später konnte Jake drei Dinge mit Sicherheit sagen: Er mochte keine Kinder, schon gar nicht fünfzehn Stück auf einmal. Auf dem Boden zu sitzen, war scheiße. Und Oleander war die merkwürdigste, sturste und für seine Avancen unempfänglichste Frau, die er jemals getroffen hatte.

Vor drei Wochen, als er in der Sportsbar sein T-Shirt ausgezogen hatte, war eine vorbeigehende Kellnerin in Ohnmacht gefallen. Als Oleander ihn darum gebeten hatte, die Wachsmalstifte aus dem obersten Fach des Spielschrankes zu holen, war ihm das T-Shirt den Bauch hinaufgerutscht. Sie hatte nicht mit der Wimper gezuckt und ihn gefragt, ob er sich keine T-Shirts leisten könne, die ihm auch wirklich passten.

Die Kinder waren ähnlich unbeeindruckt von ihm. Zwei der Jungen der Gruppe hatten ihn erkannt und mit Baseballfragen gelöchert. Laney, ein blondes Mädchen, hatte wissen wollen, ob er gut jonglieren könne oder wozu er sonst so große Hände brauche. Sam, der Junge mit den Patschehändchen von draußen, hatte die letzte halbe Stunde ein Glockenspiel malträtiert. Als Jake ihm gesagt hatte, er solle das lassen, hatte Sam nur erwidert, dass Jakes Haare „blöd und dämlich" aussähen und dass er ihm überhaupt nichts zu sagen habe.

Oleander hatte den Jungen nur mit einem strengen Blick bedacht und sofort war er verstummt. Als Jake ihr dankbar zugelächelt hatte, hatte sie nur die Augen verdreht.

Schön. Die Kindergärtnerin war offensichtlich sexuell gestört. Vielleicht war sie auch einfach lesbisch. Das machte nichts. Er konnte sie immer noch bestechen. Wie viel Geld würde er ihr wohl anbieten müssen?

„Ich mag Rot am liebsten, was magst du am liebsten?"

„Was?" Jake schrak auf und blinzelte das blonde Mädchen neben sich an. Laney. Das war ihr Name.

„Rot", erklärte sie langsam und hielt einen roten Filzstift vor sein Gesicht. „Das ist eine Farbe. Kennst du sie?"

Er nickte und versuchte seine Beine unter dem Mini-Tisch, an dem er saß, auszustrecken. Doch es war ein unmögliches Unterfangen. Sein Fuß allein war schon zu groß. „Rot ist mir bekannt, ja", sagte er trocken.

Es war Malstunde und da Oleander der Meinung war, dass er sich heute erst einmal mit den Kindern anfreunden solle, hatte sie ihm ebenfalls ein Blatt Papier in die Hand gedrückt.

„Aber du benutzt nur schwarz", sagte Laney missbilligend und deutete auf sein Bild. „Das ist hässlich."

Jake fand das Strichmännchen am Galgen, das er zustande gebracht hatte, ziemlich ansehnlich, deswegen ließ er sich von der Fünfjährigen nicht verunsichern. „Du bist hässlich und Schwarz ist zeitlos", belehrte er sie.

Laney machte große Augen und schüttelte den Kopf. „Ich bin wunderschön! Und Oli sagt immer, Schwarz ist traurig."

„Na, dann hat Oli vielleicht keine verdammte Ahnung", gab er zu bedenken, auch wenn er keinen Schimmer hatte, wer dieser Oli war.

Erneut schüttelte das Mädchen den Kopf. Diesmal so heftig, dass ihre blonden Locken wild umherflogen. „Oli weiß immer alles!", sagte sie bestimmt. „Oli ist bärenstark und voll klug. Meine Mama sagt immer, dass Oli irgendwann die Welt regieren wird."

Natürlich tat sie das. Ihre Mutter schlief wahrscheinlich mit Oli.

„Letztens war unser Vermieter bei uns an der Tür und wollte Geld haben. Er hat uns sogar ein bisschen gedroht. Meine Mama hat mir die Ohren zugehalten, aber ich bin voll gut im Zuhören." Sie schnappte flüchtig nach Luft. „Auf jeden Fall hat Oli richtig laute Dinge zurückgesagt und der Vermieter ist gegangen. Mama meint, er hat vielleicht sogar geweint."

Jakes Mundwinkel zuckten. Dieses kleine Mädchen war so sichtlich stolz auf den Macker ihrer Mutter, dass es irgendwie fast ... na ja, süß war.

„Und weißt du waaaaas?", fuhr Laney fort, während sie mit dem roten Filzer etwas auf ihr Blatt malte, das entweder ein Segelschiff oder ein missratener Tintenklecks war. „Wir machen bald einen Zeltausflug." Wichtigtuerisch hob sie ihr Kinn. „Wie richtige Erwachsene. Wir alle zusammen." Sie breitete die Arme aus, als wolle sie den gesamten Raum umarmen.

Na, Jake hoffte doch sehr, dass er nicht in diesem Wir mitinbegriffen war.

„Oli hat es organisiert. Wir gehen auf einen Campingplatz in der Nähe und alle Eltern haben es schon erlaubt und dann werden wir Marshmallows braten und Stöcke zählen und sowas. Obwohl der Chef vom Kindergarten erst Nein gesagt hat. Aber Oli hat das geregelt." Ihr Gesicht leuchtete auf. „Oli ist so cool."

Meine Güte, dieser Oli schien ja ein verdammt harter Kerl zu sein.

„Und weißt du noch was?", plapperte Laney fröhlich weiter, bevor sie mit ihrem roten Filzstift auf Jakes

Blatt herumkritzelte, sodass es jetzt aussah, als würde der erhängte Mann bluten. „Ich kann schon allein aufs Klo. Sogar groß", sagte sie stolz.

Jake starrte sie mit offenem Mund an. Erwartete sie jetzt ein Lob?

„Ähm ... herzlichen Glückwunsch?"

„Danke!" Sie lächelte breit. „Ich habe dafür einen Sticker bekommen und alles. Er glitzert und es ist ein Einhorn drauf. Magst du Einhörner?"

Er zog eine Grimasse. „Nicht wirklich, nein."

Wenn man ihn schon mit einem Pferd belästigen musste, dann doch bitte mit einem schwarzen Hengst, der seine Eier noch nicht abgegeben hatte. Nicht mit einem weißen Pussy-Pferd, das Regenbogen rülpste.

Das Mädchen machte große Augen. „Du magst keine Einhörner? Warum?" Sie sah ihn an, als habe er verkündet, er würde die Tiere schlachten und dann essen.

„Sie sind einfach verdammt schei..."

„Er hat Angst vor ihnen", unterbrach ihn eine Stimme von hinten.

Er wandte sich um und sah der schmallippigen Oleander in die Augen, die bedrohlich über ihm aufragte. Dabei war sie winzig! Er müsste ihr wahrscheinlich nur den kleinen Finger gegen die Stirn drücken und sie würde umkippen.

„Er fürchtet sich vor Pferden", fuhr die Erzieherin seufzend fort. „Sie sind groß und so viel stärker als er. Außerdem ...", sie lächelte und lehnte sich verschwörerisch zu Laney herunter. „Außerdem ist er eifersüchtig, weil sie eine so viel schönere Mähne haben als er."

Hallo? Was hatten denn alle nur mit seinen Haaren?

„Oh, okay", sagte Laney und nickte verständnisvoll, bevor sie Jake tröstend mit der Hand auf die Schulter patschte. „Ich mag deine Haare. Sie sind schön blond. Wie die Haare einer Fee."

Oh Gott! Jake öffnete den Mund, um dem kleinen Mädchen zu erklären, dass nichts an ihm feenähnlich war, da legte sich eine zweite Hand bestimmt auf seine Schulter. „Kann ich kurz mit dir reden, Jake?", fragte Oleander geduldig.

„Ich bin gerade schwer beschäftigt", sagte er entschuldigend und deutete auf sein Bild. „Vor dem Mittagessen möchte ich auf jeden Fall noch mein Kunstwerk fertigstellen."

Oleanders Lächeln war so süß, dass Jake automatisch Zahnschmerzen bekam. „Das wird warten müssen", meinte sie und zog an seinem Arm.

Es fühlte sich an, als würde ein Schmetterling Jakes Bizeps mit seinen Flügeln streicheln, aber er tat ihr den Gefallen und stand auf. Sonst tat sie sich noch ernsthaft weh.

Oleander nickte ruckartig in Richtung des Flurs und augenverdrehend kam Jake ihrer Geste nach.

„Wir sind nur kurz draußen, Kids", rief sie lächelnd. „Und ich sehe alles, also stellt keinen Blödsinn an." Warnend deutete sie mit dem Finger auf Sam, der schuldbewusst die Schultern höher zog, bevor sie Jake nach draußen folgte, den Blick durch das gläserne Fenster auf die Kinder gerichtet, die weitermalten.

Schließlich atmete sie tief durch und wandte sich zu Jake um. „So kannst du nicht mit den Kindern reden", sagte sie schließlich sachlich.

„Wie?", fragte er interessiert nach.

„Wie mit deinen Teamkollegen."

Jake schnalzte missbilligend mit der Zunge. „Meine Güte, du glaubst auch jedem Klischee, oder? Als würden Baseballer hinter verschlossenen Türen nur fluchen und dreckige Witze austauschen." Ja, das kam ungefähr hin.

„Es ist mir egal, was du hinter verschlossenen Türen machst, solange du vor den Kleinen keine Schimpfwörter benutzt.“

Jake seufzte frustriert auf. Das war eine Tortur! Er hasste es, wenn andere Leute ihm Regeln auferlegen wollten. Und er würde sich von einem blonden Zwerg doch nicht sagen lassen, was er zu tun und zu lassen hatte.

„Hör mal, Oleander …“

„Olivia!“

„Sag ich doch, Lydia. Also, wir beide wissen, dass das hier nicht funktionieren wird.“ Er wedelte mit den Händen zwischen ihnen hin und her. „Du hältst mich für ein arrogantes Arschloch, ich dich für einen sexuell frustrierten Kampfzwerg – wir sind einfach nicht kompatibel. Ich halte es für das Beste, wenn wir dieses Experiment hier einfach abbrechen.“

Sein Gegenüber hob eine Augenbraue. „Sexuell frustrierter Kampfzwerg?“, wiederholte sie trocken.

Er nickte und sah mit ernstem Gesicht auf sie hinab. „Ich habe extra Worte gewählt, die nicht allzu beleidigend sind.“

Gespielt nachdenklich neigte sie den Kopf zur Seite. „Jetzt bin ich neugierig. Ist jeder, der nicht jede Nacht mit einer anderen Frau schläft, gleich sexuell frustriert?“

Definitiv.

„Ah, also bist du tatsächlich lesbisch“, sagte Jake und nickte. „Das erklärt einiges. Die Art, wie du dich anziehst. Dass du mich nicht magst …“

Ungläubig sah Oleander ihn an. „Ich bin nicht lesbisch. Und was hat das mit irgendetwas zu tun?“

Ach, verdammt.

„Gar nichts“, sagte Jake hastig. „Ist auch egal. Kommen wir zum eigentlichen Thema zurück. Dieses Experiment: Es wird scheitern. Ich will nicht hier sein, du willst mich nicht hier haben, warum uns das Ganze antun? Ich habe gewisse Verpflichtungen. Mein Job ist sehr zeitaufwändig und es wäre das Beste für alle, wenn du mir einfach den Wisch unterschreiben und mir acht ... oder am besten zehn Stunden notieren könntest – dann geh' ich nach Hause und komme nächste Woche für die nächste Unterschrift wieder. Gerne mit einem Hundert-Dollar-Schein in der Hand. Problem gelöst."

Mit undurchdringlichen grünen Augen starrte sein Gegenüber ihn an und schwieg.

Hatte sie einen Anfall?

„Oleander?"

„Mein Name ist Olivia", presste sie zwischen den Zähnen hindurch.

Er runzelte die Stirn. „Wenn du Olivia heißt, warum hast du mir dann gesagt, dein Name sei Oleander?"

Ihre grünen Augen verdüsterten sich schlagartig und jetzt stemmte sie die Hände in die Seiten und machte einen Schritt auf ihn zu. Es wäre vielleicht eindrucksvoll gewesen, hätte sie nicht die Größe eines Weihnachtselfs und würde nach einer Blumenwiese riechen.

„Ich sag' dir was", meinte sie kühl. „Du nennst mich am besten einfach meine Gebieterin, denn mir ist nicht entgangen, dass deine geliebte Karriere – oder wie auch immer du es nennst, dass du in Strumpfhosen auf dem Bildschirm rumturnst – in meinen Händen liegt. Und ich gebe dir einen Rat, Eierkopf: Mach mich nicht wütend! Ich habe wahrlich andere Probleme in meinem Leben – und glaub mir, du willst keins davon werden. Also befolge einfach meine Regeln. Und, ach ja: Schieb dir dein Geld sonst wo hin. Du wirst jede einzelne deiner Stunden hier ableisten!"

„Eierkopf?", fragte er verwirrt. Jetzt wurde sie wirklich beleidigend. Erst seine Haare, dann seine Kopfform kritisieren?

„Es sind Kinder anwesend!", sagte sie zähneknirschend. „Ich kann dir nicht alle Beleidigungen an den Kopf werfen, die ich gerne loswerden will. Aber wenn du möchtest, kann ich sie aufschreiben und an dich schicken. Dann lernst du vielleicht auch mal ein paar Wörter und kannst deinen Wortschatz auffüllen. Obwohl es eine Schande wäre, das gute Porto an dich zu verschwenden."

„Wow", sagte er und hätte beinahe angefangen zu lachen. Oleander war ... amüsant. Sie sagte lauter witzige Dinge. Außerdem war ihr Gesicht ganz rot geworden und sie biss sich angestrengt auf der vollen Unterlippe herum. Sie besaß Mumm und Leidenschaft – und das respektierte Jake. Was natürlich nicht bedeutete, dass er es auch tolerierte.

„Was, wow?", hakte sie feindselig nach. „Hast du soeben verstanden, wie Briefe verschickt werden, weil du das bis jetzt nie selbst machen musstest?"

„Nein, das haben mir meine Lakaien bereits erklärt", meinte er gelassen. „Ich meinte: Wow, was für ein Zufall, dass ich an die einzige Frau in der gesamten Stadt gerate, die mich nicht mag."

Sie schnaubte laut und wäre sie größer gewesen, hätte er sicherlich ihre Spucketröpfchen auf seinem Gesicht gespürt. So aber konnte er nur beobachten, wie eine kleine, pochende Ader auf ihrer Stirn hervortrat.

„Erstens: Ich glaube, die meisten Frauen mögen dein Geld und nicht dich. Zweitens: Kein Zufall."

Das machte ihn doch tatsächlich stutzig. Fragend zog er die Augenbrauen zusammen. „Was soll das denn heißen?", fragte er misstrauisch.

Oleander lächelte. Ein süßes, unschuldiges Lächeln, das Jake eine Gänsehaut den Rücken hinunterlaufen ließ. „Es heißt lediglich, dass es kein Zufall war“, erklärte sie mit den Wimpern klimpernd.

„Warum?“, fragte er scharf.

„Weil ich es war, die dich angezeigt hat.“

Vier

Es war faszinierend, Jakes Gesicht dabei zu beobachten, wie es von gelassen belustigt zu mörderisch zornig wurde. Liv stellte überrascht fest, dass ihn dieser plötzliche Gemütsumschwung fast attraktiv machte. Denn der wütende Ausdruck, den Jake jetzt zur Schau stellte, war ehrlich. Sie konnte darunter den Mann erkennen, der Jake möglicherweise wirklich war. Nicht der überhöfliche Schleimbeutel, den er die letzten Stunden zur Schau gestellt hatte.

Meine Güte, Liv hatte mit dem Schlimmsten gerechnet, aber Jake Braker war ... zu viel: zu groß, zu präsent, zu arrogant, zu gutaussehend.

Denn ja: Er war heiß. Nicht attraktiv, dafür war er ein zu großes Arschloch, aber heiß. Liv mochte nicht allzu viel sexuelle Erfahrung haben – sie hatte keine Zeit dafür – aber sie hatte Augen im Kopf und sie war nicht tot. Gott hatte es gut mit Jake Braker gemeint. Scharf geschnittene Züge, tiefblaue Augen, blonde Surferhaare und einen Körper, der ... Liv wollte lieber nicht drüber nachdenken.

Rein objektiv betrachtet war Jake Braker ... nun, wunderschön. Aber Liv hatte Probleme damit, diese Schönheit anzuerkennen – denn die Worte, die aus seinem Mund kamen, zerstörten jede Illusion.

„Du hast was?", fragte er tonlos, seine Stimme plötzlich eiskalt.

„Dich angezeigt", erklärte Liv freundlich. „Ich hab' dich auf dem Spielplatz gesehen und die Polizei gerufen. Möglicherweise fand die Richterin es deswegen lustig, dich in genau diesen Kindergarten zu stecken."

Von einem Moment auf den anderen verdunkelten sich Jakes Augen, sodass sie nun fast schwarz wirkten.

Sein Kiefer knackte und er biss die Zähne so fest aufeinander, dass Liv automatisch Mitleid mit seinem Zahnarzt hatte.

„Was zum Teufel ist dein beschissenes Problem?", fuhr er sie an. „Du hattest es also schon auf mich abgesehen, bevor du auch nur ein Wort mit mir gewechselt hast! Was geht es dich an, dass ich einen Spielplatz demoliere?"

„Jede Menge", sagte sie gelassen.

Jake schnaubte verächtlich. „Olivia, ich will dir nicht zu nahe treten, aber dein kleines, schnuckeliges Leben ist im Vergleich zu meinem einfach nicht wichtig genug, als dass irgendetwas, das ich tue, auch nur annähernd von Bedeutung für dich wäre."

Liv presste die Lippen aufeinander und suchte nach der Gelassenheit, die ihr die tägliche Arbeit mit fünfzehn Kindern antrainiert hatte. Doch sie hatte Mühe damit, nicht die Fassung zu verlieren. Was zum Teufel bildete der Kerl sich ein?! Vielleicht sollte Liv sich geehrt fühlen, weil Jake das erste Mal ihren richtigen Namen benutzt hatte – aber stattdessen machte es sie nur umso wütender.

Gott, sie hasste reiche Leute. Leute, die sich für was Besseres hielten und auf einfache Menschen wie sie herabsahen. Leute, die ernsthaft glaubten, dass ihr Leben auch nur einen Deut wertvoller war als das anderer.

„Als du den Spielplatz kaputt gemacht hast, hast du da auch nur eine Sekunde drüber nachgedacht, was das für die Leute aus der Nachbarschaft bedeuten könnte?", zischte sie. „Hast du auch nur einen Gedanken daran verschwendet, was für Konsequenzen deine Handlungen nach sich ziehen? Wie du die Leben von Menschen, die du nicht einmal kennst, mit deinem egoistischen Getue beeinflusst? Aber dir ist das scheißegal, oder?" Sie musste sich zwingen, ihre Stimme in einer annehmbaren Lautstärke zu halten. „Du lebst in deiner kleinen Welt, die nur aus dir und Baseball besteht. Und es funktioniert auch noch! Weil du dich aus jedem Mist rauskaufen kannst! Weil du mehr Geld als Verstand hast. Weil du nicht freundlich sein musst, weil die Menschen sowieso so tun, als würden sie dich mögen. Einfach weil sie dich für cool halten. Aber hast du mal daran gedacht, was deine Taten für andere bedeuten? Für diejenigen, die sich einen Scheiß für dich interessieren und trotzdem davon beeinflusst werden?!"

Sie holte zitternd Luft, die Hände zu Fäusten geballt. „Ich war fast jeden Tag auf diesem Spielplatz. Er war direkt bei mir um die Ecke. Meine Nichte hat dort das erste Mal in einer Schaukel gesessen. Das erste Mal einen Sandkuchen gebacken. Und deinetwegen – weil du einen verdammten schlechten Tag hattest – muss ich jetzt eine halbe Stunde zu einem anderen laufen. Ich weiß, für dich hört sich das nicht nach viel an, aber in dieser Stunde, die ich insgesamt verliere, könnte ich schlafen oder arbeiten oder Papierkram erledigen. Ich weiß, das bedeutet dir überhaupt nichts. Aber mir. Und das ist mindestens genauso wichtig!"

Ausdruckslos starrte Jake auf sie hinab. Sein Gesicht die kühle Fassade eines Mannes, dem ihre Worte so wichtig waren wie eine lästige Fliege, die um seinen Kopf schwirrte. Ein paar Herzschläge lang schwieg er. Starrte sie einfach nur an. Als versuche er, sie zum Verschwinden zu bringen.

Schließlich murmelte er: „Okay, es reicht. Leg deine Karten auf den Tisch. Was willst du? Was ist es, das du brauchst, damit du meinen verdammten Zettel unterschreibst und mich in Ruhe lässt?"

Liv schnaubte und ihr Herz flatterte hektisch in ihrer Brust. Gott, es wäre so einfach. Sie könnte Geld verlangen. So viel Geld, das sie bitter brauchte. Geld, das Jake nicht einmal vermissen würde. Mit dem all ihre Sorgen plötzlich verschwinden würden. Es war so reizvoll … doch sie konnte nicht.

Denn dann wäre sie keinen Deut besser als dieser arrogante Baseballer vor ihr. Sie könnte sich selbst nicht in die Augen sehen. Wie sollte sie Laney dann noch ein gutes Vorbild sein? Sie mochte kein Geld haben, aber sie hatte Stolz. Und Integrität. Und einen moralischen Kompass. Und das war so viel mehr wert.

„Du kannst dein Geld behalten", presste sie zwischen den Zähnen hervor. „Ich bin keine deiner Affären, die du mit einem Lächeln zu allem überreden kannst. Ich bin kein Reporter, den du bestechen kannst, eine Story nicht zu drucken. Du denkst, du kannst mich weichkochen? Mit deinem Geld und deinem Starstatus und deinem falschen Lächeln? Du denkst wirklich, dass ich nur eine Sekunde daran denken könnte, die Sache für dich zu erleichtern, nur weil du einen Schläger schwingen kannst? Mit was für Menschen hast du den ganzen Tag Kontakt? Wie blöd müssen die alle sein, um dir auch nur ein einziges deiner Worte abzukaufen? Wie dumm müssen die ganzen Frauen sein, in dein Bett zu hüpfen?"

Sie atmete tief durch. „Wir sind hier nicht auf dem Feld, Braker. Hier gelten meine Regeln. Und nichts, was Beleidigendes aus deinem Mund kommt, könnte mich auch nur im Mindesten interessieren – denn verdammt nochmal, ich gebe einen Scheiß auf deine Meinung und ich gebe einen Scheiß auf deine Art Mensch."

Jake verengte die Augen. Jegliche falsche Freundlichkeit war längst aus seinem Gesicht gewichen. „Und welche Art Mensch ist das?", knurrte er.

„Reiche Kerle, die es gewohnt sind, zu bekommen, was sie wollen!"

„Aha." Jake nickte, die Lippen zusammengepresst, und ließ sich langsam auf die Fersen zurückwippen. „Darf ich jetzt mal was sagen?"

„Tu dir keinen Zwang an.“

„Schön. Olivia: Du weißt einen Dreck von meinem Leben.“ Seine Stimme war sachlich und gleichzeitig so ernst und eindringlich, dass Liv beinahe einen Schritt zurückgestolpert wäre.

„Du kennst mich nicht“, flüsterte er und trat auf sie zu. So, als wisse er genau, dass ihr Fluchtinstinkt gerade einsetzte. „Du hast den einen oder anderen Artikel über mich gelesen, hast dich mit Chloe über mich unterhalten, hast mein Gesicht im Fernsehen gesehen – und denkst, du wüsstest alles über mich. Was ich für ein Mensch bin, wie ich ticke, was in meinem Kopf vorgeht. Du hast dir deinen Klischeeturm gebaut und mich oben in ein Zimmer eingesperrt. So wie es jeder verdammte andere Mensch tut! Aber das ist okay. Du kannst nicht anders. Die Gesellschaft schreibt es dir vor. Denn so ticken die Menschen. Sie machen sich ein Bild von mir, bevor auch nur ein Wort aus meinem Mund kommt. Aber bilde dir nicht eine Sekunde lang ein, dass du mich als Mensch kennst oder gar verstehen könntest. Wenn du mich verurteilen willst, dann verurteile mich. Aber sag nie wieder, dass du wüsstest, wer ich bin. Denn ich bin mehr als das beschissene Produkt der Klatschblätter.“

Livs Herz schlug hart in ihrer Brust und Schweiß bildete sich in ihrem Nacken. Jake hatte sich zu ihr hinuntergebeugt und stand nun so nah, dass sie die hellblauen Sprenkel in seinen Augen zählen konnte.

„Dann beweise es“, flüsterte sie und nickte zur Tür, hinter der die Kinder warteten. „Gib mir einen Grund dafür, dich nicht zu verurteilen. Lächele nur, wenn du es so meinst und spiel mir nichts vor. Dann bekommen wir kein Problem.“

„Oh, bitte“, murmelte er kopfschüttelnd. „Das Problem haben wir doch schon längst.“ Und mit diesen

Worten wandte er sich um und glitt durch die Tür zurück in das Gruppenzimmer.

Liv starrte ihm nach und atmete zitternd ein und aus.

Möglicherweise war sie etwas zu hart mit ihm ins Gericht gegangen. Möglicherweise hatte sie Jake Braker unterschätzt.

Und der Gedanke gefiel ihr kein bisschen.

„Du bist offiziell Jakes Babysitter? Ernsthaft? Wieso sagst du mir denn nichts? Ich musste es von Sam erfahren.“

„Ich hab' vergessen, ihn zu erwähnen“, gab sie ehrlich zu.

„Vergessen? Jake vergessen?“ Chloe lachte blechern durch den Hörer. „Gott, wenn er das wüsste.“

Liv war sich ziemlich sicher, dass sie ihren Standpunkt heute mehr als deutlich gemacht hatte. Sie gähnte herzhaft und legte sich den Arm über die Augen. Eigentlich hatte sie ein Power Nap halten wollen, bevor sie weiter zu einem Kellnerjob musste. Doch sie hatte ohnehin mit Chloe reden müssen, da war es ihr sinnvoll erschienen, den Anruf anzunehmen.

„Und wie war er?“, wollte Chloe wissen. „Hat er sich halbwegs anständig verhalten?“

Das konnte Liv nicht wirklich beantworten. Sie hatte keinen Vergleichswert. Vielleicht benahm sich Jake ja normalerweise noch schlimmer? Das könnte durchaus sein.

„Es war okay“, sagte sie vage. „Der Anfang war etwas holperig, aber dann hat er zumindest aufgehört zu fluchen.“

Auch wenn er bis zum Nachmittag so unfassbar schlecht gelaunt gewesen war, dass Liv ihm gerne einen Smiley ins Gesicht geklebt hätte. Aber die Kinder hatten den grummeligen Mann, der sie ab jetzt öfter besuchen würde, sehr witzig gefunden und sich nicht von ihm stören lassen. Das war das Wichtigste. Und der düstere Gesichtsausdruck auf Jakes Gesicht war ihr definitiv lieber gewesen als das schleimige Lächeln, das er noch zu Anfang zur Schau getragen hatte.

„Das hört sich doch vielversprechend an", meinte Chloe leise lachend. „Gott, ich möchte ja kein gemeiner Mensch sein, aber ich gönne es ihm. Dass er ein wenig leidet. Wenn ich an all die Überstunden denke, die Sam seinetwegen schieben musste ..." Sie atmete tief ein. „Sorg einfach dafür, dass es ihm nicht allzu gut bei dir geht, okay?"

„Ich glaub', dafür muss ich nicht viel tun. Allein die Tatsache, dass er anwesend sein muss, regt ihn unglaublich auf."

„Sehr gut. Ich würde dir ja ein paar Tipps geben, wie du am besten mit ihm umgehst ... aber ich habe keine Ahnung. Das hat bisher noch niemand herausgefunden."

Ja, das konnte Liv sich vorstellen. Umgänglich war kein Wort, das sie mit ihm in Verbindung setzen würde. Sie runzelte die Stirn und dachte an Jakes letzte Worte.

Denn ich bin mehr als das beschissene Produkt der Klatschblätter.

Aber was war er dann? Wer war er dann?

Kopfschüttelnd schloss sie die Augen. Das war keine Frage, die sie näher ergründen sollte.

„Ist egal", meinte sie leichthin. „Wir werden vielleicht nicht die besten Freunde, aber ich komme klar."

„Das wundert mich nicht. Du kommst immer klar."

Ja. So war es und so würde es immer sein.

„Chloe, wo wir gerade übers Klarkommen sprechen", sagte sie schweren Herzens. „Ich werde mit dem Kickboxen aufhören müssen."

Vor fast zwei Jahren, als Liv Chloe über einen Kellnerinnenjob kennengelernt hatte, hatten sie gemeinsam angefangen, zum Kickboxen zu gehen. Es war Livs einziges Hobby, der einzige Abend in der Woche, an dem sie sich entspannte ... und sie würde ihn aufgeben müssen. Sie konnte es sich schlichtweg nicht mehr leisten. Und wenn sie zwischen Kickboxen und Essen wählen musste ... tja.

„Oh nein, warum?", fragte Chloe enttäuscht.

„Bei der Cateringfirma haben sie meine Schichten verschoben", log sie. Sie konnte Chloe nicht die Wahrheit sagen. Sie würde ihr helfen wollen, ihr Geld leihen wollen, die Kosten für den Kurs übernehmen wollen – und das konnte Liv nicht annehmen. Sie wollte nicht in Chloes Schuld stehen. Sie wollte ihre Freundschaft nicht belasten ... und sie wollte sich nicht auf Hilfe verlassen.

„Und du bist sicher, dass du nicht mit ihnen reden kannst?", hakte Chloe nach. „Ohne dich macht der Kurs nur halb so viel Spaß."

Ein kleiner Kloß bildete sich in Livs Hals, doch sie ignorierte ihn. „Nein, tut mir leid. Es geht nicht anders."

Chloe seufzte schwer. „Okay, versteh' ich. Ich werde dich trotzdem dort vermissen."

Liv lächelte müde. „Ich dich auch. Aber hör mal, wir können ja stattdessen –" Es klopfte an ihre Tür und sie hielt mitten im Satz inne. „Warte mal, Chloe", meinte sie, bevor sie den Hörer auf ihre Brust drückte. „Ja?"

Kristen steckte den Kopf in ihr Zimmer. „Hey", sagte sie. „Kurze Frage: Bist du heute Abend da?"

Wieder gähnte Liv, bevor sie den Kopf schüttelte. „Ich muss arbeiten, wieso?"

„Ähm ..." Kristens Wangen liefen rosa an. „Ich bekomme womöglich Männerbesuch und wollte dich nur vorwarnen."

„Männerbesuch?", fragte Liv verdattert. „Aber Laney ist hier."

„Ich weiß. Das macht ihm nichts. Wir wollen zu dritt was kochen." Ihr Kopf war nun so glühend rot, dass Liv

versucht war, ihre Hand an Kristens Wange zu legen –
nur um zu sehen, ob sie zischte.

„Okay. Ähm ... wer ist der Kerl? Ist er nett?“

Kristen hob eine Schulter. „Ich weiß es nicht. Er besucht mit mir eine Vorlesung und ... ist sehr anders als all meine Ex-Freunde.“

Na, das war auf jeden Fall schon mal ein gutes Zeichen. Wenn man bedachte, dass Kristens letzter Ex-Freund sie schwanger hatte sitzen lassen.

„Okay, dann ... viel Spaß, schätze ich.“

Kristen zog eine Grimasse. „Ich hab furchtbar viel Schiss, aber ich sollte es versuchen, oder?“

Liv hatte keine Ahnung. Sie hatte nicht das Verlangen, es mit irgendeinem Mann zu versuchen. Wenn sie enttäuscht werden wollte, konnte sie auch einfach im Fernsehen den Politikkanal einschalten oder billiges Eis kaufen. Aber weil sie eine gute Schwester war, zuckte sie nur mit den Schultern.

Kristen lächelte zaghaft. „Genau. Bis später.“ Sie hob die Hand und verschwand.

„Hab’ ich das richtig gehört? Deine Schwester geht auf ein Date?“, fragte Chloe, sobald Liv zurück am Hörer war.

„Na ja, keine Ahnung. Sie trifft sich mit einem Kerl aus der Uni zum Kochen.“

„Hört sich nach einem Date an. Du solltest dir ein Beispiel an ihr nehmen und ausgehen.“

Liv schnaubte und verdrehte die Augen. Dieser Satz kam Chloe ungefähr jede Woche einmal über die Lippen. Und Liv antwortete jedes Mal dasselbe. „Ich gehe nicht auf Dates, Chloe.“

„Warum nicht?“

„Weil es Zeit und Nerven kostet – und das sind beides Dinge, die ich nicht zur Verfügung habe.“

„Für mich hört sich das nach einer Ausrede an, weil du Angst vor Nähe hast.“

„Ja, das auch", meinte Liv schlicht. „Das Endergebnis ist jedoch dasselbe."

„Schön, schön", kapitulierte Chloe. „Aber dafür musst du Sonntag zusammen mit mir zum Spiel der Delphies kommen."

Liv lachte laut. „Ich schulde dir etwas dafür, dass ich nicht auf Dates gehe?", wollte sie zweifelnd wissen.

„Ja. Du arbeitest zu viel und brauchst mehr Spaß im Leben – außerdem will ich da nicht allein hingehen. Sam redet die ganze Zeit nur mit den anderen Managern und PR-Leuten. Ich brauche Unterhaltung."

„Und da dachtest du an mich?"

„Jap. Bei dir kann man sich wenigstens darauf verlassen, dass du weder Cole Panther noch einen anderen der Prominenten angaffst."

„Cole wer?", fragte Liv verwirrt.

„Panther. Der gutaussehende Milliardär, dem das Baseballteam gehört."

„Ach so. Keine Ahnung, wer das ist."

Chloe lachte laut. „Weswegen du meine perfekte Begleitung bist. Komm schon. Es ist die VIP-Box, Liv. Das bedeutet, es gibt kostenloses Essen und kostenlosen Alkohol."

„Okay, ich komm mit", sagte Liv prompt. Jeder Spaß im Zusammenhang mit dem Wort kostenlos hörte sich unwiderstehlich an. „Um wie viel Uhr soll ich da sein?"

Fünf

„Kann man irgendwie helfen?"

„Womit willst du mir helfen?", knurrte Jake.

„Nicht dir. Dem Boxsack", sagte Ty behutsam und zog den Sandsack, dem Jake gerade noch den Garaus gemacht hatte, bestimmt aus dem Weg. „Du verletzt seine Gefühle ... und deine Hände."

Jake presste die Lippen aufeinander und starrte den Shortstop regungslos an. Nach dem Kindergartendebakel war ihm nicht danach gewesen, nach Hause zu gehen. Also war er zum Stadion der Delphies gefahren, um seine versäumte Sporteinheit von heute Morgen nachzuholen. Leider war er nicht allein im Fitnessraum. „Hast du ein Problem, Ty?"

„Nein, aber du offensichtlich", bemerkte er belustigt. „Und das will schon was heißen, denn du warst die letzten Wochen wahrlich kein Honigkuchenpferd. Oder Ryan?" Er sah über die Schulter zum Catcher der Delphies, der auf dem Laufband neben ihnen lief.

„Nope", bestätigte er. „Du hast den Weihnachtsmann zum Schimpfen, die Engel zum Weinen und Sam zum Schreien gebracht. Nicht dass ich das nicht beeindruckend finden würde ... aber Alter, was ist los mit dir?"

„Überhaupt nichts", entgegnete Jake abgehackt, wandte ihnen den Rücken zu und lief zu seiner Sporttasche, um die Flasche Wasser daraus hervorzuziehen.

„Ah, warte", dachte Ty laut nach. „Hast du heute nicht deine ersten Sozialstunden abgeleistet?"

Jake verzichtete darauf, zu antworten.

„Ist es nicht gut gelaufen?", hakte Ty weiter nach. „Ich dachte, du wärst im Kindergarten. Da gibt es doch bestimmt nur Erzieherinnen, die dir aus der Hand fressen."

Jake schnaubte verächtlich. Gott, er wünschte, es wäre so.

„Ich bin bei einer kalten Verrückten gelandet, die Baseball nicht interessiert und der Anstand mehr bedeutet als Spielstatistiken", presste er zwischen den Zähnen hervor.

„Hört sich nach einem schrecklichen Menschen an", meinte Ryan trocken. „Wahrscheinlich will sie die Welt auch noch zu einem besseren Ort machen, die Ozeane reinigen und gegen die Hungersnot ankämpfen. Wie kann sie dir das antun?"

Genervt wirbelte Jake herum. „Ja, lach du dich ruhig kaputt! Es ist ja nicht deine Karriere, die in ihren Händen liegt. Sie ist ... scheiße noch mal ... anstrengend! Ihr ist egal, wie ich aussehe, ihr ist egal, wer ich bin – und sie lässt sich nicht bestechen. Was für ein Mensch lässt sich nicht bestechen!?"

„Einer mit Integrität?", schlug Ty vor.

„Nein, einer, der sein Leben nicht im Griff hat!", korrigierte Jake ihn zornig.

Aber hast du mal daran gedacht, was deine Taten für andere bedeuten? Für diejenigen, die sich einen Scheiß für dich interessieren und trotzdem davon beeinflusst werden?

Scheiße, ihre Stimme war noch immer in seinem Kopf!

Jake rieb sich mit der Hand über die Stirn, wandte Ryan und Ty den Rücken zu und griff nach seinem Handtuch.

Wer sagte so etwas? Wie sollte er irgendetwas mit ihrem Leben zu tun haben, ohne sie zu kennen? Wie konnte sie so wütend auf ihn sein, ohne dass er ihren Nachnamen wusste?

Das war absurd. Sie hatte mit ihm geredet, als würde er alles Verwerfliche dieser Welt in sich vereinen. Sie hatte ihn angesehen, als hätte er absichtlich genau den Spielplatz kaputt gemacht, den sie besuchte.

Fahrig wischte er sich mit dem Handtuch übers Gesicht und atmete tief ein und aus. Er war kein schlechter Mensch. Er tat anderen nicht absichtlich weh. Er war weder dumm, noch das große Arschloch, als das die Presse ihn darstellte.

Aber warum war es ihm so wichtig, dass Olivia das wusste? Ihm ging doch sonst am Arsch vorbei, was die Menschen über ihn dachten! Und die Kindergärtnerin war nicht einmal einen zweiten Blick wert. Sie war ein Niemand. Unter normalen Umständen hätte Jake sie innerhalb weniger Minuten wieder vergessen. Aber dennoch ...

Es war ihr Gesichtsausdruck gewesen, entschied er. Dieser aufrichtige, ernste und verurteilende Ausdruck, den er nicht hatte ertragen können. Sie hielt ihn für einen Vollidioten ... und verdammt, er wollte, dass sie erkannte, dass sie falschlag!

„Warum zum Teufel bist du so wütend, Jake?", fragte Ty ehrlich verwundert. „Du wirst doch andauernd mit Menschen konfrontiert, die dir falsches Verhalten vorwerfen. Was ist jetzt anders?"

Er hatte keinen Schimmer. Vielleicht lag es daran, dass die Menschen, die sich sonst über ihn aufregten, allesamt zur Presseabteilung gehörten. Oder mit ihm verwandt waren. Aber das alles waren Leute, die Tatsachen künstlich aufbliesen. Die Geld durch ihn verloren. Die wütend waren, weil er ihre Erwartungen nicht erfüllte. Aber Olivia ... was für Erwartungen hatte sie schon haben können? Und trotzdem hatte er es bereits geschafft, sie zu enttäuschen. Liebe Güte, er hatte ein verdammtes Talent! Er sollte im Zirkus auftreten.

„Es ist unwichtig", sagte er schroff und als er sich wieder umwandte, traf er Tys und Ryans neugierige Blicke. Verwirrt machte er einen Schritt zurück. „Was?"

Ty hob eine Schulter und einen Mundwinkel. „Für mich hört sich das so an, als würde sie dir unter die Haut gehen. Und das gefällt dir nicht."

Das brachte Jake doch tatsächlich zum Lachen. „Glaub mir, ich habe bessere Dinge zu tun, als mir über eine frustrierte Kindergärtnerin Gedanken zu machen."

„Ja, hast du", bemerkte Ryan grinsend. „Und trotzdem tust du es."

„Ich gehe. Ihr könnt dann weiter über die Tampons eurer Freundinnen reden." Er hob die Hand, griff nach seiner Tasche und ließ die beiden allein.

Unter die Haut gehen. Lächerlich!

Er wischte sich den Schweiß aus dem Nacken, stopfte Handtuch und Wasserflasche zurück in seine Tasche und machte sich auf den Weg zu den Parkplätzen.

Den Boxsack zu verprügeln hatte geholfen, aber er fühlte sich dennoch unruhig. Sonntag hatten sie das nächste Spiel. Danach würde die Mannschaft zwei Tage nach Atlanta fliegen, dann hatte er den nächsten Tag im Kindergarten, bevor eine Drei-Spiele-Serie im Heimstadion folgen würde. Sein Kalender war voll – aber Jake mochte es so. Dann lief die Zeit schneller. Dann waren die Nächte kürzer. Dann war der Druck leichter. Sein Kopf leerer.

Er ließ die Schultern kreisen, drückte die Tür zum Parkplatz auf und sog die frische Luft in seine Lungen. Vielleicht würde er Silvana anrufen, sie konnte backen und ihm von ihrem unglaublich langweiligen Leben erzählen. Ja, das hörte sich gut an. Er wollte gerade ihre Nummer raussuchen, als ihm eine hochgewachsene Gestalt im Anzug auffiel, die mit verschränkten Armen vor seinem Quad stand. Jake runzelte die Stirn und ließ das Telefon wieder sinken. Es dämmerte bereits, doch er hätte auch in totaler Dunkelheit gewusst, wer da auf ihn wartete.

Sein Kiefer verhärtete sich. Automatisch zog er die Schultern zurück und richtete sich gerader auf. Er machte es nicht einmal bewusst. Es war die natürliche Reaktion seines Körpers darauf, dass Henry Wellington der Dritte ihn mit seiner Anwesenheit beehrte. Mensch, er hatte nicht einmal seinen Butler geschickt. Die Sache musste ernst sein.

Jake presste die Lippen aufeinander, trat die letzten Schritte nach vorne und blieb zwei Meter von seinem Quad entfernt stehen.

„Dad", sagte er steinern.

„Jakob", erwiderte sein Vater und nickte ihm kaum merklich zu. „Du bist erstaunlich schwer zu erreichen in letzter Zeit."

Jake hob eine Schulter. „Ich tu' so, als sei ich nicht leicht zu haben, damit du mir ein paar Blumen und Pralinen schickst, bevor du mich zum Essen ausführen darfst."

Sein Vater zuckte nicht mit der Wimper. „Ich hatte dich gestern Abend erwartet."

„Sorry, ich konnte nicht. Musste mir die Zehennägel schneiden. War eine dringende Angelegenheit", meinte Jake entschuldigend, bevor er den Quadschlüssel aus seiner Tasche zog und um seinen Vater herumlief.

„Jakob", sagte sein Vater mit Nachdruck. „Ich will mit dir reden."

„Und ich will nicht mit dir reden. Sieht so aus, als hätten wir ein Problem."

„Deine Mutter und ich finden –"

Jake schnaubte verächtlich und fuhr herum. „Oh, bitte. Mom findet überhaupt nichts. Mom hält mich für einen Engel und denkt, ich stecke immer noch in der Pubertät, weil sie sich nicht eingestehen kann, dass sie möglicherweise etwas bei meiner Erziehung falsch gemacht hat. Also halt sie verdammt noch mal da raus, werde los, was du loswerden musst und lass mich in Ruhe.“

Henry Wellington presste die dünnen Lippen zusammen, fuhr sich mit der Hand über das glattrasierte Kinn und nickte dann stoisch. „Schön. Du weißt, dass ich bald mit meiner Wahlkampagne als Senator beginnen werde?“

„Ist mir nicht entgangen.“

„Gut. Nächsten Monat findet bei uns ein Sponsorendinner statt und ich möchte, dass du kommst.“

„Warum?“

„Weil du mein Sohn bist“, sagte er kühl.

Ein bitteres Lächeln zog an Jakes Mundwinkeln. „Du meinst, weil die Sponsoren denken sollen, dass ich dich bei deiner Entscheidung, eine politische Karriere anzustreben, unterstütze?“

Ein Muskel in Henry Wellingtons zerfurchtem Gesicht zuckte, doch er nickte lediglich.

„Ich verstehe es nicht ganz“, meinte Jake im Plauderton. „Kaum einer weiß, dass wir verwandt sind. Hey, ich hab’ doch nicht umsonst Moms Namen angenommen. Ist es nicht viel zu riskant, der Öffentlichkeit zu zeigen, dass wir blutsverwandt sind? Ich meine … da ich deinem Ansehen als Richter doch schon so unglaublich geschadet habe, weil ich nicht weiß, wie ich mich zu benehmen habe.“

„Mach dich nicht lächerlich. Es ist nicht so, als würde ich es geheim halten, dass du mein Sohn bist.“

Oh, doch. Es war exakt so. Seit Jake mit fünfzehn den Feueralarm auf seiner schicken Privatschule ausgelöst hatte, weil er keine Lust auf den Kunstunterricht gehabt hatte. Seit Jake mit sechszehn verkündet hatte, dass er eine Karriere als Sportler anstrebe. Seit Jake mit siebzehn nackt mit der Tochter des Bürgermeisters im Poolhouse erwischt worden war.

„Du hast Angst, dass die Presse Wind davon kriegen und mein lasterhaftes Leben gegen dich benutzen wird", schlussfolgerte Jake nachdenklich. „Ich verstehe. Und sicherlich wirst du mir gleich einen Vortrag darüber halten, dass es meine Pflicht als Henry Jakob Wellington der Vierte ist, dir beizustehen und dich in deinen Ambitionen zu unterstützen ... so wie du mich bei meiner Karriere unterstützt hast, richtig?" Seine Stimme triefte vor Sarkasmus und Jake hoffte geradezu, sein Vater möge darauf ausrutschen.

„Wir beide wissen, dass Baseball keine Karriere ist", sagte sein Vater verkniffen. „Was machst du, wenn du vierzig bist und nichts in der Hand hast außer der einen oder anderen Sporttrophäe? Und sicherlich bin ich nicht in dem Glauben hergekommen, dass du es mir leichtmachen wirst. Dir hat es schon immer so viel mehr Spaß gemacht, meine Erwartungen mit Füßen zu treten."

„Ja, weil ich so verdammt gut darin bin. Und ein weiser Mann hat mir einst gesagt, dass ich mich auf meine Stärken konzentrieren soll. Du solltest stolz auf mich sein, Dad. Einen Rat von dir habe ich tatsächlich angenommen."

Sein Vater schnaubte. Es war nur ein leiser Ton, der für ungeübte Ohren amüsiert klingen mochte, aber Jake wusste es besser. Es war der Ton, den sein Vater von sich gab, wenn er etwas absolut lächerlich fand. Wie zum Beispiel Jim Carrey. Oder rosa Cupcakes. Oder eine Karriere als Baseballer.

Ja, Jake war schon sehr oft mit diesem Ton konfrontiert worden. Er hätte ihn unter hunderten wiedererkannt.

„Als du dich für einen Job im Rampenlicht entschieden hast, Jakob", sagte sein Vater mit erhobener Stimme, „hast du Verantwortung auf dich genommen. Verantwortung für deinen Ruf und den deiner Familie.

Mir ist klar, dass deine familiären Pflichten nicht von Bedeutung für dich sind, aber es wird Zeit, mir und deiner Mutter wenigstens ein bisschen zurückzugeben. Wir sind schließlich immer noch deine Eltern!"

Jake nickte knapp.

Es war schon verwunderlich, dass sein Vater Baseball für den Schandfleck im Lebenslauf seines Sohnes hielt, während ihm der Sport so wichtig war. Baseball war das einzig Reale in Jakes Leben. Das Einzige, das er sich selbst verdient, sich selbst erarbeitet hatte. Das ihm nicht zusammen mit dem Goldlöffel in den Mund gelegt oder hinterhergeworfen worden war. Er hatte verdammt hart gearbeitet, um zu stehen, wo er jetzt stand – auch wenn sein Vater das nicht anerkennen wollte, Jake zumindest wusste es. Und seine Meinung war die, die zählte.

„Wenn ich zu dem Sponsorendinner komme, wird das nur ein schlechtes Licht auf dich werfen", bemerkte er kühl. „Also tu dir einen Gefallen und streich mich von der Gästeliste."

„Du wirst kommen", sagte sein Vater laut. „Die Presse wird ohnehin herausfinden, dass du mein Sohn bist, sobald ich meine Kandidatur bekanntgebe – und da ist es besser, ihr zuvorzukommen. Du hast Glück. Offensichtlich ist es deinen Fans und Amerika egal, dass du vor Gericht geschleift und zu Sozialstunden verdonnert wurdest. Die Menschen mögen dich trotzdem noch! Und solange du in den nächsten Wochen nichts Dummes anstellst, dürfte das alle kein Problem werden. Während der Kampagne –"

„Oh, keine Sorge", unterbrach Jake ihn schnaubend. „Wenn du mit der Kampagne anfängst, bin ich längst nicht mehr hier. Sobald die Saison vorbei ist, bin ich weg aus Philadelphia. Eine Sorge weniger für dich also."

Einen Moment lang runzelte sein Vater irritiert die Stirn, während er diese neue Information verarbeitete. Schließlich fragte er: „Weiß deine Mutter davon?"

„Nicht, wenn sie keine hellseherischen Fähigkeiten entwickelt hat."

„Du solltest es ihr erzählen", wies sein Vater ihn schroff an. „Sie wird enttäuscht darüber sein, dass du wegziehst."

Ja. Würde sie. Wie unterschiedlich seine Eltern doch waren. Ein Wunder, dass sie immer noch verheiratet waren.

„Ich rede mit ihr."

„Du kannst es ihr sagen, wenn du zum Sponsorendinner kommst."

„Das könnte schwierig sein, da ich nicht anwesend sein werde."

Die blauen Augen seines Vaters – seine Augen – verdunkelten sich, während er einen bedrohlichen Schritt auf ihn zu machte. „Du wirst kommen", sagte er warnend. „Allein, ohne Begleitung – denn wer weiß, mit welchem deiner Flittchen du sonst antanzen würdest. Du wirst den Sponsoren erzählen, dass du dir niemand Besseren für den Job als Senator vorstellen könntest. Du wirst deiner Mutter sagen, dass du sie liebst. Du wirst all das tun."

„Und warum sollte ich?", fragte Jake interessiert.

„Weil du es uns schuldest. Weil deine Mutter und ich alles für dich getan haben. Dir jeden nur möglichen Weg geebnet haben. Du hättest in meine Fußstapfen treten können. Dir stand die Welt offen. Du hättest alles werden können. Und jetzt stehst du auf einem Feld und schlägst auf Bälle ein, während du nebenbei mit der halben Stadt ins Bett steigst – vorausgesetzt du bist nüchtern genug. Aber das waren deine Entscheidungen. Und damit leben deine Mutter und ich. Aber in diesem Punkt – mit dem Sponsorendinner – wirst du uns verdammt noch mal unterstützen. Und sei es das letzte Mal, bevor du diese Stadt hinter dir lässt."

„Wow. Das ist eine akkurate Darstellung meines Lebens", sagte Jake gespielt anerkennend. „Vielen Dank, Dad. Das habe ich heute gebraucht. Ich hatte schon vergessen, wer ich bin."

Sein Vater schüttelte schnaubend den Kopf. „Es ist die Wahrheit. Die Art und Weise, wie du dein Leben führst, ist enttäuschend. Und das weißt du. Denn du machst es mit Absicht."

„Oh mein Gott, Dad. Du bist enttäuscht von mir?" Gespielt entrüstet legte Jake sich eine Hand auf die Brust. „Ich bin schockiert. Wie soll ich mit diesem Wissen nur leben? Oh, ich weiß ..." Erleichtert seufzte er auf. „Ich mach' es einfach so wie die letzten sechsundzwanzig Jahre."

Er zog seinen Helm aus dem Stauraum des Quads und stopfte seine Tasche dort hinein, bevor er sich auf das Fahrzeug schwang.

„Du wirst kommen, Jakob!", wiederholte sein Vater laut.

„Ich überleg's mir", meinte er vage, bevor er mit der Hand das Gas betätigte und vorwärts aus der Parklücke fuhr.

Sechs

„Und was passiert jetzt?"

„Jetzt sitzen wir hier, trinken Champagner und gucken Baseball", erklärte Chloe.

„Das ist alles?"

„Jup."

„Mhm." Liv verengte die Augen und sah auf die große Leinwand, die direkt gegenüber der VIP-Box hing und gerade das Bild von Dexter O'Connor, Chloes Bruder, zeigte.

„Ich hatte mir das irgendwie aufregender vorgestellt. Ich dachte, die superreichen Sportler hätten Frauen, von deren nackten Körpern man Sushi isst oder zumindest artistische Waschbären, die mit Keksen jonglieren. Sowas in der Art."

Chloe winkte ab. „Ach, so abgefahren ist die Welt der Reichen und Schönen dann auch nicht."

Liv sah sich skeptisch zu allen Seiten um. Diese Aussage würde sie nicht unterschreiben. Am Fenster standen sechs Anzugträger und eine Frau im Hosenanzug, die das Spiel nicht eines Blickes würdigten und stattdessen hitzig über Geld diskutierten – zumindest fiel hie und da eine hohe Summe. Zur anderen Seite, in einer Couchecke, saßen vier Frauen in Cocktailkleidern, die hinter vorgehaltenen Händen tuschelten und sicherlich zu den reichen Leuten am Fenster gehörten.

Hinter Liv war ein Buffet aufgebaut worden, das den gesamten Kindergarten für eine Woche hätte ernähren können. Um sie herum wuselten zwei Kellner, die eifrig Champagner ausschenkten und es sich zur Aufgabe machten, niemanden der Anwesenden in die Augen zu sehen. Möglicherweise weil es ihnen vertraglich verboten worden war. Liv und Chloe saßen in zwei Ledersesseln direkt vor der Glaswand, die Füße auf einen samtenen Hocker hochgelegt, Erdbeeren und Champagner in der Hand.

Ja, wenn man Liv fragte: Das hier war doch verdammt abgefahren. Wenn auch minimalistisch und elegant.

„Wer geht im Anzug zu einem Baseballspiel?", murmelte sie kopfschüttelnd und linste zu den Geschäftsmännern. „Ich dachte, Jogginghosen wären bei Sportevents mittlerweile sozial anerkannt."

„Hey, hast du gerade meinen Freund beleidigt?", fragte Chloe grinsend und nickte zu besagtem Mann, der eifrig mit den anderen mitdiskutierte.

„Sam läuft überall im Anzug herum", prustete Liv. „Bei ihm überrascht es mich schon gar nicht mehr. Er schläft doch sicherlich auch mit Krawatte um den Hals."

„Ja, er schläft mit Krawatte. Aber nicht um den Hals. Ich habe da andere sinnvolle Mittel und Wege, sie im Bett zu benutzen", meinte Chloe und hob anzüglich eine Augenbraue hoch.

Liv musste lachen. „Das kann ich mir gut vorstellen, du bist sehr kreativ."

„Und ob."

„Wer sind die Frauen?", fragte sie weiter und nickte kaum merklich zur Couch.

„Keine Ahnung", gab Chloe zu. „Irgendwelche Ehefrauen, schätze ich. Ich kenne hier nicht alle Leute. Aber der Mann neben Sam, der Schwarzhaarige mit den blauen Augen, das ist Cole Panther. Der Besitzer der Delphies."

Liv ließ ihren Blick über den hochgewachsenen Milliardär schweifen und nickte anerkennend. „Sehr schön. Er sucht nicht zufällig gerade eine Frau, die er heiraten und mit ganz viel Geld beschenken kann?"

Chloe lachte leise. „Du kommst ein paar Monate zu spät. Er ist jetzt mit der Frau im Hosenanzug, die neben

Sam steht, zusammen. Savannah. Ich mag sie ziemlich. Sie macht ebenfalls PR für die Delphies. Sonst hätte ich Cole natürlich in deine Arme getrieben."

Liv seufzte gespielt frustriert auf. „Schande. Ich könnte einen Mann mit Geld gebrauchen. Na ja, eher das Geld als den Mann." Ihr wäre das Geld ohne den Mann sogar lieber.

Chloe tätschelte ihre Schulter. „Na, dann schau dich hier mal um. Du kannst davon ausgehen, dass die meisten Leute hier oben reich sind."

Ja, aber auch furchtbar ernst und alt. „Ich halte die Augen offen", versprach Liv vage.

„Machst du das? Wirklich? So wie ich dich kenne, läufst du viel eher blind durch die Gegend und ignorierst jeden Kerl, der dich mag."

Ja, das war natürlich wahr. Wenn hingegen ein Batzen Geld an ihre Tür klopfen würde ... mit dem könnte sie sich vorstellen, glücklich zu werden. „Ich konzentriere mich im Moment einfach auf andere Dinge, Chloe."

Darauf, zu existieren zum Beispiel.

„Du kannst dich auf die Arbeit und einen neuen Kerl konzentrieren! Du bist eine Frau. Multitasking liegt dir in den Genen."

Ja, vielleicht. Aber mit Männern auszugehen nicht.

„Ich kann mir Dates einfach nicht leisten", sagte sie wahrheitsgemäß.

„Na, normalerweise sollte ja auch der Mann zahlen."

„Diese Vorstellung ist ein bisschen veraltet, findest du nicht?"

Chloe verdrehte die Augen. „Schön. Was ist mit Sex? Sex ist kostenlos. Meistens."

Liv schnaubte. „Ich meinte doch gerade, dass ich nicht daten will!"

„Na, ich rede ja auch nicht davon, dass du mit einem Kerl ausgehen sollst. Du sollst nur mit ihm in die Kiste springen", stellte Chloe klar und nahm einen Schluck von ihrem Champagner.

Augenverdrehend trank Liv ihr Glas leer. „Du stellst das immer so einfach dar. Als könne man mit jedem Kerl zu jeder Zeit Sex haben. Als müsse ich nur pfeifen und ein Kerl stünde vor meiner Tür, eine Packung Kondome in seiner Hand."

Chloe grinste. „So weit ab vom Schuss ist deine Vorstellung nicht."

Liv sah sie düster an.

„Na schön", seufzte Chloe. „Ich meine ja nur. Du könntest ein wenig Entspannung gebrauchen. Du arbeitest pausenlos und bist total gestresst und ... ich mache mir Sorgen um dich." Sie legte einen Arm um ihre Schultern. „Du solltest ab und zu auch mal an dich denken."

„Ja, das würde ich ja gerne, aber ich hab' keine Zeit für Entspannung oder einen Mann."

„Mhm. Komisch, dass du immer Zeit zu haben scheinst, wenn ich Hilfe brauche. Oder deine Schwester einen Babysitter. Oder wenn Sam mich aufregt und ich dich anrufe. Aber nie dann, wenn es um dich geht. Um dein Leben. Um deine Liebe. Um deine Entspannung."

Liv kaute unbehaglich auf ihrer Unterlippe herum und zuckte mit den Schultern. Die Wahrheit war, dass sie keinen Mann in ihrer Zukunft sah. Sie wollte ihr Herz nicht an jemanden hängen, der sie am Ende doch nur sitzenlassen und enttäuschen würde. Sie war eine selbstständige Frau, die auch ohne Hilfe klarkam. Und das war okay. Sie brauchte keinen Kerl, um sich gut zu fühlen.

„Ich suche nicht nach der großen Liebe und einem Mann, den ich heiraten kann, Chloe", sagte sie mit gedämpfter Stimme. „Ich brauche das alles nicht.

Natürlich würde ich mich gerne ab und zu mal entspannen ...“

„Ja, dafür ist der Mann ja da!“, unterbrach Chloe sie unsanft und winkte einem Kellner, der ihnen zwei neue Gläser Champagner brachte. „Ich weiß, dass du der Liebe nicht traust und wenn ich da an deinen Vater und Kristens Ex-Freund denke ... ja, sagen wir einfach, du hast allen Grund dazu. Aber Liebe ist nicht alles. Sex hingegen ...“ Sie hob bedeutungsschwer die Augenbrauen.

Verärgert nahm Liv das neue Glas entgegen. „Das ist doch Blödsinn! Nicht alles dreht sich um Sex.“ Sie kam auch sehr gut ohne klar. „Sex ist nicht wichtig fürs Leben!“

„Nein, aber erstrebenswert“, meinte Chloe achselzuckend. „Also ... benutz doch einfach einen Mann! Einfach nur zur Entspannung. Und ich will ja nichts sagen, aber ein gewisser Baseball Spieler, der bei dir arbeitet, würde sich hervorragend dafür anbieten.“

Liv verschluckte sich an ihrem Getränk und fing laut an zu husten. „Wer?“, keuchte sie und klopfte sich auf die Brust. „Jake?“

„Arbeitet noch ein anderer Spieler bei dir?“

Ihr Kopf lief rot an und sofort sprang ein Bild in ihren Kopf, auf dem ...

„Aber ich mag Jake nicht!“, unterbrach sie ihre eigenen Gedanken.

„Seit wann hat Sex etwas damit zu tun, ob man jemanden mag?“, fragte Chloe irritiert.

„Für mich schon!“ Obwohl sie zugegebenermaßen nicht allzu viel Erfahrung in dem Bereich hatte.

„Ach.“ Chloe winkte ab. „Du sollst dich ja nicht in ihn verlieben, du sollst nur mit ihm in die Kiste springen.“

„Darf ich dich daran erinnern, dass du Jake auch nicht magst?“, schnaubte Liv.

„Ich weiß. Aber ich respektiere, dass er gut im Bett ist.“

„Woher willst du das denn wissen?“

Chloe lachte leise. „Liv, Cheerleader reden. Und Sam kümmert sich um die Cheerleader, die Jake abgeschossen hat. Und ich zwinge Sam, mit mir zu reden. Mit Sex. So schließt sich der Kreis.“

Laut schnaubend schüttelte Liv den Kopf. „Du hast sie nicht mehr alle!“

Die Vorstellung, mit Jake Braker zu schlafen, war absurder als … als ein Einhorn, das die Weltherrschaft an sich reißen wollte! Abgesehen davon, dass Liv ihn nicht mochte: Jake würde nie mit einer Frau wie ihr ins Bett springen! Er ging mit Supermodels und Schauspielerinnen aus. Und sie war … nun, keins von beidem.

Chloe lächelte noch immer, während sie Liv forschend musterte. „Warum findest du die Idee, dass du einen Kerl für Sex benutzt, so absurd?“

„Weil ich sowas nicht mache!“

„Warum?“

Liv spürte, wie ihre Wangen heiß wurden und hastig wandte sie den Blick ab. „Darum.“

„Aha … Liv, darf ich dir eine Frage stellen?“

„Wenn es sein muss.“

„Bist du noch Jungfrau?“

Zum zweiten Mal an diesem Abend glitt der Champagner in ihre Luftröhre. Hysterisch hustend schüttelte sie den Kopf, ihr Gesicht eine rote Masse aus Lava. „Nein! Natürlich nicht!“, entgegnete sie hastig. „Ich hatte Sex.“

„Wie oft?“

Ein Kloß drängte sich in ihren Hals und vorsichtig sah sie Chloe an, bevor sie nuschelte: „Zweimal?“

„Zweimal?“, wiederholte Chloe ungläubig, ihre Stimme lästig laut.

Livs Gesicht stand kurz vor der Explosion. „Psscht", zischte sie und legte sich den Finger auf die Lippen. „Sei leise."

„Aber –"

„Ich bin noch keine fünfundzwanzig!", wisperte Liv kopfschüttelnd. „Ich hab' mit meinem High School Freund geschlafen."

Na ja, soweit man das als Sex bezeichnen konnte. Es war so schnell vorbei gewesen, dass Liv es sich auch hätte eingebildet haben können. Das zweite Mal war nicht viel anders verlaufen und danach hatte sie keine Lust mehr gehabt und hatte ihn abgesägt.

„Aber danach ... danach war ich zu beschäftigt. Ich habe die letzten Jahre damit verbracht, dabei zu helfen, meine Nichte aufzuziehen und nicht auf der Straße zu landen. Sex war einfach nie ein Thema. Und jetzt hör auf, mich anzusehen, als wäre ich ein Alien! Das ist nichts Schlimmes. Heutzutage vögeln sowieso alle zu viel rum."

„Meine Güte, ich hab' dich nie für eine so gute Christin gehalten", sagte Chloe kopfschüttelnd. „Jetzt bestehe ich erst recht darauf, dass du dir einen Kerl suchst, der einzig und allein zu deiner Entspannung dient."

Ja, das würde nicht passieren. „Halt einfach die Klappe und konzentrier dich aufs Spiel!"

„Ich kann nicht. Ich gehe gerade die Liste meiner Freunde durch, die mit dir schlafen würden ... aber mir fällt immer wieder nur Jake ein."

„Oh bitte, hör auf."

„Ich weiß nicht, Jake ist ..."

„Chloe!"

„Ich meine ja nur, du ..."

„Herrgott, ich werde keinen Sex mit Jake Braker haben!", rief Liv laut.

Abrupte Stille senkte sich über sie.

Langsam wandte Liv den Kopf um – nur um zu bemerken, dass alle in diesem Raum sie anstarrten.

Klasse, klasse.

Stöhnend sank sie tiefer in den Sessel. Chloe lachte leise und Liv stieß mit der Faust gegen ihren Arm. „Das ist nicht witzig!"

„Doch, unglaublich witzig."

Liv kniff die Augen zusammen und hoffte einfach, dass die Leute möglichst schnell das Interesse an ihr verloren. Obwohl es wahrscheinlich schon etwas Besonderes war, dass eine Frau Nein zu Jake Braker sagte.

„Seid ihr beiden schon betrunken?", wollte eine männliche Stimme wissen und Liv linste nach oben.

Sam war von den Anzugträgern zu ihnen herübergekommen, ein kaum merkliches Lächeln auf den Lippen.

„Ja", antwortete Liv.

„Nein", widersprach Chloe.

Sie warfen sich einen Blick zu und grinsten breit.

„Aha", machte Sam und sah belustigt auf Chloe hinunter, die ihre Augen weit aufgerissen hatte, um glaubwürdiger auszusehen. „Was genau treibt ihr? Wenn es nach mir ginge, würde ich die Worte Jake und Sex nämlich nie wieder in einem Satz hören."

„Wir gucken das Spiel", sagte Chloe unschuldig und zog Sams Gesicht an seiner Krawatte näher zu sich heran. „Jake hat gerade den sechsten Homerun der Saison geschlagen."

Stirnrunzelnd beugte sich Liv nach vorn und sah auf die Mini-Menschen auf dem Feld. Hatte er?

„Wir waren nur stolz auf ihn", erklärte Chloe weiter. „Deswegen haben wir über ihn geredet."

„Du bist eine schlechte Lügnerin", flüsterte Sam, beugte sich zu ihr hinunter und küsste sie sanft auf die Lippen. „Und lass dir keine Flausen von Chloe in den Kopf setzen", fügte er warnend an Liv gewandt hinzu.

„Du solltest mit überhaupt niemandem schlafen – vor allem nicht mit Jake!“

„Mhm.“ Liv neigte den Kopf zur Seite. „Jetzt, da es mir verboten wurde, kommt mir die Idee plötzlich doch gar nicht mehr so dumm vor.“

„Oh Gott.“ Sam stöhnte und zog seine Krawatte aus Chloes Fingern. „Das Beste an dir als Jakes Babysitterin ist, dass du die verlässlichste Person bist, die ich kenne! Mir war klar, dass du ihn im Griff haben würdest. Nimm mir diese Sicherheit nicht.“

„Hey“, beschwerte sich Chloe. „Ich bin auch ver-“ Sie brach ab, runzelte die Stirn und schüttelte dann den Kopf. „Nein, du hast recht. Liv ist sehr viel verlässlicher.“

Toll. Das war ja genau die sexy Eigenschaft, die Liv sich gerne auf die Stirn tätowieren lassen würde. Hey, ich bin Liv und ich bin verlässlich. Heiß.

„Wer ist Jakes Babysitter?“, ertönte eine neue Stimme und zu Livs Leidwesen trat der dunkelhaarige Typ mit den Eisaugen – Cole Panther – zu ihnen. „Und es gibt jemanden, der Jacky-Boy im Griff hat?“ Neugierig sah er zu Liv hinunter.

Oh Gott. Also erstens: Jacky-Boy? Und zweitens: So viel männliche Aufmerksamkeit hatte Liv nicht mehr gehabt, seit … seit … noch nie!

„Ich bin nicht seine Babysitterin“, stellte sie klar und richtete sich im Sessel auf. „Ich bin die Erzieherin, bei der er seine Sozialstunden ableistet.“

„Nicht Ihr Ernst.“ Cole Panther lächelte breit. „Und wie stellt sich Jake so an? Ich hoffe, Sie lassen ihn ordentlich Windeln wechseln.“

„Die Kinder sind zwischen fünf und sechs Jahren alt. Die sind schon trocken“, meinte Liv entschuldigend.

„Jake ist nie trocken“, murmelte Sam.

„Hey, ihr könnt mich doch nicht einfach mit den langweiligsten Menschen der Welt allein lassen“, beschwerte sich eine leise weibliche Stimme und Liv erkannte die andere PR-Frau, die sie sofort für ihre makellose, kaffeefarbene Haut beneidete. Sie legte die Hand auf Coles Schulter und sah zu Liv und Chloe hinab.

Meine Güte, diese Berührung allein kostete bestimmt schon eintausend Dollar.

„Worum geht's? Warum stehen wir hier alle?", fragte sie verwundert. Savannah hieß sie?

„Wir reden über Jake", informierte sie Mr. Panther, bevor er Liv die Hand entgegenstreckte. „Hey, entschuldigen Sie, ich hab' mich gar nicht vorgestellt. Ich bin Cole Panther. Und bitte schlafen Sie nicht mit Jake. Er ist es nicht wert."

Liv lief rosa an und erhob sich hastig. Sie fühlte sich ohnehin unwohl dabei, mit Leuten zu sprechen, die sie kaufen könnten. Da wollte sie sich nicht noch örtlich erniedrigen.

„Ich bin Olivia Green", sagte sie und ergriff die Hand. „Und ich will nicht mit Jake in die Kiste. Meine Güte! Und so interessant ist es gar nicht, dass Jake bei mir im Kindergarten aushilft. Der Job ist relativ unspektakulär."

„Oh mein Gott, Sie sind es, die Jake beaufsichtigt?", fragte Savannah begeistert. „Wie macht er sich? Und bitte sagen Sie mir, dass Sie nicht auf ihn stehen! Man kann Jake ja eine Menge vorwerfen, aber wie er mit Frauen umgehen muss, weiß er leider, also ..."

„Ich will nichts von ihm!", entgegnete Liv etwas lauter als gewollt. Unangenehm berührt räusperte sie sich. „Also, niemand hier braucht sich irgendwelche Gedanken darüber zu machen, dass ich mich von ihm überrennen lassen werde."

Sam und Cole wechselten einen nicht sehr überzeugten Blick. „Solange Sie optimistisch sind", meinte Cole vage. „Ich kenne Jake schon sehr lange und er hat Mittel und Wege, Menschen für sich zu gewinnen und seinen Willen durchzusetzen."

Nun, die hatte Liv auch.

„Ihr kennt Liv nicht", schaltete sich Chloe ein. „Wenn es jemals eine würdige Gegnerin für Jake gibt, dann sie. Ich meine, sie hatte keine Ahnung, wer du bist, Cole."

„Hm", machte Cole nachdenklich. Dennoch schien ihn dieses Argument zu überzeugen. Aus welchen Gründen auch immer.

„Ach, es wäre ein Traum, wenn Jake sich mal benehmen würde", meinte Savannah seufzend. „Mein halber Arbeitstag dreht sich um ihn und seine Fehltritte."

„Hey, ich bin es, der die ganzen Pressemitteilungen wegen des Gerichtsverfahrens schreiben musste", beschwerte sich Sam. „Erklär du mal der Presse, warum Jake tut, was er tut, ohne dass du den Satz Er ist einfach ein Arschloch fallen lässt."

Liv blickte zwischen den beiden hin und her und biss sich auf die Unterlippe. Sie konnte nicht sagen warum, aber sie hatte das Bedürfnis, Jake zu verteidigen. Und das, obwohl er sich mehr als furchtbar benommen hatte! Obwohl sie ihn nicht mochte. Aber jetzt, da sie Zeit gehabt hatte, darüber nachzudenken ... Jake hatte ihr da ein paar valide Kritikpunkte an den Kopf geworfen. Denn ja, sie hatte über ihn geurteilt, ohne ihm eine Chance zu geben. Das war nicht ganz fair gewesen. Sie war es doch immer, die ihren Kindergartenkindern predigte, dass sie einen neuen Schüler nicht dafür verurteilen sollten, anders zu sein. Und reich und gutaussehend zu sein, klassifizierte Jake wohl irgendwie als anders. Oder?

Liv hatte diese Merkmale genommen und sich die passenden Klischees dazu rausgesucht. Ja, sie würde sich nicht mit Jake anfreunden, aber ... ein schlechtes Gewissen nagte trotzdem an ihr.

Sie wandte sich von Savannah und Sam ab, die immer noch darüber diskutierten, wer den schlimmeren Job hatte und sah auf das Feld hinunter.

Unten im Dugout, wo sich die Spieler sammelten, die gerade nicht auf dem Feld standen, konnte sie einen blonden Schopf ausmachen. Vielleicht war Jake ein Arschloch. Aber Menschen wurden nicht als Arschlöcher geboren. Sie wurden zu einem gemacht. Stirnrunzelnd sah sie auf die Leinwand, die über dem Feld hing und gerade ein Bild von Jake und Dexter zeigte, die hitzig miteinander diskutierten. Sie sahen dabei sehr ernst aus. Hm … über was für männliche Themen sprach man wohl im Dugout?

Sieben

„Sie verschiebt immer wieder den Termin! Wieso möchte diese Frau mich nicht heiraten? Ich bin reich! Ich will keinen Ehevertrag. Allein das sollte doch schon genügen!" Frustriert verzog Dexter das Gesicht und ließ sich auf einen der Plastikstühle im Dugout fallen. „Du bist ihr bester Freund, Jake, rede du mit ihr."

Jake prustete und wischte sich den Dreck von der Uniform. „Dex, ich weiß nicht, ob es dir aufgefallen ist, aber wenn es ums Heiraten geht, bin ich sicherlich nicht der Mann, den du um Hilfe bitten willst. Ich würde meinen Baseballschläger heiraten, aber eine Frau?"

Dexter verdrehte die Augen. „Die Meinung wirst du noch ändern, glaub mir. Holz kann dich nicht so lieben wie eine Frau."

Das bezweifelte Jake stark. Aber er schwieg lieber.

„Könnt ihr Waschweiber mal aufhören, über Frauen zu reden?", schaltete sich Luke ein, der neben Dex saß. „Viel wichtiger ist, dass mein Sohn gestern sein erstes Wort gesagt hat." Er seufzte leise und lächelte dann selig. „Emma war unglaublich sauer, weil sie nicht dabei war."

„Er ist drei Monate alt, Luke. Er redet noch nicht. Wah ist kein Wort", gab Ryan zu bedenken.

„Ja, wirklich?", fragte Luke feindselig. „Aber weißt du, was ein Wort ist? Halt die Klappe."

„Nein, das sind drei Wörter", meinte Jake kopfschüttelnd.

Luke war frischgebackener Vater und sein Sohn war derzeit das einzige Thema, das ihn interessierte.

„Jungs!", blaffte Coach Thompson und fuhr zu ihnen herum. „Reißt euch zusammen. Wir sind im letzten

Inning und nur, weil wir bereits gewonnen haben, heißt das nicht, dass ihr euch zurücklehnen könnt. Und Kaylie wird dich heiraten, wenn sie soweit ist, Dexter! Hör auf, sie zu bedrängen!"

Ach ja. Jake vergaß immer, dass Kaylie Coach Thompsons Tochter war.

„Ja, Dex. Kaylie braucht vielleicht noch eine Ewigkeit, bis sie soweit ist", meinte Jake vage. „Vielleicht sieht sie sich auch gerade nach neuen Männern um."

Dexter zeigte ihm den Mittelfinger.

„Mann, Jake", murmelte Ryan währenddessen und nickte zur Leinwand hoch, an der gerade sein Steckbrief gezeigt wurde. „Deine Statistiken diese Saison sind unnormal gut."

Jake grinste. Jap, das waren sie. Er spielte die beste Saison seines Lebens.

Coach Thompson gab einen Ton der Unzufriedenheit von sich. „Es ist eine Schande, dass du wechseln willst", meinte er dann kopfschüttelnd.

Ruckartig fuhren alle Köpfe zu Jake herum.

„Was?", fragte Dex ungläubig.

„Was heißt denn hier wechseln?", meinte Luke entgeistert.

„Du kannst doch nicht so zum Verräter werden!", rief Ryan.

Jake seufzte schwer. Klasse. Eigentlich hatte er diese Information noch ein wenig geheim halten wollen, um die Spielmoral nicht zu senken ... aber was sollte es? Jetzt war es ohnehin raus.

„Es wird einfach Zeit", meinte er achselzuckend.

„Ist es wegen Panther?", fragte Ryan mit verengten Augen. „Weil ihr euch nicht versteht?"

Jake schnaubte. „Ich habe kein Problem mit Cole."

Na ja, vielleicht ein kleines. Der Besitzer der Delphies wusste, wie er in Windeln ausgesehen hatte und das gefiel ihm nicht. „Ich spiele gerne für die Delphies. Aber ich muss ... weg."

„Ja?", verlangte Luke grimmig zu wissen.

„... was anderes ausprobieren", schloss Jake.

Seine Teamkollegen schüttelten alle nacheinander den Kopf, während Dexter Jake eindringlich ansah. „Weiß Kaylie davon?", murmelte er kaum hörbar.

Jake wandte den Blick ab. „Nein. Aber ich sag' es ihr nachher."

„Sie wird dich vermissen", sagte Dex schlicht. „Wir werden dich vermissen."

Jakes Hals zog sich zu, doch er nickte nur. Sie würden darüber hinwegkommen. Er war nicht dafür bekannt, einen bleibenden Eindruck zu hinterlassen. Zumindest keinen, den die meisten nicht so schnell wie möglich wieder vergessen wollten. Er war aus Texas weggezogen und hatte keinen Kontakt zu irgendwem aus seiner Collegezeit mehr. Er hatte seine Eltern alleingelassen und nicht das Gefühl gehabt, ein wirkliches Loch hinterlassen zu haben. Klar, seine Mutter erzählte ihm dauernd, wie sehr sie ihn vermisste. Aber seine Mutter war ja auch einsam, weil sie mit seinem Vater zusammenleben musste.

Jake holte tief Luft und sah wieder aufs Spielfeld. Es würde diesmal nicht anders sein. Kaylie würde es verstehen.

„Ich verstehe es nicht", sagte Kaylie eine Stunde später kopfschüttelnd. „Warum solltest du gehen wollen?"

Verständnislos sah sie Jake an, vollkommen unberührt von der Tatsache, dass zwanzig Baseballer um sie herumstanden, alle in verschiedenen Stadien der Nacktheit. Sie hatten die Umkleide heute für die Presse geschlossen und anscheinend hatten das einige Spielerfrauen als Anlass dazu gesehen, die Umkleiden zu stürmen und ihren Männern persönlich zum Sieg zu gratulieren.

Hier hatte sich wirklich einiges verändert, seit Emma, Lukes Ehefrau, in das Leben der Mannschaft getreten war.

„Es wird Zeit", sagte Jake mit Nachdruck und zog sich ein sauberes T-Shirt über den Kopf.

„Zeit wofür? Dafür, schlechte Entscheidungen zu treffen? Ihr seid ein eingespieltes Team! Du liebst die Delphies."

Jake verzog das Gesicht. „Ich liebe sie nicht. Ich respektiere sie."

„Blödsinn! Grace! Grace, komm her." Sie wandte sich nach rechts und winkte eine kleine Blondine zu sich heran. Grace war ihre beste Freundin, mit Ryan, dem Catcher der Delphies, zusammen und wundersamerweise Jakes zweite platonische Freundin.

Hm. Wenn er Emma, die mit ihrem kleinen Sohn in den Armen bei Luke stand, auch zu seinen Freunden zählte, dann gab es doch tatsächlich drei heiße Frauen, mit denen er nicht schlafen wollte. Faszinierend. Das war ja schon fast erwachsen von ihm.

„Grace, Jake möchte nächste Saison zu einer anderen Mannschaft wechseln."

„Aber warum?", fragte sie sofort entgeistert. „Du liebst die Delphies."

Vielsagend sah Kaylie ihn an. „Siehst du. Wir alle wissen es."

„Es ist meine verdammte Entscheidung!", entgegnete er gereizt. „Ich muss mich nicht vor euch rechtfertigen."

„Doch, natürlich musst du", sagte Kaylie irritiert. „Wir sind deine besten Freundinnen. Wir sind dein Gewissen. Du kannst nicht einfach eine so wichtige Entscheidung treffen, ohne mit uns darüber zu reden."

„Ist es, weil ich dich letztens im Billard geschlagen habe?", wollte Grace zaghaft wissen. „Hasst du mich jetzt deswegen?"

Meine Güte, ging es noch dramatischer? „Ich hasse dich nicht! Und meine Hand ist ausgerutscht, das weißt du genau! Es ist einfach etwas, das ich tun muss."

„Du musst deine Steuern zahlen, aber doch nicht die Mannschaft wechseln!", rief Kaylie aufgebracht.

„Jake." Sam streckte seinen Kopf durch die Tür und zum ersten Mal war Jake erleichtert über eine Unterbrechung durch den PR-Manager.

„Was?", fragte er seufzend.

„Ein Reporter von der SportsIn möchte ein Interview mit dir und Savannah und ich halten es für eine gute Idee, es einfach hinter uns zu bringen."

„Schön", meinte Jake trocken. „Wir reden wann anders."

„Worauf du dich verlassen kannst!" Aus Kaylies Mund hörte sich das wie eine Drohung an.

Jake rieb sich mit der flachen Hand über die Schläfe, an die ein dumpfer Kopfschmerz gekrochen war, und folgte Sam aus der Umkleide.

„Wir haben ihm nur drei Fragen erlaubt", murmelte er. „Und du antwortest am besten so vage wie möglich, okay? Wenn er persönlich wird und etwas fragt, das nichts mit Baseball zu tun hat, sagst du einfach Kein Kommentar. Klar soweit?"

Jake nickte abwesend. Es war ja nicht so, dass er das zum ersten Mal machte. Er fragte sich, ob es auch das war, was sein Vater antwortete, wenn Reporter ihn nach seiner Familiensituation fragten. Kein Kommentar. Das beschrieb ihre Beziehung eigentlich ganz gut, wenn er so darüber nachdachte.

„Jake, du würdest nicht mit Liv schlafen, oder?"

Jake zuckte zusammen und wandte sich verwirrt zu Sam um. Der Sprung von seinem Vater zum Thema Sex war ziemlich abrupt. „Was? Wovon redest du?"

„Liv", wiederholte Sam mit verengten Augen. „Ob du mit ihr schlafen würdest, nur um mich anzupissen."

„Ich hab' keine Ahnung, wer Liv ist", meinte Jake achselzuckend. „Aber ich will jetzt mal nicht ausschließen, dass ich mit ihr schlafen würde. Gerade, wenn es dich anpisst." Damit war er auf der sicheren Seite.

„Liv, Jake!", sagte Sam gereizt. „Die Erzieherin, bei der du arbeitest."

Ah, er sprach von Oleander. Warum sagte er das nicht gleich? „Wie zum Teufel kommst du da jetzt drauf, Sam? Du hast ganz schön dreckige Gedanken, wenn ich das bemerken darf."

„Weil Chloe sie mitgebracht hat und ..." Er hielt inne und schüttelte den Kopf. „Ist egal. Liv ist vernünftig. Sie meinte, sie würde nie im Leben mit dir schlafen, also ..."

Nie im Leben? Also, das war jetzt ein bisschen extrem, fand Jake. Das war, als würde Olivia behaupten, sie würde im Leben nie wieder Schokolade essen. Sie legte es ja fast darauf an, dass er sie eines Besseren belehrte.

Aber zum ersten Mal hatte Jake das Gefühl, dass er da gegen eine Wand rennen könnte, die er nicht bezwingen konnte. Olivia, Oleander, Liv, wie immer sie sich auch nennen mochte ... sie war zu intelligent, um auf einen Typ wie ihn hereinzufallen. Nicht oberflächlich genug.

Er blinzelte verwirrt und schnaubte dann laut. Wann hatte sein Ego denn den Knacks bekommen?

Kopfschüttelnd sah er wieder zu Sam. „Es ist ja süß, dass du dir Sorgen um Liv machst, aber sie hat nichts zu befürchten. Sie ist absolut nicht mein Typ." Und das war die Wahrheit.

„Stimmt", sagte Sam und atmete erleichtert aus. „Sie hat kleine Brüste."

Jake verdrehte die Augen. Brüste waren nun wirklich nicht alles. Nein. Bei Frauen ging es ihm darum, dass sie ihn in Ruhe ließen, wenn er sie darum bat. Und Olivia ... Olivia hatte mehr als einmal bewiesen, dass er sich in dem Bereich nicht auf sie verlassen konnte.

„Alles klar, ich werde ein paar Meter weiter stehen und einspringen, wenn der Reporter unangenehm wird, okay?", murmelte Sam, bevor sie um die nächste Ecke bogen und von einem Kamerateam und einem Clown mit Mikrofon in der Hand begrüßt wurden.

Jake pflasterte sich ein Lächeln auf das Gesicht und nickte Sam zu, der an der Wand stehen blieb, während er selbst auf den Reporter zuging. Er kannte ihn, hatte aber seinen Namen vergessen. Phil McSchleim oder Ähnliches.

„Hallo Mr. Braker", begrüßte er ihn mit einem Haifischgrinsen und bedeutete dem Kameramann, mit dem Drehen anzufangen. „Es ist ja verdammt schwer, Sie in letzter Zeit vors Mikro zu bekommen."

„Zu viele Bakterien auf dem Teil", meinte Jake achselzuckend. „Ich muss gesund bleiben, damit ich die World Series gewinnen kann."

„Sie scheinen sehr selbstsicher."

„Was soll ich sagen? Ich bin nun einmal Realist."

Der Reporter lachte falsch auf. „Na, das werden wir ja sehen. Sie standen in den letzten Wochen sehr oft in den Schlagzeilen, werden diese Vorfälle Ihr Spiel beeinträchtigen?"

„Gucken Sie sich meine Spielstatistiken an und beantworten Sie sich Ihre Frage selbst", schlug Jake immer noch verkrampft lächelnd vor. „Oder ist Ihnen die Recherche zu aufwendig?"

„Nun, zurzeit scheint Ihre Saison sehr gut zu laufen, aber das kann sich ja jederzeit ändern."

„Der Zustand Ihres Gesichtes kann sich auch jederzeit verändern", sagte Jake betont freundlich. „Und trotzdem trauen Sie sich, mir diese dämlichen Fragen zu stellen.“

Aus seinen Augenwinkeln nahm er eine Bewegung wahr und er wandte leicht den Kopf, um zu sehen, ob Sam ihn von den Kameras wegzerren wollte. Doch es war nicht Sams Blick, dem er begegnete. Es war der einer winzigen Blondine, die zusammen mit Chloe aus einem anderen Gang kam.

Lächele nur, wenn du es so meinst und spiel mir nichts vor.

Augenblicklich fiel ihm das Lächeln vom Gesicht.

Olivias grüne Augen weiteten sich überrascht, bevor sie stehen blieb. Ihr aufmerksamer Blick verweilte ein paar Sekunden lang auf seinem Gesicht – dann erröteten ihre Wangen und sie wandte sich ab. Chloe zog sie am Ellenbogen mit sich.

„... oder?“

Jake blinzelte und konzentrierte sich wieder auf den Reporter. „Was?“

„Ich habe gesagt: Ihre Eltern sind sehr stolz auf Sie, oder?“

Jake fing laut an zu lachen. Gott, er hoffte, sein Vater sah dieses Interview. „Inwieweit ist diese Frage relevant für meine heutige sportliche Leistung?“, wollte er interessiert wissen.

„Nun, mit elterlicher Unterstützung ...“

„Wir sind hier fertig“, unterbrach Jake ihn bestimmt. Es gab einfach ein paar Themen, über die er nicht reden würde. Nicht mit Kaylie, nicht mit seinen Teamkollegen – und schon gar nicht mit der Presse.

Acht

Sie war errötet wie ein jungfräuliches Schulmädchen!

Großer Gott, da dachte sie einen kurzen Moment lang über Sex mit Jake nach und schon konnte sie ihm nicht mehr in die Augen sehen. Das war doch genau der Grund, warum Liv es sich abgewöhnt hatte, Männer als sexuelle Objekte zu sehen.

Erstens, weil es degradierend war – gleiches Recht für alle! Sie wollte ja auch nicht als „Brüste auf zwei Beinen" gesehen werden, auch wenn ihre Brüste nicht der Rede wert waren – und zweitens, weil Sex ablenkte. Weil Sex dumme Dinge mit Gefühlen und Menschen machte. Und sie musste sich auf ihre Nichte und die nächste zu zahlende Miete konzentrieren.

Ihr Handy klingelte und sie zog es aus der Tasche. Unbekannte Nummer.

„Ich geh' kurz dran, okay?", meinte sie zu Chloe, die zielstrebig auf Sam zulief, der um die Ecke von Jake wartete.

„Klar", meinte ihre Freundin. „Ich warte bei Sam."

Liv nickte, drehte noch einmal um und lief in einen der labyrinthartigen Gänge, in denen sie etwas Privatsphäre hatte und keine Angst haben musste, noch einmal in ein Kamerateam zu laufen. Erst dann hob sie ab.

„Olivia Green", meldete sie sich vorsichtig und strich sich die Haare aus der Stirn.

„Livvy, hier ist deine Mutter."

Liv erstarrte in ihrer Bewegung, die eine Hand in den Haaren, die andere verkrampft ums Telefon geschlungen.

„Livvy?"

Liv antwortete nicht. Sie hatte die Stimme ihrer Mutter das letzte Mal vor fünf Jahren gehört. Auf ihrer Mailbox. Nur drei Worte: Tut mir leid.

Drei Worte waren verdammt noch mal nicht genug gewesen.

„Livvy, bist du dran?“

„Woher hast du meine Nummer?“, fragte sie kühl.

„Ist das so wichtig?“

„Hat Kristen sie dir gegeben?“ Verdammt sei ihre Schwester und ihr zu weiches Herz!

„Liv, ich möchte nicht darüber sprechen, woher ich deine Telefonnummer habe.“

„Ach ja? Worüber möchtest du dann reden?“, fragte sie leise. „Über deine Enkeltochter, die du fünf Jahre lang ignoriert hast? Über die Tatsache, dass du wieder in Philadelphia bist? Darüber, dass ich dir verzeihen soll? Dass du nur menschlich bist und Fehler machst?“

„Liv“, sagte ihre Mutter kaum hörbar und Liv umklammerte das Telefon fester. „So ist es nun einmal. Ich bin menschlich und Menschen machen manchmal Dinge ...“

„Nein!“, unterbrach Liv sie laut. „Das sind nichts als Ausreden! Ich bin auch menschlich. Ich mache auch Fehler. Ich bin deine verdammte Tochter! Wir haben dieselben Gene. Aber wie kann es sein, dass ich zwanzig Jahre jünger und trotzdem diejenige bin, die zwischen richtig und falsch, zwischen feige und menschlich und stark und schwach unterscheiden kann?“

„Ich weiß, dass ich nicht die Mutter des Jahres bin, Liv!“, erwiderte ihre Mutter bestimmt. „Aber pass auf, in welchem Ton du mit mir sprichst. Ich habe dir immer noch das Leben geschenkt.“

„Ich rede mit dir, wie es mir verdammt noch mal passt!“, fuhr Liv sie an. „Du hast dein Recht auf die Ich bin deine Mutter-Karte verwirkt. Du hast uns im Stich gelassen. Deinetwegen kämpfe ich jeden beschissenen Tag!"

Sie presste ihre bebenden Lippen aufeinander und unterdrückte die Tränen, die in ihren Augen brannten.

„Ich kann dir nicht verzeihen, Mom", flüsterte sie erstickt. „Ich habe es versucht. Ich habe so sehr versucht, darüber hinwegzusehen. Aber ich kann es nicht! Du bist abgehauen, sobald dir klar wurde, dass das Leben um einiges schwerer wird. Du bist abgehauen, hast deine schwangere Tochter alleingelassen, hast mich mit all den Problemen alleingelassen und – nein." Sie lachte trocken auf. „Richtig. Du bist nicht einfach abgehauen, du hast mein beschissenes Geld genommen, du hast Kristens Collegefond geleert und bist dann erst weggerannt. Und es ist ja schön, dass du jetzt wieder in der Stadt bist und dich entschieden hast, wieder Mutter zu sein, aber ich bin nicht Kristen." Zitternd holte sie Luft. „Mein Herz besteht nicht aus Marzipan. Mein Herz besteht aus billigem Plastik, das vielleicht brüchig sein mag, aber trotzdem hart bleiben wird. Deinetwegen. Weil ich es besser weiß. Weil zweite Chancen die reinste Zeitverschwendung sind. Menschen ändern sich nicht. Also ja: Ich bin wütend auf dich! Ich bin enttäuscht von dir! Und das ist mein verdammtes Recht! Wenn ich deine Entschuldigung annehmen soll, dann bring mir erst mein beschissenes Geld zurück, dann kann ich es vielleicht ertragen, dich anzusehen."

Bevor ihre Mutter noch etwas sagen konnte, legte sie auf.

Livs Herz hämmerte in ihrer Brust, das Blut pochte laut in ihren Ohren und krampfhaft versuchte sie, sich zu beruhigen. Ihre Mutter war den Bluthochdruck nicht wert. Sie schloss die Augen, atmete ein, atmete aus, konzentrierte sich auf die Stille um sich herum, bis sie wieder klar denken konnte. Bis die Wut, die sie seit so vielen Jahren mit sich herumtrug, wieder abgeflaut war und nur als dunkler Schatten auf ihrem Herzen zurückblieb.

Es war okay. Es war ihr Leben. Es war ihre Entscheidung. Nicht die der anderen. Sie musste ihre Mutter nie wiedersehen. Und es brachte nichts, auf Dinge wütend zu sein, die sie nicht beeinflussen konnte.

Wieder atmete sie zitternd ein, bevor sie sich umwandte.

Sie schrak so heftig zusammen, dass ihr das Telefon aus der Hand fiel und mit einem Scheppern auf dem Boden aufschlug. Keine zwei Meter von ihr entfernt stand Jake. Die Hände in den Hosentaschen, den Blick unentwegt auf ihr Gesicht gerichtet.

Sie starrte zurück und erneut rauschte das Blut in ihren Ohren.

„Wie lange stehst du da schon?", fragte sie atemlos.

„Zu lang."

Sie nickte, schluckte und wischte sich ihre klammen Hände an der Jeans ab. Sie hasste jede einzelne Sekunde, in der Jake sie mit diesem intensiven Blick ansah, so als würde er versuchen, in ihre verdammte Seele zu sehen.

Sie drückte die Schultern zurück und seufzte schwer. „Na dann", sagte sie, bückte sich nach ihrem Handy und wollte an Jake vorbeigehen, doch eine Hand schloss sich eisern um ihr Handgelenk und zog sie zurück, sodass sie gezwungen war, ihn anzusehen.

„Alles okay?", fragte er leise. Und auf einmal wäre Liv sein falsches Lächeln lieber gewesen. Auf einmal wünschte sie, dass er einen dummen Witz riss und sie beschimpfte oder irgendetwas anderes Unangebrachtes tat. Denn diese aufrichtige Sorge, das Mitgefühl in seinem Blick, war mehr als sie ertragen konnte. Die Menschen sorgten sich nicht um sie. Sie war es, die Mitgefühl zeigte und sich um die anderen kümmerte.

„Warum sollte nicht alles okay sein?"

„Weil du aussiehst, als würdest du gleich weinen", sagte er schlicht.

Ihre Mundwinkel zuckten, doch ihre Augen brannten umso mehr.

„Ich weine nicht, Jake", flüsterte sie. „Nie. Weinen ist eine Verschwendung von Wasserkapazitäten und Energie. Man kann auch traurig sein, ohne eine Lärmbelästigung darzustellen."

Und wenn sie wegen jedem Mist heulen würde, der schieflief, dann würden ihr irgendwann die Augen aus dem Kopf fallen. Und ein neues Paar konnte sie sich nicht leisten.

„Du brauchst also keine Angst zu haben", fuhr sie fort. „Du musst mich nicht trösten, du musst mir nicht unangenehm berührt ein Taschentuch reichen. Du kannst einfach gehen und vergessen, was du gehört hast. Denn mir geht es wunderbar und ich würde jetzt gerne allein sein."

Ein paar Herzschläge lang sah Jake sie nur schweigend an, dann murmelte er: „Beeindruckend." Seine blauen Augen dunkler als sonst. Seine Stimme tief und rau.

Livs Nackenhaare richteten sich auf. Sie mochte den ernsten Jake nicht. Er war so real. Beinahe menschlich. Kein unerreichbarer reicher Schönling, dem die Welt zu Füßen lag. Kein Arschloch. Einfach nur ein … Mann, dessen Berührung auf ihrem Handgelenk brannte.

„Was ist beeindruckend?"

„Dass du mir vorwirfst, dir etwas vorzuspielen und du selbst eine so begabte Schauspielerin bist."

Sie presste die Lippen aufeinander und entzog ihm die Hand. „Verurteilst du mich jetzt?", fragte sie scharf. „So wie ich dich verurteilt habe? Es wäre nur fair."

„Nein, ich verurteile dich nicht. Und nein, es wäre nicht fair. Außerdem genieße ich es gerade, ein paar Momente lang der bessere Mensch zu sein. Dieses

Gefühl haben Leute in deiner Gegenwart bestimmt nicht oft."

Wieder zuckten ihre Mundwinkel, auch wenn ihr überhaupt nicht nach Lächeln zumute war.

„Das stimmt", flüsterte sie. „Ich bin ein fantastischer Mensch. Selbstlos, aufopfernd ..."

„... mit einem Herz aus Plastik."

Ihre Wangen verfärbten sich rosa, doch sie erlaubte es sich nicht, den Blick abzuwenden. Sie erlaubte es sich nicht, noch schwächer zu erscheinen. „Ja", sagte sie schlicht.

„Das ist sehr amerikanisch von dir."

„Ich bin eben eine gute Bürgerin."

„Kein Zweifel. Plastik wäre dennoch nicht das Material meiner Wahl."

„Ach ja? Aus welchem Material ist denn dein Herz gemacht, Jake?"

Er hob eine Schulter. „Ich weiß nicht. Ich kann es nicht mehr finden", sagte er ohne mit der Wimper zu zucken.

Liv lachte. Es war absurd, sie hatte sich in ihrem Leben noch nie weniger danach gefühlt zu lachen als jetzt. Und dennoch brach es einfach aus ihr hervor. Kopfschüttelnd sah sie Jake an ... der nun ebenfalls lächelte.

Kleine Falten entstanden um seine Augen herum, während seine Mundwinkel sich nach oben bogen und ein verschmitztes Grübchen sich in seine Wange schlug. Es war ein ehrliches, aufrichtiges Lächeln und auf einmal dachte Liv ... Sex mit Jake Braker zu haben, wäre vielleicht nicht das Schlimmste auf der Welt.

Augenblicklich verschluckte sie sich an ihrem Lachen und musste sich mehrmals räuspern, bevor sie wieder normal atmen konnte. Hatte sie das gerade ernsthaft gedacht?!

Hastig machte sie einen Schritt nach hinten, während ihr Blick unsicher über seine Erscheinung flackerte. War sein T-Shirt gerade auch schon so eng gewesen? Sie hatte nicht darauf geachtet. Sie achtete nie auf so etwas! Sie sah Männer an und kategorisierte sie als männlich. Nicht als hübsch oder heiß oder mit dem würde ich gerne schlafen.

Aber auf einmal registrierte sie Jakes starke Schultern, seine muskulöse Brust, seine wunderschönen Oberar...

„Okay, ich gehe", sagte sie und schluckte den Kloß in ihrem Hals hinunter. „Chloe wartet auf mich."

Jake nickte, noch immer lächelnd.

Gott, konnte er bitte damit aufhören?

„Wir sehen uns Donnerstag, Jake", murmelte sie, bevor sie an ihm vorbeieilte.

Chloes dummes Gerede über Sex war ihr eindeutig zu Kopf gestiegen. Sie sollte sich auf ihre Miete konzentrieren. Die Miete, die sie morgen abgeben musste – für die sie das Geld nicht hatte. Gott, ihr Vermieter würde sauer sein. Sie würde ihm wohl aus dem Weg gehen müssen, bis sie wieder flüssig war. Heute Abend hatte sie einen Kellner-Gig, morgen Abend auch und ... mit wie vielen Frauen hatte Jake wohl schon geschlafen? Mehr als dreißig? Fünfzig?

Gott, diese Zahl war so ekelig hoch, dass Liv sich automatisch schüttelte. All diese armen Frauen, die auf ihn hereingefallen waren ... die eine Nacht voller heißem, verschwitztem ...

Stöhnend legte sie den Kopf in den Nacken. Seit wann fiel es ihr so schwer, ihre Gedanken zu kontrollieren? Das war ihr noch nie passiert! Gott sei Dank hatte sie noch eine Woche Zeit, bevor sie Jake wiedersehen musste. Und er war nun mal ein Teilzeit-Arschloch. Es würde bestimmt nicht lange dauern, bis er sie daran erinnerte ...

Neun

„Du bist zu spät."

„Drei Minuten."

„Sagte ich doch: zu spät."

„Meine Güte, du hasst mich ja immer noch."

„Jake, ich habe überhaupt nicht die Zeit dafür, dich zu hassen", sagte Liv wahrheitsgemäß und hielt ihm die Tür auf. Die Kinder waren gerade noch dabei, sich von ihren Eltern zu verabschieden, die heute auffällig lange blieben. Möglicherweise weil sie gefragt hatten, ob dieser Baseballer heute kommen würde und Liv mit Ja geantwortet hatte.

„Für Hass finden Menschen immer Zeit", bemerkte Jake trocken.

„Ach bitte", meinte sie augenverdrehend. „Nimm dich nicht so wichtig. Ich kenne dich nicht gut genug, um dir ein so starkes Gefühl entgegenzubringen."

„Na, dann hoffen wir einfach, dass du mich nicht allzu genau kennenlernst."

Dieser Kommentar ließ ihre Mundwinkel zucken, deswegen wandte sie hastig das Gesicht ab. Jake hätte ihr Lächeln aber wahrscheinlich ohnehin nicht gesehen, denn in diesem Moment hatten die Eltern – achtzig Prozent Mütter – ihn entdeckt.

„Mr. Braker", sagte die Mutter von Drogo, einem Jungen, der mit Vorliebe Dinge in den Mund steckte, die dort nicht reingehörten, gespielt überrascht. „Ich freue mich so, dass Sie jetzt Teil des Teams sind! Sie werden den Kindern sicher einiges beibringen können."

Jake schielte zu Liv hinüber und wenn sie sich nicht irrte, sah er nicht zufrieden aus. Eher so, als hätte er plötzlich Zahnschmerzen. Aber so gut darin, Mienen zu lesen, war sie dann auch wieder nicht. Sie hob nur die Achseln und Jake seufzte kaum hörbar.

„Ich gebe mein Bestes", sagte er betont freundlich, machte einen Schritt nach vorne und war sofort von einer Horde Menschen umringt, die ihre Kinder scheinbar vergessen hatten. Und nicht nur Frauen redeten begeistert auf Jake ein und versuchten, ihn anzufassen. Nein, die Männer waren fast noch schlimmer! Sie standen da, mit offenen Mündern, die Hand auf die Brust gelegt und versicherten Jake, dass er der beste Baseman der Geschichte der MLB war, bevor sie ihn danach fragten, ob er ihnen die Glatze signieren könne.

Kopfschüttelnd beobachtete Liv das Schauspiel. Jake lachte viel, schüttelte Hände, war überraschend höflich ... aber gleichzeitig gewannen seine Schultern an Spannung, während er mit dem Fuß unruhig auf und ab wippte. Liv war sich fast sicher, dass ihm das Ganze gerade keinen Spaß machte. Und trotzdem ließ er es geschehen. Trotzdem blieb er ... halbwegs nett. Liebe Güte, wenn sie so viele fremde Männerhände gleichzeitig angefasst hätten, würden mindestens vier davon bereits mit blutenden Nasen auf dem Boden liegen.

„Ms. Green?"

Liv zuckte zusammen und wandte sich zu der Stimme um. Sams Mutter hatte sich nicht ins Getümmel gestürzt, sondern stand mit besorgtem Gesichtsausdruck neben ihr. Mrs. Fowl war eine gedrungene Frau mit traurigem Gesicht, die gerade durch eine miese Scheidung ging. Liv wusste das, denn sie war in den letzten Wochen nachmittags öfter länger geblieben, um auf Sam achtzugeben, während seine Mutter sich mit diversen Anwälten traf.

„Hey, Mrs. Fowl", sagte sie freundlich und legte ihr beruhigend eine Hand auf den Arm. „Wie geht es Ihnen?"

„Ich komme zurecht", sagte sie und lächelte matt. „Ich habe mittlerweile einen echt tollen Anwalt und ... Sams

Vater ist es erst einmal nicht erlaubt, seine Kinder zu sehen."

Nervös sog sie ihre Unterlippe ein und warf einen Blick zu ihrem Sohn, der an einem Tisch saß und auf einem Blatt Papier herummalte.

„Ich habe nur eine kleine Bitte an Sie: Falls Sams Vater hier auftauchen sollte, um seinen Sohn zu sehen ... könnten Sie ihn nicht reinlassen? Er ist zwar oftmals einschüchternd und ..." Sie schluckte, schloss die Augen und atmete tief durch. „Na ja. Es ist nur, ich habe Angst, dass er Sam nehmen und mit ihm weggehen könnte. Ich weiß, es klingt verrückt, aber er ist so wütend darüber, dass ich die Scheidung eingereicht habe und ..."

„Ich passe auf", versicherte Liv ihr leise und drückte ihre Hand. „Ich bin zwar klein, aber ich gehe zum Kickboxen." Zumindest hatte sie das bis vor kurzem getan.

Erleichtert sackte Mrs. Fowl in sich zusammen. „Okay, danke. Ich weiß, dass hier nicht einfach jeder reinkommt und dass in den Zimmern nebenan auch viele Erzieher sind, die helfen können, aber ... ich wollte es Ihnen nur sagen."

„Natürlich", sagte Liv und lächelte ihr zu. „Ich habe noch nie ein Kind verloren und ich werde auch nicht damit anfangen. Außer die Mafia sollte klopfen. Dann werde ich die ganze Gruppe natürlich an den Sklavenhandel verkaufen. Sie zahlen zu gut, als dass ich diese Chance verstreichen lassen könnte."

Mrs. Fowl schmunzelte und nickte. „Danke. Ich bin dann heute Nachmittag wieder hier, um Sam abzuholen." Sie hob die Hand in die Richtung ihres Sohnes, der breit lächelnd zurückwinkte, bevor sie aus der Tür ging.

Livs Blick verweilte ein paar Momente lang auf dem dunkelhaarigen Jungen, der in den letzten Wochen untypisch schweigsam gewesen war. Sie wusste, wie es war, ohne Vater aufzuwachsen und ihr Herz wurde schwer, wenn sie an all die Altlasten dachte, die Sam ab jetzt mit sich herumtragen würde. Aber sie würde ihr Bestes geben, ihm seine Sorgen zumindest für ein paar Stunden so gut wie möglich zu nehmen.

Ihr Blick schweifte weiter zum zweiten Problemkind: Jake wurde noch immer von all den jungen Müttern und Vätern umringt und es sah nicht so aus, als würden sie ihn in nächster Zeit gehen lassen.

Schwer seufzend machte sie einen Schritt nach vorne. Es wurde Zeit, einzugreifen.

„Okay, alle, die über sechs Jahre alt sind und nicht professionell Baseball spielen, müssen jetzt leider gehen", sagte sie höflich und mit einem Lächeln in der Stimme. Auch wenn sie dachte, dass all diese – meistens auch noch verheirateten – Frauen doch endlich etwas Selbstachtung entwickeln sollten, anstatt sich vor einem Mann so lächerlich zu machen. Auch wenn er so verdammt heiß aussah wie Jake Braker. Ähm ... gut aussah. Nicht heiß. Liv benutzte Worte wie heiß nicht.

Die Eltern gaben alle ein enttäuschtes Gemurmel von sich, das sehr an die Ausrufe erinnerte, die ihre Kinder von sich gaben, wenn es keinen Nachtisch zum Mittagessen gab.

„Tut mir leid", sagte Jake entschuldigend und hob die Schultern. Der Bastard schaffte es tatsächlich, überzeugt enttäuscht auszusehen. „Aber Olivia ist der Boss."

Olivia. Wie er ihren Namen sagte. Niemand nannte sie Olivia, außer Kristen, wenn sie sehr wütend auf sie war. Liv würde Jake ihren Spitznamen anbieten müssen. Sie konnte nicht jedes Mal eine Gänsehaut bekommen, wenn er sie ansprach.

Die Eltern warfen ihr tadelnde und enttäuschte Blicke zu und Liv musste sich schwer davon abhalten, nicht die Augen zu verdrehen. Bestand denn ihr ganzes Leben aus Kleinkindern?

Sie entschied sich dazu, nichts weiter zu sagen, sondern einfach nur freundlich zur Tür zu deuten. Grummelnd verabschiedeten sich die Eltern von ihren Kindern, bevor sich der Gruppenraum nach und nach leerte.

Als auch der letzte Erwachsene den Raum verlassen hatte, trat Jake mit gerunzelter Stirn auf sie zu. „Wie ist die Mutter von Clarice so drauf?", fragte er und besah sich einen Zettel in seiner Hand, auf der deutlich eine Telefonnummer zu erkennen war. „Ach ja: Und wer ist Clarice? Und wenn wir schon dabei sind ..." Er beförderte zwei weitere Zettel aus seiner Hosentasche. „Ich glaub', der Vater von Wayne ist schwul, zumindest hat er mich auf einen Martini eingeladen, und Sonias Mom hat mir Nacktfotos versprochen."

Ganz langsam verschränkte Liv die Arme vor der Brust und sah mit gehobenen Augenbrauen zu ihm hinauf.

Jake neigte nachdenklich den Kopf zur Seite und studierte ihre Züge. „Du hast da was im Gesicht ... oh, es ist Missbilligung. Wie überraschend. Weißt du", überlegte er laut, „du solltest darüber nachdenken, dir noch eine andere Miene zuzulegen."

„Sorry, kann mir leider keine leisten." Bedauernd hob Liv die Schultern.

„Ich bezahl' sie dir, kein Problem. Ich helfe immer gerne Frauen in Not. Und dafür, dass mir Nummern hinterhergeworfen werden, kann ich jetzt ja wirklich nichts. Gott hat mir mein Gesicht gegeben. Er ist schuld."

Liv verdrehte die Augen. „Natürlich. Gott hat dir da harte Karten zugelost."

Jake seufzte wehleidig. „Ja, es ist eine Bürde."

Liv weigerte sich, dem Lächeln, das gegen ihre Mundwinkel kämpfte, nachzugeben. Stattdessen sah sie Jake kopfschüttelnd an und ihr fiel auf, dass irgendetwas an seinem Gesicht anders war.

„Du lächelst gar nicht mehr schmierig", stellte sie verblüfft fest.

„Ach ja?"

„Ja."

„Nun, mir ist gerade nicht danach."

Sie nickte. „Gut. Es war ein furchtbares Lächeln. Hat dich aussehen lassen wie einen Drogendealer mit Kieferproblemen."

Jake schnaubte, aber einer seiner Mundwinkel hob sich. „Weißt du, keine Frau hat jemals so an meinem Ego gekratzt."

„Dann wird es aber Zeit. Wenn nie jemand kratzt, dann ist die Windschutzscheibe irgendwann so beschmutzt, dass du nicht mehr klar sehen kannst."

Mit verengten Augen sah Jake sie an. „Mir gefallen deine Metaphern nicht."

Sie nickte seufzend. „Ich weiß. Weil sie wahr sind."

Sie wandte sich von ihm ab und rief laut: „Wir fangen heute mit einem Stuhlkreis an, ihr Lieben. Es wird Zeit für eine neue Kennenlernrunde, findet ihr nicht?"

„Jaaa", riefen die Kinder – denn sie alle liebten die Kennenlernrunden – und wuselten durcheinander, um sich ihren Lieblingsstuhl zu sichern.

Jake blieb kopfschüttelnd neben Liv stehen. „Wie eine Horde Affen", murmelte er.

„Merkwürdig. Das ist es immer, was ich über die Delphies sage, wenn ich ein Baseballspiel ansehe", meinte Liv schulterzuckend.

Sie konnte Jake leise lachen hören und musste ebenfalls lächeln.

Es war merkwürdig. Jake hatte gehört, was sie Sonntag am Telefon gesagt hatte, er hatte sie in einem ihrer schlimmsten Momente erlebt, und trotzdem schienen sie sich jetzt besser zu verstehen. Als hätten sie sich stumm darauf geeinigt, dass sie beide Probleme hatten und diese nur tolerieren mussten.

Liv war das nur recht. Jake hatte sie nicht gefragt, um was es in dem Telefonat gegangen war. Er hatte sie nicht mitleidig angesehen. Er hatte … gut reagiert, wenn sie darüber nachdachte. Locker, ehrlich.

Vielleicht war das das Geheimnis, wie sie in den nächsten Monaten miteinander klarkommen würden. Sie mussten nur locker und ehrlich sein. Das war nicht zu viel verlangt, oder? Und definitiv besser, als sich anzufeinden oder an den gegenseitigen Vorurteilen zu ergötzen.

„Was für einen Stuhl bekomme ich denn?", wollte Jake wissen.

„Such dir einen aus", meinte Liv und deutete großzügig auf die Kinderstühle.

„Aha", sagte Jake tonlos, während sein Blick zu dem großen Stuhl hinter ihrem Pult wanderte.

„Das ist leider mein Stuhl", sagte Liv entschuldigend.

„So … dir ist klar, dass ich sehr viel größer bin als du, oder?", fragte Jake langsam.

„Ja, ist mir aufgefallen."

„Und da muss ich auf einem Kinderstuhl sitzen und du bekommst den vernünftigen?"

„Na ja, ich bin nun einmal der Boss, wie du gerade so schön bemerkt hast", sagte sie leichthin. „Da sollte ich den Stuhl für Erwachsene bekommen."

Jake schnaubte, doch er nahm sich einen der Mini-Stühle, die ihm am nächsten standen.

„Neben mir ist ein Platz frei!", rief Laney sofort und wedelte mit den Armen über ihrem Kopf herum. „Setz dich hier hin!"

Einen Moment lang wirkte Jake mehr als unschlüssig, schließlich folgte er jedoch ihrem Befehl.

Liv musste sich ein Lächeln verkneifen. Jake sah lächerlich auf dem kleinen Stuhl neben den kleinen

Menschen aus. Er war bestimmt einsneunzig groß und wog knapp hundert Kilo. Sein Bizeps allein schien größer als der Stuhl zu sein.

„Spielst du bei dir zu Hause auch Kennenlernspiele?", fragte Laney eifrig. „Wenn nicht, kann ich es dir erklären. Es ist ganz einfach. Wenn du dir Mühe gibst, verstehst du es bestimmt."

„Oh, ich bin sehr ... versiert in den verschiedensten Kennenlernspielen", versicherte Jake ihr. „Ich spiele sie zu Hause andauernd."

Ja, Liv vermutete, dass seine Spiele wenig mit dem zu tun hatten, was sie gleich vorhatten.

Laney kräuselte ihre Nase. „Was heißt versürt?"

„Es bedeutet, dass ich sehr geübt darin bin", erklärte Jake.

„Ahhh." Laney nickte wichtigtuerisch. „Das wusste ich."

„Jake, Jake." Der etwas übergewichtige Wayne, der zu Jakes anderer Seite saß, zupfte am Ärmel von Jakes offenem Hemd, das er über einem T-Shirt trug. „Mein Papa sagt, du nimmst ganz viele Abonalika. Stimmt das?"

„Was sind Abonalika?", wollte Clarice leise wissen und sah Liv hilfesuchend an. Sie war eines der schüchternsten Kinder hier, hatte aber zumindest zu Liv Vertrauen gefasst.

„Drogen!", krähte Drogo, der mit seinen hellblonden Haaren und der blassen Haut so rein gar nichts mit seinem Namensgeber Khal Drogo aus Game of Thrones gemein hatte. „Das sind Drogen für Sportler. Mein Papa hat mir davon erzählt."

„Ich nehme keine verdammten Anabolika", sagte Jake gereizt.

Unisono schnappten die Kinder nach Luft, bevor sie mit großen Augen zu Liv hochsahen.

„Ms. Green!", rief Clarice. „Er hat geflucht!"

„Manchmal muss man fluchen, um seinen Standpunkt zu verdeutlichen", beharrte Jake. „Drogen sind sche..." Er fing sich, räusperte sich und begann erneut: „Drogen sind nicht gut. Deswegen nimmt keiner aus meinem Team welche. Egal, was die Mist-Presse sagt."

„Ms. Green! Er hat es schon wieder getan", meinte Clarice schockiert.

Verwirrt runzelte Jake die Stirn. „Mist ist auch ein Schimpfwort?"

„Du musst dich benehmen", sagte Sonia ernst und schüttelte tadelnd den Kopf. Sie saß Jake gegenüber und war schon immer sehr regelverliebt gewesen. „Sonst wird Ms. Green deine Eltern anrufen."

Jake grinste und warf Liv einen amüsierten Blick zu. „Ist das so?"

„Sonia hat recht", bestätigte Liv entschuldigend. „Du musst aufpassen, was du sagst, Jake. Fluchen wird hier nicht geduldet."

„Ah. Dann ... tut mir das leid?", bot er unsicher an, den Blick auf Sonia gerichtet.

Pikiert reckte sie die Nase in die Luft. „Ist schon okay", sagte sie dann jedoch großzügig.

„Alles klar, jetzt, da Jake unsere Regeln kennt: Wer möchte ihm denn unser Kennenlernspiel erklären?", fragte Liv in die Runde.

Wie zu erwarten war, sprang Laney sofort auf und fing an zu erzählen. Liv war sich ziemlich sicher, dass ihre Nichte eine komplette Talkshow leiten könnte.

„Es ist ganz einfach", sagte sie und klopfte Jake beruhigend aufs Knie. „Es heißt Ich bin und ich mag. Und du musst deinen Namen sagen und dann, was du an jemand anderem hier in diesem Raum magst. Und der muss dann wieder sagen, wie er heißt und was er an jemandem mag. Bis alle einmal dran waren. Und dann, dann machen wir manchmal noch ein Wir dürfen alles fragen Spiel, aber da muss nicht jeder mitmachen, weil, manchmal will man Fragen nicht beantworten und das ist okay und alles."

„Danke, Laney, das hast du gut gemacht", sagte Liv. „Ich glaube, Jake hat das Spiel verstanden. Wer möchte anfangen? Sam? Wie wäre es denn mit dir?"

Mrs. Fowls Sohn sah verwundert auf und zupfte nervös an seinem Ohrläppchen. „Ich bin Sam und ich mag gar nichts", sagte er knapp und wandte den Blick ab.

„Sicher?", hakte Liv nach, während ihr Herz schwer wurde. „Was ist mit Johnnys Schuhen? Sie sind rot. Du magst Rot doch sehr gerne."

Sam kaute unzufrieden auf seiner Unterlippe herum, ließ den Blick jedoch zu Johnnys Schuhen schweifen. Schließlich nickte er. „Ja", sagte er leise. „Die mag ich."

„Schön." Sie lächelte Sam bestätigend zu. „Johnny, du bist dran."

„Ich bin Johnny und mag Sie, Ms. Green", sagte der dunkelhäutige Junge grinsend. „Weil Sie immer nett sind, auch wenn Sie einen dazu zwingen, Gemüse zu essen."

Liv lachte. „Danke, Johnny, das weiß ich sehr zu schätzen. Dann bin ich wohl dran. Ich bin Ms. Green und mag die Regenbögen, die du immer malst, Clarice."

Das Mädchen lief rosa an. „Danke", sagte sie schüchtern. „Ich bin Clarice und ich ..." Ihre dunklen Augen huschten umher und landeten zielsicher auf Jake. „Ich mag deine Zähne", erklärte sie vorsichtig. „Sie sind gerade und weiß und sie sehen aus wie in der Werbung für Zahnpasta."

Liv sah zu Jake und war erleichtert, als sie ihn breit lächeln sah. Clarice brauchte Bestätigung dafür, dass die Dinge, die sie sagte, von Wert waren.

„Danke", sagte Jake. „Das ist sehr lieb. Mein Zahnarzt wird sich freuen. Ich bin Jake und ich mag, dass du nicht viel fluchst." Er nickte Sonia zu.

Das Mädchen reckte ihr Kinn höher. „Ja, ich weiß", sagte sie, bevor sie fortfuhr und Drogo ein Kompliment für seinen Namen machte.

Liv lächelte in sich hinein und sah aus den Augenwinkeln, wie Laney aufstand und Jake mit ihrer kleinen Hand auf den Oberarm klopfte. „Siehst du. Du brauchtest gar keine Angst zu haben. Alle mögen dich", erklärte sie dann leise – aber nicht leise genug – bevor sie seinen Bizeps spontan umarmte.

Jake sah kurz irritiert zu ihr hinab, bevor seine Wangen rosa anliefen und er ihr unbeholfen mit der freien Hand auf den Rücken klopfte. „Ähm, danke. Jetzt geht es mir schon viel besser."

Livs Lächeln vertiefte sich. Gelobt sei ihre Nichte, die alle und jeden aus der Reserve locken konnte. Das Schöne an Kindern war: Sie wussten noch nicht, was Vorurteile waren. Sie gehorchten noch keinen Gesetzen, die die Gesellschaft vorschrieb. Sie unterschieden nicht zwischen reich und arm. Zwischen schwarz und weiß. Zwischen dick und dünn.

Sie unterschieden zwischen nett und nicht nett. Und das machte sie in vielen Bereichen zu den besseren Menschen.

Liv blickte zu Wayne, der sich gerade ausgiebig in der Nase bohrte.

Ja, nicht zu perfekten, aber besseren Menschen.

Zehn

Am Ende seines zweiten Tages im Kindergarten hatte Jake drei neue Erkenntnisse.

Erstens: Kinder waren vielleicht nicht komplett scheiße. Nur wenn sie gerade weinten. Oder schrien. Also ... sie waren nur Teilzeit-Scheiße. Ein wenig so wie er selbst.

Zweitens: Er würde sich demnächst seinen eigenen Stuhl mitbringen.

Drittens: Olivia machte einen verdammt guten Job.

Es war, als müsse sie ein Kind nur ansehen und wisse sofort, wo der Schuh drückte. Sie war streng, wenn sie es sein musste. Geduldig, wenn es die Situation verlangte. Witzig, wenn jemand aufgeheitert werden musste. Sie war ein menschliches Chamäleon und es war lächerlich, dass sie Jake je dafür kritisiert hatte, ihr was vorzuspielen. Denn er war nichts im Vergleich zu ihr. Ihm war nur nicht klar, ob sie sich dessen bewusst war.

Er war sich schäbig vorgekommen, sie so im Stadion zu belauschen, aber er hatte nicht weghören können. Ihre Stimme war so verletzt, so zornig und so emotional gewesen – so anders, als die kontrolliert lässige Frau, die er am ersten Tag im Kindergarten kennengelernt hatte – dass er nicht anders gekonnt hatte, als sie anzustarren. Es war zu verdammt faszinierend gewesen.

Offensichtlich hatte sie ein paar familiäre Probleme. Was sie irgendwie sympathisch machte, denn damit kannte Jake sich aus. Soweit er es hatte raushören können, hatte ihre Mutter ihr Geld gestohlen und war dann abgehauen, während irgendwer schwanger war. Darüber konnte man sich schon mal aufregen. Er hätte

Olivia gerne nach den Einzelheiten gefragt, war sich jedoch sicher, dass sie sie ihm nicht verraten hätte. Schließlich war er nur die Aushilfe, mit der sie zwei unangenehme Gespräche geführt hatte.

Er setzte sich den Helm auf und zog sich die Lederjacke über, bevor er sich auf sein Quad setzte. Er war zwar ein Idiot, aber nicht lebensmüde – er wusste, dass er lieber mit einem seiner Autos hätte fahren sollen. Das Quad war furchtbar unpraktisch und ja – um Längen gefährlicher. Aber mit dem Auto zu fahren, war zu einfach. Da musste er sich nicht einmal konzentrieren. Da hatte er Zeit, über Gott und die Welt nachzudenken. Und er wollte weder das eine noch das andere.

Er ließ die Kupplung kommen und fuhr von dem kleinen Parkplatz, der so gar nichts mit den Parkmöglichkeiten von dem privaten Kindergarten gemein hatte, zu dem er gegangen war. Hier gab es kein Marmor, keine vergoldeten Tore, keinen Poolbereich, keinen riesigen Spielplatz. Es gab eine Fläche aus Beton und ein kleines Rasenstück, auf dem eine Schaukel stand. Das war alles.

Er bog nach rechts auf die Hauptstraße und wollte schon Gas geben, als er eine kleine, schmale Gestalt erkannte, die zügigen Schrittes den Gehweg hinablief. Stirnrunzelnd wurde er langsamer und wandte den Kopf nach rechts und links. Hier stand kein Auto. Es gab nur Straße und Gehweg.

Er rollte weiter, bis er genau neben Olivia herfuhr.

„Hey.“

Olivia schrak zusammen und fuhr zu ihm herum. Hastig machte sie einen Schritt zurück und drückte die Handtasche enger an ihren Körper.

Jake schnaubte. „Ich will dich nicht bestehlen, keine Sorge“, meinte er, hielt an und klappte sein Visier nach oben.

Ein erleichtertes Seufzen fuhr über Olivias Lippen. „Meine Güte! Erschreck mich doch nicht so!" Kopfschüttelnd trat sie wieder nach vorne. „Wer erwartet bitte, dass du mit einer Todesmaschine herumfährst?"

Er lächelte verschmitzt. „Ungefähr ganz Amerika erwartet das von mir", bemerkte er. Warum, glaubte sie, hatte er sich das Teil gekauft?

„Nun, ich nicht", meinte sie augenverdrehend und lief weiter. „Ich hätte mit einem süßen, pinken Prius gerechnet."

Jake lachte leise und rollte neben ihr her. „Der steht bei mir zu Hause in der Garage."

„Natürlich." Sie beschleunigte ihren Schritt.

„Olivia."

„Liv. Nenn mich Liv. Niemand nennt mich Olivia."

„Oleander, Olivia, Liv. Eine Frau mit vielen Namen."

Sie schnaubte und warf ihm augenverdrehend einen Seitenblick zu. „Du weißt genau, dass ich nicht Oleander heiße! So hast du mich nur genannt, um mich aufzuregen."

Möglich. Obwohl Oleander doch ein hübscher Name war. Jake wusste nicht, was sie daran auszusetzen hatte.

„Ich dachte, Frauen mögen es, wenn man ihnen süße Spitznamen gibt."

„Da liegst du falsch. Frauen mögen es, wenn der Kerl sich an den richtigen Namen erinnert, Jacky-Boy."

Jake öffnete den Mund – und hob überrascht die Augenbrauen. Es gab nur eine Person, die ihn Jacky-Boy nannte.

„Du hast nicht zufällig mit Cole Panther geredet?", fragte er beiläufig.

„Nein, nicht zufällig. Mit voller Absicht. Sympathischer Kerl. Hat mir innerhalb der ersten drei Minuten erklärt, dass ich bitte nicht mit dir schlafen solle, du seist es nicht wert."

Ja, das klang nach Cole. „Ich bin es wert“, fühlte Jake sich gezwungen klarzustellen, bevor er anzüglich lächelte. „Ich weiß Dinge.“

Zu seiner Überraschung brachte Liv das zum Lachen. „Oh, da bin ich mir sicher. Bei der Übung, die du laut Presse hast, wäre alles andere enttäuschend.“

Jakes Lächeln wurde breiter. „Also hast du Cole gesagt, dass du in Erwägung ziehst, mit mir zu schlafen?“, fragte er im Plauderton.

Ihr Lachen wurde lauter. „Komm schon, Jake. Wir beide wissen, dass ich nicht dein Typ bin – und du nicht meiner.“

Jake verengte die Augen. Ihm gefiel nicht, dass sie implizierte, er würde nur mit einem bestimmten Typ Frau schlafen. Auch wenn es vielleicht stimmte. Jake war nicht oberflächlich, nur ungeduldig.

„Was ist denn dein Typ?“, wollte er interessiert wissen.

Liv zögerte, hob die Schultern, wandte den Blick ab und räusperte sich dann. „Na ja, ich mag ... nette Männer.“

Ja, gut, da hatte Jake schlechte Karten.

„Schande“, stellte er schwer seufzend fest. „Eine Nacht mit mir würde deinen Horizont erweitern.“

Röte kroch Livs Hals hinauf und strafte den spöttischen Blick, den sie ihm zuwarf, Lügen. „Wenn ich meinen Horizont erweitern will, rauche ich einen Joint. Aber vielen Dank für das Angebot.“

„Es war kein Angebot. Nur eine Feststellung. Und als ob du schon einmal einen Joint in den Fingern gehabt hättest.“

„Na, du scheinst mich ja ausgesprochen gut zu kennen“, meinte Liv trocken und lief weiter. Schweigend. Es sah auch nicht aus, als habe sie vor, noch einmal etwas zu sagen.

„Liv.“

Sie seufzte schwer und blieb erneut stehen. „Was?“

„Wo gehst du hin?“

„Nach Hause.“

„Wohnst du hier in der Nähe?“, fragte er verblüfft.

„Nein. Ich wohne etwa drei Meilen von hier entfernt.“

„Drei Meilen?“, sagte Jake ungläubig. „Und die willst du zu Fuß gehen?“

„Ja.“

„Das dauert eine Stunde!“

„Ich weiß“, sagte sie ungeduldig. „Deswegen habe ich auch keine Zeit, mich hier noch länger mit dir zu unterhalten.“

„Warum gehst du zu Fuß?“, fragte er verwirrt. Das war einfach nur furchtbar unamerikanisch.

„Meine Schwester brauchte heute das Auto, was bleibt mir für eine Wahl?“

Natürlich. Normale Menschen hatten nur ein Auto. Normale Menschen mussten sich dieses Auto mit anderen teilen. Jake nickte langsam.

„Warum rufst du kein Uber? Oder ein Taxi?“

Liv seufzte schwer. „Weißt du, wie teuer ein Taxi ist?“

Sie konnte sich kein Taxi leisten. Seine Brust zog sich zusammen und wenn er an die drei Autos dachte, die bei ihm zu Hause in der Garage standen, wurde ihm auf einmal ein wenig schlecht. Jake war nicht blöd. Er wusste, dass es Leute gab, die sehr auf ihr Geld achten mussten. Diese Tatsache war ihm normalerweise nur nicht so präsent.

„Komm“, murmelte er und zog sich den Helm vom Kopf. „Ich fahr’ dich nach Haus.“

„Was?“, fragte Liv verwirrt.

„Ich fahre dich“, wiederholte Jake und reichte ihr den Helm. Er hatte nur einen dabei.

Wie automatisch schüttelte Liv den Kopf. „Nein.“

„Warum nicht?“

„Weil … nein.“

„Das ist kein Grund.“

„In meinem Kopf ist es einer“, widersprach sie.

Jake musste ein Lächeln unterdrücken. „Jetzt nimm den Helm und setz dich hinter mich. Oder hast du Angst, dass du dich sofort in mich verlieben könntest, sobald du deine Arme um mich legst und meine Muskeln spürst?“

Wenn Blicke töten könnten, läge Jake jetzt auf dem Boden.

„Du solltest dringend zum Arzt gehen. Dass sich dein Ego dauernd so aufbläst, kann nicht gesund sein“, meinte Liv trocken, zog ihm aber den Helm aus den Händen. „Und wenn du einen Unfall baust und ich sterbe, dann bring’ ich dich um.“

Er grinste. „Wird notiert. Bist du schon einmal auf einem Quad gefahren?“

„Natürlich nicht“, sagte sie gereizt. „Ich bin doch nicht bescheuert.“

„Okay, dann sag’ ich dir lieber gleich, dass es nicht wie Autofahren ist.“

„Was du nicht sagst. Das kommt unglaublich überraschend.“

„Ich weiß. Also halt dich einfach gut fest. Es könnte ruckeln.“

Liv murmelte etwas, dass sich verdammt nach Das möglicherweise Dümmste, was ich je getan habe anhörte.

„Ich fahr’ vorsichtig“, versicherte er ihr. „Du bist in Jeans und T-Shirt unterwegs, ich ohne Helm … ich bin nicht lebensmüde.“

„Dazu werde ich mich erst äußern, wenn wir heil angekommen sind.“ Sie nannte ihm ihre Adresse und Jake nickte.

Er kannte die Straße, von der sie sprach. Natürlich kannte er sie. Dort war er hingegangen, als er so wütend auf seine Familie gewesen war, dass er einen

Kinderspielplatz hatte zerstören müssen, um seiner Wut Luft zu machen. Er hatte den Ort damals gewählt, weil er sicher gewesen war, dass er niemanden im Umkreis von fünf Meilen kannte. Denn die Gegend, in der Liv wohnte, war abgeranzt und arm – und alle seine Freunde und Bekannten waren es nicht.

Liv stieg hinter ihm auf den Sitz und zögerte kurz, bevor sie vorsichtig die Arme um seine Mitte legte. Sie berührte ihn kaum, als würde sie sich an ihm verbrennen, wenn sie nicht aufpasste. Leider würde sie so hinten vom Quad fliegen.

„Du musst mich schon anfassen", meinte Jake. „So segelst du davon, sobald ich Gas gebe."

„Schön", raunzte Liv dumpf durch den Helm. Sie rückte näher heran und schlang die Arme kaum merklich enger um ihn. „So?"

Jake lachte leise und schüttelte den Kopf. „Nein. Komm schon, Liv. Ist es schon so lange her, dass du einen Mann richtig angefasst hast, dass du dich jetzt unwohl damit fühlst?"

Liv antwortete nicht, bewegen tat sie sich aber auch nicht.

Oh, Shit. Möglicherweise hatte Jake damit den Nagel auf den Kopf getroffen.

Er räusperte sich, bevor er langsam die Hände um Livs Arme legte, sie vorzog, bis ihr Oberkörper sich gegen seinen Rücken presste, und schließlich ihre Hände flach auf seinem Bauch positionierte.

„Und jetzt einfach festhalten", murmelte er und augenblicklich gruben sich Livs Hände in den Stoff seines T-Shirts, das er unter der Lederjacke trug.

Ihre Finger kratzten über seine Bauchmuskeln, streiften den Streifen nackte Haut zwischen Hose und Shirt. Plötzliche Hitze breitete sich in Jakes Körper aus. Erwärmte seine Brust, wanderte tiefer, immer tiefer, bis sie genau ...

Er räusperte sich, irritiert von seinem eigenen Körper, dem auf einmal sehr bewusst war, dass sich eine Frau an ihn presste. Ihre Oberschenkel fest gegen seine gedrückt. Ihre Brüste an seinem Rücken.

Liv strich den Stoff seines T-Shirts glatt, bevor sie ihn erneut zwischen ihre Finger nahm. „Okay", sagte sie, ihre Stimme höher als sonst. „Dann fahr mal los."

Jake blinzelte, starrte auf die Hände an seinem Bauch und hätte dann fast laut aufgelacht. Liv hatte recht gehabt. Sie war absolut nicht sein Typ. Sie war eigensinnig, besserwisserisch, verurteilend, redete zu viel, ließ sich nicht manipulieren und war ... nervig. Aber sein Körper interessierte sich offensichtlich einen Scheißdreck dafür. Klasse.

„Jake?", hakte Liv nach. „Alles gut?"

„Klar", meinte er knapp und betätigte mit der Hand das Gas. Es würde ihm nicht helfen, noch eine Weile ruhig hier sitzen zu bleiben.

Leider schüchterte der plötzliche Start Liv aber weiter ein, sodass sie sich im nächsten Moment noch enger an ihn schmiegte. Nicht einmal mehr ein sehr dünnes Blatt Papier hätte zwischen sie gepasst.

Jake stöhnte innerlich. Möglicherweise war es nicht seine beste Idee gewesen, Liv nach Hause zu fahren. Aber jetzt war es ohnehin zu spät und die Fahrt war Gott sei Dank nicht lang.

Elf

Wie verdammt lang dauerte diese Fahrt noch? Alles in den letzten fünf Minuten war unangenehm für Liv gewesen. Der schwere Helm auf ihrem Kopf, die ruckelnde Maschine unter ihr und der Mann ... nun, der Mann zwischen ihren Beinen.

Jake war so heiß.

Also jetzt vom Standpunkt der Körperwärme aus gesehen, nicht, weil er ... na, doch. Das auch. Es war fast schon ungemütlich, sich an ihn zu drängen, weil er überall so verdammt hart war. Aber gleichzeitig ... ja, gleichzeitig war es vielleicht nicht das schlechteste Gefühl, jemand anderen im Arm zu halten als eine Fünfjährige oder Kristen. Und Liv erwischte sich mehr als einmal dabei, wie sie die Augen schloss und einfach das Gefühl von Jakes Muskeln unter ihren Fingern genoss.

Ja, sie war schwach! Sie war männliche Aufmerksamkeit nicht gewöhnt. Sie war das Gefühl von einem männlichen Körper nicht gewöhnt. Sie ... Gott, sie wollte Sex!

Es war unmöglich, diese Tatsache groß zu umschreiben. Sie war fast fünfundzwanzig und hatte zweimal in ihrem Leben Sex gehabt – enttäuschenden noch dazu.

Das war zu wenig. Das war armselig! Das war ... so jungfräulich. Es erschien ihr einfach nicht richtig. Aber in eine Bar gehen und einen Kerl aufreißen konnte sie auch schlecht. Weil ... ja, warum eigentlich nicht? Vielleicht war das ja die Lösung ihrer Probleme. Ein One-Night-Stand mit einem schäbigen Typ aus einer Bar. Oder mit Jake.

Blut rauschte in ihren Kopf und sie war froh, dass sie einen Helm aufhatte und Jake sich auf die Straße konzentrieren musste. Sonst hätte er ihr womöglich die

Gedanken aus dem Gesicht abgelesen. Was zum Teufel war ihr Problem? Mit Jake zu schlafen, wäre eine furchtbare Idee!

Als besagter Baseballer keine Sekunde später vor dem grauen Betonklotz anhielt, in dem sie wohnte, ließ sie ihn so eilig los, dass sie beinahe hintenüberfiel. Sie öffnete das Visier des Helms – denn auf einmal schien der Sauerstoff darin sehr knapp zu werden – und stieg dann hastig von der Todesmaschine.

Sie war albern. Millionen von Frauen hatten sich bestimmt schon einmal gefragt, wie es wäre, mit Jake Braker zu schlafen. Wenn sie ihn im Fernsehen sahen, in der Zeitung, im Stadion ... Liv hatte es nur für unmöglich gehalten, dass sie jemals zu diesen Frauen zählen würde.

„Alles in Ordnung?", fragte Jake stirnrunzelnd. Er war vom Quad gestiegen und betrachtete mit geneigtem Kopf ihr Gesicht. „Du siehst mich an, als hätte ich ein Eichhörnchen überfahren."

Liv blinzelte und zog sich im nächsten Moment den Helm vom Kopf. Sie hatte gar nicht gemerkt, dass sie Jake wütend angestarrt hatte.

„Mir geht es gut. Ich versuche nur, mich von der Fahrt zu erholen." Was die absolute Wahrheit war.

Jake hob einen Mundwinkel und nahm ihr den Helm ab. „Gib es zu: Es hat dir gefallen."

Ja, hatte es. Das war ja das Problem!

Liv zuckte mit den Schultern. „Du fährst ganz ..."

Das nächste Wort blieb ihr im Halse stecken, denn ihr Blick war auf ein Auto, zwanzig Meter die Straße hinunter, gefallen, aus dem gerade ein bärtiger Mann mit knallroten Turnschuhen und einem Pudel unterm Arm ausstieg.

„Scheiße", entfuhr es ihr und hastig sprang sie hinter Jake, um seinen Körper als Schutzschild zu missbrauchen. Zu irgendetwas mussten seine Muskeln ja nützlich sein, oder?

„Ich fahre ganz scheiße?", fragte Jake nachdenklich.

„Nein. Du fährst gut", sagte sie abwesend und lugte vorsichtig um ihn herum. „Aber mein Vermieter ist gerade aus seinem Auto ausgestiegen und ich bin mir ziemlich sicher, dass er zu mir will."

„Warum?"

Liv schnaubte. Sowas fragten nur reiche Leute. „Weil ich meine Miete nicht bezahlt habe, natürlich", meinte sie augenverdrehend. Sie wartete noch auf das Geld von ihrem letzten Kellnerjob und hatte gehofft, dass Mr. Burke sich vielleicht etwas gedulden würde.

„Warum hast du deine Miete nicht gezahlt?"

Liv verengte die Augen und sah kopfschüttelnd zu Jake auf. „Du stellst dumme Fragen, Jake, hat dir das schon einmal jemand gesagt? Ich habe das Geld nicht! Deswegen habe ich nicht gezahlt, deswegen steht da vorne mein Vermieter, um mir zum vierten Mal innerhalb von drei Monaten damit zu drohen, mich rauszuschmeißen. Willkommen in der Realität, Jake. Menschen haben Geldprobleme, trotz Collegeabschluss, trotz festen Jobs, trotz Aushilfsjobs."

Sie atmete tief durch, blickte erneut um Jake herum – und traf den Blick ihres Vermieters. Shit. Was sollte sie tun? Was war ihre Ausrede? Was ... Moment.

Ihr Blick fuhr zu Jake hoch. Er war Baseman der Delphies. Mr. Burke liebte die Delphies – so wie ungefähr jeder Mann dieser Stadt.

„Jake", flüsterte sie hastig und griff nach seiner Hand. „Spiel jetzt einfach mit, okay?"

„Was soll ich mitspielen?", fragte er verwirrt und starrte auf ihre Finger, die seine umschlossen.

„Tu so, als würdest du mich richtig mögen, als ... wäre ich deine beste Freundin! Nur einen Moment lang."

„Feste Freundin?“ Das Entsetzen in Jakes Stimme brachte Liv beinahe zum Lachen.

„Nein! Ich meinte ...“

„Ms. Green. Wie nett, dass ich Sie endlich mal wieder antreffe.“

„Mr. Burke“, sagte sie fröhlich und trat hinter Jake hervor, seine Hand noch immer in ihrer haltend. „Ich habe Sie gar nicht gesehen.“

„Tatsächlich“, sagte ihr Vermieter trocken. Es war offensichtlich, dass er ihr nicht glaubte. Sein Pudel offenbar auch nicht, denn er bellte missbilligend.

„Ich fürchte, das war meine Schuld“, meldete sich Jake zu Wort. „Ich habe sie abgelenkt.“ Er legte einen Arm um Livs Schultern und zog sie eng an seine Seite.

Hitze drang durch den Stoff von Livs T-Shirt und legte sich auf ihre Haut. Fuhr ihre gesamte Seite bis in ihre Füße hinab. Ihr Hals wurde eng und sie wollte sich aus seiner Umarmung drehen, wollte den Mund öffnen, um Jake zu sagen, dass er sie missverstanden hatte ... doch das konnte sie natürlich nicht, während ihr Vermieter ihnen direkt gegenüberstand.

„Sie sind ... Sie sind ...“, stammelte er mit aufgerissenen Augen, unfähig dazu, seinen Satz zu Ende zu führen.

Es war albern. Er war mindestens doppelt so alt wie Jake und benahm sich plötzlich wie ein aufgeregter Teenager. Wie blieb Jake bloß so entspannt, wenn er andauernd so anstrengende Begegnungen haben musste?

„Ich bin Livs Freund“, half ihm Jake auf die Sprünge und streckte seine Hand aus. „Nett, Sie kennenzulernen.“

„Sie ... was?“ Ungläubig ließ er den Blick zwischen Liv und Jake hin- und herschweifen, während er Jakes Hand schüttelte. Liv konnte ihm die zweifelnde Miene nicht einmal verübeln. Ihr war bewusst, dass sie absolut nicht zu Jake passte. Sie waren ein denkbar ungleiches Paar und niemand, der noch alle Tassen im Schrank hatte, würde glauben, dass Jake mit ihr zusammen war.

Gott sei Dank war Mr. Burkes Oberstübchen schon fast vollkommen leer.

„Ich verstehe", sagte er, auch wenn jede seiner Gesichtsregungen auf das Gegenteil hinwies. Sein Mund stand weit offen und sein Gesicht war so rot wie seine Turnschuhe. Sein Blick flog zu Livs herabhängenden Armen und widerstrebend hob sie einen, um ihn um Jakes Mitte zu legen. Seine Hand an ihrer Schulter strich abwesend über die nackte Haut an ihrem Oberarm. Liv versteifte sich, während ein Kribbeln ihren Arm hinab, bis in ihre Fingerspitzen wanderte.

„Wollen Sie irgendetwas von mir, Mr. Burke?", fragte Liv freundlich, bemüht, nicht schon wieder Jakes Bauchmuskeln zu berühren, weil ... aus offensichtlichen Gründen! Ihr Mund war schon trocken genug.

„Ich, also ... ja, eigentlich ..." Er blinzelte, sah ehrfürchtig zu Jake, schluckte und schüttelte schließlich den Kopf. „Nein, es hat sich gerade erledigt", schloss er. Es wäre ja auch absurd, wenn die Freundin von Jake, dem Millionär Braker, ihre Miete nicht zahlen könnte.

„Schön. Wir wollten nämlich gerade reingehen." Liv nickte zum Eingang des Betonblocks. Sie zog Jake mit sich und hielt dann nach ein paar Schritten inne. So, als wäre ihr gerade noch was eingefallen.

„Ach, ist eigentlich die Miete angekommen?", fragte sie über ihre Schulter hinweg.

„Ähm. Nein." Mr. Burke starrte noch immer Jake an.

„Merkwürdig. Da lässt sich die Bank aber Zeit. Ich werde anrufen. Bis spätestens nächste Woche sollten sie die Überweisung wohl hinbekommen."

„Jaja. Das reicht alles vollkommen", haspelte Mr. Burke. „Machen Sie sich keinen Stress, Miss Green. Ich weiß ja, dass Sie ... beschäftigt sind."

Liv konnte nur schwer ein Schnauben unterdrücken. Wenn Menschen nur immer so nett zu ihr wären.

„Danke", sagte sie betont gelassen, bevor sie auf ihren Hauseingang zulief, Jakes Arm noch immer um ihre Schulter drapiert, und hastig die Tür öffnete.

Sobald sie in Sicherheit waren, schob sie Jakes Arm von ihrem Körper. „Lass mich los!"

„Du wolltest, dass ich deinen festen Freund spiele!", sagte Jake ungläubig.

„Besten Freund", erklärte sie seufzend, ignorierte die Gänsehaut, die sich einen Weg ihren Rücken hinabbahnte und lief die Treppen hinauf. Jake folgte ihr wie selbstverständlich.

„Ist auch egal, es hat ja geklappt. Danke dafür. Mr. Burke hätte dir auch seinen erstgeborenen Sohn gegeben, wenn du ihn darum gebeten hättest. Meine Güte, glotzen die Leute dich immer so dämlich an?"

„Größtenteils. Ja."

Kopfschüttelnd sah sie über die Schulter in sein Gesicht. „Das tut mir ehrlich und aufrichtig leid", sagte sie wahrheitsgemäß. „Das muss verdammt anstrengend sein."

Jake hob die Schultern. „Ich will mich nicht beschweren. Es hat alles seine Vor- und Nachteile."

Sie nickte. „Was stört dich am meisten?"

„Das Anfassen", sagte er, ohne darüber nachzudenken. „Der ständige Wunsch, mich berühren zu müssen, als wollten sie testen, ob ich real bin. Dann ..." Er zögerte, fuhr schließlich jedoch fort: „Die Erwartungen. Das Bild, das sich Menschen von mir machen – es ist nicht real. Sobald sie mich kennenlernen, sind sie enttäuscht, weil ich doch nicht so gutaussehend, so charmant oder so ungehobelt bin, wie die Zeitungen es behaupten."

Liv war sicher, dass zumindest der Part mit dem Aussehen nicht stimmte. Aber der Rest ...

„Was soll's", meinte Jake knapp. „Ich bin reich und erfolgreich. Ich sollte nicht meckern."

Sie blieb auf dem Treppenabsatz ihrer Etage stehen. Jake stand zwei Stufen unter ihr, sodass sie ihm geradewegs in die Augen sehen konnte.

„Ich weiß, du willst dich nicht beschweren", murmelte sie. „Aber du darfst. Nur weil es dir in so vielen Lebensbereichen gut geht, heißt das nicht, dass du schlechte Dinge einfach hinnehmen musst. Und nur weil du eine Person der Öffentlichkeit bist, heißt das nicht, dass Menschen dich wie öffentliches Gut behandeln dürfen. Du bist ein Mensch, keine Puppe, die zu ihrer Unterhaltung da ist. Und … na ja. Man kann alles haben – und trotzdem unzufrieden sein. Das ist okay."

Ein paar endlose Momente lang sah Jake sie einfach nur an. Der Blick stetig, das Gesicht unleserlich, die blauen Augen dunkler als sonst.

„Danke", murmelte er schließlich kaum hörbar.

„Wofür?", fragte sie verwundert.

„Dafür, dass du … real bist." Seine Lippen bogen sich nach oben. „Und dafür, dass du der einzige Mensch bist, dem ich explizit sage, er soll mich anfassen – und dann so tut, als hätte ich ihn darum gebeten, mir die Zähne zu putzen."

Sie verdrehte die Augen, lächelte jedoch. „Ich wollte dir nicht zu nahe auf die Pelle rücken."

„Jeder will mir zu nahe auf die Pelle rücken, Liv", meinte er leise lachend.

„Nun, ich bin nicht jeder", meinte sie achselzuckend.

„Das ist mir aufgefallen", bestätigte Jake sofort.

Liv wusste nicht, ob das ein Kompliment oder Kritik war, deshalb wandte sie ihr viel zu heißes Gesicht von ihm ab und trat auf ihre Tür zu.

„Okay, du musst nur ein paar Momente bleiben, bis Mr. Burke wieder weg ist, dann kannst du gehen", sagte sie und drehte nervös den Schlüssel in ihren Händen.

„Alles klar.“

„Mhm.“ Sie nickte, blickte zum Türschloss, sah zu Jake ... Mist. Sie wollte ihn nicht in ihre Wohnung lassen. Es war nicht so, dass sie sich dafür schämte, wie sie lebte. Kristen und sie hatten das Beste aus dem wenigen Platz gemacht, den sie hatten. Aber gleichzeitig ... gleichzeitig wollte sie nicht, dass Jake wusste, wie groß ihre Geldprobleme wirklich waren. Sie wollte nicht, dass er sie mitleidig ansah. Dass er sie plötzlich für schwach und hilfsbedürftig hielt. Sie wollte ihm auf Augenhöhe begegnen – und das konnte sie nicht, wenn er ihre Wohnung und ihr Leben verurteilte. Denn ja, beides war sehr, sehr klein und schlicht –und ein wenig schäbig.

„Hast du vergessen, wie man einen Schlüssel benutzt?“, fragte Jake, als sie sich zwei Minuten später noch immer nicht bewegt hatte. „Unten hast du das noch ganz gut hinbekommen.“

Sie zog eine Grimasse. „Es ist ... es ist unordentlich drinnen. Ich habe nicht mit Besuch gerechnet.“

„Aha. Das ist natürlich schlecht. Ich bin nämlich gegen Unordnung allergisch und falle tot um, sobald ich ihr länger als zwanzig Sekunden ausgesetzt werde.“

Sie verdrehte die Augen. Sie würde ja doch nicht darum herumkommen.

„Schön, dann komm halt rein“, murmelte sie und öffnete die Tür zum engen Flur.

Gegenüber vom Eingang stand eine Garderobe, unter der sich die Schuhe häuften, die sie nie wegwarfen, falls man mal einen Schnürsenkel oder Ähnliches gebrauchen konnte. Zur Rechten lag die Küche, zur Linken gab es drei Türen, die zu Livs Zimmer, Kristens und Laneys Zimmer und dem Bad führten. Die Wände waren ergraut, der Boden bestand aus dreckigem PVC, den man nie putzen musste, weil er ohnehin immer gleich schäbig aussah, und Glühbirnen hingen von der Decke, da sie nie dazu gekommen waren, sich Lampen zu kaufen – wie konnte jemand fünfzig Dollar für einen Papierschirm verlangen?!

Sobald Jake eintrat, schien der gesamte Platz aufgebraucht zu sein. Liv war sich fast sicher, dass seine Schultern die Wände zu beiden Seiten berühren würden, stünde er nicht seitwärts.

Er ließ seinen Blick von rechts nach links schweifen, sein Gesicht nervenaufreibend ausdruckslos. Schließlich nickte er zu den Schuhen, die vor ihm standen, und fragte: „Hast du ein Kind?"

„Nein, ich wohne mit meiner Schwester und meiner Nichte zusammen", erklärte sie und wischte ihre klammen Hände an der Hose ab. „Kristen ist jedoch in der Uni und meine Nichte verbringt den Abend mit einer Freundin aus dem Kindergarten." Nervös tippte sie mit dem Fuß auf den Boden, bevor sie sich für die Küche als Aufenthaltsraum entschied. Sie wusste nicht, ob in ihrem Zimmer dreckige Unterwäsche herumlag.

„Ihr wohnt zu dritt hier?", fragte Jake mit gehobenen Augenbrauen nach, als er in die zehn Quadratmeter kleine Küche trat und sich auf den Stuhl setzte, den Liv ihm anbot.

Sie presste die Lippen zusammen, vergrub die Hände in den Taschen und nickte. Es war nur eine Feststellung von ihm gewesen. Kein Urteil. Kein Grund, defensiv zu werden.

„Okay", überlegte Jake, besah sich die beigen Arbeitsflächen und den hölzernen Tisch, auf dem drei Brandflecke prangten – Geburtstagskerzen vertrugen sich nicht mit einer Fünfjährigen – bevor sein Blick wieder auf Liv fiel. Seine Augen schienen ihr eine Frage zu stellen, doch Liv verstand sie nicht.

„Was ist?", wollte sie irritiert wissen.

„Meine Güte, Liv", murmelte er und schüttelte den Kopf. „Warum zum Teufel hast du mein Geld nicht angenommen? Es ist offensichtlich, dass du es gebrauchen kannst! Ich hätte dir bestimmt zehntausend Dollar angeboten. Wenn du gut verhandelt hättest, hätte ich dir fünfzehn gegeben. Warum hast du dich nicht einfach bestechen lassen?"

Fünfzehntausend Dollar! Fünfzehn! Liebe Güte, sie hätte den Rest ihres Studiendarlehens abbezahlen können.

Diese Zahl war so absurd hoch, dass Liv schummerig im Magen wurde. Er hätte ihr so viel Geld dafür gegeben, dass sie ihm einen Papierwisch unterschrieb? Möglicherweise war sie die dümmste Person auf dem Planeten. Möglicherweise hätte sie das Geld nehmen und Jake sein Leben genießen lassen sollen. Aber selbst, wenn sie die Summe gekannt hätte: Sie hätte sie abgelehnt. Es wäre ihr verdammt schwergefallen, aber dennoch ... sie biss die Zähne aufeinander.

„Es wäre falsch gewesen", sagte sie bemüht ruhig. „Ich wäre damit ein schlechtes Beispiel für meine Nichte gewesen. Ich hätte mir selbst nicht mehr in die Augen sehen können. Und außerdem bist du mir so unglaublich auf die Nerven gegangen, dass ich dich nicht einfach davonkommen lassen wollte." Sie holte tief Luft. „Ist das Grund genug für dich?"

Jake sah zu ihrem tropfenden Wasserhahn und wieder zurück.

„Gott, jetzt sieh mich nicht so an!", sagte sie gereizt. „Ich kann deine grauen Zellen arbeiten sehen. Die Anfänge des Mitleids in deinem Blick erkennen. Du urteilst über mich!"

„Ich mache überhaupt nichts", sagte Jake kopfschüttelnd. „Ich sitze hier und sehe dich an. Mehr nicht."

„Nein, du siehst, dass ich kein Geld habe, und ..."

„Und was?", fragte er scharf und stand auf. „Was genau wirfst du mir vor?"

Liv schluckte und wandte den Blick ab. „Du denkst, dass mein Leben bemitleidenswert ist. Dabei bin ich sehr glücklich damit! Du siehst nur, was vor dir ist … und nicht dahinter. Aber ich stehe nicht dort, wo ich stehe, weil ich nicht hart gearbeitet hätte. Weil ich falsche Entscheidungen getroffen hätte. Oder weil ich nicht klug genug wäre, etwas aus mir zu machen. Ich stehe hier, weil das Leben ein verdammtes Monopolyspiel ist. Alle Reichen werden reicher, während die Armen sich mit der Einkommenssteuer und der bescheuerten Badstraße herumschlagen müssen. Und das ist …"

„Liv", unterbrach Jake sie laut und umfasste fest ihre Schultern. „Hör verdammt noch mal auf zu reden!" Das Lächeln war einem harten Zug um seinen Mund gewichen und sein Blick war so ernst, dass Liv gerne nach hinten gestolpert wäre, doch Jake hielt sie fest.

„Nichts von dem, was du gerade gesagt hast, ist wahr", sagte er eindringlich. „Ich habe nicht über dich geurteilt. Ich halte dein Leben ganz sicher nicht für bemitleidenswert und keinen einzigen Moment habe ich angezweifelt, dass du nicht hart arbeitest oder klug bist." Er lachte trocken auf. „Mein Bild von dir ist nicht das Problem hier. Es ist andersherum! Das Bild, das du von mir hast, ist das falsche. Du bist es, die die Stereotype akzeptiert und sich nicht die Mühe macht, weiterzusehen! Weiter als das, was direkt vor deiner Nase ist. Du siehst mich an, weißt, dass ich gut aussehe – und beschließt automatisch, ich sei oberflächlich. Du erfährst, dass ich viel Geld habe und glaubst, dass ich armen Leuten unterstelle, dass sie es nicht hinbekommen. Ich verurteile dich nicht, Liv. Ich bin scheiße noch mal von deiner Integrität beeindruckt. Kannst du dasselbe von dir behaupten?"

Mit geöffneten Lippen starrte sie ihn an. „Ich … ich verurteile dich nicht."

„Wirklich?“, fragte Jake spöttisch und ließ abrupt ihre Schultern los. „Du denkst also nicht, dass ich glaube, mein Beruf als Baseballer sei wichtiger als deiner?“

„Ich …“ Irritiert blinzelte sie, bevor sie den Kopf schüttelte und sich schließlich räusperte. „Denkst du das nicht?“

„Wieso denkst du, dass ich das denke?“

„Weil du ein arroganter Baseballer bist, der sehr viel mehr Geld als ich macht“, sagte sie ohne Umschweife. „Ganz abgesehen davon, dass du mir noch vor einer Woche gesagt hast, dass mein Leben im Vergleich zu deinem einfach nicht wichtig genug sei, als dass irgendetwas, das du tust, auch nur annähernd von Bedeutung für mich wäre!“

„Natürlich habe ich das gesagt.“ Seine Mundwinkel zuckten. „Gott, du warst die nervigste Frau, die ich jemals kennengelernt hatte. Irgendetwas musste ich doch sagen, um dich aufzuregen. Und du hast recht: Natürlich bin ich arrogant, wenn es um Baseball geht. Ich kann es mir nicht leisten, anders zu sein. Wenn ich unsicher und nervös auf dem Feld stehen würde, würde ich in der MLB untergehen. Ich halte mich nicht für besser als dich. Nur für sehr viel reicher. Ich halte meinen Job nicht für wichtiger als deinen – nur für sehr viel lukrativer. Und das ist nicht fair. Das ist mir sowie dem Rest der Welt klar. Wenn es keine Erzieherinnen gäbe, hätten alle Eltern ein riesiges Problem. Wenn es kein Baseball mehr gäbe, hätten alle Eltern wahrscheinlich sehr viel mehr Zeit. Aber darauf scheißt die Gesellschaft. Und ich verstehe, dass dich das aufregt und frustriert, aber lass deinen Ärger nicht an mir aus.“ Er fuhr sich unruhig durch die Haare und beugte sich eindringlich zu ihr vor. „Ich kann verdammt wenig dafür, dass die Menschheit ihre Prioritäten nicht geradegebogen bekommt.“

Liv starrte ihn unentwegt an. Das Herz flatterte in ihrer Brust. Sein Gesicht war so nah, dass sie seine Bartstoppeln hätte zählen können. Jake roch nach frisch gemähtem Gras und Mann. Und sein Körper strahlte eine solch wohlige Wärme aus, dass Livs Nackenhaare sich aufstellten.

„Du ... du bist also nicht Baseballer geworden, um reich und berühmt zu werden?", fragte sie.

Jake lachte laut. Kopfschüttelnd rieb er sich mit der flachen Hand über die Stirn.

„Gott, nein. Ich habe mich nie nach noch mehr Geld gesehnt. Ich bin Baseballer geworden, weil das Feld der einzige Ort war, an dem ich mich frei gefühlt habe. Weil ich klar denken kann, wenn ich allein auf dem Schlagmal stehe und die Welt um mich herum versinkt und ich nichts anderes mehr als den Ball sehe, der auf mich zukommt. Also nein: Ich bin nicht Baseballer geworden, um Ruhm und Ehre zu erlangen. Es war einfach das, was mir in meinem Leben am meisten Spaß gemacht hat. Es ist das Einzige, was ich mir hart erarbeitet habe. Das Einzige, das ich mir verdammt noch mal verdient habe."

Liv nickte und ihr Mund wurde trocken.

Jake war anders. So anders, als sie ihn sich vorgestellt hatte. Und ihr wurde schlagartig klar, dass er recht hatte. Sie hatte so viel Angst davor gehabt, dass er sie verurteilen könnte, dass sie überhaupt nicht bemerkt hatte, dass sie selbst es bei ihm getan hatte.

„Es ... es tut mir leid", sagte sie leise und ihre Wangen wurden heiß. „Alles, was du gesagt hast, stimmt. Ich habe dich verurteilt und es ... das ist nicht fair."

Jake hob eine Achsel. „Du kannst nichts dafür. Du bist auch nur menschlich."

Sie schüttelte den Kopf. „Das ist keine Entschuldigung. Ich möchte besser sein als das."

Jake lächelte. „Als menschlich?"

„Ja", sagte sie wahrheitsgemäß. „Ich bin Erzieherin geworden, weil Kinder so frei von Vorurteilen sind und ich dachte immer, ich wäre es auch. Aber ... offenbar bin ich ein schlechterer Mensch als angenommen."

Jake lachte leise und legte ihr erneut die Hände auf die Schultern. Sie waren warm und groß und Liv mochte sie dort. Aber woanders wären sie auch schön gewesen.

„Du bist ein guter Mensch, Liv. Glaub mir. Ich treibe mich mit genug Arschlöchern herum, um das zu wissen."

Sie lächelte ebenfalls. „Das ist beruhigend. Auch wenn ich mich fragen muss, warum du dich mit so vielen Arschlöchern triffst."

„Ich weiß nicht", murmelte er, während sein Blick forschend über ihr Gesicht glitt, an ihren Lippen hängen blieb und wieder zu ihren Augen fuhr. „Sie scheinen mich immer zu finden."

„Vielleicht, weil du dir so viel Mühe dabei gibst, selbst ein Arschloch zu sein", wisperte Liv.

Jake lachte leise und sein Atem strich über ihre Wange, während seine Fingerspitzen sacht ihren Hals berührten. Zu leicht, als dass es Absicht hätte sein können – trotzdem lief ein Kribbeln Livs Nacken hinab. Sein Gesicht war so nah und seine Augen so verdammt blau ...

Das Schloss klickte und im nächsten Moment ging die Tür auf „Liv, du glaubst nicht, was mir passiert ist!"

Liv zuckte zusammen und stolperte automatisch einen Schritt zurück, während ihre Schwester die Schuhe auszog und fröhlich weiterredete.

„Ich war heute Mittag in der Mensa essen und weil alle technischen Geräte ausgefallen sind, habe ich mein Essen kostenlos bekommen! Und gleich darauf ..."

Kristen brach abrupt ab. Sie war in die Küche getreten und ihr Blick an Jake hängengeblieben. Mit großen

Augen und leicht geöffneten Lippen starrte sie ihn an. Dann schwenkte ihr Blick zu ihrer Schwester.

„Liv …", flüsterte sie laut hörbar, „… ein heißer Mann steht in unserer Küche."

Seufzend verdrehte Liv die Augen. „Ich weiß."

„Aber wie ist er da hingekommen?"

„Durch die Tür", erklärte sie. „Er wollte aber auch gerade gehen."

Jakes Kopf fuhr zu ihr herum. „Wollte ich das? Gerade dann, wenn eine Frau meine Schönheit endlich wertzuschätzen weiß?"

Livs Mundwinkel zuckten, doch sie gab sich Mühe, weiterhin ernst zu gucken. „Danke für die Hilfe und alles, aber ich bin sicher, dass du noch wichtige Dinge zu tun hast."

„Wichtigeres, als mir weiterhin anzuhören, wie heiß ich bin?", fragte er zweifelnd.

„Klasse, Kristen", meinte Liv tadelnd zu ihrer Schwester. „Sein Ego hatte gerade eine annehmbare Größe bekommen."

„Tut mir leid. Er ist einfach so wunderschön", flüsterte sie gespielt ehrfürchtig und legte sich eine Hand auf die Brust. „Könntest du für mich dein T-Shirt ausziehen?"

Jake grinste. „Klar, kein Problem."

Seine Hände fuhren zu seinem T-Shirtsaum und verärgert schlug Liv ihm auf die Finger.

„Wage es nicht!", warnte sie ihn. „Keine nackten Männer in meiner Küche. Das ist unhygienisch."

„Wir können gerne ins Schlafzimmer gehen", schlug Kristen scheinheilig vor. „Und macht es dir was aus, wenn ich ein Foto mache? Nur, damit ich meinen Glauben an Gott nicht verliere?"

Jake lachte. „Ich mag deine Schwester, Liv. Sie ist so anders als du."

„Na, vielen Dank auch", meinte sie schnaubend, presste Jake die Handflächen auf den Rücken und schob ihn mühsam in den Flur.

„Nett, dich kennenzulernen, Jake!", rief Kristen fröhlich.

„Gleichfalls", antwortete der Baseballer und es klang mehr als aufrichtig. Aus irgendeinem Grund zog sich Livs Zwerchfell zusammen. Kristen war schon immer die Hübschere und Lockerere, Witzigere von ihnen beiden gewesen. Und das liebte sie an ihrer Schwester ... aber musste Jake das so gefallen?

Liv öffnete die Tür und drängte Jake nach draußen. „Wir sehen uns dann nächste Woche", sagte sie, ihre Stimme bemüht geschäftsmäßig. „Danke für die Sache mit dem Vermieter."

Jake war das Lächeln nicht vom Gesicht gewichen. „Kein Problem. Wenn du wieder Hilfe in dem Bereich brauchst: Ruf mich an. Meine Nummer hast du ja."

„Oh, das wird nicht nötig sein, aber danke."

„Liv", meinte Jake leise und hob eine Augenbraue. „Ruf. Mich. An."

Im nächsten Moment war er verschwunden.

Liv atmete tief durch und schloss die Tür. Waren sie jetzt ... Freunde?

„So ...", sagte Kristen im Plauderton und trat zu ihr in den Flur. „Was genau hat der heiße Baseballer jetzt hier oben getrieben? Und bitte sag mir, dass es dreckig war."

Liv verdrehte nur die Augen und lief in Richtung ihres Zimmers.

„Komm schon, Liv", rief Kristen ihr lachend hinterher. „Du stehst auf ihn, gib es zu! Er ist heiß. Das ist kein Verbrechen, glaub mir. Du bist damit nicht allein!"

„Ich steh' nicht auf ihn", rief sie verärgert zurück. „Er ist heiß, geschenkt. Aber es braucht mehr, um auf jemanden zu stehen."

„Nein, tut es nicht“, meinte Kristen schmunzelnd, bevor sie zurück in die Küche ging.

Zwölf

Seine Hand fuhr ihren Hals hinab, strich über die weiche Haut, die sich über ihr Schlüsselbein spannte, bevor sie ihre kleinen Brüste erreichte. Ihre grünen Augen verfolgten seine Bewegungen, verdunkelten sich, während Jake die Hand tiefer wandern ließ. Mit dem Zeigefinger Muster auf ihre Haut zeichnete.

Ihre Lider flatterten zu und sie stöhnte leise, streckte die Hände aus, um ihm das T-Shirt über den Kopf zu ziehen, doch er war ihr schon weit voraus. Er warf den Stoff neben das Bett, bevor er sie mit seinem Körper bedeckte. Sie stöhnte leise, schlang die Beine um seine Hüften und drängte ihr Becken hart gegen seines.

„Mehr", flüsterte sie und zog seinen Kopf zu sich heran, um ihn zu küssen. Ihre sinnlichen Lippen waren weich und schmeckten nach Kirsche. Ihre Fingernägel kratzten über seinen Rücken und Jake war so hart, dass es wehtat.

„Weißt du Jake, ich könnte fast anfangen, dich zu mögen", flüsterte Liv, bevor ihre Hand in seine Boxershorts wanderte und ... Jake fuhr keuchend aus dem Schlaf.

What the fuck?

Er lag in seinem Bett, der Raum verdunkelt, und ein dünner Schweißfilm überzog seinen Körper. Als er kopfschüttelnd an sich hinabsah, wurde er von einer sehr euphorischen Erektion begrüßt.

Scheiße. Er war so angeturnt, dass er ein paar Minuten brauchte, um seinen Atem zu beruhigen.

Was zur Hölle ...?

Das konnte doch nicht ... wieso sollte er ... Liv?!

Sie war Erzieherin! Das war der so ziemlich am wenigsten heiße Beruf, den es gab. Gott, er mochte sie doch nicht einmal wirklich. Und sie war nicht mal attraktiv!

Also ja, alle ihre weiblichen Körperteile saßen an den richtigen Stellen, aber waren doch recht … übersichtlich. Alles an ihr war klein. Ihre Brüste, ihre Hüften, ihre Körpergröße. Sie war nicht hübsch!

Schön, ihr Gesicht war irgendwie ganz nett. Ihre Lippen scheiße sinnlich. Okay, vielleicht könnte man sie als hübsch bezeichnen. Auf diese unscheinbare Art einer Pfarrerstochter, die sich im Bett wie das letzte Flittchen benahm.

Sein Unterleib zog sich enger zusammen und stöhnend legte Jake die Hände auf sein Gesicht. Es ergab keinen Sinn. Er hatte andauernd dreckige Träume. Nur war die Hauptrolle immer mit einem ganz anderen Typ Frau besetzt. Liv war eigentlich nicht sein Fall. Sie war nicht die Art von Frau, die zum Anfassen einlud. Sie war … schlicht. Und trotzdem hatte er das Verlangen, jetzt sofort zu ihr zu fahren und das zu beenden, was sie in seinem Traum angefangen hatten.

Gott, er war seit zwei Wochen nicht mehr flachgelegt worden. Vielleicht war das das Problem. Vielleicht fand sein Hirn mittlerweile schon jede Frau, die sich auf seinem Quad an ihn presste, heiß.

Es war egal. In diesem Moment hatte er drei Möglichkeiten: Er kümmerte sich selbst um sein pochendes Problem. Er rief eine seiner Freundinnen an, damit sie sich darum kümmerte. Oder er ging kalt duschen.

Fluchend schlug er die Bettdecke zurück und lief ins Bad. Liv hatte etwas Besseres verdient und eine andere Frau würde seiner Fantasie ja doch nicht gerecht werden.

Eine Woche später war Jake nicht mehr ganz so verstört. Er hatte den Traum erfolgreich auf seinen Mangel an Sex geschoben und dachte fast nicht mehr daran. Na ja, okay, ein bisschen schon. Es war ein guter Traum gewesen, es war nichts falsch daran, ihn im Langzeitgedächtnis zu speichern. Doch als er Liv vor ein paar Tagen im Kindergarten gesehen hatte, war alles relativ normal gewesen. Zumindest war er bei ihrem Anblick nicht direkt hart geworden. Was daran gelegen haben könnte, dass fünfzehn Kinder ihn angestarrt hatten und ihm das unangemessen erschienen war. Außerdem hatte er eingesehen, dass es okay gewesen war, einen Sextraum von Liv zu haben. Sie war … süß. Ja, das erschien ihm das richtige Wort. Wenn sie ihn gerade nicht zusammenstauchte, war sie … sehr, sehr süß.

„Hast du ein Geschenk dabei?", wollte Kaylie wissen und stieß ihm sanft den Ellenbogen in die Seite.

Jake riss sich aus seinen Gedanken und nickte. „Natürlich." Pflichtbewusst hob er die Flasche Whiskey in seiner Hand. „Ich dachte, Emma freut sich über ein wenig Alkohol. Da sie ihn doch die letzten Monate über nicht trinken konnte."

„Sie kann immer noch nichts trinken, Strüh", sagte Kaylie lachend. „Sie stillt das Baby!"

„Na, dann ist der Alkohol eben für Luke. Bei all dem Babygeschrei wird er ihn brauchen."

„Das ist wirklich sehr vorausschauend von dir, Jake", sagte Kaylie gespielt gerührt.

Hey, was beschwerte sie sich? Sie sollte froh sein, dass er hier war. Eine Party um zwölf Uhr mittags! Was für ein dämliches Konzept. Aber anscheinend machte man das bei Babypartys so. Weil die Eltern nachts schlafen mussten.

Jake ließ seine angespannten Schultern kreisen und sah sich um. Sie befanden sich etwas außerhalb der Stadt auf einer breiten Allee, auf der sich rote Einfamilienhäuser aneinanderreihten. Sie gingen auf die Nummer vierzehn zu, die ein einladender Vorgarten umgab. Gelächter und leise Musik drangen zu ihnen herüber, während Jake die geschlossene Garage studierte, vor der ein einziges Auto parkte. Richtig. Luke hatte nur noch ein einziges Auto, weil Emma seinen verschwenderischen Lebensstil für bescheuert und umweltverpestend hielt. Jake wusste das, weil sie ihm genau dasselbe gesagt hatte. Das Wort Deppidiottel war gefallen, was bei Emma immer eine Warnflagge war.

Das Haus an sich war sehr hübsch. Wenn auch etwas kleiner als Jake erwartet hatte. Aber das war wohl einer dieser Kompromisse gewesen, von denen Luke immer faselte.

„Wie läuft es im Kindergarten, Jake?", fragte Kaylie beiläufig.

Jake schielte zu ihr hinüber. Er ließ sich nicht täuschen. Sie sah so verdammt neugierig aus, dass sie die Informationen wohl aus ihm herausprügeln würde, wenn sie musste.

„Gut", sagte er schlicht.

Kaylie schnaubte. „Geht das ein wenig genauer?"

„Sehr gut."

„Jake!"

Er grinste breit und klingelte an der Tür. „Was willst du hören, Kaylie? Geh' ich gerne hin? Nein. Hasse ich es? Nein."

„Kommst du mit den Kindern klar?"

Überraschenderweise, ja. Laney, das blonde Mädchen, hatte ihn gestern auf Schritt und Tritt verfolgt und andauernd irgendwelche absurden Fragen gestellt. Sam, der ihn eigentlich immer genervt hatte, hatte ihn gefragt, ob er ihm zeigen könne, wie man einen Schmetterling malt und ... ach, es war süß gewesen. Liv hatte recht. Kinder urteilten nicht. Und das machte die Zeit mit ihnen fast entspannt. Weil Jake er selbst sein konnte – na ja, ein nicht ganz so schillernd fluchendes Selbst.

„Die Kinder mögen mich."

„Wirklich?", fragte Kaylie ungläubig.

„Danke für das Vertrauen."

Entschuldigend hob sie die Hände. „Sorry, ich dachte nur, dass du sehr schnell ungeduldig werden würdest und ... sorry."

Ja, das hatte Jake auch geglaubt. Aber es war unmöglich, einem weinenden Drogo nicht den Kopf zu tätscheln und zu fragen, was los war. Oder über zwei Mädchen zu schmunzeln, die sich um eine Barbiepuppe stritten, nur um sie ihm im nächsten Moment anzubieten, falls er mitspielen wollte.

„Es stellt sich heraus, dass ich Kinder mag", meinte Jake stirnrunzelnd.

„Wirklich?!" Kaylie klappte die Kinnlade herunter.

Er verdrehte die Augen und stieß mit der Hand gegen ihren Kiefer, sodass er wieder zuklappte. „Krieg dich wieder ein. Ich werde keine bekommen! Alles, was ich sage, ist ..." Unangenehm berührt kratzte er sich am Kinn. „Nun, ich wäre nicht abgeneigt, den Babysitter zu spielen, falls du und Dex jemals ..."

Er hielt inne. Was redete er da? Er würde nächstes Jahr nicht mehr in Philadelphia sein. Er würde die möglichen Kinder von Dex und Kaylie nicht beaufsichtigen können. Er räusperte sich. „Was auch immer."

Er spürte, dass Kaylie ihn noch immer anstarrte. Sie öffnete den Mund, wollte bestimmt etwas sagen, womit er sich mehr als unwohl gefühlt hätte, doch zum Glück ging in diesem Moment die Tür auf.

„Hey", begrüßte sie eine strahlende Emma und trat beiseite, um sie einzulassen. „Ihr kommt genau richtig. Luke hat gerade den Grill angeschmissen." Die kurvige Blondine umarmte erst Kaylie, dann Jake, bevor sie sie in den Garten durchwinkte.

Jakes Handy vibrierte mit einer Nachricht, während seine Teamkollegen ihn mit einem Handschlag begrüßten und Grace ihn fest umarmte. Die Fotografin hatte einen Narren an ihm gefressen und er machte ihr keinen Vorwurf. Er war nun einmal ein fantastischer platonischer Freund.

Jake sah sich im weitläufigen grünen Garten um, den so viele verschiedenfarbige Blumen schmückten, dass seine Augen wehtaten, und konnte nicht umhin, festzustellen, dass es nur Pärchen hier gab.

Wann zum Teufel war das passiert? Vor zwei Jahren war fast die gesamte Delphies Organisation noch Single gewesen. Und jetzt hing sogar an dem Arm von Eisblock Sam eine hübsche Frau. Luke war verheiratet und hatte das erste Kind. Ty war wieder mit seiner Ex zusammengekommen und schon längst Vater. Sein Sohn Danny turnte auf einer Schaukel herum. Dex und Kaylie waren verlobt. Grace und Ryan sahen sich so verliebt an, dass Jake ein wenig übel wurde und Herrgott, selbst Cole Panther, der Liebe immer für die furchtbarste Erfindung seit Crystal Meth gehalten hatte, hatte eine feste Freundin.

Das war ... nicht richtig. Es wurde wirklich Zeit, dass Jake aus Philadelphia verschwand. Er passte absolut nicht hier rein. Und dennoch kannte er jedes Gesicht, wurde von den Frauen überschwänglich begrüßt, von den Männern mit einem Kopfnicken anerkannt ...

Er blinzelte und zog sein Handy aus der Tasche, um zu sehen, wer ihm geschrieben hatte.

Danke noch mal, dass du Donnerstag länger geblieben bist. Liv

So wenige Worte ... und dennoch setzte sich ein Gefühl von primitiver Zufriedenheit in Jakes Brust fest. Sie war ihm dankbar, weil er mit Sam auf seine Mutter gewartet hatte, während Liv zu irgendeinem Termin gefahren war – nicht weil er mit ihr geschlafen oder ihr ein teures Geschenk gemacht hatte.

Das kam auch nicht allzu oft in seinem Leben vor.

„Du siehst merkwürdig fröhlich aus."

Jake blinzelte und sah in Chloes Gesicht. Sie war groß und trug immer High Heels, was sie fast auf seine Augenhöhe brachte.

„Das gefällt dir nicht, oder?", stellte Jake trocken fest.

Nachdenklich neigte sie den Kopf. „Jetzt, wo du es sagst: nein."

Er schnaubte. „Chloe, kann ich dir eine Frage stellen?"

„Schieß los."

„Wieso magst du mich nicht?"

„Weil du Sam das Leben schwer machst ...", sagte sie leichthin. „Weil du meistens daran Schuld bist, wenn er mich zum Abendessen versetzt. Weil du Frauen schlecht behandelst. Weil du dir alles erlaubst, was sich niemand sonst erlauben kann. Und du damit durchkommst."

Jake runzelte die Stirn. „Ich behandle Frauen nicht schlecht."

„Du schläfst mit ihnen, um sie dann nie wieder anzurufen!"

„Nein. Ich sage ihnen, dass ich sie wahrscheinlich nie wieder anrufen werde, bevor ich mit ihnen schlafe. Und sie tun es trotzdem. Und glaub mir, bis jetzt hat es noch keine bereut."

Er hatte die eine oder andere Dankeskarte erhalten, die das bewies. Das Ding war: Er behandelte Frauen gut. Sehr, sehr gut. Sodass die meisten ihn immer wieder anriefen, obwohl er ihnen deutlich gesagt hatte, dass er keine Beziehung wollte. Was konnte er dafür, dass Frauen so schlechte Zuhörerinnen waren?

Chloe seufzte schwer. „Also ist es die Schuld der Frauen?"

Nun ... ja! Er machte ihnen keine falschen Hoffnungen, er war offen und ehrlich. Wenn er sagte: Ich werde dir die Nacht deines Lebens bieten, aber mehr nicht, dann meinte er das auch so.

„Die Frauen, mit denen ich schlafe, sind alle erwachsen", blieb er betont gelassen. „Sie können ihre eigenen Entscheidungen treffen. Und wo wir gerade bei eigenen Entscheidungen sind: Denkst du nicht, dass du Liv selbst hättest entscheiden lassen sollen, ob sie mich mag, bevor du ihr einredetest, dass ich ein selbstsüchtiges Arschloch bin?"

Chloe zuckte mit den Schultern. „Ich hab' es ihr nicht offensiv eingeredet. Ich wusste gar nicht, dass sie bald auf dich würde aufpassen müssen. Aber sie ist meine beste Freundin ... natürlich hat sie ab und zu mitbekommen, dass ich wütend auf dich bin."

Jake verengte die Augen und aus unerfindlichem Grund machte ihn diese Aussage wütend. Wenn er Livs bester Freund wäre, dann hätte er verdammt noch mal einen besseren Job gemacht!

„Chloe", sagte er leise. „Ich weiß, dass du mich nicht magst. Ehrlich gesagt bist du in meinen Augen auch nicht gerade das sympathischste Wesen. Aber wenn du behauptest, dass Liv deine beste Freundin ist ... dann pass ein bisschen besser auf sie auf." Sein Kiefer knackte, als er die Zähne aufeinanderbiss. „Denn es ist egal, wie oft sie sagt, dass sie es alleine schafft: Sie ist müde. Immer. Sie arbeitet. Immer. Und sie wird aus ihrer Wohnung geschmissen, wenn ihr nicht jemand hilft." Jake hätte ihr das Geld schon längst gegeben, aber er wusste genau, dass sie es nicht annehmen würde.

Chloes Lippen öffneten sich überrascht und mehrfach blinzelnd starrte sie ihn an.

„Genau", murmelte er, bevor er sich an ihr vorbeischob. Er brauchte ein Bier. Zu seiner Erleichterung war das nicht schwer zu finden, er musste lediglich zu der Traube von Männern stoßen, die um eine Kühlbox herumstand.

„... wenn wir die Braves und Cardinals schlagen, sind wir auf jeden Fall drin. Die Yankees spielen eine Scheiß-Saison und sind überhaupt keine Gefahr", meinte Ryan, ihr Catcher, gerade.

„Ich weiß nicht", meinte Luke unsicher. „Die Pirates sind verdammt bissig und Brannen hat einen miesen Curveball drauf, der selbst unserem goldenen Jungen Jake hier Probleme macht."

Er klopfte Jake auf die Schulter. „Oder Braker?"

„Ich würde es nicht Problem nennen", sagte er langsam und bückte sich nach einem Bier. „Eher Herausforderung. Und ich hab' mir letzte Woche die Bänder von Brannen angesehen. Er zuckt mit der Hand, bevor er einen Curveball wirft."

Dex, der ihm gegenüberstand, verengte die Augen. „Hat Kay das herausgefunden? Das hört sich nach etwas an, was sie sehen würde."

Jap. Sie hatte zwei Minuten gebraucht, um Brannens Fehler zu bemerken. „Ich brauche deine Freundin nicht, um meinen Job zu machen, Strüh", sagte Jake schnaubend.

Ryan zog eine Grimasse. „Ihr immer mit diesem Wort, das nicht existiert."

„Hey, Strüh ist eine wunderbare Beleidigung, mach sie nicht kaputt", sagte Dex sofort. Kein Wunder, es war seine Freundin, die das Wort in die amerikanische Sprache integrieren wollte.

Luke lachte leise. „So ein Pantoffelheld, unser Dexter. Verteidigt heldenhaft seine Freundin, obwohl sie noch nicht einmal ..."

„Luke!", rief Emma von der Terrassentür. „Hilfst du mir mal bitte mit deinem Sohn."

„Sofort, Schatz", antwortete Luke prompt.

„Was sagtest du gerade über den Pantoffelhelden?“,
fragte Dexter im Plauderton.

Luke zeigte ihm den Mittelfinger. „Halt die Klappe.
Wenn es nur noch mein Sohn ist, hat er wahrscheinlich gerade sein Bett vollgekotzt. Und das kann eben
nur ein echter Mann beseitigen, der …“

„Luke!“

„Ein echter Mann, der alles tut, was seine Frau sagt?“,
half Ryan ihm auf die Sprünge.

„Exakt.“ Luke folgte Emma nach drinnen. Doch nicht,
ohne ein breites Lächeln zum Besten zu geben. Sein Gesicht war so vollgepflastert mit liebevollen Emotionen,
dass Jake den Blick abwenden musste. Ja, Luke war
glücklich. Verheiratet, Vater und glücklich. Nichts an
dieser Aufzählung ergab für Jake einen Sinn.

Er ging zu einem der im Garten stehenden Tapeziertisch-
sche, auf dem er einen Flaschenöffner entdeckt hatte,
und bemerkte Cole, der dasaß und ihm zuprostete.

Cole war kein Fan von Menschenmassen. Und eine
Masse begann für ihn bei fünf Personen. Doch Jake
ging davon aus, dass Savannah ihn gebeten hatte, mit-
zukommen und die Kerle hier waren ihren Frauen nun
einmal so verfallen, dass sie ihnen nichts entgegenzu-
setzen hatten. Jake hätte sich ja darüber lustig gemacht,
aber sie taten ihm einfach zu sehr leid. Arme Schlucker.

„Na, versteckst du dich vor Gesprächen über Brust-
milch und Windeln?“, fragte er und setzte sich neben
seinen Freund.

„Ja“, sagte Cole. „Und bis gerade eben hat das auch
ganz wunderbar funktioniert. Aber jetzt hast du es erwähnt und die Bilder kommen …“

„Nimm es wie ein Mann – betrink dich“, schlug Jake
vor.

„Schon dabei.“ Cole winkte mit seiner Bierflasche.
„Hey, ich hab’ gehört, dein guter alter Vater will Senator werden?“

Jake ließ sein Bier sinken und verengte die Augen. „Woher weißt du das?"

„Ich habe eine Einladung zu seinem Sponsorendinner bekommen."

„Ah, natürlich. Und? Gehst du hin?"

„Nein. Nichts für ungut, aber ich kann mir zwanzigtausend schönere Dinge vorstellen. Angefangen damit, meine Bikinizone enthaaren zu lassen."

Ja, Jake kannte das Gefühl. „Aber Coop wollte gehen. Er meinte, bei solchen Dingen lassen sich immer hübsche Frauen aufreißen. Weil sie sich so sehr langweilen, dass sie nur auf einen Mann warten, der ihnen den Abend versüßt."

Da war was dran. Und Coop hatte ein Händchen dafür, Frauen aufzureißen. Er war Coles jüngerer Bruder und eine lange Zeit Jakes Vorbild gewesen. Oder auch sein Lehrmeister, wenn man es so wollte. Von allen Panther-Geschwistern hatte er sich mit ihm immer am besten verstanden. Coop hasste seinen eigenen Vater nun einmal von ganzem Herzen. Damit konnte Jake sich identifizieren.

„Was ist mit dir?", fragte Cole weiter. „Gehst du hin?"
Jake seufzte. „Möglich."
Der Butler seines Vaters hatte ihm in den letzten drei Tagen sieben Nachrichten zukommen lassen, die ihn daran erinnerten, dass es seine familiäre Pflicht sei, zu kommen.

Jake hasste das Wort Pflicht. Abgesehen davon hatte die Beziehung zu seinem Vater absolut nichts Familiäres an sich. Aber da war noch seine Mutter ... seine süße Mutter, die einen Dreck getan hatte, die bösen Worte seines Vaters zu beschönigen oder abzumildern, aber zumindest immer für Jake dagewesen war. Seine Mutter, die ihn angerufen und darum gebeten hatte, zu erscheinen.

Also ja, er würde hingehen, zwei Stunden bleiben, den teuren Alkohol genießen und vielleicht zusammen mit Coop ein paar Frauen abschleppen. Hörte sich doch nach einem amüsanten Abend an.

„Sieh es einfach so", murmelte Cole. „Danach musst du eine lange Zeit nicht mehr hingehen."

Das wiederum war ein wirklich gutes Argument.

Dreizehn

„Liv, hast du Geldprobleme?"

„Was?"

„Ob du Geldprobleme hast. Sag mir die Wahrheit. Soll ich dir was leihen?"

„Wie zum Teufel kommst du darauf?", fragte sie verwirrt und schloss die Tür zu ihrem Gruppenraum auf, das Telefon zwischen Ohr und Schulter geklemmt.

„Oh Gott, deswegen kannst du nicht mehr zum Kickboxen! Weil du es dir nicht leisten kannst." Chloe seufzte schwer. „Shit. Warum sagst du denn nichts?"

„Chloe, woher kommt das? Mir geht es gut. Ja, ich muss im Moment etwas … sparsamer leben, aber es ist nichts Ernstes. Es ist nicht so, dass …"

„Liv, wenn du beinahe aus der Wohnung fliegst, dann ist das sehr wohl was Ernstes!", fuhr Chloe sie an. „Warum bittest du mich denn nicht um Hilfe? Ich habe Geld … na ja, Sam hat Geld. Aber sein Geld ist auch irgendwie mein Geld und er mag dich, also …" Sie holte tief Luft. „Scheiße, Liv, wieso redest du denn darüber nicht mit mir?"

Mit leicht geöffneten Lippen blieb Liv stehen. „Woher weißt du das mit der Wohnung?", fragte sie perplex. „Das weiß nur meine Schwester und …" Sie stockte. Jake!

Jake wusste auch davon. Dieser Mistkerl!

„Gott, Jake hat gepetzt, oder? Da kommt er einmal in meine Wohnung und schon denkt er …"

„Er war bei dir in der Wohnung?", fragte Chloe irritiert. „Es sind nie Männer bei dir in der Wohnung."

„Es war eine Ausnahmesituation. Er … ist auch egal." Liv schloss die Augen und atmete lang und tief durch. „Chloe, mach dir keine Sorgen."

„Das tue ich aber!", widersprach sie sofort. „Wieso weiß Jake etwas so Privates über dich und ich nicht?"

„Es war ein dummer Zufall. Und hätte ich gewusst, dass der Mistkerl das weitererzählt, hätte ich ihn schon längst verprügelt."

„Jetzt gib Jake nicht dafür die Schuld, dass du unfähig bist, um Hilfe zu bitten", sagte Chloe, ihre Stimme gezwungen ruhig.

Was denn, auf einmal wollte Chloe Jake nicht mehr die Schuld für alles geben? Dabei war sie doch sonst so talentiert darin!

„Du arbeitest zu viel und lebst zu wenig, Liv", murmelte Chloe kleinlaut.

Liv presste die Lippen aufeinander und ließ sich in den Stuhl hinter das Erzieherpult sinken. Wieso verdammt dachten alle, sie wüssten am besten, wie sie ihr Leben zu leben hätte?

„Es ist nicht so, als würde ich das freiwillig machen, Chloe", quetschte sie zwischen den Zähnen hindurch. „Ich sitze nicht zu Hause und denke mir: Hey, heute will ich mal wieder nur fünf Stunden schlafen und keinen Spaß haben, stattdessen nehme ich noch einen zweiten Job an! Ich habe keine Wahl. Ich habe nicht das Privileg, einen reichen Bruder zu haben, bei dem ich kostenlos wohnen kann. Oder einen ebenso reichen Freund zu haben, der mir zum Geburtstag Ohrringe aus Gold schenkt. Ich muss arbeiten. Und ich muss es alleine schaffen. Ich kann mich nicht darauf verlassen, andauernd Geld von Freunden zu leihen – es ist mein Leben und ich sollte verdammt noch mal dazu in der Lage sein, es zu finanzieren. Geld macht Beziehungen kaputt, Chloe! Und ich will dich nicht als Freundin verlieren, weil ich mich in deiner Gegenwart dauernd scheiße und minderwertig fühle. Ich weiß, für dich ist Geld keine große Sache und das freut mich für dich – aber bei mir ist das etwas völlig anderes!"

Eine zähe Stille entstand auf der anderen Seite. Schließlich flüsterte Chloe: „Ich verstehe es, Liv. Glaub mir. Aber du finanzierst nicht nur dich selbst. Du finanzierst deine Schwester, deine Nichte ... und ich bewundere dich dafür. Aber wenn ich dir ein paar hundert Dollar leihen würde, nur für die Miete, nicht mehr, dann ...“

„Nein“, beharrte Liv mit fester Stimme. „Ich komme klar. Ich habe dieses Wochenende einen Kellnerauftrag bei einem unglaublich eklig reichen Typen, der dafür echt gut zahlt. Dann habe ich die Miete auch drin. Ich ...“ Sie schluckte fest. „Ich schaff' das schon.“

„Liv ...“

„Chloe, danke. Wirklich. Ich weiß es zu schätzen. Aber ich kann kein Geld von dir annehmen.“

„In Ordnung. Aber wenn du es dir anders überlegst ...“

„Dann rufe ich dich an.“ Sie würde nicht anrufen. „Ich muss jetzt auch los, die Kiddies kommen jede Minute.“

„Okay ... aber Liv? Lass dich nicht unterkriegen, ja? Vergiss nicht, ab und zu auch mal Spaß zu haben. Spaß ist oftmals kostenlos. Ich ruf' dich morgen noch mal an. Wir sollten am Wochenende irgendetwas machen.“

Eine schwere Last senkte sich auf Livs Brust, doch sie nickte. „In Ordnung. Hab' dich lieb.“

„Ich dich auch, bye.“

Sie legten auf und einige Momente lang, saß Liv einfach nur im Stuhl und sah starr auf die gegenüberliegende Wand. Wann war ihr Leben so schwer geworden?

Doch jedes Mal, wenn sie sich diese Frage stellte, gab sie sich dieselbe Antwort: Es war nie einfach gewesen.

Die Tür ging auf und die ersten Eltern strömten mit ihren Kindern herein. Wie automatisch setzte Liv ein Lächeln auf. Nur ein einziges Mal wich ihre fröhliche Miene einem zornigen Blick: als Jake zwei Minuten später durch die Tür trat.

Wütend presste sie die Lippen aufeinander und funkelte ihn an. Er besaß auch noch die Dreistigkeit, eine ausgewaschene Jeans und ein dunkelblaues T-Shirt zu tragen, das zu seinen Augen passte. Konnte er sich nicht einmal vernünftig anziehen? Womöglich in Luftpolsterfolie einrollen?

Irritiert blinzelte Jake, bevor er sich umwandte, so, als wolle er sehen, ob hinter ihm ein frauenfeindlicher Ölmogul stand, dem ihr Blick eigentlich galt. Doch natürlich wurde er enttäuscht.

Gott, wie konnte er nur? Liv wusste nicht, wieso sie ihm vertraut hatte, jetzt, im Nachhinein, erschien ihr das mehr als dämlich, aber … sie wusste es nicht! Sie hatte einfach fest damit gerechnet, dass er nicht hinter ihrem Rücken über sie reden würde. Dass sie sowas wie befreundet waren. Keine guten Freunde, aber Freunde, die sich im Supermarkt grüßten und der besten Freundin nicht erzählten, dass man vielleicht aus der Wohnung geschmissen wurde!

„Alles okay?", fragte Jake irritiert.

„Ja", antwortete Liv knapp. Es waren Kinder anwesend. Sie konnte sich jetzt nicht mit ihm streiten.

„Bist du sicher? Da pocht nämlich eine beeindruckende Ader auf deiner Stirn."

Das ignorierte sie. Stattdessen wandte sie sich um und rief laut. „Verabschiedet euch von euren Eltern, Kinder! Heute lernen wir die Zahlen von eins bis zehn. Und danach erzähle ich euch was von menschlichem Anstand."

Jakes Augenbrauen fuhren in die Höhe. „Was ist los? Hab' ich vergessen, dass ich gestern mit dir geschlafen und dich nicht angerufen habe?"

Liv schnaubte. „In deinen Träumen."

Zu ihrer Verwunderung antwortete Jake darauf nicht. Stattdessen wandte er ruckartig sein Gesicht ab.

Schön. Umso besser. Sie hatten fünfzehn Kinder zu bespaßen.

Fünf Stunden später war Liv immer noch so wütend, dass es ihr schwerfiel, Jake in die Augen zu sehen. Sie wusste auch nicht, warum sie sich so verraten fühlte. Vielleicht lag es daran, dass sie angefangen hatte zu glauben, dass Jake ... anders war. Anders als er sich zuerst gegeben hatte. Anders als das, was die Zeitungen über ihn schrieben. Anders als all die Männer, die wegliefen, sobald es um Verantwortung ging. Wie ihr Vater, wie Kristens Ex ... und jetzt fühlte sie sich dumm, weil sie ihm tatsächlich vertraut hatte. Und sie hasste es, sich dumm zu fühlen!

Die verwirrten, unschuldigen Blicke, die Jake ihr andauernd zuwarf oder die Tatsache, dass er der schüchternen Clarice fünfzehn Minuten lang geduldig erklärte, wie man sich die Schuhe zuband, halfen ihr auch nicht gerade.

Für den Großteil des Nachmittags versuchte sie, ihre innere Unruhe zu ignorieren. Brachte den Kindern bei, bis zehn zu zählen. Fragte sie nach ihren Geburtstagen, damit sie die Monate lernten ... und atmete tief ein und aus, immer wenn niemand hinsah.

Die Sache war die: Jake verunsicherte sie.

Erstens, weil er ein Mann war und sie sich in Gesellschaft von Männern schon immer etwas unwohl gefühlt hatte. Zweitens, weil er im Grunde seines Herzens ein guter Kerl war und sie das nicht hatte kommen sehen. Drittens, weil er der erste Mann seit Jahren war, den sie ansah und berühren wollte. Der ihren Magen mit nur einem Lächeln dazu bringen konnte, merkwürdige Dinge zu tun. Der sie daran erinnerte, dass sie eine fast fünfundzwanzigjährige Frau war, die kaum sexuelle Erfahrung hatte. Viertens, weil er plötzlich nett zu den Kindern war und heute noch kein einziges Mal Baseball erwähnt hatte.

Ja, es war wohl der dritte Punkt, der sie am meisten durcheinanderbrachte.

Sie sah von ihrem Pult hoch, auf dem sie die Einverständniserklärungen der Eltern durchgegangen war, die sie für den Zeltausflug in ein paar Wochen brauchte. Jake saß auf einem der lächerlich kleinen Stühle – der Stuhl, den er sich letzte Woche mitgebracht hatte, war auf magische Art und Weise verschwunden, wahrscheinlich durch einen der anderen Erzieher – und ließ sich von Laney und Bridget die Nägel lackieren.

Ein flaues Gefühl setzte in Livs Bauch ein und verärgert presste sie ihre Hand dagegen.

„Hättet ihr keine andere Farbe gehabt?", meinte er griesgrämig und starrte auf das grelle Pink, das seine Nägel zierte.

„Doch, aber keine so schöne", meinte Laney fröhlich.

„Soso. Du hast übrigens daneben gemalt", wies er Bridget zurecht.

„Weil du dich immer bewegst", sagte sie verärgert und sah ihn böse an.

„Na entschuldige, aber ihr braucht schon eine Ewigkeit!"

„Geduld ist eine Tugend, sagt Oli immer", meinte Laney neunmalklug.

„Oli hat keine Ahnung. Geduld ist der Grund, warum Menschen so viele Chancen verpassen. Weil sie lieber warten, anstatt sich zu nehmen, was sie wollen. Also: Hört auf, geduldig zu sein. Nehmt euch, was ihr wollt."

„So wie den Pudding aus dem Kühlschrank oder den Teddybären meiner Schwester?", fragte Bridget nachdenklich.

Oh Gott. Es wurde Zeit, einzugreifen.

„Jake", sagte sie laut und lief um ihr Pult herum zu seinem Tisch. „Kann ich kurz mit dir reden?"

Missbilligend sah er zu ihr hinauf. „Meine Güte, kann sich ein Mann nicht mal in Ruhe seine Nägel lackieren lassen?"

„Oli, wir sind noch nicht fertig", beschwerte Laney sich sofort.

„Oli? Du bist Oli?", fragte Jake ungläubig.

„Ja, Laney ist meine Nichte. Sie findet meinen normalen Spitznamen langweilig", sagte sie gereizt. „Das weißt du doch."

„Nein, weiß ich nicht."

Sie winkte ab. „Ist auch egal. Kann ich jetzt mit dir reden?"

„Ich weiß nicht, der Lack muss noch trocknen ... und wie peinlich wäre es, schlecht getrockneten Nagellack zu tragen?", fragte Jake, ohne mit der Wimper zu zucken.

Liv schnaubte. „Muss ich deine Eltern anrufen?"

Laney und Bridget machten große Augen. Jake war nicht ganz so beeindruckt, auch wenn er sich widerwillig erhob.

„Ladys, wir führen das gleich fort", sagte er an die Mädchen gewandt, bevor er Liv auf den Flur hinausfolgte.

Liv warf den Kindern einen warnenden Blick zu, den Ich sehe alles, auch wenn ich nicht hier bin-Blick, bevor sie sorgfältig die Tür schloss und die Arme vor dem Körper verschränkte.

„Jake, du kannst den Kindern nicht erzählen, dass sie möglichst ungeduldig sein sollen."

„Kann ich und habe ich getan."

„Das vermittelt das falsche Bild!"

„Nicht von meinem Standpunkt aus."

„Nun, dein Standpunkt ist der falsche!"

Er verengte die Augen. „Heute Morgen, als jeder sagen sollte, wie er sich zurzeit fühlt, sagtest du noch, es gäbe kein Richtig oder Falsch.“

„Nun, keines der Kinder hat gesagt: Ich fühle, dass Geduld ein schwachsinniges Konzept ist.“

„Ja, sie sind halt wirklich nicht allzu helle, oder? Das Wort Konzept verstehen sie noch nicht“, sagte Jake mitfühlend.

„Jake! Du musst einfach besser aufpassen, was du sagst.“

Jake hob die Augenbrauen, ließ den Blick forschend über ihr Gesicht gleiten und seufzte schließlich schwer.

„Okay, pass auf. Wie ich schon mehrfach unter Beweis und gerade noch laut festgestellt habe: Ich bin ein ungeduldiger Mensch. Also sag mir einfach, warum du so wütend auf mich bist und wir können weitermachen.“

„Du hast gesagt, Geduld sei …“

„Jaja, schon klar. Das meine ich nicht“, sagte er genervt. „Warum bist du wirklich wütend auf mich? Du willst mich doch aus einem ganz anderen Grund anschreien. Und ehrlich gesagt habe ich auf deine passiv aggressive Haltung wirklich keine Lust. Also spuck's aus, denn Gott weiß, dass ich den Grund dafür nie erraten werde. Dafür fehlt mir das Sensibler Waschlappen-Gen.“

Nein, dafür fehlte ihm die Geduld!

Liv presste die Lippen zusammen, wippte auf die Fersen zurück und reckte das Kinn. „Du hast Chloe gesagt, ich hätte Geldprobleme“, meinte sie schließlich leise.

„Ja, hab' ich“, sagte Jake achselzuckend. „Und?“

„Das hättest du ihr nicht sagen sollen!“

„Warum nicht? Es ist die Wahrheit.“

„Ja, aber das war etwas … Privates.“

Jake schüttelte den Kopf. „Nein. Etwas Privates sind die Nacktfotos, die du deinem Ex-Freund schickst. Dass du Geldprobleme hast, sollten alle deine Freunde wissen, damit sie dir verdammt noch mal helfen können! Oder würdest du von mir Geld annehmen?"

„Nein. Natürlich nicht", sagte sie ungläubig.

„Warum nicht?", fragte Jake interessiert. „Ich schwimme im Geld, Liv. Mich würden ein paar tausend Dollar überhaupt nicht kümmern."

Gott, reich müsste man sein. Sie könnte ihm wahrscheinlich die Kreditkarte klauen und er würde es erst nach drei Wochen merken, weil er noch so verdammt viele andere hatte!

„Weil ich nicht in deiner Schuld stehen möchte."

„Ah." Jake nickte verständnisvoll. „Du hast Angst, dass ich im Gegenzug sexuelle Gefälligkeiten einfordern könnte. Keine Sorge. Ich hab' in meinem Leben noch nie für Sex bezahlt und habe nicht vor, damit anzufangen."

„Das ist ja ganz fantastisch für dich", meinte Liv schnaubend. „Das Thema können wir dann jetzt auch beenden." Denn sie fühlte sich sehr, sehr unwohl damit.

„Schön, dann verrat mir eins." Jakes Blick war auf einmal hart und undurchdringlich geworden. „Warum zum Teufel bittest du nicht um Hilfe?"

„Weil ich nicht immer darauf zählen kann, welche zu bekommen, Jake!", fuhr sie ihn an und Hitze stieg in ihre Wangen. „Und wenn ich anfange, mich darauf zu verlassen, dann kriege ich es irgendwann nicht mehr alleine hin!"

Und sie konnte sich nun einmal nur auf sich selbst verlassen. Das wusste sie doch aus erster Hand. Das musste er doch verstehen!

***

Jake verstand es nicht.

Wie konnte jemand nur so dickköpfig sein?

Liv würde lieber in ihrem Boot untergehen, als den Rettungsreifen anzunehmen, den ihr jemand reichte.

„Ich habe einen Newsflash für dich, Liv", sagte er eindringlich und beugte sich zu ihr vor. „Du kriegst es jetzt schon nicht alleine hin. Und scheiße, niemand würde es alleine hinbekommen! Ich weiß, dass Geld für dich ein sensibles Thema ist, aber ..."

„Nein, das weißt du nicht", unterbrach sie ihn zornig und ballte die Hände zu Fäusten. „Du hast keine Ahnung davon, Jake! Wie solltest du auch? Du bist reicher als Gott. Du schneidest keine Coupons aus. Du kaufst deine Klamotten nicht im Secondhandladen. Du hast keinen Schimmer, was es heißt, jeden Cent umdrehen zu müssen. Du wachst in deinem Bett aus Gold auf und verlierst keinen Gedanken daran, dass du das Benzin heute nicht zahlen kannst und deswegen zur Arbeit laufen musst. Also sag mir nicht, dass du es verstehst, denn das tust du nicht!"

Jake verengte die Augen. „Erstens: Ich bin mir ziemlich sicher, dass mein Bett aus Holz ist. Zweitens: Nur, weil ich mir nie Gedanken um Geld machen muss, heißt das verdammt noch mal nicht, dass ich nicht wüsste, wie schwer es ist, um Hilfe zu bitten."

„Oh, bitte! Wobei brauchst du Hilfe?", meinte sie augenverdrehend. „Vielleicht dabei, die Frauen zu zählen, mit denen du schon geschlafen hast? Dein riesiges Haus sauber zu halten? Das kannst du überhaupt nicht vergleichen. Es war meine Entscheidung, ob ich Chloe von meinen Problemen erzähle. Und du hast nicht das Recht, dich in mein Privatleben einzumischen, nur weil wir in den letzten Wochen ein wenig Zeit miteinander verbracht haben. Das machen Freunde nicht, Jake! Sie erzählen ihre Geheimnisse nicht weiter. Sie ..."

Jake schaltete ab.

Er konnte nichts dafür. Er genoss es nur einfach nicht, vorgeworfen zu bekommen, dass er sich falsch verhielt. Sein Gehirn driftete wie automatisch von der Unterhaltung ab.

Livs Lippen bewegten sich, aber hören tat er kaum noch etwas.

Geheimnis, bitte! Er hatte nichts Falsches getan. Er hatte ihr helfen wollen – sie sollte ihm eine Medaille geben.

Er verengte die Augen, sah auf Livs Mund ... und liebe Güte, sie redete immer noch! Ihr Gesicht lief rot an, eine Ader an der Stirn pochte und die Wut, die ihre Züge verzerrte, war echt nicht schmeichelhaft.

Ihre vollen Lippen bewegten sich so schnell, dass Jake ein wenig schwindelig wurde. Alles was er wollte, war, dass sie aufhörte zu sprechen! Sie würden sich in dieser Sache nicht einigen. Sie sollte einfach ein wenig ... stumm sein.

Und er kannte nur einen Weg, wie er seinen Willen durchsetzen konnte.

Er seufzte leise, fuhr mit den Händen in ihre Haare, zog sie auf die Zehenspitzen und küsste sie.

Ihre weichen Lippen trafen seine, öffneten sich überrascht und blieben bewegungslos.

Es war kein sinnlicher Kuss. Kein leidenschaftlicher Kuss. Es war ein sanfter, aber bestimmter Kuss, der schneller vorbei war, als Jake ihn angefangen hatte. Und dennoch schien er auf seinen Lippen haften zu bleiben und sich unter seine Haut zu brennen.

Denn Olivia Green schmeckte nach Kirschen und süßen Versprechungen.

Mit großen Augen und leicht geöffneten Lippen starrte sie ihn an.

„Bist du jetzt fertig?", fragte er ungeduldig.

Röte schoss in Livs Wangen, während sie verwirrt zu ihm hochblinzelte. „Was?"

„Ob du fertig bist."

„Nein!", rief sie ungläubig. „Du kannst doch nicht ..."

Er senkte den Mund erneut auf ihren.

Und diesmal küsste er sie richtig. Küsste Liv so, wie sie es verdient hatte.

Er schlang den einen Arm um ihre Taille, die Hand in ihrem Nacken und zog sie bestimmt an seinen Körper. Ihre Kurven schmiegten sich perfekt an seine Brust. Alles an ihr war weich. Ihre Haare, ihre Haut, ihre Brüste an seinem harten Oberkörper, ihre Lippen unter seinen.

Ein paar Momente lang schien Liv sich in einer Schockstarre zu befinden, denn sie bewegte sich nicht. Erst als Jake sanft mit der Zunge über ihre Unterlippe fuhr, erwachte sie plötzlich zum Leben. Zögerlich zuerst, doch nach ein paar Momenten schlang sie plötzlich die Arme um seinen Hals, krabbelte praktisch seinen Körper hinauf und öffnete die Lippen für ihn.

Und scheiße noch mal, wer hätte ahnen sollen, wie viel Leidenschaft in einer solch kleinen Person stecken konnte?

Ihre Zunge berührte seine und eine konsumierende Hitze schoss von seinem Kopf direkt zu seinen Lenden. Liv küsste, als würde sie es so meinen. Sie küsste nicht gezielt, nicht so wie die anderen Frauen, die schon so geübt im Küssen waren, dass sie fast einer Routine nachgingen. Nein, Liv küsste dreckig. Unordentlich. Großzügig. Wie eine Frau, die seit Ewigkeiten keinen Sex gehabt hatte und jetzt sofort welchen bekommen wollte.

Die Hitze breitete sich unkontrolliert in Jakes Körper aus, bis er zu zittern anfing. Und bevor er seinem inneren Drang nachgeben, sie gegen die nächstgelegene Wand pressen und ihr jeden Wunsch erfüllen konnte, den ihre Lippen so stumm verlangten, löste er sich von ihr.

Livs Hände fielen von seinen Schultern und sie stolperte einen Schritt zurück.

„So", sagte er und versuchte sein Herz auf eine normale Frequenz zurück zu zwingen. Sein Atem ging schwer, seine Lippen kribbelten und der Zustand seiner Leistengegend war definitiv nicht FSK 6. Er musste sich zusammenzureißen. Es war nur ein Kuss gewesen! Er küsste andauernd irgendwelche Frauen.

Er räusperte sich. „Was war noch gleich unser Problem?"

Liv sah verwirrt zu ihm auf. Ihre Haare durcheinander, die Lippen leicht geschwollen, die grünen Augen dunkler als sonst.

Gott, sah sie süß aus! Und heiß. Mit ihren roten, sinnlichen Lippen, den großen grünen Augen, den geröteten Wangen ... Wieso war Jake noch nicht früher aufgefallen, wie heiß sie war?

„Ich ... was?"

„Dachte ich mir." Er lächelte und musste die Hände in seine Hosentaschen stecken, um nicht erneut nach ihr zu greifen. „Dann kann ich ja jetzt zurück zur Arbeit?"

„Okay", sagte sie verdattert.

„Gut." Er nickte fest, bewegte sich jedoch nicht von der Stelle.

Liv öffnete den Mund, so als wolle sie noch etwas sagen, schüttelte dann jedoch den Kopf und lief wortlos an ihm vorbei in den Gruppenraum.

Jake blieb, wo er war. Er brauchte noch ein paar Minuten.

Denn ... was zum Teufel?!

Vierzehn

„Du bist gekommen!"

„Ich sagte, ich würde kommen", bemerkte Jake knapp, beugte sich zu seiner Mutter hinunter und küsste sie auf die Wange.

„Ich habe dennoch fast nicht damit gerechnet", schniefte sie und umarmte ihn fest. Seine Mutter neigte dazu, zu klammern. Wortwörtlich.

„Ist ja gut, Mom", sagte Jake unbehaglich und tätschelte ihr den Rücken, während sie ihn umarmte, als könne er sich innerhalb der nächsten Sekunden in Luft auflösen. Vorsichtig, aber bestimmt wand er sich aus ihrem Griff und hielt sie auf Armeslänge weg, bevor er seine Fliege richtete. Er hatte jetzt schon das Gefühl zu ersticken. Dabei war er noch nicht über die Eingangshalle hinausgekommen. Doch das Hemd war zu eng, der Kragen zu hochgeknöpft, die Fliege zu streng gebunden. Jake hatte das Gefühl, er müsse nur einmal richtig Luft holen, um aus seinem Smoking zu platzen.

Ihm sollte nicht so heiß sein. Schließlich strahlte das Haus, in dem er aufgewachsen war, eine solch kühle Eleganz aus, dass Pinguine sich zu Hause gefühlt hätten. Alles war schwarz, weiß oder silbern. Jedes Bild, jede Skulptur, die zur Sammlung moderner Kunst zählte, die seine Mutter seit Jahrzehnten anlegte, hing oder stand an seinem angedachten Platz. Mit Scheinwerfer oder großem Rahmen in Szene gesetzt. Kein Staubkorn flog durch die Luft. Kein Fleck zierte den schwarz-weiß karierten Marmorboden. Keine Stimmen drangen durch die gut isolierten Wände des Esszimmers mit angeschlossenem Wintergarten, wo die Cocktailparty mit Sicherheit stattfinden würde.

Das Haus war schon immer mehr Schrein als Zuhause gewesen. Ein Tribut an das Geld, an die Kunst und an die blank polierte Oberfläche ihres Lebens, die die Reichen und Schönen so zwanghaft versuchten aufrechtzuerhalten.

Doch der Schein trog. Fast immer. Denn Geld machte reich, nicht glücklich.

„Schätzchen, du hättest dir aber wirklich die Haare schneiden können", sagte seine Mutter tadelnd und zupfte an den Strähnen herum, die sich in seinem Nacken kräuselten. „Dein Vater regt sich immer darüber auf, wenn sie dir zu allen Seiten stehen."

„Ich weiß", sagte Jake und hätte beinahe gelächelt. „Da wir gerade von ihm sprechen: Wo ist er? Er will mir doch sicherlich noch ein paar Regeln für den heutigen Abend auferlegen."

Als hätte er ihn mit seinen Worten heraufbeschworen, glitt sein Vater durch die gegenüberliegende Tür und kam mit langen Schritten auf ihn zu.

„Er meint es nicht böse, Jake", flüsterte seine Mutter und strich sich ihre grauen Haare glatt, die ihre anständig bedeckten Schultern kitzelten. „Dieser Abend ist nur sehr wichtig für ihn."

Jake presste die Lippen zusammen, doch schwieg. Dass seine Mutter ihren Ehemann noch immer verteidigte, hatte er noch nie verstanden. Solange Jake denken konnte, lebte seine Mutter dafür, ihrem Mann zu dienen. Und wenn er dienen sagte, dann meinte er dienen. Harriet Wellington hatte kein eigenes Leben. Alles, was sie tat, drehte sich um ihren Mann. Die Partys, die sie schmiss, die gemeinnützigen Organisationen, die sie unterstützte, der Terminplan, den sie überblickte. Und das Schlimmste war: Ihr schien es nicht einmal etwas auszumachen! Sie lebte für den Scheiß!

„Jakob", sagte sein Vater und nickte ihm zu, sobald er in einer angemessenen Distanz vor ihm stand.

„Sir", erwiderte Jake gelassen.

„Gut, dass du hier bist."

„Oh ja, vielen Dank für die nette Einladung", meinte er spöttisch. „Ich werde immer gerne erpresst."

„Du dramatisierst."

„So bin ich einfach. Eine richtige Drama-Queen", bemerkte Jake und lächelte gezwungen. „Das ist es, was man mir in all den schicken Privatschulen beigebracht hat."

„Jake, bitte ..." Seine Mutter warf ihm einen flehenden Blick zu.

Schwer durchatmend riss er sich zusammen. Es war egal, dass er nicht guthieß, was sie für seinen Vater tat. Sie war immer noch seine Mutter und er liebte sie. Also würde er sich Mühe geben. Für ein paar Stunden. So schwer konnte das doch nicht sein! Zumindest der Alkohol würde gut und teuer sein. Das Essen wohl auch.

„Schön", sagte er und nickte. „Was kann ich für euch tun?"

Das euch machte ihm die Sache leichter. Er tat nicht seinem Vater einen Gefallen. Er tat es für seine Mutter.

Henry Wellington der Dritte beschrieb in kurzen, sachlichen Sätzen, wer heute alles anwesend war und welche Persönlichkeiten wichtiger und weniger wichtig für den weiteren Verlauf seiner Karriere waren. Zu Jakes Leidwesen waren auch einige Reporter da, die Familienfotos machten und ihm ein paar Fragen stellen wollten.

Morgen würde in jeder Zeitung stehen, dass der Skandalspieler Jake Braker der Sohn des möglicherweise zukünftigen Senators von Pennsylvania war. Die Presse würde schreiben, dass das nie ein Geheimnis hatte sein sollen und dennoch irgendwie eins geworden war. Doch Clint Panther, Coles Vater und einer der engsten Freunde von Henry Wellington, würde die Zeitungen schon davon überzeugen, es aus der richtigen Perspektive zu beleuchten. Er hatte großen Einfluss in der Medienbranche.

Jake hasste alles an dem, was sein Vater ihm erzählte, doch er nickte und hörte zu. Er konnte ja schlecht mit seinem Dad rummachen, nur um ihn zum Schweigen zu bringen. Und bei Liv war das ja auch irgendwie nach hinten losgegangen. Zumindest wenn er an den dreckigen, dreckigen Traum dachte, den er gestern Nacht von ihr gehabt hatte.

„Gut, das wäre alles", schloss sein Vater zehn Minuten später. „Ich denke, es ist klar, dass du heute Abend nicht allzu viel trinken und allzu wild flirten solltest."

Klasse. Der einzige Spaß, den Jake hätte haben können, wurde ihm also auch verwehrt. Dieser Abend sah immer beschissener aus.

„Okay", war alles, was er sagte. Blieb nur darauf zu hoffen, dass Coop hier war. Wenn Jake keinen Verbündeten fand, musste er sich in zwei Stunden womöglich im Pool ertränken. Wenigstens hatte er drei zur Auswahl.

„Gott, ich will ein Bier", stöhnte Coop eine halbe Stunde später und sah sich sehnsüchtig im Raum um.

„Meine Mutter serviert kein Bier", meinte Jake entschuldigend. „Das ist nur für Leute, die Overalls tragen und sich öffentlich am Hintern kratzen."

Coop grinste breit. „Süß. Du hast Hintern gesagt."

Ja, sein Vater hatte ihm nahegelegt, nicht allzu viel zu fluchen. Er hatte sich angehört wie die fünfjährige Sonia, deren Gesicht immer karminrot anlief, wenn er das S-Wort benutzte. Jake schmunzelte. Dieser Vergleich gefiel ihm.

„Ich benehme mich, Coop", sagte Jake in einer vornehmen Stimme. „Die Presse ist hier und beobachtet mich. Deswegen werde ich knicksen und nur mit der Bedienung rummachen, wenn niemand hinsieht."

„Gott, ich hasse diese Schakale", murmelte Coop und zog eine Grimasse. „Ich schwöre dir, wenn Callie zurückkommt und auch nur ein alter Artikel über sie ausgekramt wird, verklage ich die ganze Stadt."

Jake nickte, denn er konnte es verstehen. Callie war Coops Zwillingsschwester und ihre ganze Jugend über hatte es die Presse auf sie abgesehen gehabt. Bis Callie nach Los Angeles geflohen war. Jetzt jedoch wollte sie zurückkehren und ihre Brüder freuten sich zwar darüber, machten sich aber gleichzeitig eine Menge Sorgen um sie. Callies Leben war nicht immer einfach gewesen.

„Callie ist tough", murmelte Jake. Er war mit ihr aufgewachsen und von ihr in Schutz genommen worden, wenn Cole sich mal wieder über ihn lustig gemacht hatte. Sie war ... eine Freundin. Eine platonische Freundin. Meine Güte, wo kamen die auf einmal alle her?

„Ich weiß, dass sie tough ist", meinte Coop angespannt. „Aber sie neigt auch dazu, sich zu überschätzen. Und sie will immer alles auf einmal haben. Ich ... ich möchte nur nicht, dass sie sich kaputtmacht. Schlimm genug, dass sie mit Dad wieder in derselben Stadt wohnt."

Oh ja. Damit konnte Jake sich sehr gut identifizieren.

„Wird schon schiefgehen", murmelte er. „Dafür, dass sie sich nicht übernimmt, hat sie ja euch." Obwohl Jake schon immer vermutet hatte, dass Callie und nicht Cole der Boss unter den Geschwistern war.

„Jaja", meinte Coop abwesend und leerte sein Glas, bevor er es kopfschüttelnd betrachtete. „Was ist das für eine Party? In den Cocktails stecken noch nicht einmal Schirmchen. Meine Mutter lässt wenigstens pinke Ekeldrinks mit hübschem Plastikschmuck servieren."

„Ja, aber – wenn ich meine Mutter zitieren darf – ,Mrs. Panther ist ja auch fast schon ein Hippie.'"

Coop lachte leise. „Stimmt. Mom hatte mal ein Piercing, wenn ich mich nicht irre. Im Bauchnabel. Kannst du dir das vorstellen? Welch ein Skandal! Ein Wunder, dass sie nicht längst aus der höheren Gesellschaft gekickt wurde."

„Sie ist nie da", gab Jake zu bedenken. „Vielleicht hatte die High Society einfach noch nie die Möglichkeit."

Coops Mutter trieb sich die meiste Zeit des Jahres in den Hamptons herum. Möglichst weit weg von ihrem Ehemann. Jap, die Paare der High Society waren allesamt wunschlos glücklich.

„Ach, reden wir nicht über meine Mutter. Das Thema ist zu traurig", meinte Coop und winkte ab, bevor er sich verstohlen im Raum umsah. „Spielen wir lieber mein Lieblingsspiel: Mit wem werde ich heute Abend nach Hause gehen?"

Coop sammelte Frauen nicht. Er inhalierte sie.

„Hey. Das ist mein Zuhause. Ich sollte die Erstwahl haben", beschwerte Jake sich grinsend.

„Schön, gucken wir doch mal." Langsam drehte er sich um die eigene Achse, bevor er nach rechts nickte. „Was ist mit der Dame in Blau?"

Jake musterte besagte Frau und neigte den Kopf zur Seite. „Ich weiß nicht. Normalerweise schleppe ich lieber Frauen ab, die noch kein Gebiss tragen."

„Ah, so alt ist sie nicht", meinte Coop kopfschüttelnd und klopfte ihm auf die Schulter. „Höchstens sechzig. Vielleicht kannst du von ihr im Bett ja noch was lernen."

Oh, Jakes Bildung in dem Bereich war schon relativ umfangreich.

„Ich passe. Was ist mit ihr? Sie dürfte dein Alter haben." Er deutete zur Klavierspielerin, die den Raum mit seichter, klassischer Musik füllte. Sie war Mitte dreißig, hatte schwarze Haare und trug einen orgasmischen

Gesichtsausdruck. Das sprach Jake zumindest schon mal an.

„Ist verheiratet“, seufzte Coop. „Habe ich schon beim Reingehen gesehen. Mit verheirateten Frauen fange ich nichts an.“

„Weil du in einem Faustkampf gegen den Ehemann verlieren würdest?“, vermutete Jake.

Cooper schnaubte. „Nein, weil ich ein Gefühl von Moral habe – und Callie es mir verboten hat. Oh hey, sie ist ganz putzig.“

Er sah über Jakes Schulter. „Sieht aus wie zwölf, aber … muss über einundzwanzig sein, wenn sie Alkohol ausschenken darf.“

Jake wandte sich um, folgte Coopers Blick und verschluckte sich prompt an seinem Drink. Hustend beugte er sich nach vorne.

Was zum Teufel tat Liv hier?

Sie passte so überhaupt nicht in dieses Haus. Nicht in diesen Teil von Jakes Leben.

„Sie ist nicht zum Abschleppen da“, röchelte er und schlug sich mit der Hand auf die Brust.

Coop hob die Augenbrauen. „Ah, eine deiner platonischen Freundinnen, von denen du die ganze Zeit redest?“

Nein. Nein, sicher nicht.

Er schüttelte den Kopf und wandte ihr wieder den Rücken zu. „Keine Freundin. Eine … Bekannte, die nicht für One-Night-Stands gemacht ist.“

„Bist du sicher?“ Coop lugte um ihn herum. „Die unschuldigsten Mädchen sind meistens die versautesten.“

Jake presste die Lippen aufeinander. „Nein“, sagte er mit Nachdruck. Und somit war das Gespräch für ihn beendet.

Er widerstand dem Drang, sich noch einmal umzudrehen, während sein Blick zu seinem Vater glitt, der sich gerade mit einem Reporter unterhielt.

Liv hatte hier wirklich nichts zu suchen. Und es wäre sehr viel besser für sie, wenn sie nicht mit ihm in Verbindung gebracht würde. Nicht, während tausend Schakale darauf lauerten, dass die skandalträchtige Gazelle sich einen Fehltritt erlaubte.

Und ja, Jake hatte sich soeben als Gazelle bezeichnet.

„Nein?", wiederholte Coop nachdenklich und tippte sich mit dem Finger gegen das stoppelige Kinn. „Das Wort verstehe ich nicht."

„Coop", sagte Jake warnend. „Lass sie in Frieden. Sie wird sich ohnehin schon unwohl genug auf dieser Party fühlen. Da braucht sie keinen notgeilen Millionär, der ihr nachstellt."

Coop lachte leise. „Notgeiler Millionär? Hast du dich gerade selbst beschrieben?"

Jake seufzte schwer. „Es gibt hunderte Frauen hier, Coop, such dir jemand anderen."

„Aber so, wie du es beschreibst, klingt sie nach einer Herausforderung!"

Shit. Coop hatte ein Glitzern in den Augen bekommen, das Jake überhaupt nicht gefiel. Liv war keine Option. Nicht für Jake – und erst recht nicht für jeden anderen Kerl!

„Ich sollte wahrscheinlich zu ihr rübergehen, um sicherzugehen, dass sie wirklich kein One-Night-Stand-Material ist", überlegte Coop laut.

Jakes Kiefer knackte. „Lass es", knurrte er. „Du ..."

Doch Coop drängte sich bereits durch die Menge.

Fünfzehn

Dieses Haus war riesig.

Wer wohnte in einem so gigantischen Haus? Der Eingangsbereich allein war schon größer als Livs gesamte Wohnung. Rundbögen umschlossen die weiß verputzte Fassade und dieses ganze moderne Getue im Inneren … na ja, Liv fand es ehrlich gesagt etwas lächerlich.

Das ganze Haus war kalt. Nirgendwo lagen bunte Kissen, nirgendwo hingen schicke Vorhänge. Nirgendwo waren Blumen zu entdecken. Alles war … schwarz, weiß und grau. Wie sollte sich hier jemand wohlfühlen? Gott, sie hoffte sehr, dass die Wellingtons keine Kinder hatten, denn die durften sicherlich nicht auf dem penibel genau beschnittenen Rasen spielen oder mit Fingerfarben im Wohnzimmer herumexperimentieren.

Manche Menschen sollten einfach keinen Nachwuchs in die Welt setzen. Denn herauskommen konnte nur etwas Verkorkstes.

Sie schlängelte sich durch die Menge, das Tablett mit Cocktails und Champagner wie ein Schutzschild vor ihren Körper haltend. Sie hasste diese Art von Partys. Die reichen Leute, die großspurig von ihren unglaublichen Errungenschaften sprachen. Die teure Einrichtung, die sie Angst hatte umzuwerfen. Die langweilige Klaviermusik, bei der eine gehörige Portion Bass fehlte. Das Schlimmste war aber definitiv, wie die Gäste mit dem Personal umgingen. Auf kleineren Feiern oder Spendengalas lächelten ihr die Menschen zu, wenn sie etwas von ihrem Tablett nahmen. Manche bedankten sich sogar oder fragten danach, wie es ihr gehe.

Die Reichen und Schönen verzichteten jedoch auf jegliche Höflichkeit. Liv verachtete all die Gäste, die blind nach den Getränken auf ihrem Tablett grabschten oder sie mit einem missbilligenden Blick bedachten, wenn sie ihre Gläser nicht sofort nachfüllte. Hasste alles, was sie verkörperten. Wie sie Menschen behandelten, die nicht ihrem Stand angehörten. Wie sie ihr Geld für solche Partys und überteuertes Essen rauswarfen, während reihenweise Menschen bei Suppenküchen anstanden, um nicht zu verhungern.

Sie wusste, dass sie nicht so über sie urteilen sollte. Wusste, was Jake dazu sagen würde, wenn er jetzt ihre Gedanken hören könnte, aber ... ach, an Jake wollte sie heute ohnehin lieber nicht denken. Weder an seine sanften Hände noch an seine rauen Lippen. Nicht daran, dass er sie geküsst hatte. Nicht daran, dass er es nur getan hatte, um sie zum Schweigen zu bringen. Und erst recht nicht daran, dass ihr das vollkommen egal war, solange er es nur noch einmal tat.

Liebe Güte, wer hätte ahnen können, zu welchen Empfindungen ein Körper allein durch einen Kuss in der Lage war?

Liv wurde ganz kribbelig, wenn sie nur daran dachte. Sie hätte all die Gefühle gerne darauf geschoben, dass sie von dem Kuss überrascht worden war, aber das wäre gelogen gewesen. Es war die Hitze in Jakes Augen gewesen. Die Bestimmtheit seiner Berührungen. Der Geschmack seiner Lippen. Einen Moment lang hatte sie fast geglaubt, dass er ... dass er sie tatsächlich anziehend fand. Ihr war erst zehn Minuten später aufgegangen, dass er sich schlichtweg aus einer für ihn anstrengenden Situation manövriert hatte. Der Bastard! Und sie war auch noch drauf reingefallen! Dummer Körper.

„Sie sehen wütend aus."

Blinzelnd katapultierte sie sich wieder in die Realität. Sie hatte gar nicht gemerkt, dass sie stehen geblieben war. Ihr Tablett war mittlerweile leer und vor ihr stand ein schwarzhaariger Mann mit hellblauen Augen, der ihr vage bekannt vorkam. Als hätte sie ihn irgendwo schon einmal gesehen. Offenbar redete er mit ihr.

„Entschuldigen Sie?", fragte sie verwirrt.

„Ihr Gesicht. Es sieht sehr unzufrieden aus."

„Oh", erwiderte sie verblüfft.

„Also, hübsch. Keine Frage. Aber unzufrieden."

Sie blinzelte. Einmal. Zweimal. „Was?"

Ein Lächeln stahl sich auf das Gesicht ihres Gegenübers. Abwesend nahm sie wahr, dass er wohl als attraktiv gelten konnte. Aber sie war sich nicht sicher. Sie war nicht geübt darin, Männer in diese Kategorie einzuordnen.

„Sie machen es einem Mann wirklich nicht leicht, mit Ihnen zu flirten", stellte er fest.

Röte kroch auf Livs Wangen und verblüfft hob sie die Augenbrauen. „Sie flirten mit mir?"

Wie hätte sie bitte darauf kommen sollen? Damit hatte doch niemand rechnen können.

Der schwarzhaarige Mann lachte leise. „Ich versuche es. Aber offenbar versage ich."

„Sie haben gesagt, ich sehe wütend aus! Woher soll ich wissen, dass das ein Anmachspruch ist?", verteidigte sie sich irritiert. „Ich meine ... funktioniert dieser Satz unter normalen Umständen?"

„Keine Ahnung, ich habe ihn noch nie ausprobiert", sagte er nachdenklich. „Und was meinen Sie mit normalen Umständen?"

„Nun, unter Umständen, an denen die Frau tatsächlich daran interessiert ist, mit Ihnen nach Hause zu gehen", erklärte sie langsam. Er schien schwer von Begriff zu sein. Und überhaupt ... es gab so viel hübschere Frauen in diesem Raum! Was tat er hier bei ihr?

Das Grinsen ihres Gegenübers wurde breiter. „Sie sind nicht interessiert?" Ihm schien die Abfuhr überhaupt nichts auszumachen.

Sie schüttelte den Kopf. „Nein, tut mir leid. Auch wenn ich wette, dass Sie einen wundervollen Humor und eine Menge Geld haben. Ganz abgesehen davon, dass Sie sicherlich meisterhaft gut im Bett sind."

„So präzise hat noch nie jemand meinen Charakter zusammengefasst", bestätigte er, legte gespielt gerührt eine Hand auf die Brust und nickte zufrieden.

Das entlockte ihr tatsächlich ein Lächeln. „Machen Sie sich keine Sorgen. Sie finden sicherlich noch eine andere Kellnerin, die Sie anmachen können. Eine Kellnerin, die auch versteht, dass Sie mit ihr flirten. Ich bin da leider die falsche Ansprechpartnerin. Mein Name macht sich auch unglaublich schlecht in einem Bettpfosten."

Liv wandte sich zum Gehen, das leere Tablett an ihre Brust gepresst.

„Ah, schade", hörte sie den fremden Mann seufzen. „Aber was sagt man dazu: Jake hatte tatsächlich recht. Keine Frau für einen One-Night-Stand."

Abrupt blieb Liv stehen und wirbelte zu ihrem neuen Bekannten herum. Sie musste sich verhört haben.

„Jake?", fuhr sie auf und verrückterweise hörte sich ihre Stimme sofort angriffslustig an.

Der Schwarzhaarige nickte über ihre Schulter. „Jap, Jake Braker. Der Ritter, der dich vor mir schützen wollte. Auch wenn du meiner Meinung nach sehr gut darin bist, einen Mann elegant abblitzen zu lassen. Du brauchst Jakes Hilfe also gar nicht."

Ungläubig öffnete sie den Mund. Nichts von dem, was aus dem Mund ihres Gegenübers kam, ergab einen Sinn. Wie automatisch wandte sie den Kopf in die Richtung, in die Mr. Flirty gerade gedeutet hatte. Sie konnte Jakes Gesicht nicht ausmachen, aber seinen breiten Rücken und blonden Hinterkopf. Es bestand kein Zweifel daran, dass der größte Bastard der Saison diese Party besuchte – und sich offenbar mit ihrem neuen Bekannten über sie unterhalten hatte.

„Was genau hat Jake dir gesagt?", fragte sie leise und verengte die Augen.

Ihr Gegenüber hob alarmiert die Augenbrauen. „Kann es sein, dass ich gerade all die falschen Dinge gesagt habe?"

Definitiv.

„Nein, nein", sagte sie sofort im Plauderton und schüttelte den Kopf. „Ich bin nur neugierig … vor was genau wollte Jake mich schützen? Vor einem One-Night-Stand mit dir?"

Unbehaglich kratzte der Schwarzhaarige sich den Nacken.

„Ich habe das Gefühl, ich kann hier nur verlieren", sagte er langsam. „Und mein Anwalt ist gerade nicht hier, also …"

Liv schnaubte laut. „Also hat er dir verboten, mich anzumachen."

„Nun, er war der Meinung, dass du nicht für einen One-Night-Stand geeignet bist."

„Tatsächlich?" Das Wort klang wie eine Drohung, doch es war ihr egal. Sie lachte trocken auf und zog im nächsten Moment die Hand ihres Gegenübers zu sich heran.

„Weißt du was", sagte sie gepresst und zückte den Kugelschreiber, den sie bekommen hatte, um Bestellungen aufzunehmen. „Hier hast du meine Nummer."

Sie notierte Ziffern auf seiner Handfläche. Sie hatte schließlich ohnehin überlegt, dass es Zeit wurde, ein paar sexuelle Erfahrungen zu sammeln. Warum nicht mit diesem Kerl? Er war nett. Er sah gut aus. Mehr musste sie doch überhaupt nicht wissen.

„Ruf mich an", sagte sie und lächelte zuckersüß zu ihm hoch. „Und richte Jake aus, dass er ein Feigling ist und ein schlechter Küsser noch dazu."

Mit diesen Worten wandte sie sich auf dem Absatz um und machte sich auf den Weg zur Bar. Sie musste das Tablett nachfüllen. Und sich beruhigen.

Was zum Teufel tat Jake überhaupt hier? Ja, ihr war bewusst gewesen, dass er zur Philadelphia High Society gehörte. Aber normalerweise verkehrten Sportler und Politiker – so wie der Veranstalter dieser Party – nicht in denselben Kreisen.

Sie atmete tief durch, während sie darauf wartete, dass Felix, der hektische Barkeeper, ihr Tablett mit neuen Gläsern befüllte. Es war auf einmal unglaublich heiß hier. Und das lag nicht an den aberhunderten Kerzen, die aufgestellt worden waren.

„Weißt du, was der Unterschied zwischen reichen und normalen Menschen ist?", murmelte Felix, während er Gläser mit Champagner befüllte.

„Ihre Haarschnitte kosten so viel wie ein Kleinwagen?", schlug Liv vor.

Felix grinste. „Das auch. Aber nein: Normale Menschen freuen sich riesig über kostenlosen Alkohol und saufen ihn anstandslos weg. Reiche Menschen nehmen den kostenlosen Alkohol und äußern dann auch noch Extrawünsche. Sie wollen nicht den normalen Champagner. Sie wollen den Champagner mit Hibiskusblüten und Blattgold. Und sie wollen Bier, obwohl die verdammte Veranstalterin kein Bier ausschenken will. Weil nur Handwerker und anderes niederes Volk dieses eklige Hopfen-Wasser-Gemisch trinken." Verdrießlich verzog er das Gesicht, bevor er eine Bierflasche unter der Theke hervorzauberte. „Und ich Volltrottel besorg' das Bier dann auch noch – nur weil es fucking Jake Braker ist, der es verlangt." Seine Wangen liefen rosa an. „Wie traurig ist das?"

„Dass du ein Fangirl von Jake Braker bist?", wollte Liv wissen. „Sehr traurig. Er ist ein Arschloch!"

„Ja", grummelte Felix. „Aber er wird die Delphies in die World Series bringen. Und wenn ihm das Bier dabei hilft ..."

Genervt verdrehte Liv die Augen. „Das kann nicht dein Ernst sein. Es ist nur ein dämlicher Sport! Wen interessiert es, ob die Delphies in die beschissene World Series einziehen?"

„Die Hälfte der Stadt", sagte Felix schlicht, öffnete die Flasche und stellte sie auf ihr Tablett. „Also, würdest du mir den Gefallen tun und Jake Braker glücklich machen?"

Liv presste die Lippen aufeinander und seufzte schwer. Das war eine wirklich unpassende Wortwahl. Denn zurzeit wollte sie Jake eigentlich gerne mit ihrer Handkante auf den Adamsapfel schlagen.

Was erlaubte er sich, sich in ihr Leben zu zwängen und alles durcheinanderzubringen?

Sie hätte auf seinen Kuss gut und gerne verzichten können. Das Problem war nur ... jetzt, da es passiert war, wollte sie es nicht mehr! Das alles war Chloes Schuld. Sie hatte zu viel über Sex geredet!

„Liv? Hast du mich gehört?"

Liv zuckte zusammen und sah wieder zu Felix. „Ja. Leider", murrte sie missmutig und nahm das Tablett. Es war nun einmal ihr Job, reichen Arschlöchern die Getränke zu servieren – also würde sie dem Schwachkopf sein blödes Bier bringen!

Er stand zusammen mit dem Schwarzhaarigen, dem sie ihre Telefonnummer gegeben hatte, auf der anderen Seite des Raumes, noch immer den Rücken zu ihr gekehrt. Als er sich mit der Hand im Nacken kratzte, spannte sich die schwarze Smokingjacke über seine breiten Schultern und ein Ziehen setzte in Livs Bauch ein.

Sie schüttelte den Kopf über sich selbst. Allein diese Jacke war wahrscheinlich mehr wert als ihre Schlafzimmereinrichtung. Gott, sie waren so unterschiedliche Menschen. Es war lächerlich, dass Jake sie geküsst hatte. Nicht der Rede wert. Sie reckte ihr Kinn. Ja, mit dieser Einstellung fühlte sie sich wohl.

Zielstrebig schlängelte sie sich durch die Menge, während sie beobachtete, wie der Schwarzhaarige von einem weißbärtigen Mann weggewunken wurde, sodass Jake nun allein dastand. Umso besser. Bestimmt klopfte sie ihm auf die Schulter.

„Der Herr wollte unbedingt ein Bier?“

Gemächlich drehte Jake sich zu ihr um. Der weiße Kragen seines Hemdes hob sich deutlich von seiner gebräunten Haut ab und seine Haare fielen ihm zerzauster als sonst in die Stirn. So, als hätte er sie heute Morgen absichtlich durcheinandergebracht. Er musterte sie nachdenklich, neigte schließlich den Kopf und verengte die Augen, bevor er kühl sagte: „Schlechter Küsser?“

Liv runzelte die Stirn. „Ich bin blond.“

„Was?“

„Ich weiß nicht. Ich dachte, wir stellen wahre Dinge über uns selbst fest.“

Jake schnaubte. „Mir war nicht klar, dass du über den Kuss reden wolltest. Hätte ich das gewusst ...“

„Ich will nicht darüber reden“, sagte sie gepresst.

„Unterbewusst offensichtlich schon“, widersprach er und hob die Schultern. „Wenn du das Gefühl hast, du müsstest mich provozieren und als schlechten Küsser bezeichnen ...“

„Es war keine Provokation. Es war die Wahrheit. Jake ...“ Sie seufzte schwer. „Der Kuss war halb so toll.“

Zu ihrem Missfallen brachte Jake das zum Lächeln.

„Ach, tatsächlich?“, fragte er mit gesenkter Stimme. „Merkwürdig. Denn dafür warst du verdächtig sprachlos am Ende.“

Ihre Wangen verfärbten sich rosa, doch sie weigerte sich, kleinbeizugeben. Also sah sie ihm fest in die Augen und sagte gelassen: „Ich wurde noch nie von einem Mann mit Nagellack geküsst. Das war aufregend."

„Bullshit. Du ärgerst dich darüber, dass es dir gefallen hat."

„Es hat mir nicht gefallen. Ich war nur zu überrascht, um dich wegzuschubsen."

„Und mit diesem Mund erzählst du deinen Kindern tagtäglich, dass sie nicht lügen sollen?"

„Ja und weißt du, was ich noch mit diesem Mund machen werde? Den heißen Kerl küssen, der mich vorhin angemacht hat." Nachdenklich sah sie sich nach dem Schwarzhaarigen um. „Der war nett. Er sah aus, als wüsste er, was er mit seinen Lippen tun muss."

Augenblicklich verdüsterte sich Jakes Miene. „Niemand auf dieser Party ist der richtige Kerl für dich, Liv."

„Ach ja?", fuhr sie ihn an. „Und wer zum Teufel wäre der richtige Kerl? Da du doch allwissend in dem Bereich zu sein scheinst."

„Keine Ahnung." Jake zog eine Grimasse. „Jemand aus der Sesamstraße vielleicht?"

„Ach, halt die Klappe, Jake! Du weißt nicht das Geringste darüber, wen oder was ich brauche. Und wenn ich mit deinem dunkelhaarigen Freund nach Hause gehen will, dann kann ich das verdammt noch mal tun!"

Warnend beugte sich Jake zu ihr hinunter, den Blick so hart wie Granit. „Hör auf, mich wütend zu machen, Liv."

„Ich soll aufhören?", zischte sie ungläubig. „Du hast mich geküsst, damit ich die Klappe halte!"

„Ich weiß. Und es hat funktioniert, oder?"

Gott, es wurde Zeit, dieses Gespräch zu beenden! „Nimm einfach dein blödes Bier, okay?" Angriffslustig drückte sie ihm das Tablett unter die Nase.

Jake griff nach der Flasche und hielt inne, seinen Blick auf einen Punkt über ihrer Schulter gerichtet.

„Danke", murmelte er abwesend. „Du solltest jetzt besser gehen."

Verblüfft hob sie die Augenbrauen. „Bitte was?"

„Ich habe mein Bier, du kannst jetzt gehen", sagte er ungeduldig.

Sie musste sich verhört haben. „Kommandierst du mich gerade herum?"

Jake seufzte schwer. „Was tust du überhaupt hier, Liv?", murmelte er, während sein Blick immer wieder über ihre Schulter huschte. „Du gehörst hier nicht hin. Also, geh bitte."

Perplex blinzelte sie zu ihm hinauf. „Was? Ich …"

„Jakob, hier bist du ja", erklang eine herrische Stimme hinter ihr. Liv schreckte zusammen und stolperte einen Schritt zur Seite, sodass die gefüllten Champagnergläser auf ihrem Tablett leise gegeneinander klirrten.

Als sie sich umwandte, erkannte sie einen hochgewachsenen Mann in den Sechzigern. Er war glattrasiert, hatte dichtes, graues Haar und einen strengen Zug um den Mund, der nahelegte, dass er nicht oft lachte. Neben ihm stand ein kleiner, rundlicher Mittvierziger, der sein Gesicht hinter einem rötlich glänzenden Vollbart versteckte.

„Ja, bin ich", antwortete Jake trocken, während sein Blick zu Liv hinüberflackerte, bevor er auf dem rotbärtigen Mann haften blieb. „Und Sie sind?"

„Ich bin Reporter der New York Times", antwortete er und rang sich ein Lächeln ab. „Aber entschuldigen Sie. Wir haben Sie wohl bei einem Gespräch unterbrochen?"

Neugierig sah er zu Liv, die immer noch dümmlich dastand, das Tablett mit den Getränken schwer in ihren Armen.

„Nein, haben Sie nicht“, sagte Jake gelassen. „Die Kellnerin wollte gerade gehen.“

„Kellnerin?“ Der Reporter hob die Augenbrauen. „Es sah aus, als würden sie sich kennen.“

„Ja. Sie hat mal für mich gearbeitet. Sie kann mit einem vollen Tablett laufen, ohne zu stolpern. Das weiß ich an meinem Personal zu schätzen. Also ...“ Er wandte sich bestimmt an Liv. „Vielen Dank für das Bier. Das nächste Mal hätte ich es gerne kalt, in Ordnung? Sie können jetzt gehen.“

Liv starrte ihn mit leicht geöffneten Lippen an. Etwas Kaltes zog sich um ihr Herz und kroch dann ihren Hals hinauf. Jake hob auffordernd die Augenbrauen, den Blick distanziert und gelangweilt.

Hastig schloss Liv den Mund und nickte. Alles in ihr krampfte sich zusammen und ihre Hände klammerten sich um das Tablett, dennoch schaffte sie es, ein kühles „Natürlich“ über die Lippen zu bringen, bevor sie sich abwandte und ging.

Ihre Augen brannten, doch sie blinzelte das Gefühl weg. Warum wunderte sie sich überhaupt? Natürlich wollte Jake nicht mit ihr in der Öffentlichkeit gesehen werden. Sie war Olivia Green. Er war Jake Braker. So einfach war das.

Ihre Fingerknöchel traten weiß hervor und ihr Kiefer knackte, als sie zielstrebig zur Bar lief, um das Tablett abzugeben. Sie war fertig für heute Abend. Kein Geld der Welt war es wert, Jake noch einmal unter die Augen zu treten.

Sechzehn

Scheiße.

Jake riss seinen Blick von Livs Rücken los und zwang sein Gesicht zur Gelassenheit. Auch wenn er die gerade absolut nicht verspürte. Sein Zwerchfell zog sich schmerzhaft zusammen und dennoch brachte er ein Lächeln zustande. Er erkannte einen Schakal, wenn er vor ihm stand. Und der Reporter der New York Times hatte Liv viel zu gierig angesehen. Als wäre er schon dabei gewesen, eine Schlagzeile mit ihrem Namen darin zu verfassen.

Jake hatte sich die letzten Wochen benommen und das gefiel der Presse nicht. Deswegen suchten sie mehr als sonst nach versteckten Fehltritten oder Skandalen. Und er wollte ihnen keine Angriffsfläche liefern.

Aber scheiße noch mal, Liv hatte verletzt ausgesehen. Zu Recht.

Meistens genoss Jake es, ein Arschloch zu sein und damit davonzukommen. Aber nicht bei Liv. Nicht bei der verdammt einzigen Frau seit Langem, die nur seine ehrliche, normale Seite mochte. Bei der Frau, die Coop ihre Nummer auf die Hand geschrieben hatte und nach dem Gespräch gerade wahrscheinlich erst recht mit ihm ins Bett springen würde. Shit. Coop würde sie verschlucken und wieder ausspucken. Und Liv verdiente etwas Besseres.

„Was kann ich für Sie tun?", fragte Jake an den Times-Typen gewandt, während er den Kloß in seinem Hals hinunterschluckte und fahrig die Schweißperlen von seiner Stirn strich.

Es war besser so für Liv. Es war nicht ihr Krieg. Sie durfte nicht zwischen die Fronten geraten.

„Nun, Ihr Vater meinte, Sie wären bereit, ein Interview bezüglich seiner Kandidatur als Senator zu geben? Da Sie zurzeit so pressescheu sind, wollte ich diese Chance natürlich nicht verpassen."

Jake hätte dem Typen gerne das schmierige Grinsen aus dem Gesicht geschlagen, doch er riss sich zusammen. Stattdessen wechselte er einen Blick mit seinem Vater, dessen neutrale Miene in Stein gemeißelt zu sein schien.

„Natürlich", sagte Jake betont freundlich, während ein flaues Gefühl in seinem Magen einsetzte und sein Blick wie automatisch über die Menge huschte. Wohin war Liv verschwunden? Und wo zum Teufel war Coop? In ihrer Nähe? „Gehen wir doch in den Nebenraum, wo wir unsere Ruhe haben", sagte er abwesend.

Er konnte die Ablenkung hier gerade nicht gebrauchen. Und je eher er das Interview führte, desto schneller wäre es vorbei. Desto eher könnte er Liv suchen und ihr die Sache erklären. Er hatte das Richtige getan — auch wenn er vermutete, dass sie anderer Meinung sein würde. Aber vielleicht würde sie es ja verstehen. Und vielleicht könnte er ihr erklären, warum Coop ein beschissener Mistkerl war, an den sie keine Sekunde verschwenden sollte. Er musste ihr ja nicht sagen, dass er einer seiner besten Freunde war.

„Wunderbar", sagte der Reporter fröhlich. „Und warum machen wir nicht gleich noch ein paar Familienfotos?"

Ja und wenn sie schon einmal dabei waren, warum schenkte Jake ihm nicht auch noch eine Niere? Möglicherweise sollte er ihm auch einfach die Pin seiner Kreditkarte verraten.

„Sicher", sagte sein Vater hastig, so als wisse er, dass sein Sohn kurz davor war, die Geduld zu verlieren. Er bedachte Jake mit einem festen, fast bittenden Blick und nickte dann zur Tür, die zur Eingangshalle führte.

Jake schnaubte innerlich. Sein Vater brauchte ihn. Wenn das nicht einmal eine nette Abwechslung der Geschehnisse war.

Der Reporter schritt ihnen voran auf die breite Flügeltür zu, die aus dem Esszimmer führte und Jake folgte ihm. Seine Schultern waren so angespannt, dass es wehtat. Er würde etwas Gutes über seinen Vater sagen müssen. Und allein der Gedanke daran bereitete ihm Kopfschmerzen. Denn Henry Wellington hatte es nie geschafft, auch nur ein nettes Wort über seinen eigenen Sohn zu verlieren – um warum sollte Jake ein besserer Mensch sein?

Er dachte an Livs verletztes Gesicht. An ihre zitternden Hände ... die Antwort war simpel: Weil er ein besserer Mensch sein wollte.

Ein Arschloch zu sein, hatte ihn bis jetzt noch nicht glücklich gemacht. Vielleicht wurde es Zeit für was Neues.

„Ich werde deine Mutter holen", murmelte Henry Wellington zu seiner Rechten. „Damit wir die Fotos machen können. Ihr könnt das Interview ja schon einmal beginnen."

Jake nickte nur, denn keines der Worte, die seinen Mund verlassen wollten, wären angebracht gewesen.

Er lief dem seiner Meinung nach viel zu eifrigen Reporter in die Eingangshalle nach und zog die Hände aus den Hosentaschen. Es gab wenige Dinge, in denen er geübter war, als mit der Presse zu reden. Wenn auch nicht ganz freiwillig. Es waren die kleinen Dinge, auf die er achten musste, damit sein Gegenüber keine Lügen oder Skandale hinter seinen Worten vermutete. Wie er die Hände hielt, ob er die Lippen zu fest aufeinanderpresste. Ob er sich auf die Fersen zurücklehnte oder nicht. Er hasste es, wie sehr er sich bei Interviews konzentrieren musste. Wie die Journalisten jede noch so mickrige Information gegen ihn verwenden konnten.

Aber wenn er das hier hinter sich gebracht hatte, schuldete sein Vater ihm einen Gefallen. Und vielleicht würde das reichen, um seinen Eltern eine lange Zeit aus dem Weg gehen zu können.

„Haben Sie etwas dagegen, wenn ich das Interview aufnehme?", fragte der Reporter scheinheilig.

„Ja", sagte Jake ohne Umschweife. „Notieren Sie meine Antworten einfach."

„Haben Sie Angst, sich zu verplappern?", fragte sein Gegenüber hämisch grinsend.

„Nein", meinte er gelassen. „Und da wir schon beim Verplappern sind: Wenn Sie mir eine Frage zu meinem Job oder meinem skandalträchtigen Leben stellen, werde ich sie nicht beantworten. Ist das klar?"

Der Reporter sah etwas enttäuscht aus, nickte jedoch. „In Ordnung. Wollen wir dann beginnen?"

Wie auf Kommando ging die Tür hinter ihnen auf und sein Vater kam im Schlepptau mit seiner Mutter herein. Wunderbar. Mit Publikum würde es sich bestimmt leichter reden lassen.

„Fangen Sie an", meinte Jake abgehackt.

Die nächsten zehn Minuten waren die reinste Tortur und Jake konnte im Gesicht des Journalisten erkennen, dass er mit keiner Aussage, die er bekam, zufrieden war.

Jake war Künstler darin, vage Antworten ohne allzu viel Inhalt zu geben. Und von diesem Talent machte er schamlos Gebrauch. Die Miene seines Vaters blieb dabei die ganze Zeit unbewegt, sodass Jake nicht sagen konnte, ob er diese Vorgehensweise befürwortete oder sich etwas anderes gewünscht hätte. Aber es war auch egal. Jake jagte schon lange nicht mehr der Anerkennung seines Vaters nach.

„Schön", schloss der Reporter schließlich mit grimmiger Miene. „Dann noch eine letzte Frage, bevor wir die

Fotos machen. Erst Senator, dann vielleicht Präsident? Könnten Sie sich Henry Wellington als Vater der Nation vorstellen? Sie wissen doch sicherlich am besten, wie er sich als Vater anstellt."

Wäre Jake nicht so konzentriert gewesen, hätte er jetzt wohl laut gelacht. Aber er riss sich zusammen. Einige Herzschläge lang sah er den Reporter nur stumm an, während er sich die richtigen Worte im Kopf zurechtlegte. Schließlich sagte er: „Ich denke, dass mein Vater einen sehr viel besseren Job machen würde als unser derzeitiges Staatsoberhaupt." Das war die Wahrheit und mehr Worte würde er über dieses Thema nicht verlieren.

Der Journalist seufzte frustriert auf, notierte jedoch die Antwort. „Schön. Dann machen wir jetzt die Bilder."

Die Wellingtons waren noch nie eine körperkontaktbetonte Familie gewesen und zum Glück erwartete der Journalist keine innigen Umarmungen. Die Fotos brauchten keine zehn Minuten und als der Times-Typ sie endlich alleine ließ, atmete Jake so erleichtert aus, dass er mit seinem Atem womöglich eine der teuren Steinstatuen hätte bewegen können.

„Zufrieden?", murmelte Jake steif und fixierte seinen Vater.

Der nickte knapp. „Ja. Ich bedanke mich. Das waren vernünftige Worte. Auch wenn du nicht so lange hättest zögern müssen, als er gefragt hat, ob ich einen guten Präsidenten abgeben würde."

Jakes Mundwinkel hoben sich. „Oh, glaub mir, mit der langen Pause warst du besser bedient als mit einer voreiligen Antwort."

Der Kiefer seines Vaters verhärtete sich. „Mir gefällt es nicht, in welchem Ton du mit mir sprichst."

„Nun, das tut mir nicht leid", erwiderte Jake knapp.

„Jake", sagte seine Mutter, berührte ihn sacht am Arm und blickte ihn flehend an. „Könnt ihr euch nicht einfach vertragen?"

„Nein, können wir nicht. Denn ich weiß gar nicht mehr, worüber wir uns streiten. Und ich kann niemandem verzeihen, der sich nie bei mir entschuldigt hat."

„Entschuldigt!?" Das Gesicht seines Vaters lief rot an. „Ich hatte immer nur das Beste für dich im Sinn!"

Jake lachte bitter auf. „Nein, du hattest das Beste für dich im Sinn. Du wolltest mich schon immer zu etwas machen, dass ich nicht bin, Dad. Du hattest schon immer große Erwartungen an mich."

„Ja, Erwartungen, die du absichtlich nicht erfüllt hast, nur um mich wütend zu machen."

„Nein", sagte Jake und zwang seine Stimme zur Ruhe. „Erwartungen, die ich nicht erfüllen konnte. Weil sie nicht das waren, was ich mir vom Leben erwartet habe."

„Und was ist es, dass du erwartest?", polterte sein Vater. „Du kannst nicht ewig auf einem Spielfeld umherrennen und auf Bälle einschlagen. Das ist kein Beruf, Jakob. Das ist eine Spielerei!"

„Eine Spielerei, die ich liebe", fuhr Jake ihn an.

„Natürlich liebst du sie! Denn sie ist leicht und erlaubt es dir, nie erwachsen werden zu müssen." Mehrere Adern traten auf der Stirn seines Vaters hervor. „Aber du hast Grips, du hast die Mittel – du verschwendest dein Potenzial dafür, auf Cornflakespackungen abgelichtet zu werden. Und du musst mir verzeihen, wenn ich diesen Umstand verurteile, aber du solltest besser sein als das! Du bist Henry Jakob Wellington der Vierte und du verschwendest dein Leben damit, mit Cheerleadern zu schlafen und Partys zu veranstalten. Dein ganzer Werdegang ist eine einzige Rebellion gegen mich! Ein einziger Mittelfinger in das Gesicht deiner Eltern, die dir alles gegeben haben, was du brauchtest, um etwas Großartiges mit deinem Leben anzufangen. Etwas von Bedeutung! Etwas, das der Gesellschaft dient. Aber stattdessen lebst du von einem Moment in den Nächsten und schmeißt dein Geld für Autos raus. Aber nichts davon bleibt für immer, Jakob. Und du kannst mir nicht erzählen, dass dich das glücklich macht!"

Heiße Wut schwappte durch Jakes Adern. Zorn, der durch seine Poren sickerte, seine Sicht verschleierte und sein Herz zum Stillstand brachte. Wut, wie er sie schon lange nicht mehr verspürt hatte.

Er hasste, dass sein Vater nicht sah, wie viel Arbeit, wie viel Schweiß es ihn gekostet hatte, in die MLB zu kommen. Hasste, dass er egoistisch genug war, jede von Jakes Handlungen auf sich selbst zurückzuführen. Hasste, dass seine Mutter stumm daneben stand und die Fliesen vor ihren Füßen betrachtete. Doch am meisten hasste er, dass sein Vater recht hatte.

Denn es machte ihn nicht glücklich. Und ihm war klar, dass diese Art von Leben nicht für die Ewigkeit war.

„Sei still, Dad", zischte er und atmete zitternd aus. „Ich habe es verstanden. Ich habe es mit zwölf bereits verstanden. Ich bin nicht der Sohn, den ihr euch erhofft habt. Und es wird Zeit, dass du dich mit dem Gedanken anfreundest, dass sich das niemals ändern wird. Ich habe jahrelang versucht, es euch recht zu machen, aber irgendwann bin ich über den Irrtum hinweggekommen, dass ich euch stolz machen und trotzdem ich selbst bleiben kann." Er machte einen Schritt zurück. „Und wisst ihr was? Wen kümmert es, ob ihr das, was ich tue, für richtig haltet?"

Mit diesen Worten wandte er sich um und ging in langen Schritten auf die Eingangstür zu. Er war fertig hier.

Siebzehn

„Nimm ab ... nimm ab ... nimm ab ...“ Liv trommelte mit den Fingern auf ihr Bein, zog ihre Jacke enger um die Schultern und lauschte dem gleichmäßigen Tuten im Hörer.

„Hey, hier ist Chloe, ich bin gerade zu cool, um ans Telefon zu gehen. Wenn du was zu sagen hast, dann sprich. PIEP.“

„Chloe“, sagte Liv ungeduldig und versuchte, ihre Stimme so normal wie möglich klingen zu lassen. „Wo bist du? Ich brauche eine Mitfahrgelegenheit. Ich stehe auf einem absurd großen Anwesen und Kristen hat das Auto und ... ich will nach Hause.“ Der letzte Satz war kaum noch ein Flüstern. „Also, ruf mich an, wenn du das hörst.“

Sie legte auf und atmete tief durch. Eigentlich hatte Felix versprochen, sie nach Hause zu fahren. Aber er war noch nicht mit der Arbeit fertig und sie konnten dem Caterer kaum sagen, dass sie schlimme Bauchkrämpfe hatte.

Meistens kam Liv sehr gut damit zurecht, immer knapp bei Kasse zu sein. Aber in Situationen wie diesen hier hasste sie es, dass sie nicht einfach ein Taxi rufen konnte. Zu laufen war jedoch unmöglich, das würde sie mehrere Stunden kosten. Sie musste also darauf hoffen, dass ihre Schwester oder Chloe die Mailbox rechtzeitig abhörten oder darauf warten, dass Felix ...

Mitten im Gedanken stockte sie. Sie stand ein wenig abseits der Einfahrt auf einer gestriegelten Rasenfläche und hatte Sicht auf die Eingangstür, die soeben aufgegangen war.

Eine hochgewachsene Gestalt kam heraus, die Liv unter Hunderten wiedererkannt hätte. Das Licht der

Verandalampe erhellte Jakes Gesicht, während er sich frustriert mit der flachen Hand über Mund und Nase fuhr, bis er die Faust fest auf die Stirn drückte. Die Augen geschlossen, die Lippen zusammengepresst, während seine Brust sich schwer hob und senkte. Er sah ... verletzt aus. Als würde die Last des Himmels auf seinen Schultern verweilen und er zu müde war, um sie zu heben. Eine ungewollte Welle von Mitgefühl überkam Liv, als sie ein einziges Wort über seine Lippen kommen hörte.

„Fuck."

Ein Kloß bildete sich in ihrem Hals und sie wollte schon einen Schritt nach vorne, auf ihn zu machen, überlegte es sich jedoch noch einmal anders.

Fest presste sie die Lippen aufeinander. Es sah so aus, als sei Jake mit dem Verlauf dieses Abends auch nicht zufrieden.

Gut so! Er hatte verdient, dass es ihm schlecht ging. Arschlöcher mussten auch mit dem Ernst des Lebens klarkommen. Arschlöcher mussten ... doch er sah so verdammt traurig aus. So gebrochen. Noch nie hatte Liv ihn so ... verletzlich gesehen.

Und dennoch war er der Letzte, mit dem sie jetzt reden wollte. Sie war nicht die Richtige, um ihn zu trösten. Vorsichtig machte sie einen Schritt zurück ... und ein Ast zerbrach lautstark unter ihren Schuhen.

Jakes Kopf fuhr in die Höhe und suchend glitt sein Blick über die Rhododendronbüsche, hinter denen Liv sich hatte verstecken wollen, bis er sie gefunden hatte. Sofort ließ er die Hand von seiner Stirn sinken und kam die Treppe hinab.

Scheiße. Er hatte sie wohl erkannt und wollte mit ihr reden. Oder hielt sie für einen in den Büschen lungernden Paparazzo, den er jetzt verprügeln wollte. Beide Szenarien gefielen Liv nicht sonderlich. Aber weglaufen konnte sie auch nicht. Wohin denn auch? Wenn sie nicht aufpasste, würde sie sich in dem riesigen Garten verirren und man würde ihre Leiche niemals finden.

Deshalb blieb sie einfach stehen, starrte Jake entgegen, dessen Gesicht jetzt wieder neutral war, und verschränkte die Arme vor der Brust.

„Hey“, sagte Jake leise, sobald sie in Hörweite war. „Können wir kurz reden?“

Sie verengte die Augen und schüttelte den Kopf. „Ich denke, du hast alles gesagt, Jake.“

Die Wahrheit war … sie war verletzt. Verletzter als sie es zugeben wollte. Ihr war nicht bewusst gewesen, wie wichtig ihr war, was Jake von ihr dachte, aber offensichtlich hatte sie die Macht seiner Worte unterschätzt.

Er war es gewesen, der behauptet hatte, dass ihre Herkunft und ihr mangelndes Vermögen keinen Unterschied machen würden. Er hatte gemeint, dass er sie dafür nicht verurteilte! Und dass er jetzt vor seinen reichen Freunden leugnete, sie zu kennen … wie dumm war Liv? Hatte sie ernsthaft geglaubt, dass sie so etwas wie Freunde waren?

„Ich kann dich denken hören“, murmelte Jake und kam einen weiteren Schritt auf sie zu, sodass sein Gesicht in Schatten gehüllt wurde.

„Und was denke ich?“, fragte sie kühl.

„Dass ich ein Arschloch bin. Dass ich dein Vertrauen verraten habe. Dass die Geringschätzung, mit der ich dich behandelt habe, unverzeihlich ist.“

Sie schluckte und wich seinem Blick aus. Seine blauen Augen waren zu ehrlich, zu durchdringend.

„Na, dann weißt du ja Bescheid. Dann können wir uns ein weiteres Gespräch ja sparen.“

Sie wandte sich von ihm ab und wollte die Einfahrt hinablaufen, plötzlich doch sehr motiviert, einfach zu Fuß die fünfzehn Meilen zu ihrem Haus zurückzulegen. Doch warme Finger schlossen sich um ihr Handgelenk und zogen sie zurück.

„Liv", flüsterte Jake kaum hörbar und drehte sie sanft an den Schultern herum, damit sie ihn ansehen musste. Sie konnte ihn deutlich schlucken sehen, bevor er sie losließ, sich mit Daumen und Zeigefinger fest über die Augen rieb und das Kinn auf die Brust senkte. „Es tut mir leid. Ich wollte es dir nicht antun."

Livs Lippen öffneten sich und verwirrt runzelte sie die Stirn. „Was?"

„Es ..." Jake holte tief Luft. „Es tut mir leid. Ich habe dich verletzt, das war nicht meine Absicht. Ich war ein Arschloch, ich bin furchtbar mit dir umgegangen. Aber ... ich wollte es dir einfach nicht antun. Es ist besser, wenn du nicht mit mir in Verbindung gebracht wirst."

„Besser?", wiederholte sie hölzern. „Besser für wen? Für dich? Damit deine Freunde nicht denken, dass du auf einmal mit dem uncoolen Personal befreundet bist?"

Er schnaubte leise und schüttelte den Kopf, bevor er sie fest ansah.

„Besser für dich, Liv", sagte er mit Nachdruck. „Glaub mir, du willst nicht in meine Welt gesogen werden. Du willst nicht, dass die Öffentlichkeit von dir erfährt. Der Typ, der da auf uns zugekommen ist, war Journalist. Und er war auf der verdammten Suche nach einem Skandal, weil ich in den letzten Wochen so dreist war, ihm keinen zu bieten. Wenn er auch nur ein Anzeichen dafür gesehen hätte, dass wir befreundet sind oder viel Zeit miteinander verbringen, hätte er deinen Namen und deine ganze Lebensgeschichte herausgefunden. Er hätte dir zu Hause aufgelauert und dich über deine Beziehung zu mir ausgefragt. Wenn ihm auch noch klar geworden wäre, dass du praktisch mein Boss bist, hätte er einen dreiseitigen Artikel über uns beide verfasst. Und glaub mir: Keiner von uns wäre gut dabei weggekommen. Denn der Tag, an dem die Presse abseits meiner Talente auf dem Feld etwas Gutes über mich schreibt, muss noch kommen. Also: Es tut mir leid. Wäre es jede andere Gelegenheit gewesen, hätte ich dich vorgestellt. Aber nicht, während ein Schakal darauf lauert, dich zu zerreißen."

Livs Wut verpuffte nicht, aber sie war auch nicht mehr brodelnd heiß. Sie wusste nicht, was sie darüber denken sollte. Jake war sicherlich geübt darin, die Tatsachen so zu verdrehen, dass er im guten Licht dastand. Aber andererseits … andererseits sah er gerade einfach so erschöpft aus, dass ihr blödes Herz ihm nicht zutrauen wollte, sich so eine Lügengeschichte einfach aus dem Ärmel zu schütteln.

„Du hättest mich trotzdem höflicher abwimmeln können", sagte sie mit Nachdruck. „Du hättest sagen können, dass da hinten ein Reporter kommt und du nicht willst, dass er erfährt, dass du bei mir im Kindergarten arbeitest. Du hättest es … besser lösen können."

Jake zog eine Grimasse. „Ja, du hast vermutlich recht. Mein Kopf hat nicht richtig funktioniert. Ich bin in Anwesenheit meiner Familie einfach kein guter Mensch. Und dann hast du auch noch an meinem Ego gekratzt, indem du behauptet hast, der Kuss …"

„Familie?", unterbrach sie ihn verwundert.

Jake hob zynisch einen Mundwinkel „Hat es dir etwa niemand gesagt, Liv? Das hier ist mein Elternhaus." Er breitete die Arme aus und verbeugte sich übertrieben vor ihr. „Hier habe ich all die goldenen Löffel in den Mund geschoben bekommen. Hier habe ich Klavier spielen, fechten und Chinesisch gelernt. Dort drüben durfte ich nie spielen." Er deutete auf den Brunnen in der Einfahrt, der von einer satten, grünen Grasfläche umgeben wurde. „Hier durfte ich nie eine Schaukel haben." Er deutete auf den Platz, auf dem sie standen. „Auf der Veranda hat mir mein Hausmädchen das Laufen beigebracht und dort vorne", er deutete zum Tor, „habe ich mein erstes Cabrio zu Schrott gefahren. Mit fünf-

zehn habe ich besoffen in den Pool um die Ecke gekotzt
und im Esszimmer, das du heute gesehen hast, habe ich
mit den Kindern der Familie Panther meine Mathe-
hausaufgaben gemacht. Und der Typ, der gerne Senator werden will, ist mein Vater. Und die Frau, die Bier
nicht für standesgemäß hält, meine Mutter. Willkommen in meinem Leben.“

Mit geöffnetem Mund starrte Liv ihn an, bevor sie
den Blick über ihre Umgebung huschen ließ. Wie es
wohl gewesen sein musste, in einem so riesigen, kalten
Haus aufzuwachsen? Mit den Pools, der teuren Kunst,
der Rasenfläche, die nicht betreten werden durfte.

Gott, Jake hatte sich in seiner Kindheit bestimmt
nicht dreckig machen dürfen. Während sie Sand geges-
sen hatte, war ihm sicherlich Kaviar vorgesetzt worden.

Sie verengte die Augen, während sie an den distan-
zierten Mann dachte, der ihr heute Nachmittag erklärt
hatte, dass er nicht wünsche, dass sie sich mit den Gäs-
ten unterhielt. Oder die hektische Frau, die panisch alle
Kerzen auf die gleiche Länge hatte stutzen lassen.

Einen Moment lang schloss sie die Augen und schüttelte den Kopf. Das ergab keinen Sinn. Nichts von alldem, was sie heute gesehen und gehört hatte, ließ sich
mit Jakes Charakter vereinbaren.

„Das hier ist nicht dein Leben, Jake“, sagte sie schließlich schlicht. „Du hast nichts mit diesen Menschen hier
gemein. Abgesehen davon, dass du sehr talentiert darin
bist, kalt und abweisend zu sein.“

Jake lachte trocken auf. „Ja, so ganz wird man das
wohl nie los. Ist auch egal. Auch wenn das hier nicht
mehr mein Leben ist ... ich bin so ziemlich das Privile-
gierteste, was die Staaten zu bieten haben, Liv.“

„Das tut mir ehrlich leid“, flüsterte sie.

Jake lächelte breit. Ein aufrichtiges, freies Lächeln,
das merkwürdige Dinge mit Livs Magen anstellte.

„Bemitleidest du mich dafür, dass ich schon immer reicher als Gott war?"

„Ja", sagte sie wahrheitsgemäß. „Und für die Konsequenzen, die das mit sich gezogen hat."

„Ach." Interessiert hob Jake die Augenbrauen. „Die da wären?"

„Deine Persönlichkeitsstörung zum Beispiel", meinte sie entschuldigend und hob eine Schulter. „Die ist nämlich ehrlich gesagt verdammt anstrengend."

Verblüfft sah Jake sie an. „Meine ... was?"

„Persönlichkeitsstörung", half sie ihm freundlich auf die Sprünge.

„Alles, was ich höre, ist, dass du mich gestört nennst."

Das brachte Liv zum Lächeln. Denn er hatte nicht ganz unrecht. „Na ja, Jake, was soll ich denn bitte denken?", fragte sie seufzend. „Je nachdem, wann ich dich antreffe, hast du ein anderes Gesicht. Woher soll ich wissen, mit welchem Jake ich es jetzt gerade zu tun habe? Oder morgen zu tun haben werde? Du bist süß und dann kalt. Du bist in einem Moment tiefgründig und im nächsten wieder total oberflächlich. Ich habe keine Ahnung, wer du bist."

„Ja, nun", sagte Jake leichthin. „Dann sind wir schon zwei."

Sie schnaubte. „Schwachsinn. Du weißt, wer du bist. Du hast nur Angst, dieser jemand zu sein. Und es wird langsam wirklich Zeit, dass du etwas mutiger wirst, Jake. Bevor du die Menschen um dich herum – nicht zu vergessen dich selbst – in den Wahnsinn treibst." Und dann drehte sie sich um und lief die Einfahrt hinab.

„Wohin gehst du?", rief Jake ihr verdattert hinterher.

„Zu deinem Auto. Du fährst mich nach Hause!", erwiderte sie über die Schulter gewandt. Denn das Mindeste, was Jake ihr schuldete, war eine Ladung Sprit.

Zehn Minuten später saß sie auf dem Beifahrersitz einer so tiefgelegten Corvette, dass sie meinte, ihren Hintern über den Boden schrappen zu spüren. Froh darüber, dass Jake heute Abend auf sein Quad verzichtet hatte, war sie trotzdem.

Schweigend saßen sie da, während das Auto durch den Straßenverkehr glitt und Liv nachdenklich aus dem Fenster sah. Sie hatte kolossal darin versagt, wütend auf Jake zu bleiben. Sie war verletzt, aber glaubte ihm auch, dass er in diesem Moment keine andere Lösung gesehen hatte, als mehr als unhöflich zu sein. Gott, jetzt wurde sie schon zu einer dieser Frauen, die für ihren Mann Entschuldigungen suchten!

Also für einen Mann. Nicht ihren. Einen heißen Mann.

Ihre Wangen liefen rosa an und sie räusperte sich vernehmlich. Es war besser, wenn sie mit ihren Gedanken nicht länger allein blieb. Stattdessen fragte sie: „Was ist zwischen dir und deinen Eltern vorgefallen?"

Jake warf ihr einen flüchtigen Blick zu, bevor er seine Aufmerksamkeit wieder auf die dunkle Straße richtete. Er ließ die Schultern kreisen, kratzte sich am Nacken und ließ seine Hand zurück um das Leder des Lenkrads gleiten.

Liv rechnete schon nicht mehr damit, dass er antwortete, als er seine Stimme erhob. „Es gibt keinen Moment, in dem alles auseinandergefallen ist, weißt du?", murmelte er. „Es gibt keinen bestimmten Zeitpunkt, an dem ich plötzlich wütend auf meinen Vater war. Keinen bestimmten Tag, an dem wir auf einmal entfremdet waren. Es war ein Prozess. Ist es immer noch. Ein langer Prozess, gespickt von Enttäuschungen, zu viel Druck, meinem trotzigen Verhalten, unerfüllten Erwartungen und Regelbrüchen. Ein Prozess der ... der sich eingeschlichen hat und irgendwie nicht aufzuhalten war."

Livs Hals schnürte sich enger zu und sie betrachtete Jakes Profil. Er sah nicht traurig aus. Eher konzentriert. Als fiele es ihm schwer, die richtigen Worte zu finden. Liv schwieg, denn sie wusste, dass Jake noch nicht fertig war.

„Mein Vater und ich sind sehr unterschiedliche Menschen", meinte er, seine Stimme kaum noch ein Flüstern. „Es ist uns nie gelungen, uns auf Augenhöhe zu begegnen, weil sein Kopf in einer komplett anderen Dimension steckt als meiner. Wir haben bei nichts dieselbe Meinung. Und niemand wird von seinem Standpunkt weichen, also ..." Er räusperte sich. „Also wird sich auch nie etwas ändern."

Liv nickte und verschränkte die Hände in ihrem Schoß. „Welcher Standpunkt ist das?", wollte sie wissen und beobachtete das Licht der auf sie zukommenden Scheinwerfer dabei, wie es sich in Jakes Iriden brach.

Er lächelte müde. „Dass ich mein Potenzial und mein Leben mit Baseball verschwende und das nur tue, um ihn wütend zu machen. Mein Vater hatte eine genaue Zukunft für mich geplant. Ich sollte Anwalt werden. Oder Arzt. Oder zumindest BWL studieren. Das waren die Möglichkeiten, die er mir gegeben hat. Und ich habe noch nie gut auf Ultimaten reagiert."

Ja, das konnte sie verstehen. „Was ist mit deiner Mutter?"

Jake drückte auf die Bremse und hielt sanft an einer Ampel, bevor er Liv das Gesicht zuwandte.

„Meine Mutter ist die süßeste, weichste Person. Ihr einziger Fehler ist, dass sie meinen Vater liebt. Sehr. Zu sehr. Sie hat ihr Leben nach seinem ausgerichtet und weiß nicht mehr, wie sie es anders leben sollte."

„Meinst du ... meinst du nicht, dass dein Vater die Liebe erwidert?", fragte sie zögerlich.

„Oh doch. Natürlich liebt er sie. Aber er liebt sie dann, wenn es ihm passt." Er seufzte schwer und betätigte wieder das Gas. „Versteh mich nicht falsch. Mein Vater ist kein schlechter Mensch. Er ist gut in dem, was er tut. Er ist ein fairer Richter. Er wird einen fantastischen Politiker abgeben. Er bewegt Dinge. Aber seine Erwartungen sind so groß wie sein Leben. So groß, dass niemand sie jemals wird erfüllen können. Sodass er ständiger Enttäuschung ausgesetzt ist, die ihn sehr, sehr bitter macht. Und dann gibt es mich, seinen einzigen Sohn … den Sohn, der sein Erbe weiterführen sollte …“

Er bog nach rechts ab, trommelte mit den Fingern auf das Lenkrad. „Das Ding ist, es gibt keine Garantie dafür, dass du deine eigenen Kinder magst. Keine Garantie dafür, dass du deine Eltern magst. Ich meine, vielleicht verstehst du das besser als jeder andere.“

Jake hielt vor ihrem Häuserblock an und blickte unsicher zu ihr hinüber. Fast, als erwarte er, dass sie jetzt den Kopf schütteln und anfangen würde zu lachen.

Doch Liv war in ihrem Leben noch nie weniger zum Lachen zumute gewesen. Ihr Herz war so schwer, dass es auf ihre Lunge zu drücken schien, das Atmen ein paar Herzschläge lang unmöglich machte.

„Als Kind wird einem nie erklärt, dass Eltern auch nur Menschen sind“, flüsterte sie. „Man denkt, dass sie ihr Leben im Griff haben. Dass sie klüger sind als jeder andere. Aber das stimmt nicht. Und wenn man herausfindet, dass sie genauso lügen und versagen wie jeder andere, ist es schon zu spät.“

Aber sie wollte jetzt nicht über ihre Familie reden. Sie wollte noch eine Weile in der Blase bleiben, in der Jake ihr seine Gedanken anvertraute und sie nichts anderes tun musste, als ihm zuzuhören. Nur für ihn zu fühlen. Nicht für sich selbst. Den Schmerz anderer zu ertragen, war so viel leichter als den eigenen. Und gleichzeitig … gleichzeitig fühlte sie sich plötzlich weniger allein.

„Ist es nur dein Beruf, an dem sich dein Vater aufhängt?“, wollte sie vorsichtig wissen.

„Oh nein. Es ist mein ganzer Charakter“, bemerkte Jake lächelnd. „Aber das stört mich kaum noch mehr.“

„Was stört dich dann?“

Jake rieb sich mit der Hand über die Stirn. „Ich habe Angst, dass er recht hat“, murmelte er und seufzte schwer. „Ich liebe meinen Job. Wirklich. Aber ich bin nun einmal Sportler. Ich habe es leicht. Ich lebe den Traum. Ich habe mein Hobby zu meinem Beruf gemacht. Ich führe nicht den Weltfrieden herbei. Ich bekämpfe nicht die Hungersnot. Ich verändere nichts.“

„Das ist nicht wahr“, sagte Liv bestimmt und vorsichtig griff sie nach seiner Hand. „Du arbeitest verdammt hart. Du hast deinen Job nicht geschenkt bekommen. Du hast dafür gekämpft. Und auch wenn ich das nie so ganz verstehen werde – du machst sehr viele Menschen sehr glücklich mit dem, was du tust.“

Mit verengten Augen starrte Jake auf Livs Hand um seine. „Aber nur, weil ich enge Hosen trage.“

Livs Mundwinkel zuckten. „Nicht nur. Auch wenn sie zumindest für die Frauen ein kleiner Faktor sein könnten. Aber es ist egal. Du hast dir deinen Job verdient. Und weißt du, du könntest es … etwas verändern. Gerade, weil du ein berühmter Sportler bist. Siehst du denn nicht, was für Möglichkeiten sich dir bieten? Welchen Einfluss du haben könntest? Die Leute mögen dich. Die Presse reißt sich um dich. Deine Worte zählen.“

Jake seufzte und fuhr sich mit der freien Hand durch die Haare. „Ja, aber bis jetzt habe ich mit dieser Macht auch nicht allzu viel angefangen, oder?“ Er schloss die Augen. „Vielleicht ist es ja ganz gut, dass ich bald einen Neuanfang wage.“

„Neuanfang?“

Er nickte. „Das wird meine letzte Saison bei den Delphies. Danach werde ich zu einer anderen Mannschaft wechseln, in eine neue Stadt ziehen ... alles anders machen.“

„Oh.“ Livs Herz rutschte ein paar Etagen tiefer.

Jake würde gehen. Das war ... gut für ihn, oder? Ein Neuanfang war nie schlecht. Für sie war es doch ohnehin egal. Sobald er die Sozialstunden bei ihr abgeleistet hatte, würden sie sich wahrscheinlich nie wiedersehen.

„Ja ja, meine Geschichte ist tragisch“, meinte Jake und atmete tief durch. „Der reiche, gutaussehende Baseballspieler, der zu wenig Beachtung und Respekt von seinen Eltern bekommt und nicht weiß, wie er seine Macht für das Gute einsetzen soll. Der zu sehr damit beschäftigt ist, jeder Verantwortung aus dem Weg zu gehen. Das sind die Dramen, die für das Theater gemacht sind.“

„Scheiße ist Scheiße, Jake“, sagte Liv fest und drückte seine Hand.

Seine Mundwinkel zuckten. „Das war wunderschön, Liv.“

„Ich weiß.“

Eine Weile sahen sie sich einfach nur an, während die Stille des Wageninneren sie umgab wie eine warme Wolke, die sie von der Außenwelt abschirmte. Und plötzlich ... plötzlich war die Situation sehr intim. Das Auto sehr eng. Die Stille zu drückend. Jake sah sie an, ließ den Blick über ihre Züge wandern, gelangte zu ihren Lippen, die anfingen zu prickeln ...

Hastig ließ Liv Jakes Hand los und wandte den Blick ab. „Ähm ... danke fürs Fahren“, meinte sie verlegen und schnallte sich ab.

„Kein Problem.“ Jakes Blick ruhte noch immer auf ihrem Gesicht. So, als habe er dort die Lottozahlen des morgigen Abends gefunden.

Liv schluckte. „Okay, dann ...“

Jakes Lächeln wurde breiter. „Dann?“

„Dann sehen wir uns nächste Woche?“

Er nickte.

„Gut." Sie legte die Hand auf den Türgriff ... hielt jedoch noch einmal inne.

„Jake?", sagte sie bestimmt und wandte sich noch einmal um.

„Ja?"

„Ich muss noch etwas sagen."

„Okay."

Tief holte sie Luft, bevor sie ihn fest ansah und etwas steif bemerkte: „Ich bin eine begehrenswerte Frau, Jake."

Irritiert blinzelnd hob er die Augenbrauen. „Bitte was?"

„Ich bin ... heiß, wenn ich will", sagte sie, kaute auf ihrer Unterlippe herum und reckte das Kinn. „Ich bin es wert, von einem Mann wie ... deinem schwarzhaarigen Freund auf der Party angemacht zu werden. Du hast nicht das Recht, zu behaupten, ich sei es nicht wert."

„Ich weiß", sagte er überrascht und lehnte sich im Sitz zurück. „Natürlich bist du ... begehrenswert. Ich habe nie etwas anderes behauptet."

„Oh." Ihre Wangen fingen Feuer und auf einmal wünschte sie sich, dass sie ihn nie darauf angesprochen hätte. „Okay. Gut. Dann weißt du das ja."

Ach, aber wenn sie schon einmal dabei war ... „Und noch etwas," sie räusperte sich, „... du ... du kannst mich nicht einfach küssen, nur weil dir etwas, das ich sage, nicht passt."

Jake fuhr sich mit der flachen Hand übers Gesicht und nickte. „Das ist mir klar."

„Gut." Dann wäre das ja geklärt.

Liv wandte sich ab und öffnete die Tür. Erst, als sie schon auf dem Gehweg stand, sprach Jake erneut.

„Liv? Ich habe dich nicht nur geküsst, um dich zum Schweigen zu bringen." Er beugte sich über die Mittelkonsole und sah sie durch die offene Tür von unten herauf an. „Ich habe dich geküsst, weil ich es wollte. Und ich bereue es nicht, es getan zu haben. Denn der Kuss war das Beste, was mir seit Monaten passiert ist. Und dafür kann ich mich nicht entschuldigen.“

Im nächsten Moment zog er die Tür zu und fuhr davon.

Achtzehn

„Und dann?"

„Und dann nichts."

„Wie und dann nichts?"

„Er ist gefahren, Chloe. Ich bin schlafen gegangen."

„Hm." Ihre Freundin runzelte unzufrieden die Stirn. „Ich verstehe nicht."

„Na, was hast du denn erwartet?"

„Keine Ahnung. Sex?"

Liv schnaubte. „Sind wir schon wieder bei dem Thema angelangt?"

„Zu meiner Verteidigung: Bei Jake erwarte ich irgendwie, dass alle seine Geschichten mit Sex enden. Außerdem war ich nie ganz weg von diesem Thema."

Langsam verengte Liv die Augen. „Sag mal, verweigert Sam dir im Moment deinen rechtmäßigen Beischlaf oder warum bist du so besessen davon?"

Wehleidig verzog Chloe das Gesicht, bevor sie die Arme über den Kopf warf und sich rückwärts in die Couch sinken ließ. Sie saßen in ihrem Wohnzimmer, aßen Croissants und tranken Kaffee, während sich draußen die Sonne noch mühsam über den Horizont kämpfte. Laney lag krank zu Hause im Bett und Kristen war bei ihr geblieben, sodass Liv sich die Freiheit genommen hatte, zu einem sehr frühen Frühstück zu Chloe zu fahren. Sam war schon längst im Büro, Chloe noch im Schlafanzug ... und Liv hatte noch genau vierzehn Minuten, bevor sie zur Arbeit gehen musste.

„Ist das ein Ja?", fragte Liv verwirrt.

Chloe stöhnte erneut. „Gott, ist das so offensichtlich? Sam arbeitet im Moment so verdammt viel! Ich habe Prüfungen in der Uni und bin dauernd müde und ... wir kommen nicht dazu. Wir haben das letzte Mal vor fünf

Wochen miteinander geschlafen! Ich meine, die letzte Woche ist Sam erst nach Hause gekommen, als ich schon längst geschlafen habe. Wann hätten wir die Zeit dazu finden sollen? Und dann nervt er mich noch damit, dass ich mein Versprechen gebrochen hätte."

„Versprechen?"

„Ja." Sie verdrehte die Augen und schlug ihren Hinterkopf sacht gegen die Lehne. „Ich habe ihm vor anderthalb Jahren gesagt, ich würde ihn in anderthalb Jahren heiraten."

„Oh."

„Ja, oh."

„Aber … ich verstehe nicht. Dann heirate ihn doch einfach."

„Einfach?" Ungläubig sah Chloe sie an. „Wenn wir jetzt schon keinen Sex haben, wie soll das dann erst werden, wenn wir verheiratet sind?!"

„Ihr seid beschäftigt, ihr seid müde. Es ist kein Weltuntergang, dass es fünf Wochen her ist!" Sie verzichtete schließlich seit sechs Jahren auf Sex! Chloe sollte sich nicht so anstellen. „Es wird besser werden. Und wenn dir das eine solche Angst macht, solltest du da vielleicht mit ihm drüber reden."

„Vielleicht solltest du lieber mit Jake darüber reden, dass du heißen, dreckigen Sex mit ihm haben willst", meinte Chloe missmutig.

Livs Wangen liefen rot an und sofort wurde ihr Hals trocken. „Hör auf, Blödsinn zu reden! Ich möchte nicht … er ist … niemals würde ich …"

Chloe grinste breit. Ihre Laune hatte sich offenbar soeben gebessert. „Meine Güte, es steht ja schlimmer um dich, als ich dachte. Dabei ist er so ein Arschloch."

„Er ist nicht so furchtbar", verteidigte Liv ihn automatisch. „Er ist … anders als man denkt."

„Wie anders?"

„Sehr anders. Du solltest ihn mit den Kindern sehen! Er hat sich letztens von Laney die Nägel lackieren lassen.“ Liv musste bei der Erinnerung daran breit lächeln. „Er ist sehr geduldig und freundlich. Ich glaube, er ist nur dann ein Arschloch, wenn er auf eine verquere Art denkt, dass die Leute es von ihm erwarten.“ Stirnrunzelnd tippte sie sich mit dem Zeigefinger an die Unterlippe. „Denn unter all dem bescheuerten Getue ist er … sehr süß. Tiefgründig. Intelligent. Liebenswert.“

Bestürzt sah Chloe sie an, die Augen aufgerissen, die Lippen leicht geöffnet.

„Was?“, fragte Liv unbehaglich.

„Liv. Ich will, dass du mit ihm ins Bett springst und ein bisschen Spaß hast, nicht dass du dich in ihn verliebst!“

Das brachte sie zum Lachen. „Bitte!“ Sie verdrehte die Augen. „Sei nicht albern. Nur ein dummer Mensch würde sich in Jake Braker verlieben. Und ich bin zwar pleite, aber nicht dämlich. Mein Gehirn ist noch vollständig intakt.“

Chloe sah nicht überzeugt aus. „Bist du sicher? Die Spieler der Delphies haben den Ruf, den vernünftigsten Frauen den Kopf zu verdrehen, bis sie ihren eigenen Namen nicht mehr buchstabieren können.“

„Wo hast du denn das her?“

„Ach, das erzählt Luke immer. Seiner Meinung nach ist das die einzige Erklärung dafür, dass Emma sich mit ihm abgibt. Seine magischen Fähigkeiten auf dem Feld haben ihren Geist benebelt.“

„Das ist das Dümmste, was ich jemals gehört habe“, sagte Liv trocken.

„Exakt. Also, wegen Jake …“

Livs Telefon klingelte und sie war so erleichtert über die Unterbrechung, dass sie das Gerät fast zu Boden warf, weil sie es so hektisch aus ihrer Tasche zog.

„Tut mir leid, ich muss da leider drangehen“, sagte sie entschuldigend. „Es ist wichtig.“

„Es ist eine unbekannte Nummer! Du kannst nicht wissen, ob es wichtig ist!“

„Oh, ich hab’ das im Gefühl“, meinte Liv bestimmt und hob ab. „Olivia Green?“

„Hallo, Miss Green, entschuldigen Sie, dass ich Sie so früh störe, aber hier spricht Rupert Barry. Sie hatten vor ein paar Monaten eine Fläche auf unserem Zeltplatz gebucht.“

Alarmglocken schrillten in Livs Kopf. „Ja, für nächsten Samstag.“

„Richtig.“ Der Mann am anderen Ende seufzte schwer. „Es tut uns wahnsinnig leid, aber wir müssen den Platz aus privaten Gründen leider für das kommende Wochenende schließen.“

„Aber ...“ Liv presste die Lippen zusammen und ignorierte Chloes fragende Miene. „Aber ich habe schon eine Anzahlung gemacht.“

„Die werden wir Ihnen natürlich erstatten. Es tut uns wirklich leid. Vielleicht können Sie Ihren Zeltausflug ja auf nächsten Monat verschieben?“

Livs Schultern sackten nach unten. Es hatte sie Monate gekostet, diesen einen Termin zu finden, die Zusage der Eltern zu sichern, den Ausflug zu organisieren. Die Kinder freuten sich darauf! Sie verließen sich auf sie ... und jetzt würde sie sie enttäuschen müssen. „Nein, das ist leider nicht möglich, fürchte ich.“

Mr. Barry schwieg einige Momente lang betreten, bevor er sagte: „Wie gesagt, es tut uns leid. Aber wir hatten einen Todesfall in der Familie und es geht nicht anders. Machen Sie es gut, Miss Green.“

„Ja, danke. Mein Beileid. Auf Wiedersehen.“

Sie legte auf und ihr Herz sank in ihre Kniekehlen. Der ganze Ausflug würde nicht stattfinden. Wie sollte sie das den Kiddies erklären?

„Shit", seufzte sie. „Der Zeltplatz für den Ausflug nächste Woche ist mir gerade abgesagt worden."

„Oh nein. Du hast diesen Trip ewig geplant!"

„Ich weiß." Liv rieb sich mit den Fäusten über die Augen. Warum? Warum konnte es nicht einmal einfach sein? Sie ließ ihr Handy zurück in ihre Handtasche gleiten, schluckte den Kloß hinunter und stand auf. Sie hätte damit rechnen sollen.

„Ist egal, so ist das Leben, oder? Ich muss ohnehin gehen."

„Es ist nicht egal, Liv. Es ist unfair." Chloe sprang ebenfalls auf und lief ihr hinterher zur Tür.

Liv schnaubte. „Natürlich ist es unfair! Alles, was mir in den letzten Jahren passiert ist, ist unfair. Daran gewöhne ich mich ja allmählich. Aber mich darüber aufzuregen, bringt auch niemandem etwas."

Hastig zog sie sich die Schuhe über. Sie würde den Kindern morgen Schokolade mitbringen und es ihnen dann sagen. Heute ... heute brachte sie es einfach nicht übers Herz.

„Bis dann, Chloe", murmelte sie und öffnete die Tür. Sie ertrug jetzt keine Umarmung. Das würde zu viele Emotionen lostreten, die sie sich heute lieber nicht allzu genau ansehen wollte.

„Liv .... Liv! Was machst du jetzt wegen Jake?", rief ihr Chloe hinterher. „Du siehst ihn doch gleich, oder?"

„Ich mache überhaupt nichts!", erwiderte sie ungeduldig und nahm die ersten Stufen. „Denn da ist nichts!"

„Liv, du ..."

Doch Liv hörte sie gar nicht mehr, denn sie war bereits aus der Haustür geglitten.

„Reiß dich zusammen, Liv", flüsterte sie sich selbst zu, während sie zielstrebig auf ihr Auto zuschritt. „Es ist nur ein Ausflug. Nicht der Weltuntergang."

Aber sie hatte sich darauf gefreut! Auf die leuchtenden Gesichter der Kinder. Auf Marshmallows am La-

gerfeuer. Auf eine ungemütliche Nacht auf einer Iso-
matte, über die sie würde lachen können, weil es den
Kindern egal sein würde. Zwölf Stunden, in denen sie
nicht nachdenken und sich nicht sorgen musste, weil
bereits alles organisiert war.

Gott, was musste sie tun, damit es das Leben einmal
gut mir ihr meinte? Sie war ein vernünftiger Mensch.
Sie zahlte ihre Steuern, sie fluchte nicht allzu oft, sie
half anderen. Ihr gingen langsam die Ideen aus, wie sie
dem Universum sonst noch verdeutlichen sollte, dass
sie ein wenig Glück verdient hatte!

Ihr Telefon klingelte und energischer als nötig zog sie
es aus ihrer Hosentasche, während sie den Wagen auf-
schloss.

„Ja?", meldete sie sich schroff.

„Hey …", meldete sich Kristen. „Wie läuft es bei dir?"

„Könnte besser gehen", sagte sie wahrheitsgemäß.

„Oh. Okay, das tut mir leid. Aber ich hab' eine Idee …
wollen wir heute Abend vielleicht gemeinsam etwas essen gehen?"

Liv runzelte die Stirn und stieg ins Auto. „Essen gehen? Mit welchem Geld?"

„Ähm …" Kristen zögerte kurz. „Wir würden eingeladen werden."

Misstrauisch verstärkte Liv den Griff ums Telefon
und zog ruckartig die Tür zu. „Von wem?"

Kristen atmete hörbar laut durch. „Okay, bevor du
Nein sagst …"

„Nein."

„Liv!"

„Ich gehe nicht mit Mom essen! Und ich hasse es, dass
du immer noch versuchst, mich auszutricksen! Ich
kann meine eigenen Entscheidungen treffen, Krissy.
Das mache ich bereits seit fünfzehn Jahren."

„Olivia“, sagte sie mit fester Stimme. „Ich weiß, dass du wütend bist. Aber du kannst sie doch nicht für den Rest deines Lebens hassen!“

Oh, da war Liv anderer Meinung. „Es ist egal, was du sagst: Ich rede nicht mit Mom.“

„Tu es für mich. Dafür, dass Laney eine Großmutter bekommt. Dir wird es bessergehen, wenn du ihr erst mal verziehen hast!“

„Nein.“

„Aber warum nicht?“, fragte ihre Schwester flehend.

„Weil sie mich zum Weinen bringt, Kristen“, flüsterte sie und schluckte schwer. „Und ich seit fünf Jahren nicht mehr geweint habe – und nicht weiß, ob ich aufhören kann, wenn ich erst einmal anfange.“

Es wurde still auf der anderen Seite. Liv konnte Kristen nicht einmal mehr atmen hören. Herzschlag um Herzschlag verging, bis ihre Schwester wisperte: „Sie hat nicht nur dir wehgetan, Liv. Ich weiß, wie du dich fühlst. Du bist nicht die Einzige, die von ihren Eltern verraten wurde. Denn es sind auch meine. Aber die Wut und der Schmerz werden dich irgendwann zerfressen. Du musst sie loslassen.“

Liv presste die Augen zusammen. Ihre Schwester hatte schon immer so viel besser mit alldem umgehen können. Mit Gefühlen, Enttäuschung, Wut. Doch Kristen hatte die Scherben auch nicht aufsammeln müssen. Sie hatte dabei geholfen, sie wieder zusammenzukleben, aber Liv war es gewesen, die sich wieder und wieder an ihnen geschnitten hatte, bis sie jede einzelne zusammengeklaubt hatte. Und so sehr sie es auch versuchte, sie konnte nicht darüber hinwegsehen, was ihre Mutter getan hatte. Der Schmerz und die Wut saßen zu tief. Ihrem feigen Vater hatte sie längst vergeben. Er war ihr egal. Aber ihre Mutter …

„Ich werde trotzdem gehen, Liv“, murmelte Kristen. „Laney schläft bei einer Freundin.“

„Okay", murmelte sie, auch wenn sie wusste, dass es nicht fair war: Sie fühlte sich dennoch ein wenig verraten.

„Wenn du es dir anders überlegst ..."

„Okay", wiederholte sie und legte auf.

Was für ein Scheißtag.

Neunzehn

Was für ein fantastischer Tag!

Jake sah sich selbst nicht als fröhlichen Menschen. Dazu war seine Laune einfach nicht ... nun, gut genug. Aber heute war eine Ausnahme.

Er war nicht nur dafür gelobt worden, dass er sich die letzten Wochen so gut benommen hatte, nein, sein Vater hatte sich auch noch bei ihm für sein Verhalten entschuldigt. Seine Mutter sei der Meinung gewesen, dass er zu schnell zu laut geworden wäre und er hatte ihr in diesem Punkt Recht gegeben.

Außerdem hatte sein Agent angerufen und gemeint, dass die ganze MLB ihn haben wolle und er sich zurücklehnen und den besten Verein aussuchen könne. Seine Karriere könnte nicht besser laufen. Die Chance, dass die Delphies nächsten Monat in die World Series einzogen, war größer denn je und die Sozialstunden im Kindergarten abzuarbeiten, war halb so schlimm. Jake konnte sich gar nicht mehr daran erinnern, warum er sich damals so darüber aufgeregt hatte.

Lächelnd schloss er den Wagen und blinzelte in die Sonne. Er war ausnahmsweise mit dem Auto gekommen. Der kleine Sam hatte letzte Woche sein Quad gesehen und begeistert behauptet, dass er möglichst schnell auch so eins haben wolle, um Rennen damit zu fahren. Jake hatte sich nicht wohl damit gefühlt, die Verantwortung für diese Flausen im Kopf eines Kindes zu tragen, weswegen er das Quad wohl vorerst nicht mehr zum Kindergarten mitnehmen würde. Es war ohnehin äußerst unpraktisch.

Als er in die Garderobe trat, war die bereits leer. Offenbar waren alle Kinder schon im Gemeinschaftsraum. Der Verkehr war mies gewesen und Jake war zugegebenermaßen fünf Minuten zu spät. Seine Mundwinkel zuckten bei dem Gedanken daran, mit welchem missbilligenden Blick Liv ihn gleich bedenken würde. Sie stand auf Pünktlichkeit.

Er lief den Flur hinab und blieb vor der geschlossenen Tür stehen. Mit gerunzelter Stirn betrachtete er die kleine Blondine durch die eingelassene Scheibe.

Sie stand vor ihrem Pult. Trug Jeans, T-Shirt und eine grüne Kapuzenjacke darüber, die die Farbe ihrer Augen hatte. Ihre dunkelblonden Haare hatte sie zum Zopf zusammengefasst, dessen Spitzen ihre Schultern kitzelten. Einige Strähnen hatten sich daraus gelöst und umrahmten ihr Gesicht, während sie sich nach vorne beugte und der schüchternen Clarice etwas zuflüsterte.

Hatte er nicht mal geglaubt, dass sie zu gewöhnlich aussah? Warum gleich noch mal?

Er neigte den Kopf zur Seite. Nein, er verstand es nicht. Liv war außergewöhnlich hübsch. Sie war kein Klischee, sie war ... interessant. Und das auf bestmögliche Art und Weise. Angefangen bei ihrem etwas zu großen Mund, bis hin zu ihren ausdrucksstarken Augen.

Hm. Wie hatte Jake bloß nicht richtig hingucken können?

Na ja, er war nicht unbedingt der aufmerksamste Typ. Das konnte schon mal passieren.

Er klopfte kurz an, bevor er eintrat. Livs Kopf fuhr zu ihm herum und ein paar Momente lang sah sie ihn einfach nur unbewegt an, bevor sie ihm knapp zunickte und sich dann wieder zu Clarice hinunterbeugte.

Jakes Augenbrauen fuhren in die Höhe. Irgendetwas stimmte nicht. Liv ließ sonst keine Möglichkeit aus, ihm zu erklären, dass er zu spät war.

„Jake!" Drogo rannte auf ihn zu und umarmte enthusiastisch seine Beine. „Miss Green meint, wir gehen heute raus und du kannst uns allen zeigen, wie man Baseball spielt!"

„Das hört sich nach einem sehr guten Plan an", bestätigte Jake und zerwuschelte seine hellblonden Haare, während er aus den Augenwinkeln zu Liv sah. Sie wirkte müde. Aber das war nichts Neues. Heute jedoch schien sie fertiger als sonst, wenn er das so sagen durfte. Das Lächeln, das sie Clarice schenkte, erreichte ihre Augen nicht. Ihre Finger pfriemelten unzufrieden an den Bändern ihrer Kapuzenjacke herum und insgesamt ... sie strahlte nicht.

Jake schnaubte innerlich. Natürlich strahlte sie nicht! Schließlich saß sie nicht in einer mit Uran gefüllten Badewanne. Dennoch ... sonst strahlte Liv immer eine Energie und einen Tatendrang aus, den er zu gleichen Maßen beängstigend und beeindruckend fand. Heute jedoch wirkte sie schlapp.

„Darf ich zuerst schlagen?", fragte Drogo aufgeregt. „Und kannst du den Ball werfen? Du bist bestimmt voll gut."

„Ich bin schei... schlecht im Werfen", gab Jake zu. „Dafür haben wir ja unsere Pitcher. Aber niemand fängt den Ball so wie ich."

„Cool." Drogos Wangen bekamen hektische rote Flecken.

„Ja, ziemlich cool", bestätigte Jake und blickte erneut zu Liv, die ihr Gespräch mit Clarice beendet hatte. „Wir reden da gleich weiter drüber, Kumpel, okay?", bot er an. „Ich muss mich kurz mit Ms. Green unterhalten."

Drogo nickte und lief hastig zu seinem Freund Johnny. Zweifelsohne um ihm zu erzählen, dass er gleich den ersten Ball schlagen durfte.

„Hey", sagte Jake langsam und trat auf Liv zu.

„Hey", erwiderte sie, den Blick auf irgendwelche Papiere auf ihrem Tisch gerichtet.

„Liv?"

„Mhm."

„Liv, ist alles okay?"

„Klar, alles bestens!", sagte sie betont fröhlich.

„Du siehst nicht aus, als wäre alles bestens."

„Das nennt man Augenringe, Jake."

„Nein, das nennt man traurig."

Sie verdrehte die Augen, doch er konnte sie schlucken sehen.

„Willst du drüber ... reden?", fragte er unbehaglich.

Liv atmete tief durch und hob dann ihren Blick. „Du musst das nicht tun, Jake."

„Was?"

„Interesse vorheucheln."

Er hob eine Augenbraue. „Aha. Also ... willst du drüber reden?"

Schnaubend biss sie auf ihrer Unterlippe herum. „Es ist wirklich keine große Sache. Am Samstag wollten wir unseren Ausflug machen und der Typ vom Zeltplatz hat heute Morgen angerufen und abgesagt. Der Trip wird dann also ins Wasser fallen."

Shit. Liv und die Kinder redeten seit Wochen von nichts anderem als von diesem Ausflug.

„Ist egal", fuhr Liv wirsch fort. „Aber danke, dass du nachfragst."

Sie blinzelte und wandte den Kopf ab, bevor Jake sie erneut schwer schlucken sehen konnte. Sie sah traurig aus. Verletzt. Ein wenig ... hoffnungslos.

Und er hasste es. Hasste jeden Moment, in dem sie ihm nicht in die Augen sehen konnte, weil sie Angst davor hatte, was er da sehen könnte.

„Die Kinder können bei mir zelten", hörte er sich sagen.

„Was?" Ihr Kopf schnellte zu ihm herum.

„Mein Garten ist riesig. Sie können bei mir die Zelte aufschlagen", fuhr er fort, bevor er verstand, was er da eigentlich von sich gab. Und es war doch egal, oder? Solange Liv wieder lächelte, würde er alles sagen!

Ungläubig öffnete sie den Mund. „Das meinst du nicht ernst!"

Nein, natürlich nicht. Das war Wahnsinn! Er wollte keine fünfzehn Kinder in seinem Garten haben.

„Doch, klar", formte sein Mund. „Es ist keine große Sache. Du brauchst Platz – ich habe den Platz."

Liv machte große Augen. „Aber …"

„Ihr habt euch alle auf den Zeltausflug gefreut. Wäre doch schade, wenn er nicht stattfinden könnte."

„Dein Garten wird aussehen wie ein Schlachtfeld, Jake."

„Umso besser. Dann schaffen die Kinder direkt einen neuen Arbeitsplatz für einen Gärtner."

„Das könnte ein Vermögen kosten!"

Er schmunzelte. „Wie gut, dass ich mehr als ein Vermögen besitze."

„Jake, das kann ich nicht von dir verlangen."

„Du verlangst überhaupt nicht. Ich biete es dir an." Was stimmte nur nicht mit ihm?!

„Dir ist bewusst, dass du dafür anwesend sein musst, oder? Dass du zusammen mit mir und meiner Schwester die Zelte aufbauen, das Lagerfeuer entfachen, die Kinder bespaßen musst …"

„Ich hab' dieses Wochenende spielfrei und wollte schon immer fünfzehn Affen in meinem Garten haben. So eine Chance bekomme ich nicht noch einmal."

Livs Mundwinkel zuckten … bis sie sich zu einem breiten, ehrlichen Lächeln verzogen.

„Danke", flüsterte sie und umarmte ihn spontan.

Unbeholfen legte Jake die Arme um sie und tätschelte ihr den Rücken. „Kein Problem."

Livs Körper war warm und weich und ihre Haare rochen nach einer Blumenwiese. Er schloss die Augen, atmete ihren Geruch ein …

„Okay." Bestimmt schob er sie von sich. Wenn sie daran festhielt, dass er sie nicht küssen durfte, sollte sie sich bitte etwas von ihm entfernen. „Wir gehen heute also raus und spielen Baseball?"

Liv nickte und erklärte ihm, was sie heute vorhatte, während Jake sich immer wieder dieselbe Frage stellte: Wann zum Teufel hatte er seinen Verstand verloren?

Erst ein paar Stunden später wurden Jake die Ausmaße dessen bewusst, was er Liv da angeboten hatte – und das erste Mal dachte er ernsthaft darüber nach, ob er sich professionelle Hilfe suchen sollte. Eine Therapie war doch dafür da, seinen Kopf geradezurücken, oder?

Herrgott, er bekam eine Ganzkörpergänsehaut, wenn er daran dachte, dass die gesamte Kindergartengruppe nicht nur auf seinen Nerven, sondern auch noch auf seinem Rasen herumtrampeln würde.

Was zum Teufel war denn nur los mit ihm? Er mischte sich nicht in die Leben anderer ein. Er bot nie aktiv Hilfe an, denn wenn man einmal half, entwickelten die Menschen Erwartungen – und die Erwartung war der Anfang von dem enttäuschenden Ende.

Fahrig fuhr er sich durch die Haare, während er die Tür zum Gebäude der Delphies aufstieß. Er war etwas … durcheinander. Ja, das war das richtige Wort. Sein Gehirn funktionierte nicht mehr normal. Vor ein paar Wochen noch wäre ihm komplett egal gewesen, ob die Kinder ihren Ausflug bekamen oder nicht, aber jetzt … jetzt lief er durch den hässlichen Betonklotz, den die Delphies-Organisation ihr Zuhause nannte, und suchte nach irgendjemandem, der die Natur liebte. Denn Jake brauchte ein Zelt. Klar, er könnte sich eins kaufen, aber der Internetversand dauerte zu lange und er wollte nicht das Risiko eingehen, von einem Paparazzo dabei abgelichtet zu werden, wie er ein Zelt erstand. Das würde Fragen nach sich ziehen und das Letzte, was er wollte, war eine Horde Fotografen, die den Ausflug am Samstag stürmten und fünfzehn Kinder erschreckten.

Liv würde das nämlich überhaupt nicht gefallen und der Sinn der ganzen Sache war ja, dass sie glücklich war, oder? Moment, nein. Der Sinn war, dass die Kinder glücklich waren. Es ging nur um die Kinder!

Aus unerfindlichen Gründen brach Jake der Schweiß aus und hastig rieb er sich über den Nacken, während er an das erstbeste Büro klopfte, dessen Eigentümer er kannte.

„Herein."

Jake öffnete die Tür und lehnte sich in den Rahmen. „Hey", sagte er knapp und nickte Sam zu. „Ich brauche ein Zelt."

Der PR-Manager sah mit gerunzelter Stirn von seinem Computerbildschirm auf. „Gehst du jetzt unter die Pfadfinder, oder was?"

„Nein, ich kann keine Knoten machen. Also: Zelt?"

Sam schnaubte. „Hat deine Mutter dir nie von diesem hilfreichen Zauberwort erzählt?"

„Doch, aber ich wüsste nicht, inwiefern Abrakadabra jetzt von Nutzen wäre. Wie waren wir nun mit dem Zelt verblieben?"

„Ich muss wirklich mal ein ernstes Wort mit deinen Eltern reden", meinte Sam kopfschüttelnd.

Das brachte Jake zum Lächeln. Er hörte sich an wie Liv. „Ich gebe dir ihre Adresse, wenn du mir ein Zelt gibst."

„Ich hab' ihre Adresse, du Pfosten! Berufsbedingt lese ich jeden verdammten Artikel, der jemals über dich verfasst wurde. Ich weiß mehr Dinge über dich als über Chloe. Und mit dir schlafe ich nicht einmal!"

„Hey, du könntest dich glücklich schätzen, mit einem Kerl wie mir ins Bett zu gehen. Auch wenn ich leider fürs Hetero-Team spiele. Nichts für ungut. Und du scheinst mir etwas unkonzentriert. Alles, was ich wissen wollte, ist, ob du ein Zelt ha..."

„Wann brauchst du eins?", fragte Sam genervt.

„Samstag.“

„Ah, nein. Sorry. Chloe verleiht es dieses Wochenende bereits an Liv, weil …“ Er stockte mitten im Satz. „Moment.“ Misstrauisch verengte er die Augen. „Wozu brauchst du das Zelt?“

„Ich habe ein Date mit der Natur und möchte den frischen Wind in meinen Haaren und das saftige Gras unter meinen Füßen spüren, um so der Wahrheit der Welt näherzukommen und mein Chakra zu fokussieren.“

Sam presste die Lippen aufeinander. „Wieso zum Teufel nimmt Liv dich auf einen Zeltausflug mit? Und warum gehst du?“

„Mein Arzt meint, es würde meinem Rücken guttun, auf einem harten Untergrund zu schlafen.“

„Jake.“

Er verdrehte die Augen. „Der Zeltplatz, auf den Liv wollte, hat sie hängen lassen und ich habe ihr angeboten, meinen Garten für die Kids zu benutzen.“

Sams Augen weiteten sich und ungläubig öffnete er den Mund. Der PR-Manager sah aus, als habe Jake ihm gebeichtet, er habe sich einen Keuschheitsgürtel zugelegt.

„Was?“, fragte er perplex.

„Am Wochenende schlafen fünfzehn Kinder auf meinem Rasen. Was ist daran nicht zu verstehen?“

„Alles“, sagte Sam schlicht.

„Ich wollte nett sein, Sam.“

„Ja, das ist mein grundsätzliches Problem“, meinte der PR-Manager. „Ich meine … warum solltest du dein Haus anbieten? Du hasst es, Menschen zu helfen. Das waren deine eigenen Worte.“

„Sei nicht albern. Sie war in einer Notsituation und die Kinder haben sich alle so gefreut …“

„Also hast du angeboten, das Wochenende mit ihnen zu verbringen und dir das Chaos in dein Heim zu holen?“

„Es ist keine große Sache, Sam!"

„Doch, natürlich ist es das." Er lachte trocken auf. „Bei dir ist alles, was anstrengend ist, eine große Sache, du ..." Er stockte, blinzelte und presste auf einmal wütend die Lippen zusammen. „Scheiße, du willst sie ins Bett bekommen."

„Was?"

„Kein Kerl bespaßt fünfzehn Kinder, wenn er nicht mit der Frau ins Bett will!", fluchte Sam und sprang auf. „Vergiss es, Jake! Ich verbiete es dir."

Jakes Kiefer knackte und automatisch drückte er die Schultern durch. „Halt die Klappe, Sam. Rede nicht von Dingen, die du nicht verstehst. Ich ... will nichts von Liv. Wir sind Freunde." Das war die Wahrheit. Also Letzteres. Das andere war gelogen. Er wollte was von Liv. Das, was er die vergangene Woche fast jede Nacht mit ihr getan hatte. In seinen Träumen. Jake war ein wenig ... besessen. Kaum schloss er die Augen, sah er Liv vor sich, wie sie die Beine um seine Hüften schlang, die Hände in seinen Haaren vergrub und er sich in ihr ...

Scheiße, hatte Sam recht?

Hatte er Liv seine Hilfe angeboten, um sie ins Bett zu bekommen? War sein Gehirn so primitiv? Meine Güte, es würde zu ihm passen, oder? Er war ein egoistisches Arschloch und natürlich würde er seine Hilfe anbieten, wenn es bedeutete, dass er endlich seinen Willen bekam.

Er rieb sich nachdenklich mit der Faust über die Stirn, während Sam den Tisch umrundete, den Blick nun todernst.

„Jake, hör mir genau zu: Liv ist Chloes beste Freundin, nicht zu vergessen ein guter Mensch. Sie hat es nicht verdient, von dir benutzt zu werden. Es gibt tausende Frauen da draußen. Nimm jede andere."

Jakes Zwerchfell zog sich zusammen und heiße Wut sammelte sich darin. Sam hatte doch keine Ahnung.

„Halt die Klappe“, knurrte er. „Ich würde sie niemals benutzen. Sie ist eine Freundin. Es mag dich vielleicht wundern, aber meine Freunde bedeuten mir tatsächlich etwas.“

Sam schnaubte und verschränkte die Arme vor der Brust. „Es ist mir egal, was du sagst. Ich kenne diesen Blick, Jake. Den Blick, den du bekommst, wenn du etwas willst, es aber nicht haben kannst. Und Liv ist genau das. Also lass die Finger von ihr. Sie will nichts von dir.“

Das hätte Jake beinahe zum Lachen gebracht, denn er war sich ziemlich sicher, dass Sam falsch lag. Er war nicht unbedingt stolz darauf, aber er hatte verdammt viel Erfahrung mit dem anderen Geschlecht und mit den Reaktionen der Frauen auf ihn, die gerne zu ihm unter die Laken krabbeln wollten. Und ja, Liv mochte anders, intelligenter, vernünftiger sein ... aber sie wollte ihn. Auch wenn sie dagegen ankämpfte. Also, was war schon dabei, wenn sie sich beide nahmen, was sie wollten? Und wenn sie miteinander fertig waren, konnte Jake endlich wieder davon träumen, die World Series zu gewinnen!

„Ich frag’ wen anderes wegen des Zelts“, sagte er trocken und wandte sich um.

„Jake!“, rief Sam ihm hinterher. „Ich schwöre dir: Wenn du sie verletzt, sorge ich eigenhändig dafür, dass du Spielverbot bekommst.“

„Niemand wird verletzt!“, erwiderte Jake zornig. „Ohne Erwartungen kann auch niemand enttäuscht werden.“

„Jede Frau hat Erwartungen, Jake!“

Nein. Nicht Liv. Denn sie kannte ihn. Er hatte keine Ahnung, wie genau das passiert war, aber sie wusste, wer er war. Sie wusste, dass die einzige Frau, mit der er eine Beziehung haben konnte, Miss Baseball war. Wenn Liv mit ihm schlafen würde – und verdammt, das würde sie – dann würde sie genau wissen, auf was sie sich einließ. Und Jake würde dafür sorgen, dass sie es nicht bereute!

Zwanzig

„Oh Gott.“

Liv legte den Kopf schräg und sah über ihr Lenkrad hinweg auf das riesige Haus vor sich. Sie hatte selten etwas so Schreckliches gesehen – und sie wohnte in einem Plattenbau!

Das weiße, viktorianische Ungetüm erinnerte sie entfernt an ein Schloss ohne Türme. Einer dieser Paläste, die die böse Königin bewohnte, um den Dorfbewohnern Angst und Respekt einzuflößen. Es fehlten nur noch die goldenen Säulen, die den enormen Balkon stützten, der ausschweifend auf den Vorgarten hinauszeigte. Da konnte unmöglich nur ein einziger Mann drin wohnen! Das war einfach nur albern.

Kopfschüttelnd stieg sie aus dem Wagen aus und schloss die Tür ab. Sie wusste nicht, was sie erwartet hatte ... aber das hier war es nicht. Das Haus passte nicht zu Jake. Es war zu glamourös. Sie hätte ihn in-stinktiv in eine große, umgebaute Scheune mit nicht zueinanderpassenden Möbeln gepackt. Vielleicht kannte sie ihn aber auch einfach doch nicht so gut, wie sie geglaubt hatte.

Unbehaglich schritt sie die Treppen hoch und betätigte die Klingel, die in Form eines lauten Gong-Tons durch das Haus schallte.

Liv sah nach links und rechts auf die Blumenkübel, in denen sich pinke Hortensien reckten, und verzog das Gesicht. Hier gab es viel zu viel, was von einer Horde Kindern kaputtgemacht werden konnte. Was genau der Grund war, warum sie schon drei Stunden zu früh hier stand. Kristen, die sich bereit erklärt hatte, ihr bei dem Ausflug zu helfen, würde erst am Mittag hinzustoßen. Sie wollte das Essen vorbereiten, ihr eigenes Zelt aufbauen, in Jakes Garten retten, was zu retten war, und mögliche Messerblöcke, die bei ihm im Haus herumstanden, verstecken.

Das alles war kein Grund, nervös zu sein, und dennoch erwischte sie sich dabei, wie sie ihre feuchten Handflächen an der Jeans abwischte.

Ich habe dich geküsst, weil ich es wollte. Und ich bereue es nicht, es getan zu haben. Denn der Kuss war das Beste, was mir seit Monaten passiert ist. Und dafür kann ich mich nicht entschuldigen.

Sie schluckte und kaute auf ihrer Unterlippe herum. Hatte er das ernst gemeint? Er musste in den letzten Monaten doch hunderte von Frauen geküsst haben! Und Liv war wirklich nicht begabt in dem Bereich. Dafür hatte sie einfach zu wenig Übung. Klar, für sie war der Kuss was Besonderes gewesen, aber sie war ja auch seit Jahren nicht mehr geküsst worden. Jake hingegen ...

Die Tür ging auf und abrupt zuckte sie zusammen.

Jake stand vor ihr. Er trug ein Handtuch um die Hüften und ... sonst nichts.

Überrascht öffnete Liv die Lippen, den Blick auf die nackte Brust vor ihr gerichtet. Sofort trocknete ihr Mund aus. Liebe Güte. So sahen Muskeln von nahem aus? Sie hatte was verpasst.

„Na?", fragte Jake amüsiert.

Augenblicklich flutete Hitze Livs Wangen und hektisch hob sie den Blick. „Hey", stieß sie aus und ihre Stimme hörte sich ärgerlich atemlos an.

Jake lächelte breit, ließ ihren ungenierten Blick aber unkommentiert. „Du bist viel zu früh."

„Ich habe doch gesagt, dass ich eher komme."

„Ja, aber ich dachte nicht an drei Stunden. Ich bin noch nicht einmal angezogen."

Das war ihr aufgefallen. Und wenn es nach ihr ging, dann musste er das auch gar nicht machen. Kleidung zu tragen, war ja auch irgendwie Umweltverschmutzung. All der Wasserverbrauch, um sie wieder zu waschen ... nein, Liv war da auf der Seite der Umwelt. Andererseits könnten die Eltern etwas dagegen haben, ihre Kinder bei einem nackten Mann zu lassen ... Mütter und Väter waren da etwas merkwürdig.

„Komm rein", meinte Jake, als Liv ein paar Herzschläge später noch immer nichts gesagt hatte, und schob sie sanft an der Schulter ins Haus.

Liv lief hastig an ihm vorbei, darauf bedacht, ihn nicht zu berühren. Bilder drängten sich in ihren Kopf. Bilder, die niemand jemals sehen durfte. Denn eines war dreckiger als das andere.

Sie schloss die Augen und ermahnte sich zur Vernunft. Es war zu lang her. Viel zu lang her, dass sie irgendwer berührt hatte. Dass sie jemanden berührt hatte. Sie erinnerte sich nicht einmal mehr daran, wie es war, von einem warmen Mann fest in den Arm genommen zu werden. Bei der Vorstellung allein flatterte ihr Magen nervös auf.

Sie ließ den Blick umherschweifen, bemüht darum, Jakes Körper zu meiden. Die Eingangshalle war sehr leer und sehr kalt. Die billig aussehende, etwas abgegriffene Garderobe gefiel ihr. Der Rest nicht. Sie konnte sich in den schwarz glänzenden Marmorfliesen spiegeln und ein Kronleuchter hing über ihrem Kopf. Wer bitte putzte den? Sie hoffte, dass Jake denjenigen gut bezahlte.

„Also, was willst du zuerst machen?"

Livs Herz sprang ihr in den Hals und sie brauchte ein paar Sekunden, um sich daran zu erinnern, dass Jake nicht von den Bildern in ihrem Kopf sprach.

„Ähm ... die Kinder werden zwar den Großteil der Zeit draußen bleiben, aber ich würde mich trotzdem gerne einmal im Erdgeschoss umsehen, um nach Verletzungsmöglichkeiten Ausschau zu halten und sie zu eliminieren." Sie zwang ihren Blick zu Jakes unrasiertem Gesicht. „Ist das in Ordnung?"

„Klar." Er zuckte die Achseln ... was sein Handtuch dazu verführte, ein paar Zentimeter nach unten zu rutschen. Heiliger Strohsack! „Warte nur kurz, ich will mir was anziehen, dann helfe ich dir."

Er wandte sich um und lief in Richtung der breiten Holztreppen, die in den ersten Stock führten.

Sie nickte, schluckte und konnte nicht anders, als ihm nachzusehen. Ihr Blick glitt über seine starken Schultern, seinen glatten Rücken hinab und blieb auf dem tief hängenden Handtuch haften. Sie leckte sich über die Lippen und sah seiner Rückenmuskulatur dabei zu, wie sie mit jeder seiner Bewegungen mitging. Sein Rücken war ... wunderschön. Liv war das nie klar gewesen, aber möglicherweise hatte sie da einen Fetisch. Sie schluckte, vergrub die Hände in ihren Hosentaschen und ignorierte ihren in die Höhe geschossenen Puls. Ignorierte die Hitze, die sich einen Weg ihre Brust hinab in ihren Unterleib bahnte. Gott, möglicherweise hatte sie ein Problem. Jake war ...

„Du solltest einem halbnackten Mann nicht so nachstarren. Er könnte das falsch auffassen", rief Jake und nahm die erste Treppenstufe.

Liv zuckte zusammen. „Ich hab' dir nicht nachgestarrt! Ich ... ich finde das Handtuch nur sehr hübsch und hab' mich gefragt, wo du es her hast."

Jake grinste sie über die Schulter hinweg an. „Du sollst doch nicht lügen, Liv. Das schadet deinem Karma."

Livs Kopf fühlte sich mittlerweile an, als wolle er einen Schönheitswettbewerb unter Tomaten gewinnen. Sie seufzte laut. „Geh einfach ..."

„... möglichst langsam und provokativ?"
Ihre Mundwinkel zuckten. „Nein! Zieh dir was an."

Jake verengte die Augen und blieb auf der zweiten Treppenstufe stehen. „Bist du dir sicher, dass du das willst?"

Absolut nicht. Aber sie wusste, was er tat. Er spielte mit ihr. Und ja, es machte Spaß ... aber sie würde dem nicht nachgeben.

„Ja, bin ich", sagte sie mit fester Stimme, bevor sie sich räusperte und hinzufügte: „Ich sehe mich schon mal um." Im nächsten Moment lief sie in den erstbesten Raum zu ihrer Rechten.

Kopfschüttelnd legte sie die Hände um ihre erhitzten Wangen. Ihr Leben war sehr viel einfacher gewesen, als ihr Männer noch nicht einmal aufgefallen waren.

Zehn Minuten später kam Jake dankenswerterweise bedeckt die Treppen wieder hinunter und sie fingen an, systematisch die unteren Räume nach scharfen Gegenständen und Verletzungsgefahren abzusuchen. Sie sprachen über das Wetter, die laufende Baseballsaison und viele andere völlig unverfängliche Themen. Und trotzdem war Liv unfähig, sich zu entspannen. Ihre Unterhaltung wirkte aufgesetzt, verkrampft. Und die ganze Zeit hing etwas Schweres, Heißes zwischen ihnen, über das sie nicht näher nachdenken wollte.

Als Jake erklärte, dass er das Essen aus ihrem Auto ausladen würde und sie sich ja schon einmal um ihr Zelt kümmern könne, nickte sie erleichtert und flüchtete mit dem grünen Haufen von Stoff und Stangen, den Chloe ihr gestern vorbeigebracht hatte, in den Garten. Jake hatte nicht übertrieben. Er war riesig. Es gab einen See darin!

Aber diese Absurdität wurde sehr schnell sehr unwichtig, als sie das Zelt auspackte und näher in Augenschein nahm.

Ungläubig nahm sie den Stoff in die Finger und ließ ihn über ihre Hände fließen. Was zum Teufel ...?

Er sah aus, als habe sich eines ihrer Kindergartenkinder mit einer sehr großen und spitzen Schere daran vergangen ... nachdem eine Armee von Motten auf ihn losgelassen worden war.

Energisch zog Liv ihr Handy aus der Tasche und stieß ihren Finger beinahe durch das Display, als sie nach dem richtigen Kontakt suchte.

„Ja?“

„Chloe“, zischte Liv und wandte der breiten Glasfront, die auf die Terrasse führte, den Rücken zu.

„Ja, das ist mein Name“, sagte ihre beste Freundin fröhlich.

„Chloe!“, wiederholte Liv, diesmal angriffslustiger. „Du hast mir ein Zelt gegeben, das irgendjemand durch den Schredder gezogen hat! Es gibt mehr Löcher als Stoff!“

„Wirklich?“, fragte Chloe gespielt nachdenklich. „Hm. Wie konnte das denn passieren? Ich hätte es mir vielleicht noch einmal besser ansehen sollen, bevor ich es dir gegeben habe ...“

„Chloe!“

„Aber hey, Jake hat doch ein Zwei-Mann-Zelt. Das weiß ich zufällig, denn er hat es sich von Ty geliehen.“

„Das kann nicht dein Ernst sein! Du kannst mir nicht einfach ein löchriges Zelt mitgeben.“

„Hey, hoffen wir einfach, dass das Kondom, das ihr hoffentlich benutzen werdet, nicht auch noch ein Loch hat.“

Livs Kopf stand kurz vorm Platzen. „Ich dachte, du bist meine Freundin!“, presste sie ungläubig zwischen ihren Zähnen hervor.

„Das bin ich doch“, antwortete Chloe bestürzt. „Deswegen helfe ich dir, endlich ein wenig zu leben.“

„Aber du magst Jake nicht einmal!“

„Was nicht heißt, dass ich ihn nicht als Benutzungsobjekt wertzuschätzen weiß.“

„Als was?", konnte Liv eine männliche Stimme im Hintergrund fragen hören. „Mit wem redest du da?"

„Ähm ... mit niemandem", sagte Chloe hastig, ihre Stimme nun gedämpft.

„Ist das Liv am Apparat? Redest du mir ihr über Jake?!"

„Oh Gott, ich muss auflegen", sagte ihre Freundin hastig. „Sam hat diesen Blick bekommen, der die Spieler der Delphies zum Weinen bringt. Viel Spaß, Liv. Tu nichts, was ich nicht auch tun würde."

„Nein!", hörte sie Sam rufen. „Tu einfach überhaupt ..."

Die Verbindung brach ab.

Shit.

Liv nahm das Telefon von ihrem Ohr und tippte sofort dieselbe Nummer ein. Diesmal jedoch ging nur die Mailbox dran. „Chloe! Nimm ab, verdammt!", fluchte sie. „Du hast sie doch nicht mehr alle! Ich brauche ein neues Zelt! Ich werde nicht mit Jake schlafen, hast du verstanden?"

„Enttäuschend."

Erschrocken wirbelte sie herum. Das Handy rutschte ihr aus der Hand und fiel dumpf auf den Boden, als sie in Jakes amüsiertes Gesicht sah.

Scheiße. Wieso passierte ihr sowas nur in seiner Gegenwart?

„Weißt du, du gibst immer die faszinierendsten Dinge von dir, wenn du denkst, dass dir niemand zuhört", meinte er nachdenklich.

„Ich meinte in einem Zelt", platzte sie heraus und hob beide Hände. „Ich werde nicht mit dir in einem Zelt schlafen."

„Ah." Jake nickte, doch sein anzügliches Lächeln ließ vermuten, dass er ihr nicht glaubte. Nun, es war ja auch gelogen.

Stöhnend legte Liv den Kopf in den Nacken. „Ich möchte nur einfach nicht ... ich will nicht, dass ... du weißt schon.“

Jake hob die Augenbrauen. „Tue ich das?“

„Ja! Ich will nicht, dass du auf falsche Ideen kommst.“

„Ich habe eine Menge Ideen, die meisten davon brillant. Du musst schon spezifischer werden.“

„Na, dass nach dem Kuss mehr passieren könnte“, stellte sie klar.

„Mehr? So wie Sex?“

Ihre Wangen brannten, doch sie nickte. „Genau.“

„Weil du der Idee, mit mir zu schlafen, vollkommen abgeneigt bist?“

„Ja“, seufzte sie, erleichtert darüber, dass er verstanden hatte.

Jake verengte die Augen.

„Also, nicht, dass das nicht fantastisch sein könnte!“, sagte sie hastig, aus Angst, seine Gefühle zu verletzen. „Aber ... es wäre äußerst unangebracht. Da ich doch irgendwie dein Boss bin und ... nun ich bin nicht dein Typ, also ...“

„Hm.“ Jake neigte den Kopf zur Seite und musterte sie von oben bis unten. Sein Blick plötzlich intensiv und unnachgiebig. „Und was wäre, wenn ich dir sagen würde, dass du exakt mein Typ bist?“

Sie wandte den Blick ab und schüttelte den Kopf. „Hör auf, Jake. Wir beide wissen, dass das nicht wahr ist. Und es ist okay. Ich bin sowieso nicht die richtige Wahl für ... ähm ... Sex.“

Jake trat einen Schritt auf sie zu, legte eine Hand an ihren Hals, drückte sanft ihr Kinn nach oben und zwang sie dazu, ihn anzusehen.

„Weißt du, was ich hasse?“, murmelte er eindringlich. „Dass jeder denkt, er wüsste, was oder wen ich will. Denn die meisten haben keine Ahnung. Liv, ich finde dich so unglaublich heiß, dass ich mir im Kindergarten das Krümelmonster an deiner Stelle vorstellen muss, um die Kinder nicht zu erschrecken. Und was soll das überhaupt heißen: Du bist nicht die richtige Wahl für Sex?“

Ihr Mund wurde trocken und ihr Blick huschte zu seinen Lippen, die er verärgert zu einer dünnen Linie presste. „Du findest mich heiß?“, flüsterte sie.

Die Vorstellung, dass ein Mann wie Jake sie ... nun, gutaussehend finden könnte, überstieg ihren Horizont.

Jake lachte trocken auf, während die Berührung seiner Finger sich unter ihre Haut zu brennen schien und sein Daumen Kreise auf ihrer Wange zog.

„Warum überrascht dich das so? Ich flirte konstant mit dir, Liv! Ich bin wirklich nicht subtil.“

„Oh“, sagte sie dümmlich. Das war Flirten gewesen?

„Ja, oh. Kommen wir zu der Sache mit dem Sex zurück ...“

Liv räusperte sich und machte einen Schritt nach hinten, sodass Jake sie losließ. Das hier war viel zu intim. Viel zu schnell. Viel zu ehrlich. Viel zu heiß.

„Es ist egal“, sagte sie vage und winkte ab. „Sagen wir einfach, dass ich keine Zeit für Sex hatte und sehr gut ohne auskomme.“

„Keine Zeit für Sex?“

Sie verdrehte die Augen und schnaubte. „Ja, ich weiß, Jake. Dir erscheint es absurd, dass Sex nicht das Wichtigste im Leben eines Menschen ist, aber ich arbeite rund um die Uhr. Wie soll ich mir da bitte noch wen zum Sex suchen? Außerdem“, sie holte tief Luft, „so viel Spaß macht Sex nun auch nicht.“

Mit offenem Mund starrte Jake sie an. Einige Sekunden lang schien er einfach zu verblüfft, um etwas zu sagen, schließlich flüsterte er kopfschüttelnd: „Meine Güte, du hattest definitiv nur Sex mit den falschen Männern.“

Livs Wangen brannten, doch sie erlaubte sich nicht, wegzusehen. Denn ja, natürlich hatte er recht. Das war ihr doch ohnehin klar. Das Blöde war, dass ihr Uterus die absurde Idee bekommen hatte, dass Jake womöglich der richtige Mann war, um eine Menge dreckigen Sex zu haben. Sex, den sie bitter nötig hatte.

Klasse.

„Ich will da nicht drüber reden", sagte sie knapp, bückte sich nach ihrem Handy und lief hastig an Jake vorbei.

„Ich will aber darüber reden", stellte Jake fest, der mit seinen lächerlich langen Beinen keine Mühe hatte, Schritt zu halten und ihr in das Haus zu folgen. „Das ist das interessanteste Gespräch, das ich seit Ewigkeiten hatte. Und das, obwohl ich heute Morgen eine intensive Unterhaltung über die Haltbarkeit von Avocados geführt habe."

Liv schnaubte laut und warf die Hände über den Kopf. „Natürlich sagst du das! Du liebst Sex und alles, was damit zu tun hat."

„Ist das ein Vorwurf?", fragt Jake verwirrt.

„Nein!", rief Liv aufgebracht und ging weiter in die Küche.

Essen. Sie mussten das Essen für die Kinder vorbereiten. Sie hatten nur noch knapp anderthalb Stunden.

„Was ist es dann?"

„Eine verärgerte Feststellung!" Weil jeder besser mit dem Thema Sex umzugehen schien als sie! „Und genau deswegen bin ich nicht die Richtige für eine Sexbeziehung. Weil ich sehr schlecht darin bin. In allem, was damit zu tun hat. Und es wäre wunderbar, wenn wir einfach ignorieren könnten, dass all diese Worte jemals aus meinem Mund gekommen sind. Vielen Dank."

Bestimmt wandte sie Jake den Rücken zu und fing an, Marshmallows, Cracker und Schokolade aus einer der

Einkaufstüten zu packen, die Jake aus ihrem Auto geholt hatte.

„Liv“, murmelte Jake überraschend sanft. Seine Stimme viel zu nah an ihrem Ohr.

Sie ignorierte ihn.

„Liv“, wiederholte er lauter und im nächsten Moment umschlossen seine Finger ihr Handgelenk und zogen sie zu sich herum.

Sie wandte vielsagend den Blick ab.

„Komm schon, sieh mich an“, bat er sie leise.

Seufzend atmete sie durch, bevor sie seinem Wunsch nachkam. „Was?“, fragte sie feindselig.

„Wovor hast du Angst?“

Verwirrt blinzelte sie. „Was?“

„Wovor du Angst hast“, wiederholte er und sah sie eindringlich an. „Ist es wieder dein allgemeines Problem?“

„Ich hab’ kein allgemeines Problem!“, sagte sie entrüstet.

„Doch. Hast du. Du hast Angst davor, dass Menschen dich verurteilen könnten.“

Nervös kaute sie auf ihrer Unterlippe herum. Ach das. „Und?“

„Nun ...“ Jakes Hand wanderte ihren Ellenbogen hinauf. „Ich dachte, ich hätte dir bereits erklärt, dass ich nicht über dich urteile. Weil ich nicht will, dass du dasselbe bei mir tust.“

Sie verdrehte die Augen.

„Liv, ich meine, was ich sage. Meine Güte, ich weiß, dass ich mit viel zu vielen Frauen schlafe. Ich bin nicht stolz darauf, aber ich werde es auch nicht ändern. Aber das heißt doch nicht, dass ich die Menschen dafür verurteile, die es nicht tun.“

Liv lehnte sich gegen die Anrichte. Sie hatte auf einmal das Gefühl, mehr Luft zwischen sich und Jake bringen zu müssen. „Ich hab’ nicht so viel Erfahrung, okay?", flüsterte sie, entzog ihm ihren Arm und verschränkte ihn vorm Körper.

Jake lächelte nicht bei ihren Worten. Er nickte lediglich, bevor er vorsichtig sagte: „Ob du es mir glaubst oder nicht … das war mir relativ schnell klar, als du Probleme damit hattest, mich anzufassen."

Sie schnaubte, doch ihre Mundwinkel zuckten. „Wir kannten uns überhaupt nicht. Es wäre äußerst unhöflich gewesen, dich sofort anzugrabschen."

Das brachte Jake zum Grinsen. „Nun, jetzt kennen wir uns. Jetzt darfst du unhöflich sein."

„Ist das dieses Flirten, von dem du geredet hast?"

Jake lachte leise. „So ähnlich. Ich habe noch eine Frage an dich."

„Schieß los."

„Du meintest, du hast nicht viel Erfahrung. Willst du das ändern?"

Misstrauisch verengte sie ihre Augen. „Bietest du dich gerade an?"

Er lächelte breit. „Ich helfe, wo ich kann."

Sie schnaubte. „Nein danke. Ich brauche dich nicht."

„Nicht wofür?"

„Um mich gut zu fühlen."

„Nein, aber ich könnte sehr dabei helfen", flüsterte er und machte einen weiteren Schritt auf sie zu. Seine Fußspitzen stießen gegen ihre und Livs Atem beschleunigte sich.

„Was genau hast du vor?", fragte sie alarmiert.

Jake antwortete nicht. Stattdessen platzierte er beide Hände hinter ihr auf der Theke, sodass sie zwischen seinen Armen gefangen war. „Darf ich dich noch etwas fragen, Liv?"

„Versuch es", antwortete sie etwas atemlos.

„Gut." Er schob seine Füße neben ihre, sodass seine Brust ihre Brüste streifte. „Hat dich schon einmal ein Mann in die Besinnungslosigkeit geküsst?"

„Wie bitte?“

Seine Arme rückten näher an sie heran, strichen über ihre Seiten, brachte ihre Haut zum Kribbeln. „Hat dich schon mal ein Mann so lange geküsst, bis du deinen eigenen Namen vergessen hast?“

Sie schluckte. „Du bist es, der Probleme mit meinem Namen hat, Jake. Nicht ich.“

„Olivia ...“, wisperte er. „Hat dich schon mal ein Mann so wahnsinnig gemacht, dass du den ganzen Tag an nichts anderes denken konntest als daran, von ihm gegen die Wand gepresst zu werden und einfach alles zu vergessen?“

Ihr Atem wurde flacher, ihre Handflächen feucht.

„Hat das schon mal jemand getan, Liv?“

Sie öffnete die Lippen, während ihr Blick über sein Gesicht huschte ... und sie den Kopf schüttelte.

„Dann wird es Zeit, findest du nicht?“

Im nächsten Moment küsste er sie. Und diesmal war der Kuss nicht dafür da, um sie zum Schweigen zu bringen. Diesmal war der Kuss allein für sie.

Livs Lider flatterten zu und ihr Puls schnellte in die Höhe.

Jakes Lippen waren rau und heiß, doch seine Berührungen überraschend sanft. Er strich mit den Fingerkuppen ihre Seiten hoch, ließ seine eine Hand in ihrer Taille, um sie näher an sich heranzuziehen und fuhr mit der anderen in ihre Haare. Wie von selbst legte Liv den Kopf in den Nacken, stellte sich auf die Zehenspitzen und ließ sich einfach fallen. Sie lehnte sich nach vorn, gegen Jakes harte Brust, flocht die Arme um seinen Hals und öffnete die Lippen.

Denn Jake hatte recht. Es wurde Zeit. Und er machte es ihr so verdammt leicht, alles zu vergessen, nicht mehr nachzudenken und nur noch zu fühlen.

Sie erwiderte den Kuss, genoss den warmen Körper, der sich gegen ihren presste, während Jakes warme

Hand unter ihr T-Shirt fuhr und nackte Haut berührte. Seine Finger zeichneten ihren Rippenbogen nach, streiften die Unterseite ihrer Brüste – und Liv erschauderte, während sich eine Gänsehaut ihre Wirbelsäule hinabarbeitete. Sie kratzte mit den Fingernägeln über Jakes Nacken, fuhr in seine Haare und strich mit der Zunge über seine Unterlippe. Einfach nur, weil sie es wollte.

Vielleicht war es das gewesen, worauf Jake gewartet hatte. Liv hatte keine Ahnung. Alles, was sie wusste, war, dass er im nächsten Augenblick mit beiden Händen ihre Hüften umfasste, sie auf die Küchenanrichte hob und zwischen ihre Beine trat, bevor er sie erneut küsste. Doch diesmal hatten seine Berührungen jegliche Sanftheit verloren. Seine Lippen wurden fordernder, seine Berührungen gieriger – und Liv liebte jede Sekunde davon.

Sie schloss die Beine um seine Hüften, zog ihn näher an sich heran. Wollte keinen Raum mehr zwischen ihnen lassen. Wollte mehr Haut, mehr Nähe ... mehr.

Sie fuhr mit den Händen seine Brust hinab, bis sie am Saum seines T-Shirts ankam und ihn achtlos aus seiner Hose riss, seine Bauchmuskeln hinaufschob und schließlich über seinen Kopf zog. Liv hielt inne ... und starrte ungeniert auf Jakes Brust. Ließ ihren Blick über die weichen, kurzen Haare dort wandern, zu seinem Sixpack, bis zu seinen ausgeprägten Hüftmuskeln hinabklettern.

Oh Mann.

„Soll ich dich und meinen Oberkörper vielleicht kurz allein lassen, oder ...?"

Liv lachte und riss den Blick nach oben. „Halt die Klappe. Sei einfach froh, dass ich all deine harte Arbeit auf dem Platz zu schätzen weiß."

Sie ließ ihn nicht antworten. Zog ihn einfach wieder zu sich hinab, während sie sich Zeit ließ, seine Haut zu erkunden und jeden einzelnen freigelegten Zentimeter zu berühren. Jake fuhr mit beiden Händen unter ihr T-Shirt, imitierte ihre Gesten, umfasste ihre Brüste. Und mit jedem verstreichenden Moment wurden ihre Küsse unordentlicher, heißer … und doch waren sie zu wenig.

„Okay, vielleicht sollten wir das Ganze nach oben verlegen", keuchte Jake schließlich.

„Oh." Nervosität schwappte in Wellen durch Livs Adern und hastig löste sie sich von ihm. Ihr Herz sprang in ihren Hals und ihre Hände wurden klamm.

Jake schien ihre Unsicherheit nicht zu entgehen, denn er sah sie aufmerksam an und zog die Hände unter ihrem T-Shirt hervor. „Wir …" Er räusperte sich. „Wir können auch aufhören, Liv. Das weißt du, oder?"

Oh Gott, nein!

Sie hatte Schiss. Aber aufhören wollte sie auch nicht!

„Wir … wir können auch weitermachen", schlug sie vor.

Jake lächelte breit. „Okay."

Im nächsten Augenblick legte er die Arme um ihre Hüften, hob sie von der Anrichte und lief mit ihr durch die Küche.

Liv quietschte und hielt sich an seinen Schultern fest. Sie fühlte sich, als säße sie wieder auf seinem Quad. Jake nahm zwei Treppenstufen auf einmal und keine zwanzig Sekunden später wurde sie auf eine weiche, breite Matratze geworfen.

Jake blieb am Bettende stehen und sah sie einfach nur an. Ließ den Blick ungeniert von ihren Füßen, über ihre schmalen Hüften, ihre Brüste, bis zu ihrem Gesicht wandern. Liv war noch vollkommen bekleidet, aber sie hatte das Gefühl, als läge sie in nichts anderem als Glitzerpuder vor ihm.

Sie biss sich auf die Unterlippe und musste mit sich ringen, um nicht aufzuspringen und einfach wegzulaufen. Sie hatte keine Ahnung, was sie tun sollte! Wie genau funktionierte Sex noch mal? Also die Eckpunkte bekam sie wohl hin, aber der ganze Kram dazwischen … der war viel zu kompliziert.

„Scheiße", murmelte Jake kopfschüttelnd, „das ist besser als in meinen Träumen, dabei haben wir noch nicht einmal angefangen."

„Deinen was?", fragte Liv überrascht und richtete sich auf die Ellenbogen auf.

„Oh, nichts." Jake zog eine Grimasse und für einen Moment glaubte Liv fast, Röte in seine Wangen schießen zu sehen. Aber das konnte nicht stimmen. Nichts an Sex schien Jake je peinlich zu sein!

Sie räusperte sich und riss sich zusammen. Sie sollte sich nicht so anstellen! Jeder hatte Sex. Tief sog sie Luft in ihre Lungen und weil sie es irgendwann ja ohnehin tun musste, zog sie sich das T-Shirt über den Kopf, bevor sie es unschlüssig neben sich legte, dann am Fußende positionierte … und schließlich einfach auf den Boden warf. So. Das hatte doch spontan gewirkt, oder?

Sie blickte wieder zu Jake, der immer noch dastand – und schmunzelte.

„Liv?", fragte er leise. „Willst du mit mir schlafen?"

„Wieso … wieso fragst du?"

„Weil ich sichergehen will. Du wirkst … nervös. Und fahrig. Also: Bist du sicher, dass du mit mir schlafen willst?"

Gott, ja! Sie war sich noch nie so sicher gewesen.

„Ja, bitte", sagte sie betont ruhig, bevor sie zögerlich hinzufügte: „Wenn das okay für dich ist."

Erneut zuckten seine Mundwinkel, als er sich neben sie setzte. „Ich glaube, damit kann ich mich arrangieren. Solange du dich entspannst."

Er hatte gut reden!

„Aber ich weiß nicht wie!", rief sie laut und seufzte frustriert auf, bevor sie sich nach hinten zurück auf die

Matratze fallen ließ. „Ich bin schlecht im Sex. Ich hatte niemanden zum Üben. Ich ...“

Jake küsste sie. Beugte sich über sie, legte beide Hände fest um ihr Gesicht und ließ sich Zeit damit, ihr die Luft aus den Lungen zu küssen, bevor er mit den Fingern träge über ihren Körper fuhr und flüsterte: „Du bist nicht schlecht im Sex. Das kannst du gar nicht sein. Alles, was du tun musst, um gut darin zu sein, ist aktiv mitzumachen. Kannst du das?“

„Oh.“ Ihr Atem ging flacher, als Jake den Schluss ihres BHs öffnete. „Was genau heißt mitmachen?“

„Nun, es wäre von Vorteil, wenn du mich möglichst viel anfasst.“

Liv schluckte und blickte an Jakes Oberkörper, bis zu seiner gespannten Hose hinab. Dann nickte sie. „Das bekomme ich hin.“

„Gut.“ Jake lächelte verschmitzt, küsste ihren Hals, ihr Schlüsselbein und streifte sacht die BH-Träger von ihren Schultern, bevor er mit den Lippen die freigelegten Stellen erkundete.

„Der zweite Schritt wäre es, mir zu sagen, wenn dir etwas nicht gefällt. Oder wenn dir etwas sehr gefällt.“

„Oh. Okay.“ Auch das bekam sie hin. „Bis jetzt hat mir alles, was du getan hast, sehr gut gefallen.“

Er lachte leise und nickte. „Das sind gute Voraussetzungen. Bist du sonst noch wegen irgendetwas nervös?“

Nun, wenn er jetzt so fragte ...

„Wir haben nur noch eine Stunde Zeit“, sagte sie hastig. „Kannst du dich vielleicht etwas beeilen? Und ... zur Sache kommen?“

Jake hielt in seiner Berührung inne und sah sie mit gehobenen Augenbrauen an. „Entschuldige? Von welcher Sache redest du hier?“

„Na ...“ Sie wurde rot. „Der richtig guten Sache?“

Interessiert neigte Jake den Kopf zur Seite. „Bist du nicht zufrieden mit meiner Vorgehensweise?“

„Doch, mit der Vorgehensweise schon! Aber deine Geschwindigkeit lässt ein wenig zu wünschen übrig. Du bist sehr, sehr … detailverliebt. Und das ist ja sonst bestimmt toll, aber jetzt gerade habe ich es eilig."

„Tatsächlich?"

„Ja."

„Dann tut es mir leid."

„Was tut dir leid?"

„Dass ich mich nicht werde hetzen lassen." Er schüttelte bedauernd den Kopf. „Ich habe noch eine Menge mit dir vor und das wird nun einmal seine Zeit brauchen. Also entspann dich, denk nicht nach und lass mich dich glücklich machen."

Sie schnaubte laut und verdrehte die Augen. „Jake, wirklich, ich glaube ja, dass du gut im Bett …"

Sie kam nicht weiter, denn Jake küsste sie erneut und diesmal sank er mit seinem schweren, harten Körper auf sie, vergrub sie unter seinem Gewicht … und dann war Liv vollkommen egal, wie viel Zeit er brauchte. Hauptsache, er brachte es zu Ende!

Und Jake hielt Wort.

Er machte sie glücklich. Sehr.

Einundzwanzig

„Wieso bist du so rot?“

„Was?“ Liv umfasste ihre erhitzten Wangen.

„Mom hat recht. Dein Gesicht ist ganz tomatig“, half Laney ihr weiter und nickte fest.

„Oh, ja“, Liv winkte ab, „ich hab’ die letzte Stunde ziemlich viel … getragen.“

„Aha.“ Misstrauisch sah Kristen sie an. „Was hast du getragen? Knutschflecken?“ Sie nickte zu Livs Hals.

Erschrocken schlug Liv sich die Hand auf die Stelle, auf die ihre Schwester gerade noch gedeutet hatte. „Ich habe … falsch Staub gesaugt.“

Kristen lachte laut auf. „Meine Güte, ich hoffe doch, dass es besser war als staubsaugen.“

„Was ist ein Knutschfleck?“, wollte Laney prompt wissen.

„Ein anderes Wort für Muttermal“, beeilte sich Liv zu sagen, trat beiseite und winkte sie hastig ins Haus.

Jake und sie waren nicht mehr dazu gekommen, das Essen für die Kinder vorzubereiten, weshalb er gerade in der Küche stand und Tomaten schnitt. Der liebe Herr Baseballer hatte es mit seiner Detailverliebtheit definitiv zu weit getrieben.

Gott und es war so gut gewesen!

Bei dem Gedanken daran, was sie gerade alles getan hatte, wurde Liv gleich noch ein wenig roter.

Kristens Grinsen wurde breiter. „Ich fasse es nicht!“, zischte sie, während Laney vorlief, um die riesige Eingangshalle zu bestaunen. „Du hast mit ihm … unglaublich!“

„Pscht, sei leise. Ich habe gar nichts getan.“

„Ich hoffe, dass das nicht stimmt. Denn es macht so viel mehr Spaß, wenn man aktiv mitmacht!“

Liebe Güte, sie hörte sich schon an wie Jake. Und verdammt, er hatte so recht gehabt! Liv hatte ja keine Ahnung gehabt, dass Sex so … so …

„Hör auf, daran zu denken!", meinte Kristen lachend. „Dein Gesichtsausdruck ist nicht für Kinder unter sechzehn Jahren geeignet. Wo ist Jake? Liegt der noch im Bett?"

„Quatsch! Er ist in der Küche." Und sie hoffte inständig, dass er sein T-Shirt vom Boden genommen und angezogen hatte.

„Laney, such doch mal Jake, er ist in der Küche. Oli und ich wollen uns kurz über erwachsenes Zeug unterhalten."

„Okay", rief Laney enthusiastisch und lief direkt los, auch wenn sie keine Ahnung hatte, wo die Küche war. Was sie sofort damit bewies, dass sie ins Wohnzimmer rannte. Doch Kristen war das offenbar gerade egal. Sobald Laney außer Hörweite war, blieb sie ruckartig stehen.

„Wie war es?", verlangte sie sofort zu wissen. „War er sanft? Schnell? Heiß?"

„Ja, nein, ja", sagte Liv augenverdrehend. „Und ich rede da jetzt nicht mit dir drüber! In zehn Minuten tanzen fünfzehn Kinder an, die sicher nichts davon erfahren sollen, dass ich … dass ich …"

„Dass du es mit dem heißen Baseballer getrieben hast?", half ihr Kristen scheinheilig auf die Sprünge.

Liv verzog das Gesicht, nickte jedoch. „Genau das."

„Gott, ich bin so stolz auf dich!", sagte Kristen lachend und umarmte sie spontan. „Ich war davon überzeugt, dass du nicht nachgeben würdest!"

Ja, diesem Irrtum war Liv bis vor ein paar Stunden auch noch erlegen gewesen. „Es war nicht geplant, es war …"

„Gut?"

Ja. Scheiße, ja.

„Ich sagte doch schon: Ich rede nicht darüber!"

„So eine Spielverderberin", sagte Kristen kopfschüttelnd, doch sie grinste noch immer. „Weißt du, eigentlich wollte ich mit dir noch über etwas reden, bevor die anderen Kinder kommen, aber ..." Ihr Blick huschte flüchtig über Livs Gesicht, bevor sie lächelnd abwinkte. „Vergiss es. Wir reden morgen früh darüber. Dann, wenn du mir jedes Detail der letzten Stunde genauestens erzählst!"

Stöhnend legte Liv den Kopf in den Nacken und rieb sich über die Stirn. Klasse. Und jetzt durfte sie mit dem Mann, mit dem sie soeben Sex gehabt hatte, Zelte aufbauen, Kinder hüten und Essen vorbereiten. Gott, sie hoffte, dass der restliche Tag nicht merkwürdig wurde ...

***

Es war merkwürdig.

Jake hätte es niemals für möglich gehalten, aber es war komisch, mit einer Frau zu schlafen und dann keine Stunde später zusammen mit ihr Sackhüpfen zu spielen. Er konnte nicht einmal benennen, warum das so war, aber es erschien ihm ... falsch. Denn eigentlich sollte er jetzt gerade nackt mit Liv im Bett liegen und sich für Runde zwei warmmachen. Stattdessen zog er den Leinenbeutel höher seine Beine hinauf und sprang wie ein besoffenes Känguru auf eine Ziellinie zu, die aus abgebrochenen Ästen bestand, während fünfzehn Kinder ihn anfeuerten.

Nein, das war nicht normal.

Aber schlecht war es auch nicht.

Er machte einen letzten Sprung und stürzte mit dem Kopf voran über die Ziellinie – wenige Sekunden bevor Liv ihm hinterhertaumelte und sie beide zu Boden fielen.

„Du hast geschummelt!", rief sie und deutete mit dem Zeigefinger auf ihn.

Jake musste lachen. „Wie soll ich geschummelt haben? Ist meine Stofftüte besser als deine?"

„Nein! Aber deine Beine sind zehntausendmal länger", beschwerte sie sich.

„Ah, da musst du dich bei Gott beschweren. Er hat gewollt, dass ich beim Sackhüpfen immer als eindeutiger Sieger hervorgehe. Ich bin es nur, der seinen Willen erfüllt."

Liv schnaubte laut und strampelte sich den Sack von den Beinen, doch er konnte sie lächeln sehen, als sie sich wieder aufrappelte und aus irgendeinem Grund brachte das Jake ebenfalls zum Lächeln. Ein warmes Gefühl der Zufriedenheit legte sich um sein Herz. Er fühlte sich, als hätte er gerade etwas geleistet – wobei das natürlich Schwachsinn war. Und dennoch ... er stand ebenfalls auf und im nächsten Moment wurde ihm der Leinensack aus den Händen gezogen.

„Ihr wart beide nicht gut", sagte Sonia mit gereckter Nase. „Ihr habt beide ganz laut böse Wörter gesagt! Sogar Ms. Green!" Vorwurfsvoll sah sie zu Liv, die schuldbewusst zurücksah. „Es tut mir leid, Sonia. Ich wollte das M-Wort nicht benutzen. Es ist mir herausgerutscht."

Sonia taxierte sie missbilligend, nickte dann jedoch salbungsvoll. „Okay. Dafür bin ich jetzt dran. Und ich möchte gegen Bridget hüpfen!"

Liv wechselte einen amüsierten Blick mit Jake und begleitete die beiden Mädchen dann zur Startlinie, um ihnen in die Säcke zu helfen.

„Ich fand dich okay", sagte Laney und schob ihre kleine Hand wie selbstverständlich in Jakes. „Du hast dir Mühe gegeben, das ist das Wichtigste."

Verdutzt blickte er zu dem blonden Mädchen hinab. Ihre Hand fühlte sich unendlich zerbrechlich in seiner an und er gab sich Mühe dabei, nicht zu fest zuzudrücken. Laney hatte Gras in den Haaren und ein breites Grinsen auf dem Gesicht. Beides stammte wahrscheinlich noch vom Eierlauf eine Stunde zuvor, den sie mit einem Hechtsprung über die Ziellinie für ihr Team hatte entscheiden können. Laney würde eine gute Baseballerin abgeben. Genug Kampfgeist besaß sie zumindest.

„Ich war okay?", fragte Jake irritiert. „Ich habe gewonnen. Sollte mich das nicht wenigstens gut machen."

„Nein, du Blödi!", sagte Laney und verdrehte die Augen. „Es ist voll egal, ob man gewinnt. Man muss nur sein Bestes geben."

Jake runzelte die Stirn. Das Konzept verstand er nicht. „Hast du das von Liv?"

„Natürlich."

Ja, dumme Frage.

„Sie sagt immer, dass wir Mädchen alle mehr so sein müssten wie diese eine Prinzessin aus dem einen Buch."

„Welche Prinzessin?"

„Die Prinzessin in der Tüte. Die ihren Prinzen rettet und einen Drachen besiegt, weil sie so klug ist, bloß um am Ende trotzdem allein zu bleiben. Weil der Prinz blöd ist. Wir Frauen brauchen nämlich keinen Prinzen. Wir erlauben ihnen nur, mit uns zusammen zu sein. Und dass auch nur, wenn wir sie wirklich mögen."

Jake verengte die Augen. Wieso hatte er auf einmal das Gefühl, dieser Prinz zu sein? Der Prinz, der das Glück hatte, dass eine holde Prinzessin wie Liv ihm überhaupt Beachtung schenkte. „Von der Geschichte habe ich noch nie gehört."

„Dann musst du sie lesen", sagte Laney altklug und drückte seine Hand, bevor sie ihn losließ und sich einmal um die eigene Achse drehte. „Es sieht sooo hübsch aus hier, oder?", fragte sie ihn erwartungsvoll.

Jake blickte sich um. Sein Garten war nicht wiederzuerkennen. Der See wurde von lauter Zelten verdeckt, die in Reih und Glied nebeneinanderstanden und sehr an ein Kriegslager erinnerten. Das Gras davor, das schon vollkommen von Kinderfüßen zertrampelt worden war und teilweise kahle Stellen aufwies, war dann wohl das Kriegsgebiet, auf dem eiserne Kämpfe ausgefochten wurden, mit Eierlauf, Sackhüpfen und Topfschlagen.

„Ja, es sieht hübsch aus", murmelte Jake.

Wenn er ehrlich war, hatte ihm sein Garten noch nie so gefallen. Wenigstens wurde er jetzt endlich mal für etwas benutzt. Er hatte bisher nicht allzu viel mit all dem Platz anzufangen gewusst.

Laney hörte ihm jedoch längst nicht mehr zu. Sonia und Bridget waren mit ihrem Rennen fertig und es war offensichtlich, dass Laney als Nächste an die Reihe kommen wollte. Zumindest rannte sie bereits zum Startpunkt.

Jake lachte leise und wandte den Kopf, als sich jemand Neues zu ihm stellte. Es war Kristen, Livs Schwester, die breit zu ihm hochlächelte.

„Na? Alles paletti?", fragte sie fröhlich.

„Kann mich nicht beklagen."

„Schön, da wir den Small Talk hinter uns haben ..." Sie senkte die Stimme. „Du hast also meine Schwester verführt?"

„Okay, ich gehe das Essen vorbereiten", sagte Jake laut und wandte sich auf dem Absatz um. Das war kein Gespräch, das er führen wollte.

Kristen lachte laut. „Wir sind noch nicht fertig!"

Doch, das waren sie. Er hatte Liv nicht verführt! Das war nicht sein Stil. Er verführte keine Frauen, das hatte er gar nicht nötig. Er fragte sie, ob sie mit ihm schlafen wollten. Das war alles. Und ja, bei Liv war die Sache möglicherweise etwas aufwändiger gewesen als bei anderen Frauen ... aber liebe Güte, hätte er gewusst, wie enthusiastisch sie im Bett sein würde, hätte er sie vielleicht schon viel früher gefragt. Sie mochte sehr wenig Erfahrung haben, aber sie hatte sehr schnell an Selbstvertrauen gewonnen und ... Gott, es war heiß gewesen.

Abgesehen davon hatte er noch nie so viel im Bett gelacht. Liv hatte andauernd irgendwelche Fragen gestellt oder kommentiert, was er gerade tat und auf seltsame Art und Weise hatte ihn das nur noch mehr angeturnt. Diese Art von Spaß beim Sex war Jake völlig neu. Was möglicherweise daran lag, dass er bisher nur mit Frauen geschlafen hatte, mit denen er nie wirklich ... nun, geredet hatte. Mit Liv hingegen schien er nichts anderes zu machen, also war es ihm selbstverständlich erschienen, diese Tradition im Bett fortzuführen. Und ja, die sehr ... ähm ... schweigsamen Passagen waren auch fantastisch gewesen. Aber alles andere drum herum ...

Stirnrunzelnd trat Jake in die Küche.

Sehr merkwürdig. Bis zum heutigen Tag hatte er dem Vorspiel nie allzu viel abgewinnen können. Er verzichtete nicht darauf – die Frauen sollten schließlich auch ihren Spaß haben – aber mit Liv war der ganze Kram vor dem eigentlichen Sex irgendwie ... bedeutungsvoller gewesen.

Er schnaubte laut, während er mehrere riesige Töpfe aus einem seiner Schränke zog und sie auf dem Herd platzierte. Gott, war er froh, dass seine Teamkollegen ihn gerade nicht hören konnten! Seine Gedanken waren lächerlich.

Immer noch über sich selbst den Kopf schüttelnd, kochte er Wasser vor und öffnete die Spaghettipackungen, als sein Blick aus dem Fenster fiel. Überrascht ließ er die Nudeln sinken. Ein wütend aussehender Mann, der bestimmt einsneunzig maß und über hundert Kilo auf die Waage brachte, stürmte Jakes Einfahrt hinauf, die in das goldene Licht der untergehenden Sonne getaucht wurde. Kein Paparazzo, da war sich Jake sicher, aber der Typ sah auch nicht aus, als sei er zum Kekse backen vorbeigekommen.

Hastig schaltete Jake den Herd aus und lief mit langen Schritten durch den Flur nach vorne. Ein ungutes Gefühl breitete sich in seinem Magen aus. Wie zum Teufel war der Kerl hier reingekommen? Gerade für solche Fälle hatte Jake doch das Tor ... ach, Shit. Er hatte das Tor offen stehen lassen, um die ganzen Eltern, die ihre Kinder vorbeibrachten, hereinzulassen.

Alarmiert riss er die Tür auf und trat auf die Veranda. Gerade rechtzeitig, um den Kerl dabei zu beobachten, wie er schnurstracks an ihm vorbei in Richtung des Gartens lief, aus dem lautes Kindergeschrei zu hören war.

„Hey", rief er, doch der Mann beachtete ihn gar nicht. „Hey", schrie Jake lauter und sprang die Stufen hinab, um dem Fremden nachzusetzen. Doch der Kerl war schnell. Jake fing an zu rennen, bereit, sich dem Typen in den Weg zu stellen, egal was er vorhatte. Doch als er um die nächste Ecke bog, hatte diesen Job schon jemand anderer übernommen.

„Mr. Fowl, beruhigen Sie sich." Liv stand mit erhobenen Händen vor dem riesigen Mann, an dessen Hals zwei dicke Adern pulsierten. Er überbot sie um mindestens einen Kopf und dreißig Kilo. Doch auch als Mr. Fowl einen bedrohlichen Schritt auf sie zumachte, rührte sich Liv nicht von der Stelle. Sie wirkte so unglaublich klein und zerbrechlich vor diesem Kerl, dass Jake das Herz in den Hals sprang.

Kristen war hinter ihr und hatte sich schützend vor die fünfzehn Kinder gestellt. Nur ein dunkelhaariger Junge stand neben ihr: Sam. Mit großen Augen zupfte er sich unruhig an der Unterlippe herum, während er den Mann gebannt anstarrte.

„Ich habe das Recht, meinen verdammten Sohn mit-
zunehmen, wenn meine Frau ihn einfach fremden Leuten anvertraut!", keifte er, sein Gesicht rot vor Wut.

„Ich bin nicht fremd, Mr. Fowl", sagte Liv ruhig. „Sie
kennen mich. Ich bin die Erzieherin ihres Sohnes. Er ist
gut bei mir aufgehoben."

„Einen Scheiß ist er!", fuhr Mr. Fowl sie an. „Sam!"
Jake sah, wie der Fünfjährige zusammenzuckte. „Sam,
komm her, wir gehen."

Doch der dunkelhaarige Junge trat nicht vor. Stattdessen machte er einen Schritt zur Seite und griff nach
Kristens Hand.

„Mr. Fowl, Sie sollten gehen", sagte Jake kalt und
überwand die restliche Distanz, die ihn noch von Liv
trennte.

Verächtlich blickte der Mann ihn an. „Ich gehe, wenn
mein Sohn neben mir steht", presste er hervor.

„Nein", sagte Jake bedrohlich. „Sie gehen freiwillig
oder ich zwinge Sie dazu."

„Jake, nicht", flüsterte Liv leise und drückte seinen
Arm, bevor sie ihn sanft nach hinten schob. So als sei
er es, der beschützt werden müsste. Schließlich sagte
sie lauter: „Mr. Fowl, bitte verlassen Sie dieses Grund-
stück. Sie wissen, dass Sie Sam nicht mitnehmen dürfen. Zwingen Sie mich nicht, die Polizei zu rufen."

Der Mann lachte bitter auf. „Ich lass' mich nicht her-
umkommandieren! Meine Frau hat sie nicht mehr alle.
Sie kann nicht einfach so entscheiden, dass Sam nachts
unbeaufsichtigt in einem Zelt schläft! Nicht, ohne mich
um Erlaubnis zu fragen."

„Wir beaufsichtigen ihn, Mr Fowl", sagte Liv, ihre
Stimme so freundlich und sanft, dass sie ebenso gut mit
einem bockigen Pferd hätte sprechen können. „Sie wollen nicht, dass Ihr Sohn sieht, wie Sie von der Polizei
abgeführt werden. Also bitte, gehen Sie. Ich weiß, dass

Sie ihm nicht wehtun wollen. Aber es wird ihm wehtun, Sie in einem Streifenwagen sitzen zu sehen.“

Mr. Fowl fletschte die Zähne, öffnete den Mund ... und blickte zu Sam, der sich halb hinter Kristen versteckte. Ein Muskel in seinem Kiefer zuckte, er hob die Hand, als wolle er nach ihm greifen, bevor er zitternd ausatmete.

Jake konnte sehen, wie er mit sich selbst kämpfte. Wie er widersprechen wollte ... und schließlich aufgab. Vielleicht, weil er wusste, dass Liv recht hatte.

„Sie hören von meinem Anwalt! Das hier kann unmöglich genehmigt sein“, knurrte er, bevor er sich ruckartig umwandte und auf dem Weg verschwand, auf dem er gekommen war.

Neben ihm sackte Liv erleichtert zusammen, bevor sie sich zu den Kindern umwandte. „Alles okay?“

Jake starrte sie mit offenem Mund an. Sie hatte nicht geschrien. Sie hatte nicht mit ihren Fäusten umhergeworfen. Wie konnte es sein, dass sie ...?

„Ich glaub’ nicht“, flüsterte Sonia hinter vorgehaltener Hand. „Sam weint voll.“

Jakes Blick fuhr wie automatisch zu dem dunkelhaarigen Jungen, der seinem Vater hinterherstarrte, während Tränen sein rundliches, kleines Gesicht hinabliefen. Da war Angst in seinem Blick ... und Sehnsucht. Eine so tiefe Sehnsucht, dass es Jakes Herz brach. Denn er kannte den Blick. Er kannte das Gefühl.

Und diesmal war er es, der Liv zuvorkam.

„Seid leise“, sagte er bestimmt zu den anderen Kindern, die angefangen hatten zu tuscheln oder zu kichern. „Echte Männer weinen auch.“ Er ging zu Sam und hockte sich vor ihn. „Wir gehen ein Stück spazieren, okay?“, fragte er leise, bevor er die Hand des Jungen nahm.

Sam nickte schniefend und klammerte sich fest um seine Finger. Es war, als fühlte Jake den Druck direkt auf seinem Herzen. Er spürte, wie seine Kehle eng wurde, wie eine Welle solchen Mitgefühls ihn vereinnahmte, dass ihm einen Moment lang das Atmen schwerfiel. Schließlich jedoch richtete er sich auf und lief zusammmen mit dem Jungen seinen Garten hinab in Richtung des Sees.

Er warf einen letzten Blick über die Schulter und bemerkte Liv, die ihm zulächelte und nickte. So, als hätte sie keinen Zweifel daran, dass er die richtigen Worte finden würde. Und ein anderes Gefühl mischte sich zu dem Druck auf seinem Herzen. Er konnte es nicht genau benennen. Vielleicht Dankbarkeit? Dafür, dass sie ihm vertraute. Er wusste es nicht. Aber es fühlte sich gut an.

Sams Hand fest in seiner haltend, schlängelte er sich zwischen den Zelten hindurch. Lief mit ihm bis zu einer kleinen Bank direkt an dem See, dem er in den letzten drei Jahren nie sonderlich viel Beachtung geschenkt hatte.

„Es ist okay, traurig zu sein, weißt du?", murmelte er und half Sam auf die Bank, bevor er sich neben ihn setzte.

Sam hickste leise, bevor er die Nase hochzog. „Mein Dad sagt, Jungs weinen nicht."

„Doch, Jungs weinen", widersprach Jake, blickte Sam in das unschuldige Gesicht und drückte seine kleine Hand. „Sie denken nur, sie müssten es verstecken."

Mit großen Augen sah Sam ihn an. „Du auch?"

„Ja. Aber das ist nicht richtig. In dem Bereich sollte ich ein besseres Vorbild sein, weißt du? Jungen haben genauso viele Gefühle wie Mädchen. Ihnen wird nur eingeredet, dass sie anders damit umgehen müssten. Aber das ist schei..." Jake räusperte sich. „Das ist Schwachsinn. Wenn dein Vater nicht nett ist, dann darfst du weinen. Das ist okay."

Sam nickte vorsichtig, so als sei er nicht sicher, ob er Jake glauben könne. Schließlich fragte er leise: „Warum sind Väter manchmal nicht nett?"

„Weil sie auch nur Menschen sind", erklärte Jake ruhig. „Sie wissen sich nicht zu helfen."

„Warum?"

Jake seufzte schwer. „Väter sind sehr schwierig. Weißt du, mein Vater ist meistens nicht wirklich nett", gab er schließlich zu. „Er merkt es nur oftmals nicht. Weil es ihm schwerfällt, zuzuhören. Aber das heißt nicht …" Er schluckte. „Das heißt nicht, dass er mich nicht lieb hat. Er kann es nur sehr viel schlechter zeigen als andere Väter. Und obwohl dein Vater manchmal nicht nett ist, hat er dich trotzdem sehr gern."

„Woher weißt du das?", fragte Sam mit großen Augen und sah ihn erwartungsvoll an.

Jake lächelte. „Weil du ein ziemlich cooles Kind bist und jeder Vater auf der ganzen Welt dich gernhaben würde."

„Wirklich?", fragte Sam zögerlich.

„Ganz sicher."

„Okay." Sam nickte fest, pulte an einem Stück Dreck an seiner Hose und kaute nervös auf seiner Unterlippe herum. Schließlich sah er erneut zu Jake hoch. „Meine Mom mag meinen Dad nicht mehr. Das sagen alle. Ist es … ist es da blöd, dass ich meinen Papa trotzdem lieb habe?"

„Nein", flüsterte Jake und sah ihn ernst an. „Das ist überhaupt nicht blöd. Natürlich hast du deinen Vater lieb. Das wird sich nicht ändern."

Denn das war das Problem an der Sache. Man liebte seine Eltern. Egal, wie wenig man sie mochte.

***

Keine zehn Meter weiter stand Liv halb hinter einem Zelt verborgen da und lauschte stumm Jakes Worten.

Und als er Sam unbeholfen in den Arm nahm, wusste sie, dass sie in Schwierigkeiten steckte – denn ihr Herz zog sich bittersüß zusammen, bevor es anfing, schneller zu pochen. Und ja ... sie hatte sich wohl verliebt. Hals über Kopf verliebt ... in den völlig falschen Mann. Und noch während sich dieses warme Gefühl um ihr Herz legte und sie als Dummkopf schimpfte, flutete Panik ihren Körper. Denn sie war noch nie verliebt gewesen und sie hatte Angst, dass dieses Gefühl nicht mehr so schnell weggehen würde. Und was tat man, wenn man einen Mann liebte, der sich nicht lieben lassen würde? Der keine Erwartungen erfüllen wollte? Keine Verpflichtungen eingehen konnte?

Man brach sich selbst das Herz. Das dumme, dumme Herz.

Zweiundzwanzig

Trotz der unangenehmen Unterbrechung war der Zeltausflug ein voller Erfolg gewesen. Als sie am nächsten Morgen mit den Kindern auf dem zerstörten Rasen saßen und frühstückten, herrschte eine so zufriedene, gefräßige Stille, dass Liv gerne mehrmals überprüft hätte, ob alle noch atmeten. Sogar Jake schwieg. Als sie ihm einen fragenden Blick zuwarf, lächelte er jedoch breit und brachte ihren Magen dazu, einen Salto zu schlagen.

Klasse.

Sie lächelte knapp zurück und wandte sich dann zu Kristen, um sie darum zu bitten, ihr den Frischkäse anzureichen. Liv wollte nicht allzu genau darüber nachdenken, was sie für Jake empfand. Es würde sie ja doch nur unglücklich machen. Aus genau diesem Grund hatte sie gestern auch nicht bei ihm, sondern bei ihrer Schwester im Zelt geschlafen. Obwohl der Baseballer großzügig angeboten hatte, sie aufzunehmen. Und ja, Liv hatte gezögert, aber letztendlich eingesehen, dass es unangebracht gewesen wäre. Gerade wenn fünfzehn neugierige Kinderohren lauschten. Und gerade, wenn sie so verzweifelt dabei war, ihr Herz einzufangen, das davongeprescht und Jake in den Schoß gesprungen war.

Scheiße.

Eine Stunde später, als die Kinder abgeholt wurden, fühlte sie sich immer noch nicht besser. Sie wollte gerne mit Jake allein sein – und gleichzeitig wollte sie auf keinen Fall mit ihm allein sein. Da sie sich nicht entscheiden konnte, tat sie das einzig Vernünftige: Sie verabschiedete sich von den Kindern und floh dann in die Küche, während Jake, Kristen und Laney draußen ihre eigenen Zelte abbauten und den Schaden begutachteten, den fünfzehn euphorische Paar Füße Jakes Acker ... äh, Garten zugefügt hatten.

Langsam atmete sie ein und aus, während sie die Brettchen und Messer spülte, die sie soeben benutzt hatten. Sie machte sich unnötig große Sorgen. Was war schon dabei, dass sie ein wenig in Jake verliebt war? Sie war bestimmt nicht die Erste, der ein solcher Fauxpas passierte. Sicherlich hatte Jake schon hunderte von Frauenherzen in seinem Garten vergraben.

Liv war Realist, sie machte sich keine Hoffnungen, dass Jake dasselbe für sie empfinden könnte. Sie bildete sich nicht ein, dass er seinen freizügigen Lebensstil hinter sich lassen, doch in Philadelphia bleiben und sie ab jetzt jede Nacht zum Orgasmus bringen würde.

Prustend stellte sie das Wasser auf warm. Allein die Vorstellung, dass Jake sein Leben so drastisch ändern würde, war absurd. Der blöde Baseballer hasste jede Art von Verpflichtung, jede Art von Erwartung ... und eine Beziehung mit ihr wäre all das und noch sehr viel mehr. Und das war vollkommen in Ordnung. Damit kam ihr Herz klar. Sie würde sich einfach ... entlieben. Wie schwer konnte das schon sein?

„Scheiße."

„Alles okay?"

Sie schrak zusammen und blickte sich um. Jake stand hinter ihr und hob fragend die Augenbrauen.

„Meine Güte, du musst aufhören, dich anzuschleichen."

„Aber wie soll ich dich dann dabei belauschen, wie du deine eigenen Gedanken aussprichst?", fragte er irritiert.

„Gar nicht!"

„Jetzt gibst du nur noch Blödsinn von dir." Jake stützte sich mit den Händen auf der Anrichte neben ihrer Hüfte ab und beugte sich zu ihr vor, bis sein Gesicht ihrem so nah war, dass sie seine Wimpern zählen konnte. „Also, was ist Scheiße?"

„Zu viel Schaum", sagte sie sofort und nickte zum Spülbecken hinter sich. „Das macht mich ganz verrückt."

„Ah, ich habe einen Vorschlag: Du lässt das mit dem Spülen einfach sein."

„Oh. Okay." Hatte er was vom Spülen gesagt? Liv fiel es schwer, ihm zuzuhören, weil sie zu sehr damit beschäftigt war, seine Lippen anzustarren und die Wärme zu genießen, die sein Körper ausstrahlte. Alles, woran sie denken konnte, war die sanfte Berührung seiner Fingerspitzen, die nun sacht ihre Hüfte umschlossen.

Sie räusperte sich. „Habt ihr draußen alles erledigt?"

„Jap." Jakes Hände wanderten zu ihrer Taille und zogen sie näher zu sich heran.

„Also ... könnte ich jetzt gehen?"

„Oder du könntest jetzt bleiben", schlug er vor, küsste ihren Nacken, ihren Hals, ihre Wange. „Weißt du, ich hatte heute Nacht einige inspirierende Träume, die ich gerne in die Realität umsetzen würde."

Liv seufzte leise, schloss die Augen und neigte den Kopf zur Seite, um Platz für seinen Mund zu machen. „Ich muss in zwei Stunden arbeiten, Jake."

„Zwei Stunden sind eine lange Zeit." Er schloss die Arme um ihren Rücken, zog sie auf die Zehenspitzen gegen seine Brust, bevor er sie endlich richtig küsste. Seine Hände warm auf ihrem Rücken, seine Lippen heiß auf ihren ... und es war so verlockend. Einfach ihre Pflichten zu vergessen. Den Sonntag mit Jake im Bett zu verbringen. So wie es so viele andere Menschen taten.

Aber Livs Leben war nicht wie das so vieler anderer.

„Ich kann nicht", sagte sie entschuldigend und löste sich widerstrebend von ihm. „Ich muss mich dort noch umziehen." Sie seufzte schwer und ließ geistesabwesend die Hände in seine Haare gleiten.

Jake nickte. „Okay", sagte er und küsste sie noch ein letztes Mal. Mehr tat er nicht.

Warum sollte er auch? Sie waren nicht in einer Beziehung. Er erwartete nichts von ihr ... außer, dass sie nichts von ihm erwartete. Und das war gut so, nicht? Denn Liv hatte keine Zeit für eine Beziehung. Keine Kraft, um eine verlorene Schlacht zu schlagen. Nicht die Geduld dafür, sich etwas zu wünschen, das sie nie bekommen würde. Jake würde sich nicht ändern. Er würde nicht in Philadelphia bleiben. Er würde gehen und nicht zurückblicken. Und sie würde nehmen, was er zu geben bereit war – und weitermachen wie zuvor. Denn mehr konnte sie nicht von ihm verlangen.

Wacklig lächelte sie und trat aus seiner Umarmung. „Bis dann."

Sie ging, erlaubte sich keinen letzten Blick – und hasste es.

„Gewöhn dich dran", murmelte sie zu sich selbst und stieg in ihr Auto.

Sechs Stunden später taten Livs Füße und Hände weh. Ihre Haare rochen nach abgestandenem Fett. Ihre Kleidung nach Rauch und Bier ... und trotzdem fühlte sie sich nicht so furchtbar wie sonst, wenn sie Sonntagabend von einem Kellnerjob zurückkam. Und das hatte nichts damit zu tun, dass der Job heute Abend leichter als sonst gewesen wäre. Nein, das hatte damit zu tun, dass sie Sex gehabt hatte. Ja, sie war theoretisch auch unglücklich verliebt, aber wer wollte darüber schon nachdenken? Verdrängung war doch ohnehin eine ihrer Spezialitäten.

Sie grinste in sich hinein, während sie die Wohnungstür öffnete. Wenn sie Jake jetzt anrufen und fragen würde, ob sie noch bei ihm vorbeikommen sollte ... würde er wohl Ja sagen?

Ihr Lächeln wurde breiter und es erfüllte sie mit einer unglaublichen Genugtuung, dass sie sich fast sicher war, dass er sich sogar darüber freuen würde. Ach, was sollte es, vielleicht würde sie einfach genau das tun! Sobald sie geduscht hatte und sicher war, wieder nach einem Menschen und nicht nach einem Schwein mit Alkoholproblem zu riechen.

Sie schlüpfte in den Flur, zog sich die Schuhe aus und hielt überrascht inne, als sie zwei Stimmen aus der Küche vernahm. Eine davon gehörte Kristen. Die andere Frauenstimme kam ihr ebenfalls bekannt vor, sie konnte sie jedoch nicht genau einordnen. Wen hatte ihre Schwester denn da zu Besuch?

Stirnrunzelnd zog sie auch ihre Jacke aus, bevor sie die Tür zu ihrer Rechten öffnete, in die Küche lugte ... und wie versteinert stehen blieb.

„Oh, hey", sagte Kristen und sprang hastig auf. „Was machst du denn schon hier? Du arbeitest doch sonst bis neun, ich ... ich hatte gehofft ..." Sie brach ab, schluckte und schloss schließlich seufzend die Augen. „Bitte raste nicht aus, Liv."

Liv antwortete nicht. Stattdessen starrte sie auf die Frau hinter Kristen, die sich nun ebenfalls unbeholfen von ihrem Stuhl erhob.

Es war merkwürdig. Sie hatte ihre Mutter seit Jahren nicht mehr gesehen – und dennoch nie ein Detail ihres Gesichtes vergessen. Janet Green trug ihre dunkelblonden Haare noch immer kurz, sodass sie sich kaum über ihre Ohren kräuselten. Ihre Falten hatten sich vielleicht ein wenig tiefer gegraben, zeichneten sich jedoch noch immer an denselben Stellen ab – an ihren Augen und um ihren Mund. Nicht an ihrer Stirn. Denn Janet Green hatte sich noch nie allzu große Sorgen gemacht. Dafür hatte sie ja ihre älteste Tochter gehabt. Sie trug weite Mom-Jeans, ein grünes Shirt, das eine Spur zu eng war, und einen reumütigen Gesichtsausdruck.

Und Liv spürte nichts.

Keine Wut, keine Freude, keine Liebe, keine Enttäuschung.

Sie fühlte überhaupt nichts. Vielleicht, weil sie die letzten Jahre schon zu viel gefühlt hatte. Weil sie müde war. Weil es anstrengend war. Vielleicht, weil ihr Körper das Fass nicht öffnen wollte.

Doch als sie in das entschuldigende Gesicht ihrer Schwester sah, war da eine Emotion. Etwas Schwarzes, das sich um ihr Herz zurrte.

Sie fühlte sich verraten.

„Was tut sie hier?", fragte sie abhackt. „Ich habe dir gesagt ..."

„Ich weiß, ich weiß", unterbrach Kristen sie leise. „Aber lass mich erst ausreden, okay? Und sieh mich nicht an, als hätte ich dich hintergangen."

Aber das hatte sie. Sie hatte ihre Mutter in ihr Zuhause gelassen. Das Einzige, was Liv jemals von ihrer Schwester verlangt hatte, war, ihr zuzugestehen, dass sie ihre Mutter nicht sehen wollte. Und diesen Wunsch hatte sie ignoriert.

„Was tut sie hier?", wiederholte sie kühl.

„Olivia", fing ihre Mutter an, doch Kristen hob die Hand, um sie zum Schweigen zu bringen.

„Lass mich das machen", flüsterte sie und trat einen Schritt vor, um Liv sanft an den Schultern in den Flur zu schieben. Sie schloss bestimmt die Tür hinter ihnen und holte tief Luft, bevor sie fortfuhr.

„Okay, bevor du durchdrehst: Ich hatte wirklich ehrenhafte Gründe, sie herzuholen, Liv. Mom steckt in einem kleinen finanziellen Engpass und hat eine Bleibe gesucht und gefragt, ob wir nicht ..." Sie räusperte sich. „Nun, ich konnte ihr doch nicht sagen, dass sie gehen muss, oder? Sie hätte sonst auf der Straße schlafen müssen.“

Mit offenem Mund starrte Liv sie an. Kristens Worte sickerten langsam in ihren Kopf und formten sich zu einem dicken, roten Ball, der auf ihre Lunge drückte. Einem Ball aus ... irgendetwas. Vielleicht war es Zorn. Vielleicht war es Enttäuschung. Vielleicht war es auch Trauer. Sie konnte es nicht sagen. Sie wusste nur, dass er ihr das Atmen schwermachte.

„Sie will hier wohnen?“, krächzte Liv. „Bei uns?“

„Nur für ein paar Tage“, beeilte sich Kristen zu sagen. „Nur bis sie etwas gefunden hat! Wirklich.“

„Aber sie wird nichts finden“, presste Liv zwischen den Zähnen hindurch. „Krissy, wie kannst du ...“ Sie stockte, schluckte, blinzelte, während der Ball auf ihre Brust drückte, immer schwerer wurde. „Kristen“, sagte sie mit zitternder Stimme. „Wir haben keinen Platz. Wir haben kein Geld, um noch jemanden zu füttern. Um die Wasserkosten zu tragen. Ich ... ich will sie nicht hier haben! Sie kann nicht ... ich kann nicht ...“

Ihre Augen brannten, die Worte flohen aus ihrem Mund, die Gedanken rannen aus ihrem Kopf, die Emotionen sickerten in ihr Herz. Es war zu viel. Sie konnte nicht damit umgehen. Nicht mit noch einer Krise. Sie musste doch schon ihr eigenes Leben, das von Kristen und das von Laney, unter Kontrolle halten. Sie konnte nicht noch ... nein!

„Ich weiß, dass du wütend auf sie bist“, fuhr Kristen im Flüsterton fort. „Ich weiß, dass ich dich nicht so damit hätte überfallen dürfen, aber sie ist verzweifelt! Ich konnte sie doch nicht auf die Straße setzen.“

„Ich kenne das Gefühl“, presste Liv zwischen den Zähnen hervor. „Ich bin auch verzweifelt, Kristen! Ständig und immer. Aber sie kann nicht einfach hier auftauchen und von uns verlangen, dass wir ... ich will sie nicht hier haben! Und ich verstehe nicht, wie du ...“ Ihr versagte der Atem, der Sauerstoff schien plötzlich dünner zu werden. „Wie du ... wie du ihr verzeihen kannst. Sie hat dich alleingelassen, Kristen! Du hättest sie damals mehr gebraucht als ich!"

Ihre Schwester schluckte hörbar und nickte. „Ja, das stimmt. Ich sage ja nicht, dass ich nicht auch wütend bin, aber ..."

„Nein!", sagte Liv lauter und stopfte ihre zitternden Hände in die Hosentaschen. „Kein Aber. Manche Dinge kann man nicht mit einem Aber rechtfertigen! Manche Dinge können nicht wiedergutgemacht werden. Manche Dinge ..."

„Olivia." Die Küchentür ging auf und ihre Mutter stolperte in den Flur. „Bitte, Olivia, hör mir wenigstens zu."

„Nein!", wiederholte Liv und diesmal schrie sie. „Nein! Ich will es nicht hören! Ich will nichts von alledem hören! Ich will nicht wissen, wie ich reagieren müsste! Wie ich jetzt handeln sollte. Mir gehört nichts in meinem Leben! Ich tue nichts für mich. Aber es ist mein Recht, so zu reagieren, wie ich reagieren will. So zu fühlen, wie ich es tue. Und niemand von euch kann mir sagen, was ich tun soll! Wem ich mein Zuhause öffne."

„Olivia, bitte", sagte ihre Mutter mit fester Stimme und kam mit erhobenen Händen auf sie zu. „Du musst verstehen, in was für einer Situation ich mich damals befand. Euer Vater hat mich verlassen, als ihr noch klein wart. Ich habe mein Leben für euch aufgegeben. Alles getan, um euch etwas zu bieten. Und ich dachte, mein Job wäre endlich beendet! Und dann ist Kristen schwanger geworden und ich hätte wieder von vorne anfangen müssen ... also bin ich gegangen! Ich brauchte Zeit für mich."

„Du bist nicht gegangen!", sagte Liv zitternd. „Du bist geflohen. Mit unserem Geld. Du hast uns im Stich gelassen. Nein! Du hast uns bestohlen und dann im Stich gelassen."

„Aber doch nur, weil ich nicht mehr konnte! Ich brauchte einen Neuanfang. Ich brauchte das Geld, um endlich einmal zu leben. Du musst verstehen, dass ...“

„Nein!“, schrie Liv mit brennenden Wangen und ballte die Hände zu Fäusten. „Ich bin es so leid, zu reden oder zuzuhören oder zu verstehen! Worte sind einen Dreck wert. Wir sind deine Kinder, keine Hunde, die du an einen Laternenmast bindest, weil sie dir zu viel werden, nur um fünf Jahre später den neuen Besitzer darum zu bitten, sie zurückzubekommen. Jetzt würde dir ein Haustier besser passen! Es ist mir scheißegal, wie müde du warst! Wie erschöpft. Mich interessiert nicht, warum du gegangen bist! Denn du bist gegangen! Und es ist mir egal, dass es dir leidtut! Denn das macht es nicht besser. Und Kristen mag dir verzeihen, weil ihr Herz zu groß ist, weil sie will, dass Laney eine Großmutter bekommt. Aber ich konnte mich noch nie auf dich verlassen, Mom.“

Ihre Augen fingen an zu brennen und fahrig blinzelte sie die erste Träne weg. Sie würde nicht anfangen zu weinen. Nicht jetzt.

„Ich habe mich bei dir nie sicher gefühlt – ich bin das Familienoberhaupt seit ich zwölf bin! Seit ich Geld verstehe. Seit ich dem Vermieter sagen konnte, dass du krank im Bett liegst und ihn später anrufen würdest. Und ich werde dir nicht vertrauen, nur um wieder enttäuscht zu werden.“

Sie griff nach ihren Schuhen und ihrer Jacke und floh aus der Tür. Sie brauchte Luft zum Atmen.

„Liv!“, schrie Kristen und eilte ihr nach. „Liv, bitte!“

Sie reagierte nicht, rannte auf Socken die Treppe herunter und versuchte, ihren Atem zu regulieren. Sie war es nicht wert ... sie war es nicht wert ...

Die Tränen drängten sich immer wieder in ihre Augen, doch sie kämpfte gegen sie. Kämpfte, obwohl sie nicht mehr konnte. Sie war so erschöpft. So erschöpft, diejenige sein zu müssen, die alles zusammenhielt. Die vernünftig war, damit ihr sorgsam aufgebautes Leben nicht auseinanderbrach. Doch was brachte es ihr?

Kristen hatte ihre Dates und Laney. Ihre Mutter hatte Livs Geld, ihr Vater hatte kein Gewissen und Liv ... was hatte sie?

Ein Leben voller Arbeit und endloser Müdigkeit. Ein Leben, das sich im Kreis drehte. Das aus einer Aneinanderreihung von Problemen bestand. Aus Enttäuschungen, aus Streit, aus Kämpfen. Und sie wollte nicht mehr! Sie wollte ein einziges Mal diejenige sein, die nicht verstehen musste, sondern die, die verstanden wurde. Diejenige, die selbstsüchtig war und der die Menschen großmütig wieder verziehen.

„Liv!“ Kristens Schritte hallten hinter ihr im Flur wider, doch erst am Eingang holte ihre Schwester sie ein.

„Liv“, flüsterte sie flehend und drehte sie an den Schultern zu sich herum. Tränen rannen ihre Wangen hinab und ihre Lippen zitterten. „Bitte. Wir sind doch eine Familie.“

„Nein“, wisperte sie mit erstickter Stimme und schüttelte immer wieder den Kopf. „Du bist meine Familie. Laney ist meine Familie. Mom ist eine Frau, die ab und an mal da ist, nur um dann wieder zu verschwinden. Das weißt du doch. Du kennst mich, Kristen. Wie kannst du ihr einfach sagen, dass sie bei uns wohnen darf? Wie kann ... wie kann dir so egal sein, wie ich mich fühle?“

„Das ist es nicht!“, sagte Kristen verzweifelt. „Aber ich dachte ... ich dachte, wenn sie einfach da ist. Wenn du sie siehst, dann würdest du ...“

„Das tue ich aber nicht“, sagte Liv steif – bevor sie sich losriss und in die Nacht verschwand.

Dreiundzwanzig

Jake saß auf seiner Couch und las. Dasselbe Buch zum dritten Mal in Folge. Zugegebenermaßen war es keine harte Arbeit, es zu lesen. Das Werk bestand nur aus etwa zwanzig Sätzen und war mit einer Menge Bildern geschmückt. Nach Laneys Lobgesang gestern hatte er sich heute Mittag Die Prinzessin in der Tüte gekauft und war beeindruckt. Die Geschichte erzählte von einer verdammt toughen und klugen Prinzessin, die tatsächlich einige Parallelen zu Liv aufwies. Abgesehen davon, dass er sie noch nie in eine Papiertüte gekleidet gesehen hatte.

Es klingelte an der Tür und widerstrebend legte er das dünne Kinderbuch weg und schlenderte durch den Flur.

Hatte er das Tor schon wieder nicht geschlossen? Das passierte ihm in letzter Zeit immer häufiger, weil die Presse auf wundersame Art und Weise verstanden zu haben schien, dass er sich zurzeit unterhalb ihres Radars bewegte. Er hatte wenig Lust auf Besuch. Und wenn Silvana vor der Tür stand und für ihn backen wollte, würde er sie wohl wieder nach Hause schicken. Doch als er die Tür öffnete, stand jemand völlig anderes davor.

„Hey", sagte Liv und lächelte wacklig zu ihm hoch. Doch Jake entging keineswegs, dass ihre Augen glänzten.

„Hey", erwiderte er vorsichtig.

„Entschuldige, dass ich nicht vorher angerufen habe", begann sie und schniefte kurz. „Aber ich wusste nicht wohin und zu Hause ist meine Schwester, die mich jetzt vermutlich hasst, und meine Mutter, der ich nicht in die Augen sehen kann, und ... überall warten nur

Probleme auf mich und ..." Sie holte zitternd Luft, sah auf den Boden, schloss die Augen. „Und ich habe es immer alles allein geschafft, aber ich kann nicht mehr. Ich bin müde und ich arbeite und arbeite, aber das Geld rinnt mir trotzdem durch die Finger und alles, was ich habe, sind meine Schwester und Laney. Und wenn Mom sie auf ihre Seite zieht, stehe ich allein da und ..." Die erste Träne rann ihre Wange hinab, doch fahrig wischte sie sie weg. „Und allein darüber nachzudenken, tut weh und ich wollte nicht allein sein und ... ich weiß nicht mehr, was ich tun soll." Ihre Stimme war so dünn, dass Jake sie kaum verstehen konnte, während weitere Tränen ihre Wangen hinabfielen und Wimperntuscheschlieren auf ihrer Haut hinterließen. „Es ist egal, was ich tue, alles bricht neben mir zusammen und ich habe niemanden, der ... der ... der mich ausnahmsweise mal auffangen kann. Und ich hasse es, dass ich aufgefangen werden muss, ich sollte damit klarkommen. Ich sollte es allein ..."

Jake nahm sie in die Arme. Er presste seine Wange auf ihren Scheitel, zog sie eng an sich, sodass ihr Gesicht an seine Schulter gepresst wurde, und hielt sie einfach nur fest. Er konnte fühlen, wie ihre stummen Tränen in sein T-Shirt sickerten und mit jedem neuen Tropfen wurde sein Herz schwerer. Denn Liv weinte nicht. Nie. Und es musste sie sehr viel kosten, diese Tränen jetzt zuzulassen. Und er hasste jeden Moment.

„Niemand sollte es allein schaffen müssen. Das ist das Erste, was man im Baseball lernt, Liv", murmelte Jake. „Man braucht das ganze Team. Jeder braucht ein Team."

„Das Leben ist aber kein Baseballspiel, Jake", flüsterte Liv mit belegter Stimme und vergrub ihre Nase in seiner Halsbeuge.

„Meines schon", gab er zu. „Und heute bin ich gerne dein Team."

Liv schluchzte und lachte zugleich. „Gott, sieh mich an. Ich bin ein Wrack! Und das alles nur, weil meine Mutter an meinem Küchentisch sitzt. Was stimmt nicht mit mir?"

„Gar nichts. Du bist ziemlich perfekt. Und deine Mutter ist nicht irgendwer. Sie hat dich ziemlich furchtbar behandelt. Natürlich willst du sie nicht bei dir zu Hause haben."

Liv zitterte in seinen Armen und schüttelte den Kopf. „Du machst das falsch, Jake. Müsstest du mir jetzt nicht sagen, dass ich meiner Mutter verzeihen soll? Dass ich mit ihr reden sollte, da sie mir schließlich das Leben geschenkt hat? Dass ich sie anhören und unsere Beziehung retten sollte ..."

„Nein", murmelte er. „Denn du musst und solltest gar nichts. Es ist dein gutes Recht, wütend zu sein. Und manchmal ... manchmal ist es besser, aufzugeben, als ewig an etwas festzuhalten, das einen nur verletzt. Manchmal ist es das Richtige, das zu tun, was für dich am besten ist."

Liv hickste laut und krallte ihre Hände in sein T-Shirt. Und so blieb sie stehen. Für endlose Momente, in denen er sie festhielt und hoffte, sie davor retten zu können, auseinanderzubrechen. Weil er nichts mehr wollte, als dass sie wieder lächelte.

„Es tut mir leid", wisperte sie. „Es tut mir leid, dass ich dich so überfalle. Ich weiß, du magst all diesen emotionalen Mist nicht und ..."

„Halt die Klappe, Liv", sagte er so freundlich wie er konnte und strich ihr mit der Hand über den Hinterkopf. „Denk doch einfach mal nur an dich. So wie ich es gerade tue. Dir geht es schlecht, du brauchst Trost. Das ist kein Weltuntergang. Das ist sehr menschlich von dir. Es ist okay, Hilfe zu brauchen. Es ist okay, um Hilfe zu bitten. Ist es nicht das, was du deinen Kindergartenkindern immer predigst?"

„Ich weiß", schluchzte sie. „Aber ich höre nie auf meinen eigenen Rat. Ist dir das noch nicht aufgefallen?"

Jake lächelte, legte die Hände warm um ihr Gesicht und zwang sie dazu, ihn anzusehen. „Dann hör auf meinen Rat, okay? Liv, du bist nicht allein. Und du musst es nicht allein schaffen. Dafür hast du ... Freunde."

Livs Lippen zitterten und die Tränen rannen noch immer über ihre Wangen, als sie in seine Augen blickte. „Bist du mein Freund, Jake?"

„Natürlich", sagte er ohne zu zögern und küsste sie sanft auf die Lippen. „Und vielleicht ist heute der Tag, an dem sich ausnahmsweise mal jemand um dich kümmern sollte. Und nicht andersherum."

„Und du willst dieser jemand sein?", fragte sie ungläubig.

„Großer Gott, nein. Ich rufe gleich meine Haushälterin an, die dich in eine Decke packen und heißen Tee kochen kann", sagte Jake kopfschüttelnd. „Aber bis sie kommt ... willst du reinkommen? Tee kochen kann ich auch."

Er konnte sie laut schlucken hören, bevor sie nickte und sich von ihm löste. „Okay. Aber ich will Kakao."

„Klar."

Solange es ihr nur besser ging.

Als er zwei Stunden später auf Liv hinabsah, die, den Kopf in seinen Schoß gelegt, auf seiner Couch eingeschlafen war, erwischte er sich bei dem Gedanken, dass er in seinem Leben noch keinen so beeindruckenden Menschen kennengelernt hatte. Und als er sie nach oben in sein Bett trug, dachte er, dass er sie möglicherweise vermissen würde. Als Freund. Und als sie sich in seinen Arm rollte, das Gesicht in seine Halsbeuge presste, die Hand auf seine Brust, direkt über sein Herz legte, wusste er, warum er so gerne Zeit mit ihr verbrachte. Weil er sich in ihrer Gegenwart wie ein besserer Mensch fühlte. Der Beste.

Nach acht Stunden schlief Liv immer noch.

Sie hatte sich so eng an ihn gedrängt, dass Jake sich, aus Angst, sie aus Versehen zu wecken, kaum noch bewegt hatte. Jetzt hatte er einen steifen Nacken und einen eingeschlafenen Arm, aber dafür sah Liv entspannt aus. Jake betrachtete ihr ungeschminktes Gesicht. Ihre sorgenfaltenfreie Stirn. Ihre hellen Wimpern, die auf ihren Wangen auflagen. Und er fragte sich, wann das letzte Mal eine Frau in seinem Bett übernachtet hatte. Ja, viele lagen in seinem Bett. Taten andere Dinge dort. Aber geschlafen hatte hier noch nie eine.

Abwesend strich er ihr die weichen Haare aus dem Gesicht, bevor er auf den Wecker neben sich sah. Es war kurz nach acht. Er hatte in einer halben Stunde einen Termin mit Cole, den er nicht ausfallen lassen konnte, wollte Liv aber nur ungern wecken. Sie brauchte ihren Schlaf ... oder eher den Schlaf von hunderten viel zu kurzer Nächte. Außerdem hatte sie heute frei, eine der Mütter hatte gestern erwähnt, dass der Kindergarten wegen des Zeltausflugs heute nicht stattfinden würde.

Also zog er sacht den Arm unter ihrem Kopf hervor, schrieb ihr eine Nachricht, dass er in ein paar Stunden zurück sei und sie es sich bei ihm gemütlich machen solle und legte sie neben sie aufs Kopfkissen. Dann schlüpfte er in Jeans und T-Shirt und blieb zögerlich am Bett stehen. Die Bettdecke war an Livs nackter Schulter hinuntergerutscht und vorsichtig zog er sie höher, bis sie wieder an ihrem Kinn anlag. Schließlich beugte er sich zu ihr hinunter und küsste sie sacht auf die Wange. „Das wird schon wieder", murmelte er, bevor er sich aufrichtete und das Haus verließ.

Ja, das würde schon wieder. Und wenn er selbst dafür sorgen musste.

Kalter Wind schlug Jake entgegen und er zog den Kopf ein. Er war froh, sich gegen das Quad entschieden zu haben. Der Herbst war zusammen mit dem Oktober endgültig eingezogen, bald würde er wohl ohnehin nur noch mit dem Auto fahren. Außerdem war ihm irgendwie der Spaß an dem Fourwheeler vergangen. Damit im Wald umherzufahren, war die eine Sache, aber im Straßenverkehr erschien ihm das Gefährt doch irgendwie gefährlich.

Zehn Minuten später klopfte Jake an Coles Büro und wurde fahrig von dem Teambesitzer hereingewunken, der noch am Telefon hing.

„Callie, du sagst seit einem verdammten halben Jahr, dass du nächsten Monat kommst. Kennst du noch die Geschichte mit dem Jungen, der Feuer schreit?“

Jake gähnte ausgiebig und ließ sich auf dem Stuhl vor Coles Schreibtisch nieder. Wenn die Panther-Geschwister einmal anfingen zu streiten, hörten sie nicht mehr so schnell auf.

Cole verdrehte die Augen in Richtung des Telefons, während er Jake ein Stück Papier über den Tisch schob.

„Mir ist klar, dass du nicht bei Dad wohnen willst, Callie. Dann such dir halt eine Wohnung ... wieso ist das nicht leicht? Dein Nachname ist Panther!“

Mit halbem Ohr der Unterhaltung lauschend, zog Jake den Zettel zu sich heran. Dort standen die Bedingungen der Auflösung des Arbeitsvertrags mit den Delphies. Er überflog das Schreiben und landete mit dem Blick zielsicher auf der gestrichelten Linie, auf der er unterschreiben musste.

„Alles klar, rede mit Coop“, seufzte Cole. „Ich hab' jetzt einen Termin. Wir sehen uns nächsten Monat. Sonst komme ich dich holen.“

Jake hörte ein lautes Schnauben auf der anderen Seite der Leitung, bevor Cole auflegte und das Telefon an seinen angestammten Platz legte.

„Na, Ärger bei der Traumfamilie?", fragte Jake fröhlich.

Cole zog eine Grimasse. „Nichts, was ein wenig geschwisterliche Liebe nicht retten könnte. Also, hast du den Vertrag gelesen?"

„Nein, natürlich nicht. Ich spiele Baseball. Ich wälze keine Akten." Er schob das Blatt Papier wieder zurück. „Warum gehst du damit nicht zu meinem Agenten?"

„Weil ich deinen Agenten scheiße finde", sagte Cole trocken.

Jake grinste. „Du magst ihn nur nicht, weil er so verdammt gut ist."

„Es spielt keine Rolle, warum ich ihn nicht mag. Mit ihm kann man nicht reden – mit dir schon. Bevor du also unterzeichnest ... Jake, lass es doch einfach und bleib bei uns. Wir sind so viel besser als alle anderen."

Jake schnaubte. „Komischerweise sagt mir das jeder Verein."

„Ja, aber wir sind der einzige, der recht hat", erklärte Cole sachlich und strich sich durch die schwarzen Haare. „Und das weißt du. Wenn du wenigstens gehen wollen würdest, weil wir dich schlecht behandeln ... aber nur, weil deine Eltern dir auf den Sack gehen?"

„Mir geht die gesamte Stadt auf den Sack, Cole. Ich wollte nie in Philadelphia landen."

Cole seufzte schwer. „Gott, du klingst wie Callie."

„Na, dann weißt du ja schon, wie das Gespräch endet, oder nicht?", meinte Jake mit gehobenen Augenbrauen.

Kopfschüttelnd presste Cole die Lippen aufeinander. „Ich hasse es, dich gehen zu lassen", stellte er schließlich leise fest.

„Weil du mich so sehr liebst und ich dich eine Menge Sponsoren koste?"

„Callie wird sehr enttäuscht sein, wenn du nicht mehr hier bist …“, meinte Cole vage und sah ihn vielsagend an. „Da kehrt sie endlich heim und ihr eigentlicher Lieblingsbruder geht.“

„Ach, sie mag mich nur am liebsten, weil ich nicht mit ihr verwandt bin und meine Zeit nicht damit verbringe, wie eine verdammte Drohne schützend über ihr zu schweben.“

„Einmal haben Cal und ich eine Drohne geschickt! Einmal!“ Cole seufzte. „Ist auch unwichtig. Du hast dich längst entschieden, oder?“

„Jap. Egal, was du sagst, ich gehe. Schick den Wisch an meinen Agenten, okay?“ Jake stand auf und strich sich die Falten aus dem T-Shirt.

„Schön“, sagte Cole, wenn auch widerstrebend. „Dann geh. Ich muss mich nach einem neuem Third-Baseman umsehen.“

„Hey, wenigstens gewinne ich noch die World-Series für dich.“

„Ja, und wehe du hältst nicht Wort!“

„Wir sind so gut wie drin, Cole.“

„Ich weiß. Das ist aber noch lange kein Grund, übermütig zu werden.“

„Natürlich nicht.“ Auch wenn Jake wusste, dass sie siegen würden. Er war sich noch nie so sicher bei etwas gewesen. Die Delphies würden die World-Series gewinnen und wenn es ihn umbrachte.

Er winkte zum Abschied und verließ dann durch die Glastür das Büro. Dieser Termin war sehr viel kürzer verlaufen, als er angenommen hatte. Das passte ihm ganz gut, dann konnte er Liv noch ein wenig aufheitern, bevor er wieder los zum Training musste und die nächsten zwei Tage in Houston bei den Astros verbringen würde. Ein Lächeln zupfte an seinen Mundwinkeln, als er daran dachte, wie Liv sich letzte Nacht wie ein Burrito in die Bettdecke eingerollt hatte und beinahe aus dem Bett gefallen wäre, als er daran gezogen hatte. Er war es nicht gewohnt, dass jemand neben ihm schlief. Sie offensichtlich auch nicht. Denn sie war sehr grumpig gewesen. So verdammt hinreißend grumpig.

Er machte sich auf den Weg zum Aufzug, aus dem gerade ein großgewachsener Mann, ein unförmiges Bündel in seinem Arm, stieg. Erst beim zweiten Hinsehen erkannte Jake, dass es Luke war und er ein Baby und keinen eingewickelten Salatkopf in den Armen trug. Sie nickten sich zu und neugierig sah Jake auf den schlafenden Jungen, dessen mit Flaum bedeckter Kopf aus der Decke herauslugte.

Kaum zu glauben, dass so etwas Süßes von dem Arschloch kam, das Jake vor ein paar Jahren noch eine runtergehauen hatte. Es war klar, dass der Junge eine Menge von seiner Mutter mitbekommen hatte.

„Na, kommst du vom Boss?", wollte der Pitcher wissen und nickte zum Glasbüro.

„Ja, hab' meinen Auflösungsvertrag gesichtet."

Luke stieß einen Schwall Luft aus. „Du ziehst es wirklich durch, oder?"

„Ich sagte doch, dass ich den Verein verlasse."

„Ich weiß, aber die Jungs haben Wetten laufen, ob du es wirklich machst."

„Was hast du gewettet?"

Luke grinste. „Mein Geld sagt, dass du in letzter Minute den Schwanz einziehst und doch bleibst."

Jake schnaubte. „Dann wirst du ein paar Dollar ärmer."

„Ach, ich bin noch nicht überzeugt. Niemand verlässt einfach so die Delphies."

„Im Baseball ist es nichts Besonderes, dass Spieler die Mannschaft wechseln, Luke. Das passiert ständig."

„Ich weiß. Ich kenne die Branche ein wenig. Aber bei den Delphies ist es irgendwie etwas anderes, oder?

Weißt du, warum wir die bessere Mannschaft sind? Warum wir den Titel verdient haben? Weil wir eine beschissene Familie sind."

Meine Güte, das Kind in seinem Arm war ihm eindeutig zu Kopf gestiegen.

„Solltest du vor deinem Sohn so fluchen?", fragte Jake zweifelnd.

Luke sah auf das kleine Gesicht des Jungen in seinem Arm hinab und zuckte mit den Schultern. „Ach, früher oder später muss er es lernen, oder? Spätestens in drei Jahren, wenn er anfängt, Baseball zu spielen. Verrat nur Emma nicht, dass ich das gesagt habe. Wenn es nach ihr ginge, würde er anfangen zu backen und einen Malkurs belegen."

Jake lachte leise. „Hey, warum sollte er das nicht tun? Wenn er nach seiner Mutter kommt, wird er Sport verabscheuen, Lucky. Und was willst du tun, wenn er Baseball genauso scheiße findet wie Emma es tut?"

Luke zog eine Grimasse. „Ihn backen und malen lassen und so tun, als würde es mir nicht das Herz brechen."

Das hörte sich vernünftig an. „Du bist ein guter Vater."

„Ah, ich lerne noch. Meistens fühle ich mich ziemlich hilflos, aber Ty meint, das muss so sein, also ..." Er holte tief Luft. „Wenn du mal Vater werden solltest: Geh zu Ty. Er weiß, was er tut."

Jake lachte laut. „Ich glaube, das wird nicht passieren. Aber vielen Dank. Wenn der Auflösungsvertrag durch ist, bin ich in mehr als einer Hinsicht ein freier Mann."

Luke lächelte, während sein Sohn ein paar Gurgelgeräusche von sich gab, die vermuten ließen, dass er später einmal ein begeisterter Biertrinker werden würde. „Bist du sicher, dass du das willst?"

„Was? Aus Philadelphia weggehen?"

Luke schüttelte den Kopf. „Nein. Frei sein."

Jake blinzelte irritiert. „Warum sollte ich nicht frei sein wollen?"

„Weil die schönsten Dinge im Leben die sind, die einen festhalten ... und nicht freigeben."

„Wann bist du denn unter die Philosophen gegangen?"

„Seit Emma mir gesagt hat, dass sie mich liebt", meinte Luke ohne nachzudenken, nickte ihm ein letztes Mal zu und lief dann an ihm vorbei in Richtung Coles Büros.

Kopfschüttelnd sah Jake ihm nach. Es war so, wie er immer sagte: Seit Emma ihre Umkleide gestürmt hatte, waren die Jungs einfach nicht mehr dieselben. Aber es schien sie glücklich zu machen, also ... ach, was sollte es. Jedem das seine. Jake war da sehr aufgeschlossen: schwul, Transgender, verheiratet. Er hatte ein Herz für sie alle.

Und jetzt wurde es Zeit, dass er nach Hause ging. Bevor Liv noch auf die Idee kam zu gehen. Er hatte nämlich noch ein paar sehr dreckige Dinge mit ihr vor, die er gestern nicht hatte umsetzen können, weil es ihr schlechtgegangen war. Er hoffte nur, dass sie emotional etwas stabiler war ...

Vierundzwanzig

Liv hatte aufgehört zu weinen.

Erstens, weil Jake keine Taschentücher besaß und Toilettenpapier ihrer Nase wehtat. Zweitens, weil sie nicht mehr ganz so unglücklich war wie gestern. Drittens, weil Jake einen Whirlpool in seinem Badezimmer hatte, der sie zu einem neuen Menschen gemacht hatte. Viertens, weil sie es hasste, zu weinen.

Die Gründe reichten ihrem Körper offenbar, um sich wieder halbwegs normal zu fühlen.

Obwohl nein, das stimmte nicht. Sie fühlte sich nicht normal – sie fühlte sich ausgeschlafen. Was für ein seltsames Gefühl. Jake hatte geschrieben, dass er in ein paar Stunden zurück wäre, also hatte sie entschieden zu bleiben. Sie wusste sowieso nicht, wo sie hätte hingehen sollen. Alle ihre Freunde waren auf der Arbeit und zu Hause wartete niemand außer ihrer Mutter auf sie.

Eine halbe Stunde lang wanderte sie durchs Haus. Sie sah sich die Bilder an, die wahrscheinlich schon hier gehangen hatten, als Jake eingezogen war – er war nicht der Typ für Hundeporträts – schaute ein wenig Fernsehen und lief dann in die Küche, um sich Frühstück zu machen.

Es war merkwürdig, Zeit zu haben. Keinen Termin. Keinen Job, für den sie sich fertig machen musste. Merkwürdig und einsam. Ihr war es vorher nie aufgefallen, weil sie immer unterwegs war, aber wenn man nichts zu tun hatte, merkte man erst, dass man allein war.

Der Gedanke daran trieb ihr erneut die Tränen in die Augen und da sie das Weinen leid war, plünderte sie in dem Versuch sich abzulenken den Kühlschrank.

Als sie schließlich allein in der riesigen Küche saß und die hohen Decken anstarrte, glitt sie unwohl auf ihrem Stuhl hin und her. Das Haus war das reinste Mausoleum und ein wenig gruselig, wenn sie genau darüber nachdachte. Umso erleichterter war sie, als sie hörte, wie jemand die Tür ins Schloss warf. Überzeugt davon, dass Jake zurück war, sprang sie vom Stuhl auf und lief in den Flur.

Doch sie hatte sich geirrt. Eine dunkelhaarige Frau um die Dreißig stand vor ihr und blickte sie verblüfft an.

„Hey", sagte sie langsam.

„Hey", erwiderte Liv in Ermangelung einer besseren Antwort und legte die Arme um ihren ärgerlicherweise BH-losen Oberkörper.

Die Frau lächelte breit. „Kennen wir uns? Du kommst mir sehr bekannt vor."

Ja, Liv hatte dasselbe Gefühl. Sie hoffte nur inständig, dass sie ihr Gegenüber nicht aus der Klatschpresse kannte, weil sie eine von Jakes Verflossenen war.

„Ich bin Liv", sagte sie und streckte die Hand aus. „Eine Freundin von Jake."

„Aha." Die Frau blickte an ihr herab und hielt auf ihren nackten Beinen, die in nichts außer einer von Jakes Boxershorts steckten, inne.

„Eine platonische Freundin!", beeilte sich Liv zu sagen, lief jedoch im selben Moment rot an. Denn so ganz stimmte das nicht.

„Ha, witzig. Und ich dachte, ich wäre so ziemlich Jakes einzige platonische Freundin", sagte die Frau lachend und ergriff endlich ihre Hand. „Ich bin Kaylie."

Der Groschen fiel. „Ah, du bist die Freundin von Dexter!", sagte Liv und atmete erleichtert aus. „Wir haben uns mal auf einer Party von Chloe getroffen. Sie ist eine Freundin von mir."

Erkenntnis dämmerte auf Kaylies Gesicht und die vorherige Skepsis wich sofortiger Neugier. „Warte! Bist du die Erzieherin, bei der Jake seine Sozialstunden abarbeitet?“

„Exakt die.“

„Oh mein Gott, ich will dich seit Monaten kennenlernen!“, sagte sie begeistert. „Jake erzählt mir so wenig über seine Zeit beim Kindergarten und …“ Ein Lächeln zog an ihren Lippen, als ihr Blick erneut Livs Erscheinung hinunterwanderte. „Na ja, über dich hat er mich offenbar auch nicht allzu detailliert informiert.“

Liv lief gleich noch eine Spur roter an. „Oh, da gibt es nichts zu wissen! Wirklich. Jake ist sehr gut im Umgang mit den Kindern.“

„Echt?“ Kaylie schien ihr nicht zu glauben.

„Ja. Wir hatten einige Startschwierigkeiten, aber …“ Sie räusperte sich und zwang das Blut aus ihren Wangen. „Aber jetzt ist alles okay.“

„Aha“, sagte Kaylie und die Neugier in ihren Augen wurde mit jeder verstreichenden Sekunde unverhohlener. „Und was machst du hier?“

„Ähh …“ Die Tür ging erneut auf und ersparte Liv eine unangenehme Antwort. Jake trat ein und blieb wie angewurzelt stehen, sobald sein Blick auf Kaylie landete. Verblüfft sah er zwischen ihnen beiden hin und her. Es war offensichtlich, dass ihm nicht gefiel, was er sah.

„Hey“, sagte er wachsam und schloss die Tür hinter sich. „Was ist denn hier los?“

„Oh, hey“, sagte Kaylie fröhlich. „Ich unterhalte mich nur nett mit deiner neuen platonischen Freundin Liv.“

Jakes Augenbrauen fuhren bei dem Wort platonisch in die Höhe. „Aha. Das ist ja … fantastisch.“

„Ja, nicht?“ Kaylie grinste breit und Liv hatte das Gefühl, irgendetwas zu verpassen. Zumindest verdüsterte sich Jakes Gesicht von einem Moment auf den nächsten.

„Was genau tust du noch gleich hier?", fragte er an Kaylie gewandt.

„Ich wollte wissen, wie dein Gespräch mit Cole gelaufen ist ... und bin dann zufällig auf Liv getroffen."

„Das Gespräch war okay", sagte er vage. „Und danke fürs Vorbeisehen, aber du kannst dann jetzt auch ..."

Es klingelte an der Tür.

„Meine Güte, ich muss wirklich das Tor abschließen", fluchte Jake, bevor er sich umwandte und die Tür öffnete.

Kristen stand davor und automatisch sprang Livs Herz in ihre Lunge.

„Hey", sagte sie an Jake gewandt. „Ich will mit meiner Schwester reden."

„Klar", sagte Jake angesäuert. „Komm doch herein. Offensichtlich habe ich heute Tag der offenen Tür."

Erleichtert seufzte Kristen auf und lief schnurstracks an Jake vorbei zu Liv, deren Magen sich unangenehm zusammenzog.

„Ich hasse es, mit dir zu streiten!", eröffnete Kristen das Gespräch. „Und ich weiß, ich hätte dich wegen Mom fragen sollen, aber ich wusste, dass du Nein sagen würdest und sie war wirklich verzweifelt. Es tut mir leid. Verzeihst du mir?"

Liv atmete zitternd aus.

„Ich weiß, dass es dir leidtut. Und natürlich verzeihe ich dir." Sie war schon immer furchtbar schlecht darin gewesen, auf Kristen wütend zu sein. „Aber ich werde nicht mit ihr in einer Wohnung bleiben!"

Bittend sah ihre Schwester sie an. „Ich kann sie nicht wegschicken, Liv. Sie kann nirgendwo hin."

„Meine Güte, dann bleib doch einfach bei mir", sagte Jake ungeduldig.

Liv sah ihn mit großen Augen an. Die einzigen Augen, die noch größer waren, waren die von Kaylie.

„Ist das dein Ernst?", fragten beide zeitgleich.

Jake verdrehte die Augen. „Dass alle immer so überrascht sind, wenn ich nett bin. Natürlich ist es mein Ernst. Dieses Haus ist gigantisch groß. Also bleib für die nächsten Tage hier, bis deine Mutter eine eigene Bleibe gefunden hat.“

Liv öffnete den Mund … doch wusste nicht, was sie dazu sagen sollte. Ebenso wenig hatte sie jedoch eine andere Lösung für das Problem. Aber für ein paar Tage mit Jake zusammenzuwohnen … scheiße, das konnte unmöglich gut für ihr Herz sein.

„Ähm, Jake“, meldete sich Kaylie zu Wort und zog an seinem Ärmel. „Kann ich kurz mit dir in der Küche reden?“

„Wenn es sein muss“, sagte er und seufzte schwer, bevor er seiner Freundin nachlief.

Liv starrte ihm blinzelnd hinterher. Sie wusste nicht ganz, was gerade passiert war. Wohnte sie jetzt mit Jake Braker zusammen?

„Ähm, ist das so okay für dich?“, fragte Kristen verwirrt.

„Keine Ahnung“, sagte Liv wahrheitsgemäß. „Ich … woher wusstest du überhaupt, dass ich hier bin?“

„Nun, du warst nicht bei Chloe und … wo sonst hättest du hingehen sollen?“

Auch wieder wahr.

„Liv, mir tut es wirklich leid“, flüsterte Kristen und umarmte sie spontan. „Ich werde ihr dabei helfen, eine eigene Wohnung zu finden. Wirklich. Sie ist ganz schnell wieder weg.“

„Okay“, murmelte sie und erwiderte die Umarmung. Es war komisch … aber irgendwie war alles gerade halb so schlimm. Als hätte jemand ihr Leben in eine neue Perspektive gerückt. Sie würde ein paar Tage bei Jake bleiben. Was war schon dabei?

***

„Was schon dabei ist?", zischte Kaylie ungläubig und zerrte Jake an seinem T-Shirt neben die Kochinsel. „Schläfst du mir ihr, Jake?"

„Natürlich schlafe ich mit ihr", sagte Jake verärgert. „Hast du sie dir mal angesehen?"

Mit vor Verblüffung geweiteten Augen sah Kaylie ihn an. „Ja. Deswegen meine Frage."

Jake verstand kein Wort. Und wenn er ehrlich war, hatte er gerade absolut keinen Bock auf dieses Gespräch. Er hatte sich darauf gefreut, nach Hause zu kommen und Liv am besten im halbnackten Zustand in seinem Whirlpool oder auch seinem Bett wiederzufinden. Und stattdessen war er in eine Frauen-Hormon-Party reingeplatzt.

„Was willst du von mir, Kaylie?", fragte er ungeduldig.

„Jake", flüsterte sie eindringlich und sah ihn fest an. „Weißt du, was du mit Liv tust?"

„Natürlich. Ich hatte viel Übung."

Sie schnaubte. „Ich meine nicht den Sex. Ich meine ... mit ihr. Sie ist nicht wie die anderen Frauen, mit denen du sonst ... zusammen bist."

„Das ist mir klar!"

„Okay, nur ..."

„Es ist Sex, Kaylie", sagte er gereizt. „Sex mit einer Frau, die anders ist als die anderen. Und Liv weiß das. Sie kennt mich. Sie erwartet nichts von mir." Das war ihre beste Eigenschaft!

Skeptisch blickte Kaylie ihn an. „Bist du sicher?"

„Ja", sagte er gereizt. „Du kennst sie nicht. Sie hat gar keinen Kopf für eine Beziehung. Sie ... gönnt sich etwas. Das ist alles."

„Sie gönnt sich etwas?" Kaylie verzog das Gesicht. „Du Romantiker!"

„Das ist ja der Sinn der Sache! Es ist nicht romantisch. Denn Romantik hat nichts mit dem zu tun, was Liv und ich machen. Ich mag sie. Sie ist eine Freundin. Wir schlafen miteinander. Und sie wird für ein paar Tage bei mir wohnen. Das ist alles.“

„Alles?“ Kaylie lachte. „Hast du dir gerade zugehört?“

„Ja, habe ich. Ich finde meine Stimme extrem sexy. Und jetzt hör auf, mich zu nerven und mach nicht mehr daraus, als da ist.“

„Okay.“ Abwehrend hob Kaylie die Hände. „Wenn du es sagst. Ich wollte nur …“

„Du wolltest was?“

Sie räusperte sich. „Verstehen.“

„Was verstehen?“, fragte Jake irritiert.

Kaylie lächelte sacht und zog ihn in eine kurze Umarmung an sich. „Du wirst schon noch dahinterkommen“, meinte sie und klopfte ihm auf die Schulter.

„Wo hinterkommen?“

„Bye, Jake. Wir sehen uns morgen früh. Du hast einen Termin bei mir auf der Massagebank, nicht vergessen.“

„Kaylie, was soll ich …“

Doch seine Freundin war bereits aus der Küche geeilt.

Augenverdrehend schritt Jake ihr nach. Wirklich. Frauen! Redeten nur Blödsinn!

Als er zurück in die Eingangshalle kam, stand dort nur noch Liv. In nichts bekleidet außer einer seiner Boxershorts und einem Unterhemd, das vollkommen darin versagte, zu verbergen, dass sie keinen BH trug.

Ja, so gefiel ihm das schon besser.

Liv kaute sich auf der Unterlippe herum und sah ihn unschlüssig an. „War das dein Ernst?“, fragte sie vorsichtig. „Ich kann ein paar Tage hierbleiben?“

„Jap. Unter einer Bedingung.“

„Die da wäre?“

„Ich will bezahlt werden.“

Er überwand die Distanz zwischen ihnen beiden, zog sie auf die Zehen und küsste sie. Gott, das hatte er vermisst.

Sie löste sich von ihm und lachte laut. „Meine Güte, du bist billig.“

„Ich weiß, das lieben die Frauen an mir.“

„Keine Frage. Aber dir ist klar, dass ich die nächsten Abende dann … immer hier sein werde? Zumindest nach der Arbeit.“

Gott, er baute darauf!

„Das ist mir bewusst“, murmelte er und ließ seine Lippen ihren Nacken hinabwandern. Sie schmeckte nach Kirsche.

Liv seufzte wohlig auf und ließ ihre Hände unter sein Shirt wandern. „Okay. Dann … wohnen wir für ein paar Tage zusammen.“

Jake hatte erwartet, dass ihn diese Worte zumindest zusammenzucken ließen. Aber er war zu sehr damit beschäftigt, Liv das Top auszuziehen.

„Was war das für ein Gespräch mit Cole heute Morgen?“, fragte Liv und zog an seinem eigenen T-Shirt.

„Ach, es ging um meinen Auflösungsvertrag. Nicht so wichtig.“

Liv nickte. „Stimmt. Wie könnte es auch? Ich meine, Baseball ist kein Football … warum der ganze Wirbel?“

Mitten in seiner Bewegung hielt Jake inne, bevor er Liv mit verengten Augen ansah. „Das nimmst du sofort zurück.“

Liv grinste breit. „Und was ist, wenn ich es nicht tue?“

Im nächsten Moment hob Jake sie vom Boden und warf sie über seine Schulter. Liv quietschte laut auf und klammerte sich an sein Hemd.

„Wer hätte ahnen sollen, dass du auf Bestrafung stehst“, meinte er kopfschüttelnd und lief die Treppe hoch.

Liv lachte und erst als Jake sie auf sein Bett warf und ihren Mund mit seinem versiegelte, hörte sie auf damit. Und dieses Mal … dieses Mal waren sie sehr still. Ihre

Lippen waren beschäftigt. Ihre Hände waren voll ... warum unnötig viele Worte verlieren?

Fünfundzwanzig

Es war gar nicht so merkwürdig, mit einem Mann zusammenzuwohnen, wie Liv gedacht hatte. Einen Großteil der nächsten Wochen war er ohnehin zu irgendwelchen Auswärtsspielen unterwegs und sie sah ihn nur auf dem Bildschirm. Ja, sie hatte angefangen, ein wenig Baseball zu gucken. Sollte man sie doch verklagen! Es war nur offensichtlich, wie wichtig Jake diese nächsten Spiele und der Einzug in die World Series waren, dass Liv nicht anders konnte, als ihn zumindest passiv dabei zu unterstützen. Und wenn Jake zu Hause war … nun, dann war sie sehr aktiv dabei, ihn körperlich zu fordern und so seine Ausdauer zu verbessern. Es war schließlich ihre Pflicht als gute Bürgerin von Philadelphia, dafür zu sorgen, dass er in Form blieb. Und mehr war auch nicht dabei.

Liv machte sich keine falsche Hoffnung, nein, aber manchmal fühlte es sich fast so an, als würden sie … nun ja, daten. Aber was sollte sie auch denken, wenn Jake ihr etwas zu Abend kochte oder mit ihr ins Kino ging oder sie mit dem Kopf auf seiner Schulter vor dem Fernseher einschlief. Liv hatte nicht allzu viel Erfahrung mit Beziehungen, aber so großartig anders konnten die doch auch nicht aussehen, oder?

Chloe hatte sie sehr lange sehr ernst angesehen, als sie ihr erzählt hatte, dass sie für ein paar Wochen bei Jake wohnen würde. Sam hatte „Scheiße", gemurmelt und sich sofort ans Telefon gehängt. Kristen hatte die Schultern gezuckt.

Ja, das Ganze war wirklich überhaupt nicht vielversprechend. Aber Liv machte es nichts aus. Sie hatte zwar nicht mehr Freizeit, aber die gestohlenen Stunden mit Jake fühlten sich mehr nach … freier Zeit an. Weil sie sich entspannen konnte. Weil sie keine Verantwortung trug. Weil sie sich bei ihm um nichts außer ihr Herz sorgen musste. Und das war nur ein kleines bisschen katastrophal.

Jake schien blind und taub für alle Warnungen, Kritik und Tuscheleien hinter seinem Rücken. Aber es wunderte Liv nicht einmal, weil er so verdammt beschäftigt war, dass er wahrscheinlich gar keine Zeit dafür hatte, sich darüber Gedanken zu machen.

Liv hätte es vor ein paar Wochen wahrscheinlich selbst noch angezweifelt, aber Jake arbeitete verdammt hart. Er stand morgens um sieben auf, um ein paar Meilen zu joggen, fuhr dann direkt zum Stadion, um zu trainieren oder ein Spiel zu absolvieren und beendete den Tag damit, sich die Spieltapes der gegnerischen Mannschaften anzusehen, um ihre Schwächen herauszufinden. Liv war klar gewesen, dass er die World Series gewinnen wollte – sie hatte jedoch keine Ahnung gehabt wie sehr. Bisher zahlte sich seine harte Arbeit aus. Denn er spielte die Saison seines Lebens. Zumindest war es das, was die Fernsehkommentatoren immer sagten. Und am Ende der zweiten Woche, am Tag bevor Jake seine letzten Stunden im Kindergarten abarbeiten würde, gewannen die Delphies das entscheidende Spiel, um sich für das Finale der MLB zu qualifizieren. Es war offensichtlich, dass Jake in Feierstimmung war, denn er brachte zwei Flaschen Champagner und Pizza mit. Normalerweise aß er nichts mit geschmolzenem Käse drauf. Zumindest nicht während der Saison. Aber wenn man es genau nahm ...

„Du kratzt den Käse ab?“, fragte Liv irritiert. „Warum kaufst du dann Pizza?“

„Weil du Pizza liebst“, sagte er abwesend und schob den letzten fettigen Rest auf den Teller, den er auf seinem Schoß balancierte.

Liv verdrehte die Augen, musste jedoch lächeln. Sie saßen in Decken eingepackt auf der Veranda und sahen in den Garten hinaus, der sich überraschend gut von dem Zeltausflug erholt hatte. Die Sonne war bereits untergegangen, fahles Laternenlicht erleuchtete den See und im Halbdunkel sah der neue, falsche Rasen, den Jake hatte legen lassen, verblüffend echt aus.

„Weißt du, Jake", murmelte sie und schluckte ihr Stück Pizza herunter, während sie die goldenen Lampions bewunderte, die um den See herumhingen. „Dieser Ausblick ist wunderschön ... aber ich hasse dein Haus."

Er lachte leise. „Ja, ich auch."

„Warum zum Teufel wohnst du dann hier?"

„Ach, keine Ahnung. Ich bin eingezogen, weil das Haus verschwenderisch ist und die Leute mich für verschwenderisch halten und dann wollte ich umziehen, war aber dauernd unterwegs und ... irgendwie bin ich geblieben."

Kopfschüttelnd klaute Liv sich den Käse von Jakes Teller, um ihre eigene Pizza noch etwas ungesünder und besser zu machen. „Vollidiot", sagte sie wahrheitsgemäß. „Du könntest überall wohnen und bist zu faul dafür, das auszunutzen!"

„Ich bin nicht faul, ich bin ungeduldig", korrigierte er sie und rollte seine käsefreie Pizza einfach zusammen, bevor er abbiss und mit vollem Mund weitersprach. „Und ich war und bin zu jung, um mir das Haus zu kaufen, in dem ich ewig leben werde."

Liv schnaubte. „Zu jung. Bitte. Wenn man deinen Bizeps aufschneiden und deine Altersringe zählen würde, wärst du bestimmt hundertzehn."

Grinsend biss Jake von seiner Teigrolle ab. „Gott sei Dank wird das Alter nicht so berechnet. Und es war einfach leichter so. Ich hatte keine Lust, mir hunderte von Häusern anzusehen und mich damit zu quälen, die richtige Wahl zu treffen. Also habe ich das Erstbeste genommen."

Wirklich. Reiche Leute! „Es wäre wahrscheinlich ohnehin nichts Gutes bei herumgekommen", meinte Liv seufzend. „Dein Geschmack ist furchtbar."

„Und das von der Frau, mit der ich schlafe."

„Ausnahmen bestätigen die Regel", sagte Liv pikiert.

Jakes Grinsen wurde nur breiter „Natürlich. Da wir gerade über schlechten Geschmack reden: Ich habe dir etwas mitgebracht." Er legte seine deformierte Pizza auf den Teller und zog einen kleinen Gegenstand aus seiner Hosentasche, den er Liv hinhielt. „Hier. Für dich."

Skeptisch nahm Liv das unverpackte Geschenk entgegen und betrachtete es auf ihrer ausgestreckten Handfläche. Es war ein golfballgroßes rosa Herz, das mit pinkfarbenen Strasssteinen geschmückt federleicht auf ihren Fingern lag.

„Es besteht aus billigem Plastik", sagte Jake und hob einen Mundwinkel. „So wie dein eigenes."

Liv sah ihn an, öffnete die Lippen, blickte zurück zu dem Herz ... und auf einmal fingen ihre Augen an zu brennen.

„Das ist das Hässlichste, was ich jemals bekommen habe", flüsterte sie. Und es schien ihr so wertvoll, dass sie Angst hatte, es zu fest mit den Fingern zu umschließen. Jake hatte an sie gedacht, sich an ihre Worte erinnert und ihr ein passendes Geschenk mitgebracht. Das war ...

Schmunzelnd beugte er sich zu ihr hinüber und küsste sie sacht auf die Lippen. „Ich wusste, dass es dir gefallen würde." Er verschlang die letzten Bissen seiner aufgerollten Pizza und stand auf. „So und jetzt müssen wir etwas zu Essen holen, bevor wir uns betrinken können."

Liv prustete. „Wir haben Essen." Sie winkte mit dem eigenen Pizzastück.

„Ja, das macht aber nicht satt."

„Weil du den Käse …"

„Der Grund ist egal. Ich habe Hunger, ich will Pasta."

„Weißt du", überlegte Liv laut. „Manchmal bist du meinen Kindergarten-Kids gar nicht unähnlich."

„Das nehme ich als Kompliment, da du deine Kids vergötterst", meinte Jake und zog sie auf die Beine.

„Was ist mit meiner Pizza?"

„Nimm sie mit."

Kopfschüttelnd folgte Liv seiner Anweisung und nahm ihr verbleibendes Stück in die Hand. „Spinner. Aber wenn wir schon fahren … dann nehmen wir das Quad."

Jake sah verschmitzt zu ihr herüber, nahm ihre Hand und zog sie um die Veranda herum. „Okay."

„Und ich will ans Steuer."

„Was?"

„Ich will fahren."

„Du willst das Gerät fahren, das du mehr als einmal als Todesmaschine bezeichnet hast?"

„Ja, es sieht aus, als würde es Spaß machen."

„Das tut es."

„Dann lass mich fahren."

„Auf keinen Fall."

„Warum nicht?", fragt sie verwirrt.

„Weil es eine Todesmaschine ist! Vielleicht nehmen wir doch besser das Auto."

„Und das aus deinem Mund", sagte Liv lachend.

„Ja, und ich bleibe dabei. Warte hier, ich geh' kurz den Schlüssel holen." Er drückte ihre Hand, bevor er die Veranda auf der anderen Seite wieder hinauflief und durch die Vordertür ins Haus verschwand.

Liv blickte ihm nach und ihr Herz fühlte sich so voll und warm an, dass ihr einen Moment lang schwindelig wurde. Nächste Woche war die Saison vorbei. Dann würde Jake entscheiden, zu welcher Mannschaft er wechselte und dann würde er umziehen. Liv machte sich nichts vor: Sie würde ihn danach wahrscheinlich nie wiedersehen. Er würde beschäftigt sein, sie würden den Kontakt verlieren und irgendwann würde er nichts anderes mehr als eine schöne Erinnerung sein. Das sollte genug sein, nicht?

Warum war die Vorstellung dann so furchtbar, dass ihr übel wurde?

Ein Motorengeräusch riss sie aus ihren Gedanken und verwundert sah sie auf. Ein schwarzes Auto mit getönten Scheiben kam die Einfahrt hinauf und hielt direkt vor ihr an. Keine Sekunde später stieg ein hochgewachsener, grauhaariger Mann in den Sechzigern heraus, den sie sofort als Mr. Wellington erkannte. Jakes Vater.

Wie automatisch machte sie einen Schritt zurück, bevor sie unschlüssig die Hand hob. „Hey.“

Mr. Wellington erwiderte den Gruß nicht. „Kenne ich Sie?“, fragte er stirnrunzelnd.

„Ja. Wir sind uns schon einmal begegnet.“

„Okay“, sagte er knapp und richtete den Blick auf die Veranda hinter ihr. „Ist Jakob da?“

„Er ist gerade drinnen und holt die Autoschlüssel. Wir wollen noch wegfahren.“

Mr. Wellington sah auf seine goldene Rolex, schnaubte laut und nickte dann. „Natürlich. Es ist nach zehn und Sie wollen noch los.“

Liv verengte die Augen und verschränkte die Arme. „Ja. Und warum sollte das etwas Schlechtes sein?“

„Nun, das normale, arbeitende Volk kann sich das nun einmal nicht leisten.“

Liv lachte laut. Sie konnte nicht anders. „Sie kennen mich doch überhaupt nicht“, stellte sie kopfschüttelnd fest. „Wie können Sie dann jetzt schon über meine Arbeitsmoral urteilen?“

„Nein. Sie haben recht. Ich kenne Sie nicht. Aber ich kenne meinen Sohn.“

„Und ihr Sohn arbeitet nicht richtig, ja?“, fragte sie scharf.

Ihr Gegenüber seufzte schwer und steckte die Hände in die Taschen seiner Anzugshose.

„Hören Sie, Miss. Ich bin nicht hier, um mich mit einer der Bettgeschichten meines Sohnes über seine problematische Arbeitseinstellung zu unterhalten. Also … würden Sie einfach reingehen und Jakob für mich holen?“

„Nein!“, rief Liv und heiße Wut kochte in ihr hoch. „Denn Sie haben keine Ahnung!“ Sie hob den Zeigefinger und trat einen bedrohlichen Schritt nach vorne. „Ich bin weder eine Bettgeschichte, noch ist ihr Sohn faul. Haben Sie überhaupt eine Ahnung, wie viel Arbeit darin steckt, so in Form zu bleiben? Was für analytische Fähigkeiten er über die Jahre entwickelt hat? Wie zermürbend und erschöpfend es ist, dauernd in irgendwelchen Hotelzimmern unterwegs zu sein? Nie wirklich irgendwo anzukommen? Wenn Sie sich mal die Mühe machen würden, genauer hinzusehen, dann würden Sie vielleicht verstehen, dass Ihr Sohn der verdammt ehrgeizigste, disziplinierteste und hingebungsvollste Mensch ist, den es gibt. Aber Sie kennen Jake doch überhaupt nicht mehr. Wie können Sie es sich dann anmaßen, ein solches Urteil über ihn zu fällen? Sie verurteilen doch auch nicht jeden Typen, der bei Ihnen vor Gericht steht, ohne vorher die Fakten zu checken. Also recherchieren Sie, verdammt, bevor wieder so ein Blödsinn Ihren Mund verlässt!“

Mr. Wellington starrte sie mit offenem Mund an und hätte Liv es nicht besser gewusst, hätte sie gesagt, dass sie ihn soeben sprachlos gemacht hatte. Einige Herzschläge lang blickten sie sich einfach nur an – dann murmelte Mr. Wellington: „Sie sind die Kellnerin. Von meinem Sponsorendinner."

„Und?"

„Mein Sohn geht mit Ihnen aus?"

Liv blinzelte verwirrt. „Warum ist das wichtig?"

Sie würde die Antwort auf diese Frage niemals hören, denn in diesem Moment ging hinter ihr die Haustür auf.

„Hey", sagte Jake tonlos, nickte seinem Vater zu und sprang die Stufen hinab, um sich neben Liv zu stellen. „Ich wusste nicht, dass wir einen Termin hatten."

„Hatten wir nicht. Aber da du meine Nachrichten normalerweise nie zeitnah beantwortest, dachte ich, dass ich persönlich vorbeikomme."

„Aha. Was ist denn so wichtig?"

„Deine Mutter hat aus der Zeitung erfahren, dass du den Verein wechseln willst, Jakob. Sie ist sehr aufgebracht. Rede mit ihr."

Liv spürte, wie Jakes Rücken sich neben ihr versteifte. „Shit. Es tut mir leid, ich habe vergessen, es ihr zu sagen."

„Das ist offensichtlich", sagte Mr. Wellington knapp, bevor er wieder in sein Auto stieg und davonfuhr.

Jake atmete zischend aus und rieb sich mit der Faust über die Stirn. „Siehst du jetzt, warum ich nicht der richtige Ansprechpartner bezüglich Elternproblemen bin?", murmelte er und legte den Kopf in den Nacken.

Liv legte den Arm um seine Mitte und drückte ihn an sich. „Dein Vater ist ein schwieriger Mann."

Freudlos lachte Jake auf. „Ja, aber das rechtfertigt nicht, dass unsere Beziehung kälter ist als deine Füße am frühen Morgen."

„Meine Füße sind nicht kalt!"

„Nein, weil du sie zwischen meine Beine schiebst und ich sie dir aufwärme."

Nun ... ja. Wofür war er denn sonst da?

„Der Punkt ist“, fuhr Jake fort, legte den Arm um ihre Schultern und holte tief Luft. „Ich finde sie scheiße.“

„Meine Füße?“

Er schmunzelte zu ihr hinunter und schüttelte den Kopf. „Nein. Die Beziehung zu meinen Eltern.“

„Oh.“ Das war Liv schon klar gewesen, es war dennoch das erste Mal, dass Jake es laut aussprach. „Würdest du sie am liebsten gar nicht in deinem Leben haben?“, fragte sie vorsichtig.

„Nein. Das ist ja das Bescheuerte. Ich kann die Stadt verlassen, ich könnte den Planeten wechseln – mich würde der Scheiß trotzdem noch belasten.“

„Das ist ... sehr reflektiert von dir“, stellte Liv ein wenig verwundert fest.

„Ja, mir gefällt es auch nicht“, sagte er griesgrämig. „Worauf ich hinauswill“, er drehte Liv in seinem Arm, sodass sie ihn ansah, „Liv, ich bin auf deiner Seite. Du hast jedes Recht, wütend auf deine Mutter zu sein. Aber vielleicht solltest du trotzdem mit ihr reden. Du musst die Beziehung nicht retten. Das kannst du wahrscheinlich gar nicht. Aber du musst mit ihr abschließen. Du musst sie sich erklären lassen. Du weißt das am besten, denn du bist sehr viel klüger in solchen Dingen als ich.“

Liv sah auf ihre Füße und ihr Herz wurde schwer. Ihr war klar, dass Jake recht hatte. Sie konnte nicht ewig vor ihrer Wut davonlaufen. Ihre Enttäuschung hinunterschlucken. Sie musste sich mit ihr konfrontieren, um über sie hinwegzukommen.

„Wirst du dasselbe mit deinen Eltern machen?“, wisperte sie und lehnte ihre Stirn gegen seine Brust.

Jake strich ihr sacht über die Haare und sie hörte, wie er tief ein- und ausatmete. Schließlich murmelte er: „Ich sollte.“

Liv nickte und zog ihn enger an sich. Das war ein großes Eingeständnis – und mehr würde sie von ihm an
diesem Abend wohl nicht bekommen.

Sechsundzwanzig

„Ich werde dich vermissen."

„Ich werde ihn viel mehr vermissen!"

„Ich vermisse ihn jetzt schon."

„Ich vermisse ihn am besten!"

„Man kann nicht besser vermissen, Drogo."

„Wohl. Ms. Green, Sonia lügt."

„Ich gehe davon aus, dass ihr mich alle gleich vermissen werdet", bot Jake an und tätschelte unbeholfen die Köpfe der Kinder, die sich um seine Beine gewickelt hatten. Liv hob amüsiert die Mundwinkel ... und wusste, dass sie es war, die ihn am meisten vermissen würde.

Sie wandte den Blick ab und schluckte den Kloß hinunter, der ihr das Atmen erschwerte. Sobald Jake weg war, konnte sie wenigstens all ihre Energie in die wichtigen Dinge ihres Lebens stecken ... was genau waren das noch einmal für Dinge?

„Oli ..." Laney zupfte an ihrem Ärmel.

Liv zwang sich zu einem Lächeln und blickte zu ihrer Nichte hinab. „Ja?"

„Du musst nicht traurig sein, weißt du?", wisperte sie hinter vorgehaltener Hand. „Jake kommt uns bestimmt manchmal besuchen, wenn wir ihn ganz lieb fragen."

Liv wollte aber nicht, dass Jake sie besuchte. Sie wollte, dass er blieb. In Philadelphia. Bei ihr. Sie wollte, dass sich nichts änderte – und gleichzeitig hasste sie sich für diesen Gedanken. Denn schon wieder hatte sie den Fehler begangen, ihr Glück von einem anderen Menschen abhängig zu machen. Einem Menschen, der sie nur enttäuschen konnte. Weil er überhaupt keine Ahnung hatte, was sie sich wirklich von ihm wünschte.

„Bestimmt“, flüsterte sie Laney zu und drückte kurz ihre Schulter. „Und jetzt räum bitte deine Stifte weg, deine Mom holt dich gleich ab.“

Laney wuselte zu den anderen Kindern, die Jake widerwillig losgelassen hatten, um ebenfalls aufzuräumen.

Ja, fünf Jahre alt müsste man sein. Damals hatte Liv noch geglaubt, dass ihre Mutter eine Heilige war. Damals hatte sie noch geglaubt, dass die Erwachsenen genau wussten, was sie taten. Was für eine tragische Fehleinschätzung. Niemand hatte eine Ahnung von irgendetwas. Jeder schlug sich so gut durchs Leben, wie er nur konnte. Die einen ließen nur mehr Verletzte auf ihrem Weg zurück als die anderen. Waren erfolgreicher, skrupelloser oder hatten schlichtweg mehr Glück in ihrem Leben. Aber wissen, was sie da eigentlich machten, taten sie trotzdem nicht.

„Hast du mir auch ein Bild für meinen letzten Tag hier gemalt oder verabschiedest du dich anders von mir?“, flüsterte eine Stimme an ihrem Ohr.

Eine Gänsehaut zog sich ihren Nacken hinab und sie musste lächeln, auch wenn sie sich überhaupt nicht danach fühlte. „Mir würde schon die ein oder andere Sache einfallen, die ich mit dir tun könnte“, überlegte sie leise. „Aber wenn du lieber ein Bild von mir haben willst …“

Jake lachte heiser und seine Lippen strichen über ihre Ohrmuschel. „Nein. Du bist ohnehin keine talentierte Künstlerin. Deine Fähigkeiten in anderen Bereichen hingegen … sind unvergleichbar.“

„Oh, das Material, mit dem ich arbeite, hilft mir sehr.“

„Na, das hoffe ich doch. Also, sehen wir uns gleich zu Hause?“, murmelte er. „Ich muss nur noch kurz beim Stadion vorbei, wir haben eine finale Besprechung für unser erstes Spiel der World-Series am Sonntag.“

Liv öffnete den Mund, blinzelte, nickte jedoch schließlich. „Klar", sagte sie leichthin. „Bis nachher."

Er drückte ihre Hand, verabschiedete sich ein letztes Mal von den Kindern und verschwand aus der Tür.

Anderthalb Stunden später saß Liv in ihrem Auto und starrte unbewegt nach draußen in den trüben Oktoberhimmel.

Zu Hause.

„Scheiße."

Sie presste die Lippen zusammen und versuchte ihren Atem zu regulieren. Jake hatte zu Hause gesagt. Ihr Zuhause.

„Scheiße, Scheiße, Scheiße."

Sie steckte viel zu tief drin. Sie war viel zu emotional involviert. Sie hatte vergessen, vorsichtig zu sein.

Ruckartig zog sie die Handbremse an und sah zu dem riesigen Haus zu ihrer Seite. Wie hatte sie so dumm sein können, sich in Jake zu verlieben? So etwas Bescheuertes hatte sie in ihrem Leben noch nie getan!

Sie ließ die Stirn aufs Lenkrad sinken und rang die Tränen nieder, die sich in ihre Augen stehlen wollten. Sie hatte doch gewusst, dass sie bereits in ihn verliebt war! Wieso hatte sie es für eine gute Idee gehalten, bei ihm einzuziehen? Es war doch klar gewesen, dass es nur schlimmer werden konnte! Ihr Herz war schwer und wund und kalt und heiß zugleich. Und sie wusste nicht, wie sie es dazu bringen konnte, sich wieder normal zu verhalten.

Immer noch fluchend stieg sie aus dem Auto. Sie hatte genug Zeit im Kindergarten verschwendet. Genug getan, um diesen Moment so lange wie möglich hinauszuzögern. Herrgott, sie hatte eine Stunde lang die Legosteine nach Farbe geordnet! Aber es hatte alles keinen Sinn. Es wurde Zeit, sich selbst zu retten.

Sie hatte ohnehin vorgehabt, in den nächsten Tagen auszuziehen und sich mit ihrer Mutter zu konfrontieren – warum das Ganze nicht auf heute legen?

Sie brauchte Abstand. Je länger sie es vor sich herschob, desto fataler würden die Folgen für ihr Herz sein. Sie musste anfangen, sich zu entlieben. Genau jetzt.

Bestimmt schloss sie die Haustür auf und schritt geradewegs ins Wohnzimmer, um ihre Sachen zusammenzuklauben. Gott sei Dank hatte sie nicht allzu viel hier. Es würde also nicht lange dauern, ihren Koffer zu packen.

Sie machte in der Küche weiter, sammelte ihren Tee ein und nahm dann die Treppen zum ersten Stock. Im Bad stopfte sie einfach all ihre Toilettenartikel in eine Plastiktüte, bevor sie ins Schlafzimmer ging und …

Ein spitzer Schrei entfuhr ihren Lippen. Was zum …?

Liv schlug sich die Hand über den Mund und machte einen Satz nach hinten, während die splitterfasernackte Frau, die sich auf den Laken drapiert hatte, laut quietschte und vergeblich versuchte, unter den Stoff zu krabbeln. Doch sie lag auf Satinlaken und rutschte dauernd auf dem glitschigen Stoff weg. Wie ein viel zu nackter Fisch auf dem Trockenen.

Im nächsten Moment hörte Liv ein Poltern von unten und zwei Sekunden später stürzte Jake in den Raum, einen Baseballschläger in den Händen.

„Was zum Teufel ist los?"

Er sah sich hektisch im Raum um und als er die nackte Frau auf seinem Bett erblickte, zuckte er sichtlich zusammen.

Liv öffnete den Mund, wollte irgendetwas sagen … doch sie wusste nicht, welche Worte für eine solche Situation angemessen waren. What the fuck?, kam ihr so uninspiriert vor.

„Shit", fluchte Jake.

Ja, das ging. War aber ebenso einfallslos.

Er ließ den Schläger sinken, bevor sein Blick vorsichtig zu Liv wanderte. „Ähm ... sie war schon im Haus, als ich es kaufte ...“

Liv sah ihn ungläubig an, während die Nackte – die dummerweise umwerfend aussah – es endlich schaffte, sich in das Laken zu rollen.

„Oh mein Gott, es tut mir leid, ich war gerade in der Gegend und dachte, ich gucke mal vorbei. So wie sonst halt auch!“ Ihr Kopf lief rot an und hastig sprang sie aus dem Bett. „Ich wusste nicht, dass du schon jemanden hier hast, Jake. Mittags bist du normalerweise am ehesten frei. Nächstes Mal rufe ich besser an. Ich bin nicht für Dreier gemacht, tut mir leid.“

Sie klaubte ihre Kleidung von einem nahegelegenen Stuhl und zog den Stoff höher ihre Brüste hinauf, dann blieb sie unschlüssig im Türrahmen stehen. „Ähm, das Laken ...“

„Behalt es“, sagte Jake, der sich fieberhaft mit der Hand über die Stirn rieb.

Die Frau nickte ihm dankbar zu und stürmte im nächsten Moment die Treppen hinunter.

Mit offenem Mund starrte Liv ihr nach. Sie war sich nicht zu schade, zuzugeben, dass sie vollkommen überfordert war.

„Wer war das?“, fragte sie verwirrt.

Jake zog eine Grimasse und kratzte sich mit dem Zeigefinger an der Schläfe. „Ja, ich wünschte, ich könnte dir sagen, ich wüsste es ... aber wie du selbst schon gemerkt hast: Ich bin unglaublich schlecht mit Namen merken.“

Liv klappte die Kinnlade herunter. „Du weißt nicht einmal, wie sie heißt?“

Ihr Herz fiel zwei Stockwerke tiefer, während ihr Magen sich unangenehm zusammenzog. Scheiße, wie hatte sie das vergessen können? Jake war ein Aufreißer!

Schlimmer als Casanova. Gott, wie naiv war sie gewesen? Sie war automatisch davon ausgegangen, dass sie zurzeit die Einzige für ihn war, aber ... Sie stieß ein freudloses Lachen aus. Wie hatte sie so dumm sein können?

„Na ja, ich glaube, ihr Name fängt mit J an, aber sie sehen sich alle so ähnlich und ...“ Mit jedem Wort, das Jakes Mund verließ, machte er es nur noch schlimmer, deswegen unterbrach Liv ihn kopfschüttelnd. „Wie zum Teufel ist sie überhaupt hier hereingekommen?“

Unangenehm berührt kratzte Jake sich im Nacken. „Ich glaub', sie hat einen Schlüssel.“

„Was?“

Das Ganze war absurd. Liv hatte die letzten zwei Wochen hier gewohnt und geglaubt, in Jakes Realität zu leben. Aber das war Schwachsinn! Sie hatte doch überhaupt keine Ahnung von seinem echten Leben. Sie war nichts weiter als ein Name in seinem Bettpfosten.

„Wie viele verdammten Frauen haben einen Schlüssel zu deinem Haus?“, fragte sie mit zitternder Stimme. „Und wie oft liegt einfach eine nackt in deinem Bett?“

Jake legte den Kopf schief und verengte angestrengt die Augen. „Ähm ...“

„Zählst du gerade nach, oder was?“

„Na ja ...“

„Scheiße.“

Gott, sie kam sich so unendlich dämlich vor. Sie hatte sich vorgenommen, keine Erwartungen an Jake zu stellen. Aber natürlich hatte sie welche gehabt! Ihr Herz zog sich schmerzhaft zusammen und pochte unangenehm fest gegen ihre Brust, doch sie versuchte es zu ignorieren. Stattdessen bückte sie sich auf den Boden und zog ihren Koffer unter dem Bett hervor. Zeit, zu gehen.

„Liv“, sagte Jake eindringlich und hockte sich neben sie. „Komm schon, lass das. Du musst nicht gehen. Ich schwöre dir, ich habe seit Monaten nicht mehr mit ihr geschlafen. Mit niemandem außer dir, wenn wir gerade dabei sind. Ich hatte keine Ahnung, dass sie hier sein würde.“

Liv schluckte, starrte ihn ausdruckslos an, wusste nicht, ob sie ihm glauben sollte … und erinnerte sich daran, dass es nicht von Belang war. Sie waren nicht zusammen. Jake hatte nie gesagt, dass sie die einzige Frau war, mit der er gerade schlief. Was wusste sie schon, was er auf all seinen Auswärtsspielen getrieben hatte? Sie hatte kein Recht, wütend zu sein. Er führte sein Leben, sie ihres. Tief holte sie Luft.

„Es ist egal, Jake“, sagte sie kopfschüttelnd und öffnete ihren Koffer. „Ich wollte heute ohnehin ausziehen. Ich hab’ deine Gastfreundschaft schon viel zu lange in Anspruch genommen. Das Ganze war nur vorübergehend.“

Sie warf achtlos ihre Kleidung in den Koffer und packte auch die Plastiktüte aus dem Bad dazu.

„Schwachsinn, ich hab’ dich gerne hier. Du kannst so lange hier wohnen, wie du möchtest.“

„Du verstehst es nicht, oder?“, fuhr sie ihn an. „Ich kann nicht bleiben.“

Sie warf alles, was sie zu fassen bekam, in ihren Koffer und drückte hastig den Deckel zu. Auf einmal hatte sie es sehr eilig.

„Ich weiß nicht, was gerade passiert“, gab Jake zu. „Bist du jetzt wütend auf mich? Bist du …“

„Ich bin nicht wütend“, presste Liv hervor und zog den Reißverschluss des Koffers zu. „Ich bin … ich bin …“

„Warum zum Teufel fängst du jetzt an zu lügen?“, fragte Jake genervt. „Es ist offensichtlich, dass du nicht glücklich mit mir bist.“

„Schön!“, herrschte sie ihn an und ballte die Hände zu Fäusten. „Ich bin wütend. Zufrieden?“

„Nein“, rief Jake und umfasste fest ihre Schultern, damit sie ihn ansehen musste. „Weil ich keine Ahnung habe, warum. Ich habe dir gesagt, dass ich nicht mit ihr geschlafen habe und ...“

„Du kennst ihren verdammten Namen nicht, Jake!“, fuhr sie ihn entgeistert an. „Du vergibst deinen Schlüssel an jede zweite Frau in Philadelphia. Und ich habe mich bereitwillig in diese beschissen lange Schlange von Eroberungen eingereiht und ...“ Ihre Augen brannten und zitternd sog sie Luft ein. „Und ich kann dir nicht einmal einen Vorwurf machen! Ich habe überhaupt gar kein Recht dazu, wütend auf dich zu sein. Du hast mir nie etwas vorgemacht. Aber das war mir vollkommen egal, denn natürlich musste ich mich in dich verlieben und jetzt breche ich mir selbst das Herz und kann nichts dagegen tun und ...“ Sie schloss die Augen, atmete durch und hievte den Koffer in eine senkrechte Position. „Ist egal.“

„Was?“ Jake wurde auf einen Schlag bleich. „Wovon redest du? Ich dachte ...“

„Natürlich dachtest du das!“, fuhr Liv ihm dazwischen und entwand sich seinem Griff. „Und das Ganze ist wirklich nicht deine Schuld. Es tut mir leid, vergiss, dass ich was gesagt habe.“ Sie zwängte sich an ihm vorbei und zog hastig den Koffer hinter sich her.

„Ich soll vergessen, was du gesagt hast?“, rief Jake ihr ungläubig hinterher.

„Ja. Vergiss es, so wie du all die Namen der Frauen vergessen hast, mit denen du schon im Bett warst!“

„Liv, bleib stehen!“

Sie hörte nicht auf ihn, sie polterte die Treppe hinunter, wischte die Tränen weg, die den Kampf natürlich gewonnen hatten, und klammerte sich mit beiden Händen an den Koffer. Was hatte sie sich nur dabei gedacht? Jake war fünfzig Nummern zu groß für sie.

„Liv!“ Jake hatte sie eingeholt und hielt sie am Arm fest. „Du hast dich nicht eingereiht. Du bist nicht irgendeine Eroberung. Du ... du bist anders, okay? Aber du kannst mich doch ...“ Er schluckte hörbar. „Du kannst mich nicht lieben. Das ist verantwortungslos. Du bist nicht verantwortungslos. Ich weiß nicht, was du dir da in den Kopf gesetzt hast, aber es ist Blödsinn und ich will, dass du verdammt noch mal sofort darüber hinwegkommst.“

Liv schniefte und lachte zugleich. „Denkst du, ich weiß nicht, wie fahrlässig es ist, dich zu lieben? Was für ein schlechtes Vorbild bin ich nur für die Kinder? Einen Kerl zu lieben, der anstelle eines Herzens einen Baseball hat und seine Freundinnen unter heiße Blondine von der Bar einspeichert. Ich hätte es besser wissen sollen, ich weiß. Aber du bist so unglaublich gut im Bett und mein Herz ist zurzeit offensichtlich in einer sehr schwierigen Phase, also ...“

Jake lachte nicht. Er starrte sie unverwandt an, die Hand noch immer um ihren Arm gelegt.

„Hör auf damit“, sagte er steinern. „Du kannst das unmöglich ernst meinen.“

„Klar meine ich das ernst. Du weißt doch, dass du es unter den Laken drauf hast.“

„Du kannst mich nicht lieben, Liv!“ Seine Stimme war plötzlich laut und hart ... und sie sah die Panik in seinen Augen. Sah die Gelassenheit schwinden, die sonst sein Gesicht zeichnete.

Liv lächelte wacklig. „Es tut mir leid, Jake. Es war keine Absicht. Versuch es mir nicht allzu übel zu nehmen, ja?“

„Aber ...“ Jake brach ab, öffnete den Mund, schluckte, blinzelte, blieb stumm.

Liv hob eine Augenbraue.

„Scheiße." Jake stieß einen Schwall Luft aus und kniff die Augen zusammen. „Schau mich bitte nicht so an, Liv."

„Wie schaue ich dich denn an?"

„Erwartungsvoll!"

„Und was erwarte ich von dir, Jake? Was erwarte ich, das dir eine solche Angst einjagt?", flüsterte sie.

„Ich weiß es nicht!", fluchte er und ließ sie abrupt los. „Eine Antwort, die dich zufriedenstellt wahrscheinlich."

Sie schüttelte den Kopf. „Nein. Die kannst du mir nicht geben, Jake. Das weiß ich doch schon längst. Und es ist okay. Du hast nichts falsch gemacht. Aber ich kann nicht hierbleiben, ich muss gehen und ..."

„Und was?", fuhr Jake sie ungehalten an. „Und was dann? Dann verschwindest du aus meinem Leben und schickst vielleicht mal eine Weihnachtskarte?"

Sie schüttelte den Kopf. „Nein. Ich werde gar nichts schicken."

„Warum?", fragte Jake scharf. „Wieso muss sich denn alles ändern? Dann liebst du mich, was ist schon dabei? Du wirst, darüber hinwegkommen und dann ..."

„So funktioniert das nicht, Jake", meinte sie kopfschüttelnd und fuhr mit der Handkante unter ihren Augen entlang.

„Natürlich funktioniert es so! Du bist die vernünftigste Person, die ich kenne. Wenn jemand seine Gefühle für mich vergessen kann, dann du! Und dann bleiben wir einfach befreundet und schlafen vielleicht nur manchmal miteinander, oder ..."

„Komm schon, Jake!", unterbrach sie ihn leise. „Tu doch nicht so. Wir beide wissen, dass ich nicht in deine Welt gehöre. Ich passe doch gar nicht in dein Leben."

Jake presste die Lippen aufeinander. „Hör auf damit. Sag mir nicht, wer und was in mein Leben gehört. Denn das ist Schwachsinn!"

„Ach ja, ist es das? Dann lass mich dir eine Frage stellen: Was dachtest du, wie es weitergeht?“

„Wie es weitergeht?“, fragte er verwirrt.

„Ja, Jake! Die Zukunft! Was waren deine Erwartungen an mich ... uns?“

„Aber ich dachte, das wäre der Punkt!“, fuhr er sie zornig an. „Dass wir beide keine Erwartungen haben.“

Liv schloss die Augen und nickte leicht. „Ja. Ja, das war der Plan. Aber mein Kopf hört nicht auf zu denken, Jake. Und natürlich habe ich Erwartungen. Natürlich habe ich Wünsche. Aber sie sind unwichtig, weil du nie eingewilligt hast, die Verantwortung für all das zu tragen, also ... lass mich einfach gehen. Du brauchst kein schlechtes Gewissen zu haben, du hast nichts falsch gemacht.“

Sie wandte sich um und überwand die letzten Meter zur Tür.

„Nein“, sagte Jake bestimmt und presste die Hand auf das Holz, sodass sie die Tür nicht öffnen konnte. „Sag sie mir.“

Verwirrt wandte sie sich zu ihm um. „Was?“

„Deine Erwartungen. Sag mir, was du willst. Was ich tun muss, damit du nicht aus meinem Leben spazierst.“

Liv schluckte und weitere Tränen verfingen sich in ihren Wimpern. „Ich will dich ganz, Jake. Ich will nicht deine Hilfe, ich will nicht dein Geld, ich will nur dich. Dich als Mensch. Nicht als Retter. Nicht als Arschloch. Nicht als Aufreißer. Nicht als Baseballspieler. Alles, was ich will, bist du.“

„Aber was bedeutet das?“, fragte er ungeduldig. „Was erwartest du?“

„Alles, Jake“, wisperte sie. „Treue. Zärtlichkeit. Dass du anrufst, wenn du dich verspätest. Dass du mich in den Arm nimmst, wenn ich traurig bin. Ich erwarte Kompromisse. Ich erwarte, dass du hier in Philadelphia bleibst. Ich erwarte, dass Baseball nur noch an zweiter

Stelle steht. Und … und ich erwarte, dass du meine Liebe erwiderst." Stumme Tränen zogen Schliere auf ihren Wangen, tropften von ihrem Kinn. „Das Problem ist, Jake … ich kann nicht darauf vertrauen, dass du mich irgendwann auch lieben wirst. Dass du irgendwann verstehst. Ich brauche eine Liebeserklärung von dir. Ich brauche das Versprechen, dass du mich nie verlassen, nie betrügen und nie so hintergehen wirst, wie es jeder andere Mann in meinem Leben getan hat. Ich brauche so viel von dir. Und es ist unfair, ich weiß, aber ich kann darauf nicht verzichten – und du kannst es mir nicht geben."

„Nein, du liegst falsch", sagte Jake fahrig. „Ich muss nur wissen, was genau es ist, das du willst. Du musst mir nur genau erklären, was … "

„Nein, du verstehst es nicht", unterbrach sie ihn mit erstickter Stimme. „Das ist alles so unwichtig. Das Ironische ist, dass es letztendlich gar nicht darauf ankommt, was ich sage. Was ich möchte. Es ist doch scheißegal, was ich erwarte oder was die anderen, dein Vater, die Mannschaft von dir erwarten. Du ziehst weg, weil du deine Eltern vor den Kopf stoßen willst. Du bist ein Arschloch, weil du den Zeitungen geben willst, was sie von dir erwarten. Aber was willst du, Jake. Wenn niemand anderes dir sagen würde, was er denkt, was er will, was er hofft oder was ihn ärgert. Was willst nur du? Das ist das Einzige, was für mich zählt. Und wenn ich nicht das bin, was du willst, wenn du nur mit mir zusammen wärst, weil ich es von dir verlange oder weil die Leute es nicht von dir erwarten würden … dann lass' ich mir lieber das Herz brechen."

Und dann riss sie die Tür auf und verschwand in die befreiende Kälte.

Siebenundzwanzig

„Mach die scheiß Tür auf!"

Jakes Faust flog erneut aufs Holz und diesmal war er sich fast sicher, dass er es knacken hörte. Es kümmerte ihn nicht, denn er war in seinem Leben noch nie so wütend gewesen.

„Kaylie!", brüllte er. „Ich schwöre dir, ich trete das Teil ein."

Das Schloss klickte und eine Sekunde später öffnete sich die Tür.

„Hey, Jake", sagte Dexter fröhlich. „Na, hat dir heute Nacht jemand eine Erbse unter die Matratze gelegt?"

„Du bist nicht Kaylie", knurrte Jake und schob sich an ihm vorbei in den Flur.

„Da schminke ich mich einmal nicht ...", seufzte Dex dramatisch.

Genervt wirbelte Jake zu ihm herum. Dex' Haare waren zerzaust, sein Hemd hing ihm aus der Hose. Es war offensichtlich, was er gerade getan hatte. „Zieh du dich erst einmal vernünftig an, bevor du weiter Schwachsinn redest", meinte er grob und lief den Flur entlang.

„Jake Braker – Entertainer, Modepolizei, Sonnenschein. Du bist offenbar viel beschäftigt."

Jake ignorierte ihn.

„Kaylie!", rief er die Treppe hoch, die sich aus dem Wohnzimmer des Penthouses in das darüber liegende Stockwerk wand. „Du predigst immer, dass du meine beste Freundin bist und ich mich bei Problemen bei dir melden soll, also komm verdammt noch mal runter und hilf mir!"

„Meine Güte, Jake", drang ihre Stimme von oben herunter. „Gib mir wenigstens Zeit, mich anzuziehen."

„Nein!", bellte er zurück. „Denn sie hat mir auch keine Zeit gegeben und wenn ich keine Zeit bekomme, dann sollte niemand sie bekommen!"

„Sie hat dir keine Zeit gegeben?", fragte Dexter und hob die Augenbrauen. „Von wem redest du?"

„Es ist unwichtig, von wem ich rede! Wichtig ist nur, dass es verdammt noch mal nicht fair ist!"

„Sorry Mann, ich habe keine Ahnung, wovon du redest."

Natürlich hatte er das nicht! Gott, Jake verstand selbst nicht, was er wirklich sagen wollte.

„Was zum Teufel stimmt denn nicht mit dir?", fragte Kaylie in diesem Moment und kam die Treppen hinuntergepoltert.

„Das ist die falsche Frage!", fuhr Jake sie an. „Was stimmt nicht mit euch Frauen!? Darauf hätte ich gerne eine Antwort! Warum müsst ihr immer alles kaputtmachen? Warum könnt ihr nicht zufrieden mit dem sein, was ihr habt? Warum müsst ihr reden?"

Kaylie verengte die Augen. „Nun, Jake, irgendwann hat sich mal jemand gedacht, dass es doch langsam Zeit würde, dass auch Frauen ihren Mund öffnen dürfen – beschwer dich bei dem."

„Dann gib mir seine verdammte Adresse."

Schwer seufzend griff Kaylie nach seinem Arm und dirigierte ihn zu ihrem Sofa. „Setz dich."

„Ich will mich nicht setzen!"

„Setz dich, Jake!", fuhr sie ihn an und drückte ihn in die Kissen. „Und jetzt fang an, wie ein normaler Mensch zu reden. Wenn ich dein Problem nicht verstehe, kann ich dir auch nicht helfen. Ich nehme an, es geht um Liv?"

„Wer ist Liv?", hakte Dex verwirrt ein, doch wieder ignorierte Jake ihn.

„Sie ist abgehauen! Da liegt einmal eine nackte Frau bei mir im Bett, deren Namen ich vergessen habe, und schon rennt sie weg. Welcher vernünftige Mensch tut sowas?"

„Oh, Jake ..."

„Nein! Nicht oh, Jake!", wehrte er sich sofort. „Die letzten zwei Wochen waren fantastisch, wir hatten Spaß, wir haben uns entspannt ... und dann rastet sie wegen einer solchen Kleinigkeit aus und schmeißt alles hin?"

Kaylie seufzte leise. „Jake, ich hab' dich gefragt, ob du weißt, was du da tust ..."

„Ja, und offensichtlich hatte ich keine beschissene Ahnung, können wir dann weitermachen?"

„Schön." Kaylie sah ihn fest an. „Was meinst du mit alles?"

„Was?"

„Du hast gesagt, dann schmeißt sie alles hin. Was meinst du damit?"

„Na, unsere ..." Er stockte. „...Wohngemeinschaft."

Dex schnaubte laut, doch Kaylie schlug ihm nur fest gegen das Knie, bevor sie ruhig fortfuhr: „Aber sie wäre doch ohnehin nicht ewig bei dir wohnen geblieben. Was ist so schlimm daran, dass sie jetzt gegangen ist?"

Ja, natürlich wäre Liv irgendwann ausgezogen ... aber doch nicht während der World Series! Und wenn er es sich recht überlegte, dann hätte sie danach auch noch ein paar Wochen bleiben können. Außerdem hatte er nach dem Sieg der Delphies – den sie verdammt noch mal erringen würden! – in den Urlaub gewollt. Und Liv wäre die perfekte Reisebegleitung gewesen. Sie hatte einen Urlaub dringend nötig. Abgesehen davon hätte Jake einer halbnackten Liv an einem weißen Sandstrand sehr viel abgewinnen können.

„Es war zu früh, okay?", sagte er gepresst. „Und sie hätte es auch nicht gleich so endgültig machen müssen!"

„Endgültig?"

„Sie hat unsere Freundschaft quasi begraben!"

„Und wie hat sie das gemacht?"

Jake ballte die Hände zu Fäusten und atmete tief durch. „Sie hat gesagt, dass sie mich liebt."

„Oh." Kaylie hob verblüfft die Augenbrauen und wechselte einen kurzen Blick mit Dex. „Nun, das ist doch schön."

„Oh nein! Ich bin noch nicht fertig! Sie hat mir gesagt, dass sie mich liebt. Ich habe sie gefragt, was sie erwartet. Sie gibt mir eine Liste. Ich sage ihr, dass sie mir nur genau erklären muss, was sie will. Und dann? Dann meint sie, es ginge nicht um das, was sie will. Oder alle anderen wollen. Es geht darum, was ich will. Und wenn das, was ich will, nicht sie ist, dann will sie mich nicht!"

Nachdenklich neigte Kaylie den Kopf zur Seite. „Es tut mir leid, aber ich finde, das ist eine legitime Frage. Was willst du, Jake?"

„Woher zum Teufel soll ich das wissen? Ich weiß seit Jahren nicht mehr, wer ich bin und was ich will. Und ob ich etwas tue, weil ich es möchte oder nur tue, um die anderen absichtlich zu enttäuschen. Ob ich versuche, den Erwartungen gerecht zu werden oder mich einen Dreck dafür interessiere. Wie soll ich denn bitte meinen eigenen Gedanken zuhören, wenn mir andauernd irgendwelche Menschen sagen, wer ich sein müsse, wer ich sein könne, wer ich sein solle ... wenn zu viele Hände sich in mein Leben einmischen! Und am Ende stehe ich da und weiß nicht mehr, was meins ist und was allen anderen gehört. Was ich bin und wozu ich nur gemacht wurde. Was ich tue, weil ich dahinterstehe und was ich tue, nur um etwas zu tun. Also: Wie zur Hölle sollte ich eine vernünftige Antwort auf diese Frage finden? Gott, ich weiß nicht einmal, ob ich wirklich keine Erbsen mag oder mich nur weigere, sie zu essen, weil mein Vater mich immer dazu zwingen wollte!"

„Du magst keine Erbsen, Jake", sagte Kaylie bestimmt. „Niemand mag Erbsen. Das ist eine allgemein anerkannte Tatsache."

Er schnaubte, atmete tief durch und ließ sich mit geschlossenen Augen in die Sofakissen fallen. Gott, Liv wüsste jetzt, was zu sagen wäre! Sie wusste, wer er war. Sie schien immer zu verstehen, was gerade in ihm vorging. Da war es verdammt unfair von ihr, plötzlich von ihm zu verlangen, selbst nachzudenken!

„Jake", murmelte Kaylie und berührte ihn sanft am Knie. „Liebst du sie?"

Abrupt riss er die Augen auf. Warum stellte ihm heute jeder Fragen, auf die er unmöglich eine Antwort haben konnte?

„Es ist egal, ob ich sie liebe", presste er zwischen den Zähnen hervor.

Mitleidig sah Kaylie ihn an. „Oh Süßer, du könntest nicht mehr danebenliegen."

„Nein, du verstehst es nicht! Du warst nicht da. Du hast sie nicht gehört! Das war eine verdammt lange Liste, die sie da hatte. Ich kann nicht der Kerl sein, den sie beschreibt."

„Jede Frau hat ihre Liste."

„Glaub mir", sagte Dex trocken. „Sie weiß, wovon sie spricht."

Ärgerlich sah Kaylie zu ihm hoch. „Halt die Klappe, Dex. Jake, pass auf: Was ist mit dir? Hast du keine Liste? Eine Liste, die deine Traumfrau beschreibt?"

„Meine Liste bestand aus einem Punkt: Die Frau darf keine Erwartungen haben!"

„Nun, das ist ein sehr dummer Punkt und folglich hast du eine sehr dumme Liste", meinte Kaylie entschuldigend.

„Du sollst mir helfen, Kaylie! Nicht mich beleidigen."
„Was willst du von mir hören, Jake?"

„Dass Liv überreagiert hat! Dass sie vergessen wird, dass sie mich liebt und dass wir natürlich so weitermachen können wie zuvor."

„Willst du das wirklich, Jake? Oder wäre das nur der einfache Weg? Weil du Angst hast, Liv zu enttäuschen."

„Natürlich habe ich Angst davor, sie zu enttäuschen!", sagte er ungläubig. „Denn ich werde sie enttäuschen. Sie will jemanden, der monogam ist. Jemanden, der sie richtig behandelt. Und wie sollte ich dieser Jemand sein?"

Kaylie lachte nicht. Sie sah ihn nur stetig an. „Wieso solltest du dieser Jemand nicht sein?"

„Du kennst mich, Kay. Ich bin nicht für eine feste Beziehung gemacht."

Kaylie runzelte die Stirn. „Warum nicht?"

„Weil ich in meinem Leben noch nie Erwartungen erfüllt habe!"

Nachdenklich sank Kaylie neben ihn auf die Couch. „Du denkst, dass Liv zu gut für dich ist, oder?"

War heute Tag des Offensichtlichen, oder was?

„Natürlich ist sie zu gut für mich!", fuhr er sie an. „Sie ist die stärkste Frau, die ich kenne. Sie braucht niemanden."

„Und trotzdem will sie dich."

Jake seufzte frustriert auf und stützte sich mit der Stirn in seinen Händen ab. Das war wohl die Tatsache, die ihn an meisten verwirrte. Sie hatte nichts von ihm verlangt ... und wollte doch alles von ihm. „Weil sie verrückt ist."

„Na, dann passt ihr beide doch ganz gut zusammen, findest du nicht?"

„Hör auf, Kay. Das ist nicht witzig."

„Hörst du mich lachen, Jake? Liebe ist nie witzig."

Liebe. Was war das überhaupt für ein blödes Wort? Fünf Buchstaben genügten nicht, um die Gefühlswelt zu umschreiben, die das Wort vermeintlich umfasste.

Und woher bitte sollte Jake wissen, ob er Liv liebte? Er hatte keine Erfahrung in dem Bereich. Er wusste doch überhaupt nicht, wie er sich fühlen sollte. Alles, was er wusste, war, dass er sehr unzufrieden mit der derzeitigen Situation war.

Kaylie legte einen Arm um seine Schultern und drückte sie. „Weißt du, Jake, sie hat dir gesagt, was sie will. Was sie fühlt. Mehr konnte sie nicht tun. Jetzt liegt der Ball in deinem Feld."

„Das ist ein beschissen großer Ball."

Sie lachte. „Wem sagst du das."

Jake kniff die Augen zusammen und atmete langsam ein und aus. Also ... was wollte er?

***

Liv wollte nur noch ins Bett.

Sie war erschöpft. Körperlich, mental und gefühlsmäßig. Aber sie wusste, dass dieser Tag noch nicht zu Ende war. Wenn sie schon einmal dabei war, sich mit Leuten zu konfrontieren, konnte sie auch gleich bei ihrer Mutter weitermachen.

Janet Green saß in der Küche und trank einen Tee, als Liv in ihre Wohnung zurückkehrte. Dieses Bild war ihr so vertraut, dass sie einige Momente lang im Türrahmen stehen blieb und ihre Mutter mit offenem Mund anstarrte.

Sie war wieder acht, kam von der Schule nach Hause und fand ihre Mutter mit Pfannkuchen auf dem Teller und Tee trinkend am Tisch wieder. Gleich würden sie zu dritt abendessen, Kniffel spielen und sich ausmalen, an welchem tropischen Ort sie sich in zehn Jahren befänden.

Livs Augen brannten und sie schluckte.

Sie hatte sie verdrängt. Die guten Zeiten. Die Zeiten, in denen die drei Musketiere nicht aus Kristen, Laney und ihr bestanden hatten. Die Zeiten, in denen ihre Mutter und Schwester ihre besten Freundinnen gewesen waren. Das alles schien so ewig zurückzuliegen ... war aber dennoch real.

„Hey", murmelte sie. und ihre Mutter schrak hoch.

„Livvy!" Ihre Mutter schrak auf. „Hey. Ich hatte nicht mir dir gerechnet, ich dachte, du würdest noch bei diesem Baseballer wohnen."

Der Kloß in ihrem Hals wurde größer, doch sie schluckte ihn hinunter.

„Nein, ich bin heute ausgezogen und ..." Darüber wollte sie jetzt nicht sprechen. Sie ließ sich vorsichtig auf den Stuhl gegenüber ihrer Mutter nieder.

„Okay, Mom. Lass uns reden, ja? Ich ... ich kann dir nicht verzeihen. Das, was du getan hast, war schrecklich. Ich habe mich in meinem Leben noch nie so im Stich gelassen gefühlt. Aber ich bin bereit, deine Entschuldigung zu hören."

Janet nickte vorsichtig, so als hätte sie Angst, eine zu schnelle Bewegung könne Liv verschrecken.

„Olivia, ich wollte euch nie so wehtun", flüsterte sie. „Ich hätte darüber nachdenken sollen, was es für euch bedeutet, wenn ich einfach so gehe. Das ist mir klar. Aber als ich gegangen bin, habe ich mir nicht einmal Sorgen darüber gemacht, dass ihr zwei es nicht hinbekommen würdet. Du hattest noch jede problematische Situation gemeistert."

Liv atmete durch die Nase ein und durch den Mund wieder aus. Ihr Körper wollte sehr, sehr wütend werden. Doch ihr Kopf wusste, dass sie dem nicht nachgeben durfte. Das ganze Gespräch würde sich sonst nur im Kreis drehen.

„Mom", wisperte sie, „nur weil ich es immer hinbekomme, heißt das nicht, dass es mir Spaß machen würde. Und auch wenn du dachtest, wir schaffen das schon ... alles, was du getan hast, ist so unglaublich selbstsüchtig gewesen, dass mir schlichtweg die Worte fehlen."

Hektische rote Flecken entstanden auf den Wangen ihrer Mutter, die nickte.

„Ich weiß. Und deshalb ..." Sie beugte sich unter den Tisch und zog ihre Handtasche hervor. „... deshalb bin ich auch pleite."

Sie schob einen weißen Umschlag über den Tisch. „Es sind nicht die ganzen zehntausend Dollar, die ich von dir genommen habe. Aber es ist zumindest schon einmal die Hälfte. Ich habe einen guten Job in einem Café Downtown und sobald ich meinen nächsten Scheck bekomme, werde ich ausziehen. Aber du hast mir gesagt, ich müsse dir zuerst das Geld zurückgeben, bevor du mir wieder in die Augen sehen könntest, also ... hier ist die Anzahlung."

Mit vor Verblüffung geöffneten Lippen blickte Liv in den Umschlag. Lauter Geldscheine befanden sich darin.

„Okay", sagte sie langsam, unfähig, ein anderes Wort zu finden.

„Livvy, Schätzchen, ich weiß, dass ich kein einfacher Mensch bin und nicht immer die beste Mutter war. Aber ich habe mir immer Mühe gegeben. Damals, als Kristen schwanger geworden ist ... mir ging es nicht gut. Ich hatte Schulden, ich war unzufrieden mit meinem Leben – alles, was ich angefasst habe, ist unter meinen Fingern zerbrochen. Ehrlich gesagt dachte ich, dass ihr ohne mich besser dran seid. Und das ist keine Entschuldigung ... aber es ist die Wahrheit."

Liv nickte und hob den Blick. Tränen fielen an den Wangen ihrer Mutter hinab und ließen ihre Augen grün aufleuchten. Zögerlich streckte sie die Hand aus und umschloss die ihrer Mutter. Ihr fiel es schwer, die Tränen, die Janet um sie weinte, anzunehmen. Sie sahen fremd aus. Aber diesmal fühlte sie zumindest ... etwas.

Es war nichts Gutes. Es war kein Mitleid. Keine Liebe. Keine Zuneigung. Aber es war ein Anfang. Und mehr konnte Liv sich zurzeit nicht wünschen.

„Was ist denn hier los?“

Kristen stand verwirrt blinzelnd im Türrahmen, Laney an ihrer Hand.

„Ich rede mit Mom“, stellte Liv das Offensichtliche fest.

„Aber du schreist gar nicht.“

„Ich bin schrecklich heiser.“

Kristen nickte bloß, auch wenn Liv Tränen in ihren Augen glänzen sehen konnte. Ihre Schwester war nun einmal furchtbar emotional. „Das freut mich“, flüsterte sie.

„Aber Mom“, sagte Laney tadelnd. „Heiser zu sein, ist nicht schön.“

Kristen lachte. „Nein, stimmt. Gute Besserung, Liv.“

Müde hob Liv einen Mundwinkel, während Laney auf sie zulief, um sie zur Begrüßung zu umarmen. „Bist du wieder zurück?“, wollte sie wissen. „Wir haben dich vermisst.“

„Ja, ich bin wieder da“, flüsterte sie und zerwuschelte ihrer Nichte die Haare.

Kristen runzelte die Stirn und musterte sie fragend. „Kein Jake mehr?“

„Kein Jake mehr“, murmelte sie und konnte nicht verhindern, dass ihre Stimme brach.

„Oh, Süße.“ Kristen legte von hinten die Arme um sie. „Was hat er getan?“

„Gar nichts“, wisperte sie mit erstickter Stimme. „Aber ich bin Olivia Green und er ist Jake Braker. Und deshalb ist es egal, dass ich ihn liebe.“

„Oh, ich bin mir sicher, dass das nicht stimmt. Liebe zählt immer.“

„Ja, für mich. Aber Jake kann mit Liebe nichts anfangen." Weil er zu viel Angst davor hatte, ihre Erwartungen zu enttäuschen.

Kristen seufzte schwer. „Mann, es sieht so aus, als wäre das unser Familienfluch. Wir alle verlieben uns in Ar..." Sie verstummte und blickte zu Laney, die erwartungsvoll zu ihrer Mutter hochsah. „Na, ihr wisst schon, was ich meine."

„Nein, das stimmt nicht. Jake ist kein A..., er ist der beste Mann, den ich kenne. Ihm fällt es nur schwer, das zu glauben." Und Liv bezweifelte, dass er jemals dahinterkommen würde.

Achtundzwanzig

Jake hatte nicht geschlafen.

Eines der wichtigsten Spiele seiner Karriere stand bevor und er hatte kein verdammtes Auge zugetan.

Was wollte er?

Gewinnen.

Das war bisher immer die richtige Antwort auf diese Frage gewesen. Spiele gewinnen. Die World Series gewinnen. Aber in den letzten achtzehn Stunden hatte sich ein anderer Wunsch in seinen Kopf gestohlen.

Was wollte er?

Nicht verlieren.

Liv nicht verlieren.

Gott, warum machte ihn das so fertig? Baseball war immer das Wichtigste in seinem Leben gewesen. Die einzige Konstante. Das, worauf er sich verlassen konnte. Er sollte doch dazu in der Lage sein, Liv für kurze Zeit zu vergessen und sich allein auf sein Spiel zu konzentrieren.

Doch alles, was er gerade wollte, war Liv anzurufen und von ihr zu hören, dass es natürlich nicht Alles oder Nichts sein musste. Dass sie weiter befreundet bleiben konnten. Dass er sich keinen Stress machen solle, sicher konnten sie noch miteinander schlafen und Zeit miteinander verbringen. Klar könnten sie sich währenddessen auch mit anderen Leuten treffen …

Gleichzeitig jedoch brannte sich ein heißer Stein durch seinen Magen, wenn er daran dachte, dass Liv womöglich in eine Bar gehen und irgendeinen Kerl aufreißen könnte. Und wen sollte er selbst überhaupt treffen? Die Frauen, die nackt in seinem Bett lagen oder nackt aus seinem Schrank sprangen oder nackt in seiner Küche standen, waren alle wunderschön, aber Jake konnte keine vernünftige Unterhaltung mit ihnen führen. Und jetzt, wo er wusste, wie fantastisch Sex sein konnte, wenn man mit dem anderen davor, währenddessen und danach redete, fiel es ihm schwer, sich vorzustellen, in seine alten Muster zurückzufallen.

Er stieg aus seinem Wagen und sah missmutig zu dem riesigen Anwesen seiner Eltern auf. In einer Stunde wurde er im Stadion erwartet, doch davor hatte er noch mit seiner Mutter reden wollen. Sie musste sehr aufgebracht sein, wenn sein Vater es schon auf sich genommen hatte, persönlich bei ihm vorbeizukommen.

Schweren Herzens erklomm Jake die Stufen zur Tür und klingelte, bevor er sich doch noch dafür entschied, dass ein Gespräch mit seinen Eltern heute einfach zu anstrengend war.

Keine zehn Sekunden später riss jemand die Tür auf.

„Du siehst furchtbar aus!", begrüßte seine Mutter ihn bestürzt, bevor sie ihn in eine enge Umarmung zog. „Ist alles in Ordnung?"

Jake sparte sich eine Antwort, seine Mutter wollte sie ohnehin nicht wirklich hören. Sie würde in zwei Sekunden schon von etwas anderem reden.

„Dein Vater ist im Esszimmer, er will auch wissen, was deine Pläne für die Zukunft sind."

Ach ja? Seit wann?

„Ich will mit euch keine meiner Pläne erörtern, ich wollte mich lediglich dafür ent…"

„Ja, erzähl das gleich, Schatz. Ich kriege euch zwei so selten zusammen in einen Raum."

Widerwillig ließ Jake sich durch die Eingangshalle bis ins Esszimmer ziehen, in dem sein Vater über einem Stapel Papiere gebeugt dasaß. Als er die Tür zufallen hörte, sah er auf.

„Jake ist hier", stellte seine Mutter unnötigerweise fest. „Er wollte mit uns über seine Zukunft reden."

Jake stöhnte leise. „Nein, wollte ich nicht, Mom. Ich will mich nur dafür entschuldigen, dass du nicht von mir erfahren hast, dass ich den Verein und somit auch die Stadt wechseln werde."

Seine Mutter mied seinen Blick. „Jetzt setz dich erst einmal hin. Darüber können wir immer noch wann anders reden."

„Mom", sagte Jake laut und umfasste fest ihre Schultern. „Ich weiß, du gehst unangenehmen Themen so gut wie möglich aus dem Weg, aber ich kann nicht lange bleiben – also komme ich direkt zum Punkt. Es tut mir leid, dass ich es dir nicht persönlich gesagt habe, aber ich werde den Verein wechseln und wegziehen."

Jake konnte seinen Vater tief seufzen hören, so als wisse er, dass seiner Ehefrau gerade Tränen in die Augen stiegen, während sie mehrmals schluckte. Auch wenn Jake die Beziehung seiner Eltern nie ganz verstanden hatte – die beiden hielten zueinander. Auf ihre Art und Weise.

„Aber ich verstehe es nicht, Jakob", sagte seine Mutter mit belegter Stimme. „Cole meint, dass die Delphies im Moment unglaublich gut sind. Warum willst du gehen?"

Jake öffnete den Mund. Wollte jede Ausrede vorbringen, die er in den letzten Monaten erzählt hatte. Dass er die Stadt leid war. Dass es Zeit wurde, auch einmal ein anderes Team auszuprobieren. Dass es seiner Karriere guttun würde, den Verein zu wechseln. Dass er mehr Geld bekommen würde. Dass er einen Neuanfang brauchte. Aber stattdessen fielen andere Worte von seinen Lippen. „Ich gehe euretwegen."

Die Augen seiner Mutter wurden so groß wie Tennisbälle. „Was?"

Jake rieb sich mit der flachen Hand übers Gesicht, spürte den plötzlich wachsamen Blick seines Vaters auf sich und atmete tief durch. „Ich gehe, weil ich nicht mehr in eurer Nähe wohnen möchte. Weil die Erwartungen, die Enttäuschung, der Druck, das Klammern ... weil es zu viel für mich ist. Weil ich mich damit nicht wohlfühle. Weil ich stetig an all das erinnert werde, was ich falsch gemacht habe."

„Aber ... das ist doch albern." Seine Mutter hörte sich schockiert an. „Du bist kaum hier. Du meldest dich nur bei uns, wenn wir dich darum bitten. Wir können unmöglich einen solchen Einfluss auf dich haben."

Mit Zeigefinger und Daumen rieb sich Jake über die geschlossenen Augen. „Ja, das dachte ich auch. Aber ich lag falsch. Ich fühle mich in eurer Gegenwart einfach immer wie die reinste Enttäuschung und das kratzt zugegebenermaßen sehr an meinem Ego. Also ..."

„Jakob, wir sind nicht enttäuscht von dir. Wir hatten nur etwas anderes für dich im Kopf. Aber das heißt doch nicht, dass wir nicht toll finden, was du erreicht hast. Oder Henry?"

Es blieb still.

Seine Mutter seufzte schwer. „Wir wollten immer nur das Beste für dich, wirklich! Henry, sag ihm, dass wir immer nur das Beste für ihn wollten!"

Jake lächelte müde und öffnete endlich die Augen. „Ich weiß, dass ihr das Beste wolltet. Aber ihr wolltet das Beste für euch, nicht das Beste für mich. Das ist ein Unterschied. Mom, ich bin kein geborener Anwalt. Kein geborener Arzt. Kein geborener Banker. Ich bin Baseballer! Und ich liebe meinen Job. Und ich weiß, dass das für euch kein ansehnlicher Beruf ist – aber es ist nun einmal der, den ich gewählt habe. Und ich kann trotzdem etwas bewegen. Trotzdem etwas von Bedeutung tun."

„Aber das wissen wir doch", sagte seine Mutter hastig und wischte sich die anfänglichen Tränen von den Wangen. „Das wissen ..."

„Jakob." Es war das erste Mal, dass sein Vater die Stimme erhob und sofort verstummte seine Mutter. Jake hasste, dass sie das tat. Hasste, dass sie seine Meinung somit als wichtiger kennzeichnete als ihre eigene – aber er hatte längst aufgegeben, ihr das immer wieder zu sagen.

Henry Wellington der Dritte erhob sich aus seinem Stuhl und strich die Falten aus seinem Anzug. „Ich glaube, dass es sich nicht lohnt, länger darüber zu diskutieren. Wir sind an einem Punkt angekommen, der für uns alle unvorteilhaft und zermürbend ist und darüber sollten wir hinwegkommen. Da dein größtes Problem bei mir liegt, sollte ich vielleicht damit anfangen."

Diese Einsicht war so unglaublich selbstreflektiert, dass Jake sprachlos war.

„Du bist … erwachsen." Sein Vater räusperte sich. „Das vergesse ich öfter als mir lieb ist, aber so ist es. Es ist dein Leben. Es sind deine Entscheidungen. Du erntest den Ruhm, du lebst mit den Konsequenzen deines Handelns. Und das werde ich wohl akzeptieren müssen. Außerdem … bist du anscheinend wirklich sehr gut und sehr angesehen in deinem Feld der Expertise. Und das weiß ich zu schätzen."

„Bitte was?", fragte Jake verwirrt. Er musste sich verhört haben.

„Ich habe über dich recherchiert", sagte sein Vater tonlos.

„Du hast was?"

„Dich gegoogelt. Deine Spielstatistiken angesehen. Mit Cole gesprochen. Deine Freundin hatte vorgeschlagen, alle Fakten über dich zusammenzubekommen, bevor ich über dich urteile und diese Argumentation erschien mir schlüssig, also … habe ich dich recherchiert."

„Meine Freundin?"

„Die kleine Kellnerin“, erläuterte sein Vater knapp. „Jedenfalls bist du wohl tatsächlich unter den besten Baseballern des Landes. Das war mir nicht bewusst.“

„Natürlich bin ich unter den Besten des Landes“, sagte Jake irritiert. „Ich spiele in der Profiliga. Dafür stellen sie keine Freifahrscheine aus.“

„Ja, nun. Ich war nicht mit der Sphäre vertraut“, sagte sein Vater und wirkte dabei fast unsicher. „Aber du musstest offenbar sehr hart dafür arbeiten, um dort zu stehen, wo du jetzt stehst. Und das respektiere ich. Das alles ändert nichts daran, dass ich dich lieber in einem anderen Bereich gesehen hätte. Aber meine Wünsche sind nicht mehr von Belang. Es geht um deine Wünsche. Du hast gewählt, was für ein Leben du führen möchtest, mein Part ist getan. Es tut mir leid, wenn du das Gefühl hast, eine Enttäuschung zu sein. Aber du solltest deine Zukunft nicht davon abhängig machen, wie du dich in unserer Gegenwart fühlst. Wir sollten keine Rolle spielen. Also geh, wenn du gehen willst. Aber tue es nicht unseretwegen.“

Er nickte ihm fest zu und verließ im nächsten Atemzug den Raum. Mit offenem Mund starrte Jake ihm hinterher. Was war denn nur los mit der Welt?

Eine Frau, die zu gut für ihn war, liebte ihn. Sein Vater war einsichtig. Er selbst hatte offen ein Problem angesprochen … wenn gleich ein Kätzchen zur Tür hineinwanderte und verkündete, dass der Weltuntergang kurz bevorstand, würde Jake das nicht im Geringsten wundern.

„Entschuldige mich“, murmelte seine Mutter. „Dein Vater ist sehr aufgebracht. Ich werde kurz nach ihm sehen.“ Sie drückte seinen Arm und verschwand dann hinter ihrem Ehemann aus der Tür.

Verdattert blieb Jake zurück. Hatte er sich soeben mit seinem Vater vertragen?

***

Ein Klopfen weckte Liv.

Da es jedoch Samstag war und sie noch nicht aufstehen wollte, hielt sie die Augen geschlossen und drehte sich einfach auf die andere Seite.

Es klopfte erneut.

Liv antwortete nicht, zog die Decke an ihr Kinn und kuschelte sich tiefer in die Federn. Wenn sie aufstand, würde die Beschissenheit des gestrigen Tages über sie hineinbrechen und dafür war sie noch nicht bereit. In ihrem Bett, mit geschlossenen Augen, konnte sie sich einbilden, dass die Welt heute schon ganz anders aussehen würde. Selbst wenn ihr Herz so schwer war, dass Liv Angst hatte, es könne ihr einfach aus der Brust fallen.

Etwas knarrte, wahrscheinlich die Diele vor ihrer Tür, und ein leises Flüstern drang an ihr Ohr. Im nächsten Moment flutete Licht ihr Zimmer und sie schrak aus den Laken.

„Was zum …" Ungläubig zog sie die Decke an ihre Brust und starrte auf ihr Fußende. Sie war nicht mehr allein in ihrem Zimmer. Chloe und ihre neue Bekanntschaft Kaylie saßen auf ihrer Matratze, während eine kleine Blondine, die Liv nicht kannte, mit verschränkten Armen an ihrem Kleiderschrank lehnte.

„Hey", sagte Chloe lächelnd. „Schon wach?"

„Ja! Aber ich wünschte, ich wäre es nicht!"

„Schade, dass das Leben einem nicht alle Wünsche erfüllt."

„Das ist Hausfriedensbruch, Chloe."

„Kristen hat mich reingelassen."

„Kristen!", rief Liv laut. „Was habe ich dir dazu gesagt, Fremden die Tür aufzumachen?"

Chloe verdrehte die Augen. „Wir sind nicht fremd. Bis auf Grace jetzt." Sie nickte zu der Blondine. „Aber sie ist ein toller Mensch und sie mag Jake sehr gerne, also …"

„Jake?" Sofort wurde Liv hellhörig. „Dieser Überfall hat mit Jake zu tun?" Das wurde ja immer schlimmer!

„Wir sind deine Freunde, Liv, und wir sind hier, um dir etwas Wichtiges zu sagen."

„Ich kenne Kaylie seit zwei Wochen und Grace überhaupt nicht", meinte Liv schnaubend. „Sie sind nicht meine Freunde. Nichts für ungut." Entschuldigend blickte sie zu den beiden Frauen, die breit grinsten.

„Oh, ich fühle mich nicht angegriffen", sagte die Blondine fröhlich und winkte ab. „Kaylie und ich fühlen uns irgendwie für Jake verantwortlich, deswegen erschien es uns anfangs nicht merkwürdig, hier aufzukreuzen. Im Nachhinein ist es schon etwas komisch, aber da wir schon einmal hier sind ..." Sie hob die Achseln.

Liv starrte sie mit geöffnetem Mund an. „Ich verstehe nicht. Was genau tut ihr hier? Das hat nämlich noch niemand erwähnt. Und darf ich mich dafür anziehen?"

„Nein", sagte Chloe leichthin und klopfte ihr aufmunternd auf die Füße. „Du würdest nur weglaufen, weil du so schlecht darin bist, Hilfe anzunehmen."

„Hilfe? Wobei wollt ihr mir denn helfen?"

„Dabei, glücklich zu werden natürlich", meinte Chloe augenverdrehend. „Du bist heute echt etwas schwer von Begriff."

„Das liegt daran, dass ihr mir noch nicht gesagt habt, was zum Teufel eigentlich los ist!" Hilfesuchend sah sie zu Kaylie, die leise lachte.

„Chloe, das mit den Samthandschuhen liegt dir wirklich nicht", meinte sie amüsiert.

„Samthandschuhe?" Irritiert sah Chloe zu ihrer Freundin. „Liv braucht keine Samthandschuhe. Sie braucht einen Bulldozer. Sie ist schon dabei, mit Jake abzuschließen, weil sie Angst davor hat, weiter enttäuscht zu werden. Weil sie Angst hat, für ihn zu kämpfen."

„Ich verstehe immer noch nicht, was ihr von mir wollt", gab Liv verwirrt zu.

Chloe seufzte schwer und fixierte sie mit ihrem Blick. „Wir sind im einundzwanzigsten Jahrhundert, Liv. Der Mann ist nicht mehr der Einzige, der für seine Angebetete kämpfen muss. Die Frau muss auch ran!"

„Aber ich habe gekämpft!", verteidigte sie sich sofort.

„Schwachsinn. Du hast ihm gesagt, dass du ihn liebst, aber er deine Erwartungen ohnehin nicht erfüllen kann. Das ist kein Kampf. Das ist ein feiger Rückzug. Du hast ihm die Worte in den Mund gelegt, aus Angst, dass er sie selbst aussprechen könnte, und ihm nicht einmal die Zeit dafür gegeben, über seine eigenen Gefühle nachzudenken."

„Woher zum Teufel weißt du das so genau?" Liv hatte Chloe noch überhaupt nichts erzählt.

„Irrelevant. Die Sache ist die: Du weißt, dass ich kein Fan von Jake bin. Er ist ein Vollidiot, der unter Autoritätsproblemen leidet. Aber leider scheint er auch der Idiot zu sein, der dich in den letzten Wochen so glücklich wie noch niemand zuvor gemacht hat. Und zumindest das muss ich ihm zugutehalten. Trotz seines anderweitig so fehlerhaften Charakters."

Kopfschüttelnd sah Liv sie an. „Du bist wirklich nicht Jakes Cheerleader."

„Ja, das ist mir klar. Deswegen habe ich ja Kaylie und Grace mitgebracht." Sie deutete auf die anderen Frauen.

„Du musst ihm noch eine Chance geben, Liv", sagte Kaylie wie auf Kommando. „Ich weiß, Jake hat so seine Problemzonen, aber er ist der beste Typ, den ich kenne. Er muss nur noch lernen, mit dieser Tatsache umzugehen."

„Er hat so ein großes Herz", unterstützte Grace sie sofort. „Und Integrität. Er beschützt diejenigen, die er liebt. Außerdem ist er intelligent und witzig und ..."

„Das weiß ich doch alles!“, fuhr Liv ihnen dazwischen. „Ihr müsst mir Jake nicht mehr verkaufen. Ich liebe ihn doch schon längst. Aber das alles hilft mir nicht! Ich muss akzeptieren, dass er meine Gefühle nicht erwidert und ...“

„Aber das tut er!“, unterbrach Kaylie sie. „Wirklich. Ich habe ihn noch nie so durch den Wind erlebt. Er braucht nur etwas länger als der Normalmensch, um sich selbst zu verstehen.“

„Hoffentlich nicht länger als Sam“, überlegte Chloe laut. „Sam hat Tage gebraucht.“

„Frag mich mal“, meinte Grace schnaubend. „Ryan war dümmer als abgelaufenes Toastbrot.“

„Es ist unwichtig!“, fuhr Liv dazwischen und klammerte sich an ihre Bettdecke. „Möglicherweise checkt Jake es nie. Und ich habe keine Lust zu warten. Ich kann nicht riskieren zu warten, nur um am Ende enttäuscht zu werden. Außerdem ... ich kann nicht mit ihm zusammen sein. Er ist so viel hübscher als ich.“

„Oh Süße.“ Mitfühlend tätschelte Kaylie ihr das Bein. „Das Problem haben wir alle. Also bis auf Chloe jetzt.“

„Was? Sam ist viel heißer als wir alle!“

Grace runzelte die Stirn. „Hast du uns gerade hässlich genannt?“

Kaylie stöhnte. „Das ist nicht der Punkt! Es geht darum, dass Liv Jake unglaublich guttut und er es verdient hat, glücklich zu werden ...“ Ihr Blick landete wieder auf Liv. „Bitte, gib ihn noch nicht auf. Ich habe ihn noch nie so ... ruhig erlebt. So gelassen. So zufrieden. Er liebt dich, er muss nur noch dahinterkommen. Also geh heute zum Spiel und rede danach noch einmal mit ihm, okay? Er muss dich nur sehen, um ...“

„Um was?“

„Um zu verstehen, was er verliert.“

Liv starrte sie an und ihre Kehle wurde unangenehm eng. „Ich weiß nicht, ob ich das kann“, flüsterte sie.

„Warum nicht?“, wollte Chloe wissen. „Manchmal muss man seinen Stolz hinunterschlucken und ...“

„Es geht nicht um meinen Stolz“, unterbrach Liv sie und schluckte. „Jake ... Jake ist wunderbar. Doch gleichzeitig ... gleichzeitig hat er jetzt bereits zu viel Macht über mich. Was ist, wenn ich mich komplett auf ihn einlasse? Was ist, wenn wir richtig zusammenkommen ... und er mich dann im Stich lässt? Wenn er mich verletzt?“ Ihre Stimme war kaum noch ein Flüstern. „Wenn ich mich noch mehr in ihn verliebe ... und er mich am Ende einfach stehenlässt?“

Chloe rückte die Matratze hinauf, bis sie den Arm warm um Livs Schultern legen konnte.

„Du hast nie eine Garantie, Liv. Die hatten wir alle nicht. Wir haben es einfach versucht. Versuchen es immer noch jeden Tag. Wir sind nicht immer glücklich. Wir sind nicht immer sicher, dass unsere idiotischen Männer die Richtigen für uns sind. Wir zweifeln, wir fangen neu an, wir reden. Wir erkennen die Fehler in unseren Beziehungen und kommen darüber hinweg. Kein Paar ist perfekt. Aber hin und wieder ... hin und wieder gibt es perfekte Momente. Und die wiegen alles wieder auf. Weil man in diesen Momenten weiß, dass der Mann eben doch der Richtige für einen ist.“

„Was für Momente sind das?“, flüsterte Liv.

Chloe lächelte. „Zufälligerweise hatte ich gestern einen. Du erinnerst dich daran, dass Sam und ich seit Ewigkeiten keinen Sex mehr hatten?“

Liv zog eine Grimasse. „Du hast es mal erwähnt.“

„Nun, ich bin gestern wachgeblieben, bis Sam um zwei Uhr nachts todmüde nach Hause gekommen ist. Dann habe ich ihn angesehen und gefragt, ob er nicht auch findet, dass wir zurzeit zu wenig miteinander schlafen.“

„Und?“

Chloe lachte. „Sam ist aus allen Wolken gefallen, er hat mich vollkommen verwirrt angesehen und gemeint: Chloe, meiner Meinung nach können wir nicht oft genug miteinander schlafen. Aber du lernst im Moment so viel und siehst so unglaublich erschöpft aus, dass ich dich nachts, wenn ich nach Hause komme, nicht auch noch sexuell belästigen will.“

„Und?“

„Und dann habe ich ihm gesagt, dass er sehr gerne ein wenig öfter über mich herfallen könne und das hat Sam sehr motiviert und …“ Sie räusperte sich und lief rot an. „Na ja, nachdem er mich sehr glücklich gemacht hat, gab es diesen Moment. Diesen einen flüchtigen Moment, in dem er mir eines seiner Halblächeln geschenkt hat. Das Lächeln, das nur mir gilt, das er für niemand anderen verwendet. Und er hat gemurmelt, dass ich nicht aufhören darf, mit ihm zu reden. Dass er doch schon der Schweigsame in unserer Beziehung ist und wir ein Problem bekommen könnten, wenn ich meine Stimme verliere.“ Sie lächelte breit. „In diesem Moment war ich so vollkommen glücklich, dass es mir den Atem geraubt hat. Und dann … dann rücken alle Zweifel, alle Ängste in den Hintergrund. Und wenn du so jemanden gefunden hast, Liv, dann lässt du ihn besser nie wieder gehen. Denn diese Kerle findet man nicht zweimal.“

Liv seufzte und schloss die Augen.

„Chloe hat recht“, flüsterte Grace. „Weißt du, die Presse malt uns immer als die perfekten Paare. Aber die Presse weiß nicht, dass Ryan letzte Woche zwei Nächte auf der Couch geschlafen hat, weil er zwei beschissene Autos gleichzeitig gekauft hat, ohne auch nur eine Probefahrt zu machen oder mit mir darüber zu reden! Der Kerl kann einfach nicht mit Geld umgehen und es ist mir egal, dass er reich ist – Geld macht nicht dumm!“

Kaylie lächelte matt, bevor sie hinzufügte: „Und die Presse weiß nicht, dass ich Dexter gesagt habe, ich würde ihn noch dieses Jahr heiraten, falls die Delphies die World Series gewinnen." Sie atmete tief durch. „Und die Presse weiß auch nicht, dass ich innerlich das andere Team anfeuere, weil ich eine solche Angst davor habe, mein eigenes Wort halten zu müssen. Weißt du, Liv ... wir alle haben unsere Ängste. Aber wenn ich mir vorstelle, dass ich meine Furcht damals hätte gewinnen lassen und Dexter verloren hätte ..." Sie schüttelte den Kopf. „Du bereust die Dinge, die du nicht gesagt oder getan hast, am meisten, Liv."

Neue Tränen drängten sich in Livs Augen und sie nickte.

Scheiße, sie würde ja doch hinfahren und noch einmal mit ihm reden müssen. Und wenn es nicht funktionierte ... dann hatte sie es wenigstens versucht.

Neunundzwanzig

„Ich weiß, wir haben hier ewig drauf gewartet, aber wir dürfen jetzt nicht unsere Nerven verlieren! Wir ... und ...“

Jake sah zu Coach Thompson, sah, wie er die Lippen bewegte, doch hörte kein Wort mehr.

Aber was willst du, Jake? Wenn niemand anderes dir sagen würde, was er denkt, was er will, was er hofft oder was ihn ärgert. Was willst nur du? Das ist das Einzige, was für mich zählt.

Er schloss die Augen, atmete tief ein und aus. Die Worte verfolgten ihn, ließen ihn nicht los. Er saß im Dugout, würde gleich eines der wichtigsten Spiele seines Lebens bestreiten ... und alles, woran er denken konnte, waren Livs Tränen. Livs Lachen. Livs Seufzen. Livs Worte. Livs Schweigen.

Wieso war das nur so verdammt schwer?

„... also geht da raus und holt euch den verdammten Sieg!“

Die Jungs um ihn herum fingen an zu klatschen und Jake fiel halbherzig in den Jubel ein.

„Alles okay bei dir?“, fragte Luke leise und stieß den Ellenbogen in Jakes Seite. „Du siehst merkwürdig aus.“

Er fühlte sich auch merkwürdig.

Stirnrunzelnd sah Jake zu dem Pitcher auf. Luke war mal genauso gewesen wie er. Luke hatte dasselbe Leben geführt ... und jetzt tat er es nicht mehr. Jetzt hatte er eine Frau, einen Sohn ...

„Wie schaffst du das?“, fragte er kopfschüttelnd.

„Wie schaffe ich was? Hier zu stehen? Dafür habe ich zwei Füße, Mann.“

„Nein. Wie schaffst du es, in einer festen Beziehung zu leben?“

Lukes Augenbrauen flogen hoch. „Bist du high?"

„Nein. Ich würde es nur gerne wissen", sagte Jake verärgert. „Du hast mit der halben Stadt geschlafen. Du warst schlimmer als ich. Wie konntest du einfach … aufhören?"

Einige Sekunden lang starrte Luke ihn nur mit vor Verblüffung geöffnetem Mund an. Schließlich sagte er mit gesenkter Stimme: „Wenn du die richtige Frau hast, ist es nicht schwer, treu zu bleiben, Jake. Natürlich gibt es Momente, in denen ich Emmas Gesicht gerne in eine Torte drücken würde. Natürlich macht sie mich verrückt. Natürlich ist die Beziehung manchmal anstrengend. Aber allein der Gedanke, mit jemand anderem zu schlafen und Emma dadurch zu verletzen … ist unerträglich. Ich kann sie nicht enttäuschen. Und … na ja." Er hob die Achseln. „Sie ist meine beste Freundin. Sie kennt mich. Was soll ich sagen? Ich liebe sie. Keine feste Beziehung mit ihr einzugehen, war keine Option."

„Aber woher wusstest du es?", fragte Jake drängend. Das alles leuchtete ihm ein, aber die Frage war doch eine ganze andere. „Woher wusstest du, dass du sie liebst? Dass das Leben mit ihr die richtige Entscheidung wäre. Woher wusstest du, was du willst?"

Nachdenklich neigte Luke den Kopf zur Seite und lehnte sich auf seinem Plastiksitz zurück. „Weißt du noch, als ich dir damals eine runtergehauen habe?"

Automatisch fuhr Jakes Hand zu seinem Gesicht. „Ja. Ich habe eine lebendige Erinnerung daran."

„Du hattest Emma als Flittchen bezeichnet."

Jake zog eine Grimasse. „Ich war jung und dumm."

„Ja. Aber eigentlich sollte ich dir dankbar dafür sein, dass du es gesagt hast. Denn als die Worte deinen Mund verlassen hatten, war ich schlagartig so wütend, dass ich dich grün und blau schlagen wollte. Und das war der Moment, in dem ich wusste, dass Emma mir wohl wichtiger als Baseball ist. Und da ich Baseball schon verdammt liebe ... wie sehr musste ich dann Emma lieben?"

Mit offenem Mund starrte Jake ihn an, die Hand an seine Stirn gelegt.

Jemanden mehr lieben als Baseball. An jemanden denken, obwohl das wichtigste Spiel der Karriere vor einem lag.

„Fuck."

Luke lachte leise und schlug ihm auf die Schulter. „Willkommen im Club, Braker."

„Aber ... mehr lieben als ..."

„Es ist nur Baseball, Jake. Ein Spiel. Noch dazu eines, das plötzlich sehr, sehr unwichtig wird, wenn man dahinterkommt, was wirklich im Leben zählt."

„Was ist los?", wollte Ryan wissen und beugte sich zu ihnen herunter. „Jake soll aufs Feld ge... scheiße, warum sieht er so weiß aus?"

„Er ist verliebt", verkündete Luke grinsend.

„Nein!" Bestürzt sah Ryan ihn an. „Verliebte Idioten können nicht spielen!"

„Schließ nicht von dir auf andere", meinte Ty hinter ihm schnaubend. „Nur weil Grace dafür gesorgt hat, dass du keinen Ball mehr fängst, heißt das nicht, dass Jake ..."

„Fuck, Fuck, Fuck." Jake fuhr sich mit beiden Händen durch die Haare. „Fuck!"

Was hatte er getan? Liv hatte ihm ihr Herz angeboten und er war zu langsam gewesen, um es sich zu nehmen. Dabei wollte er es verdammt noch mal haben!

„Oh, oh. Jake dreht durch", stellte Ryan alarmiert fest.

„Was geht denn hier ab? Warum reißt Jake sich Haare aus?", fragte Dexter verwirrt.

„Er hat gerade entschieden, monogam zu leben. Dass kann einen Kerl schon mal aus dem seelischen Gleichgewicht bringen", bemerkte Luke.

„Aber was tue ich denn jetzt?", fragte Jake ihn panisch.

„Du musst mit uns dieses Spiel gewinnen, Jake", sagte Luke langsam. „Danach kannst du immer noch ..."

„Aber was, wenn nicht?", unterbrach er ihn grob, während kalte Angst sich um sein Zwerchfell klammerte. „Was, wenn sie nicht wartet? Wenn sie mich schon aufgegeben hat?"

„Braker", bellte der Coach. „Ab aufs Schlagmal mit dir! Warum sitzt du hier immer noch rum?"

Jake sprang auf. „Was?"

„Ab aufs Feld mit dir!", rief der Coach ungläubig. „Meine Güte, jetzt hol dir endlich den Sieg, für den du die ganze Saison so hart gearbeitet hast!"

Jemand drückte ihm seinen Schläger in die Hand, bevor er an den Schultern auf die Treppen des Dugout zugeschoben wurde. Wie automatisch stolperte Jake auf das Feld. Jubelschreie und lautes Klatschen begrüßten ihn, vermengten sich zu einem Rauschen, das in seinen Ohren schmerzte. Scheinwerferlicht blendete ihn, während er auf das Schlagmal zusteuerte. So wie er es schon an die tausend Mal getan hatte. So wie er es für den Rest seines Lebens hatte tun wollen. Doch das alles hier ergab plötzlich keinen Sinn mehr für ihn. Der Schläger in seiner Hand fühlte sich fremd an. Viel zu schwer. Die Jubelschreie falsch.

Er sollte gerade nicht hier sein. Er wurde woanders gebraucht.

Ich brauche eine Liebeserklärung von dir. Ich brauche das Versprechen, dass du mich nie verlassen, nie betrügen und nie so hintergehen wirst, wie es jeder andere Mann in meinem Leben getan hat.

Gott, Liv verlangte so viel von ihm. Und er wollte ihr all das geben. Das musste sie doch wissen! Sie kannte ihn doch so viel besser als er sich selbst. Sie hätte ihm seine Gefühle aus dem Gesicht ablesen sollen ...

Aber das hatte sie nicht getan. Weil sie zu verletzt gewesen war. Zu verletzt, um mehr zu sehen als ihre eigenen Gefühle.

„Na, Braker, bereit zu verlieren?", feixte der Catcher der gegnerischen Mannschaft, als Jake sich vor ihm positionierte.

Scheiße, nein! Er war nicht bereit, zu verlieren. Denn wenn er Liv verlor ...

„Du musst den Schläger heben, um zu schlagen, weißt du? Haben sie dir das bei den Delphies nicht beigebracht?"

Jake beachtete ihn nicht. Er starrte auf den Pitcher in achtzehn Metern Entfernung, hörte seinen eigenen Herzschlag in den Ohren, spürte die Hitze der Flutlichter auf seinem Gesicht, wartete darauf, dass er sich zu Hause fühlte. Ruhig. Gelassen. So wie immer, wenn er auf dem Schlagmal stand ... aber das Gefühl blieb aus.

Denn das alles hier war es nicht wert.

Der Schläger glitt ihm aus der Hand und fiel dumpf auf den Boden. Noch bevor der erste verwirrte Ruf an seine Ohren dringen konnte, rannte er bereits los. Aber nicht ums Feld. Er rannte zum Ausgang.

Liv würde ihre verdammte Liebeserklärung bekommen!

„Hey? Was soll das?"

„Braker!"

„Jake!"

Er ignorierte sie alle, erreichte den Tunnel und rannte weiter in Richtung Parkplatz. Liv würde zu Hause sein. Oder bei irgendeinem Job. Egal, er würde sie schon finden. Die Jubelschreie verstummten, das Flutlicht erreichte ihn nicht mehr – und Jake hatte sich noch nie so gut gefühlt. Denn er wusste genau, was er wollte.

Kalte Herbstluft schlug ihm entgegen, als er die Treppen nach oben nahm. Er war so spät dran gewesen, dass er nicht in die Tiefgarage gefahren war. Die Vorsichtsmaßnahmen der Security da unten dauerten immer ewig. Stattdessen lief er über den überfüllten Besucherparkplatz, auf der Suche nach seinem Auto – und blieb wie angewurzelt stehen.

Er musste halluzinieren, denn da, keine zehn Meter entfernt, stieg Liv aus ihrem Schrotthaufen und rückte sich den Schal zurecht.

Jakes Herz sprang ihm in den Hals und einige Momente lang starrte er sie einfach nur an. Diese kleine Person mit den wunderschönen, dreckigen blonden Haaren, dem fantastischen Lächeln, den grünen Augen, die direkt in sein Inneres sahen, und dem breiten Mund, der zum Küssen einlud. Und verdammt, Jake hatte in seinem Leben noch keine schönere, heißere Frau gesehen.

„Jake?" Liv hatte ihn entdeckt und kam stirnrunzelnd auf ihn zu.

„Was machst du hier?", fragte er verblüfft.

Ungläubig sah sie ihn an. „Was machst du hier? Fällt das Spiel aus?"

„Nein."

„Bist du nicht aufgestellt worden?"

Er prustete. „Natürlich bin ich aufgestellt worden, Coach Thompson hat sich doch nicht das Gehirn weggesoffen."

Ihre Augen weiteten sich. „Was zum Teufel tust du dann hier? Warum stehst du nicht auf dem Feld?"

„Weil ich romantisch bin", stellte er ungeduldig klar. „Also sei still und hör mir zu."

„Romantisch?"

„Ja, es ist romantisch!"

„Dass du deine Teammitglieder hängen lässt, deinen Traum aufgibst und die ganze Stadt enttäuschst, um auf einem Parkplatz herumzuhängen, ist romantisch?"

Jake runzelte die Stirn. Wenn sie das jetzt so sagte … aber nein. „Ja, es ist romantisch! Weil ich dir damit zeige, dass du mir wichtiger als Baseball bist. Du warst es, die eine Liebeserklärung wollte! Du kannst jetzt keinen Rückzieher mehr machen!"

Verwirrt blinzelte Liv zu ihm hoch. „Wovon redest du?"

„Na, von dir und mir und deiner Liste und dem, was ich will." Meine Güte, sie war heute aber schwer von Begriff.

„Ich verstehe es nicht ... du bist meinetwegen aus dem Stadion gerannt?"

„Natürlich deinetwegen! Weswegen denn sonst?" Er rang die Hände ineinander und holte tief Luft. „Und jetzt sei still, damit ich dir meine Liebeserklärung machen kann."

Liv biss sich auf die Unterlippe und ein kleines Lächeln zog an ihren Mundwinkeln.

„Liebeserklärung?", flüsterte sie.

Jake verengte die Augen. „Weißt du, Oleander, ich hab' mir dich irgendwie ein wenig schweigsamer vorgestellt, während ich dir meine Gefühle gestehe."

„Tut mir leid", sagte sie hastig und hob abwehrend die Hände. „Ich wusste nicht, wo dieses Gespräch sich hinbewegt und du wirkst ein wenig aufgelöst, beziehungsweise unter Drogen, also wollte ich erst sichergehen, dass du keinen ..."

Er küsste sie. Legte beide Hände um ihr Gesicht, zog sie auf die Zehenspitzen und küsste sie mit all dem Gefühl, das er aufbringen konnte. Mit all der Liebe, der er sich innerhalb der letzten Stunden erst bewusst geworden war. Anders würde er sie ja doch nicht zum Schweigen bringen.

Als er sich wieder von ihr löste, starrte Liv mit glasigen Augen und geöffneten Lippen zu ihm hoch.

„Kann ich jetzt reden, ja?", fragte er und lächelte verschmitzt.

Sie nickte hastig.

„Ich will dich, Liv", flüsterte er. „Du hast mich gefragt, was ich will ... und ich will dich. Ich meine, deine Liste war verdammt lang und ein paar von den Dingen musst du mir wahrscheinlich aufschreiben, aber ich bin mir ziemlich sicher, dass ich treu und zärtlich sein und Kompromisse eingehen kann. Dass du auf meiner Prioritätenliste noch vor Baseball stehst, habe ich dir ja jetzt mit meiner unglaublich romantischen Geste gezeigt. Und was deinen letzten Punkt angeht ... ich liebe dich."

Liv sah weiter stumm zu ihm auf, während Tränen ihre Augen füllten.

„Nicht weinen!", sagte er bestürzt. „Ich wollte dich mit meinen Worten eigentlich glücklich machen."

„Aber das hast du", wisperte sie. „Sehr glücklich."

Erleichtert breitete sich ein Lächeln auf seinem Gesicht aus, bevor er sie noch einmal küsste.

„Gut. Und ich entschuldige mich im Voraus für die nächsten Monate. Die Nachricht, dass ich jetzt eine feste Freundin habe, wird einen ziemlichen Medien-Shitstorm heraufbeschwören. Und die Tatsache, dass ich deine blöden Schulden abbezahlen werde, wird dich wahrscheinlich wütend machen."

„Du bezahlst mir überhaupt nichts!", sagte sie ungläubig. „Bist du bescheuert?"

„Ja, ich bin bescheuert und ja, deine Geldprobleme werden sich in Luft auflösen. Alles andere wäre lächerlich, Liv. Weißt du, wie reich ich bin? Und weißt du, wie sehr es mich stresst, wenn du gestresst bist?"

„Du zahlst gar nichts", sagte sie mit fester Stimme. „Aber darüber können wir auch später streiten. Ich hab' nur noch eine Frage."

„Alles."

Er konnte sie schlucken sehen. „Was ist mit deinem Teamwechsel?"

„Ja …“ Er kratzte sich im Nacken. „Das muss ich mir vielleicht noch einmal durch den Kopf gehen lassen. Die Frau, die ich liebe, wohnt rein zufällig in Philadelphia, meine Eltern finden, sie sollten mir egal sein und die Mannschaft braucht mich ganz offensichtlich, also …“

„Deine Eltern tun … was?“

„Ist egal. Erkläre ich dir später. Und nur fürs Protokoll … sind wir jetzt zusammen?“

Auf Livs Gesicht breitete sich ein Lächeln aus, bevor sie laut anfing zu lachen. „Wenn du willst, Jake. Ja, dann sind wir jetzt zusammen.“

Erleichtert atmete er aus. „Gut. Das ist Neuland für mich, tut mir leid.“

Wieder lachte sie, bevor sie die Arme um seinen Hals legte und sein Gesicht kopfschüttelnd zu ihrem heranzog.

„Gott, ich liebe dich“, flüsterte sie und küsste ihn bestimmt. „Und deswegen rennst du jetzt sofort wieder in das Stadion! Die werden nicht ewig auf dich warten. Und wenn du meinetwegen die World Series verlierst, schlafe ich nie wieder mit dir!“

Jake grinste, zog sie in die Arme, atmete ihren Geruch ein und ließ sie schließlich widerstrebend los.

„Ich glaub’, der Schiedsrichter wird mir eine ganz schöne Geldbuße aufdrücken.“

„Na, Gott sei Dank bist du reich“, sagte sie augenverdrehend. „Und jetzt geh!“

Er küsste sie ein letztes Mal, wandte sich auf dem Absatz um und rannte zurück in das Gebäude. Und natürlich würden sie das Spiel gewinnen.

Denn er konnte Liv unmöglich enttäuschen.

Epilog

„Weint er?“

„Natürlich weint er. Er heiratet die Frau seiner Träume.“

„Aber muss er deswegen direkt zur Heulsuse werden?“

Liv seufzte schwer, nahm seine Hand und flüsterte lächelnd: „Jake, wenn du jetzt nicht die Klappe hältst, gebe ich deiner Mutter einen Schlüssel zu deiner neuen Wohnung.“

Misstrauisch verengte er die Augen. Er konnte nicht mit Sicherheit sagen, ob sie Witze machte. Er war gestern erst umgezogen und außer ihm besaß nur eine andere Person einen Schlüssel zu seiner neuen Wohnung. Und wenn es nach ihm ginge, sollte das auch so bleiben.

„Sie ist jetzt deine feste Freundin, Jake“, flüsterte Emma, die neben Liv saß. „Das gibt ihr das Recht, dir zu sagen, was du tun und lassen sollst.“

Irritiert suchte Jake Lukes Blick. Das konnte unmöglich stimmen. Der Pitcher hob nur eine Schulter und sah ihn entschuldigend an.

„Schön“, murmelte er widerstrebend. „Ich werde mir die kitschige Darbietung von Kaylies und Dexters übertriebener Liebe ansehen und kein schlechtes Wort darüber verlieren, während ich innerlich die Augen verdrehe.“

Liv lachte leise, flocht ihre Finger in seine und legte den Kopf auf seine Schulter. „Das klingt ganz wunderbar. Du solltest auch besser anfangen zu üben. Ich glaube, die nächsten Jahre werden mit Hochzeiten gepflastert sein.“

Das fürchtete er auch. „Ist okay“, murmelte er und küsste sie auf den Kopf. „Solange du mich begleitest.“

„Worauf du dich verlassen kannst. Mir gefällt nicht, wie viele Frauen dir immer noch ihre Unterwäsche zuschicken, obwohl die Presse so groß verkündet hat, dass du jetzt offiziell vom Markt bist.“

„Nun, sie hoffen, dass du zur Vernunft kommst und mich in den Wind schießt.“

„Ich habe zu wenig Geld, um mir alle Tassen im Schrank leisten zu können. Ihre Chancen stehen also sehr schlecht.“

Jake lächelte breit und zog den Arm enger um ihre Schultern. „Ich war noch nie so froh darüber, dass du pleite bist.“

„Psscht!“, machte Emma und nickte nach vorne zum Altar. „Jetzt kommt der beste Teil.“

„… dürfen Sie die Braut jetzt küssen“, schloss in diesem Moment der Pfarrer.

Das ließ Dexter sich nicht zweimal sagen. Er zog Kaylie so rasch zu sich heran, dass sie regelrecht in seine Arme stolperte. Aber ihr schien es zu gefallen, zumindest lachte sie dabei.

Die Menge klatschte laut und neben ihm seufzte Liv leise.

„Du kriegst doch keine Flausen übers Heiraten in den Kopf, oder?“, murmelte Jake ihr ins Ohr.

Sie lächelte breit, hob den Kopf von seiner Schulter und küsste ihn fest auf den Mund. „Jetzt fall mal nicht mit der Kirche ins Haus. Ich muss dich erst noch als festen Freund ausprobieren, bevor ich dir direkt einen Ring anstecke.“

„Ich gebe ihnen zwei Jahre, dann sind sie verlobt“, murmelte Emma an ihrer Seite. „Was meinst du, Lucky?“

„Ah … Jake ist ein Deppidiottel, er wird sich mehr Zeit lassen“, gab ihr Ehemann zu bedenken.

„Vielleicht macht Liv ihm ja einfach den Antrag“,
sagte sie pikiert.

„Ah, aber das wäre doch …“ Luke verstummte, als er
dem Blick seiner Frau begegnete. „… vollkommen
okay“, fing er sich.

Jake verdrehte die Augen und zog Liv auf die Beine,
um zusammen mit dem Rest die Kirche zu verlassen.
„Alles Strühs“, murmelte er.

Er gab sich nicht einmal ein Jahr.